◎ 司卫平 著

千年北邙

中国古人的灵魂归宿在哪里？
缥缈的精神家园在何方？
为什么千年北邙『几无卧牛之地』？
远在千里之外的韩国人为什么崇拜北邙……

中州古籍出版社

图书在版编目(CIP)数据

千年北邙/司卫平著. ——郑州：中州古籍出版社,2016.5
ISBN 978-7-5348-5197-1

Ⅰ. 千… Ⅱ.①司… Ⅲ.①随笔-作品集—中国—当代 Ⅳ. ①I267.1

中国版本图书馆 CIP 数据核字(2015)第 033303 号

出版社：中州古籍出版社
(地址：郑州市经五路66号　邮编：450002　电话：0371—65788808　65788179)
发行单位：全国新华书店
承印单位：辉县市伟业印务有限公司
开本：700mm×1000mm　　1/16　　印张：21
版次：2016 年 5 月第 1 版　　印次：2016 年 5 月第 1 次印刷

定价：29.00 元

本书如有印装质量问题，由承印厂负责调换。

前 言

邙山上的雪白茫茫的。

这是往年能看到的情景。今年我上邙山的时候，干冷凛冽的寒风刺透了我厚厚的棉衣。喜欢看到的雪不但没下，连一点会下的征兆都没有，于是只好佝偻着身子，萎缩得像个盗墓贼，在坚硬的黄土上徘徊。

我本想找个人做伴的，但在这样的时节，找谁来陪我受冻，谁都会皱着眉头心生抵触的。每个人都有自己情绪饥渴的时候，也许急着需要孤独，也许急着需要快乐，也许急着需要折磨，也许急着需要温暖，但别人是不能理会的，你也不能硬拉上别人去一起感受。此时的我也许就是需要孤独，因为有情绪，一股很浓的情绪催化着我的心，使我急于想走到北邙上，站在山上淌淌流过的寒风里，体味一下魂灵在天寒地冻中瑟瑟发抖的感受！

我上北邙，很大的原因是因为对北邙的陌生。谁会在无所事事的时候去北邙上转悠呢，活着即使是浑浑噩噩，也不想直接去面对死亡，况且是陷落在被浓重的死亡气息笼罩起来的这架山上。这架山现在已经住着遍山漫野的庄稼人，每家的房前屋后都可以找到墓葬，每家的房屋下都能找到白骨，便满不在乎地习以为常了；现在的道路和机场也早把整架山弄得不再寂静，到处都是一片时代生活中可以看到的生龙活虎的场面。但这邙山还是很少有人喜气洋洋地去踏青,去赏景,去凭吊。我的感觉不知道是否和大家一样,行走在北邙,路边已被挖开的墓坑和未被挖开的大冢像是时时在提醒,这里的每一次行走,都是在魂灵隧道里穿行。魂灵隧道在这里显得很笔直,你站在生命的这一端,一眼就看到了生命的那一端。隧道也很短暂,就面对面,一个活生生的生命对着一片冷冰冰的死亡标本,很容易洞穿和彻悟人生的全部内容!来这里,往往会让人悲凉,也往往会让人失落,即使每个人走上北邙的情绪不同,但结果往往是五味杂陈,很不轻松!你说,谁愿意在沉重的生活之余再来北邙领受一番生命的压抑呢?

但我还是来了,很认真地来了。

喜欢读书的人都知道,书能让自己明白一些事情,但往往是读着书,就有些更让你不明白的东西冒出来,引诱着你继续读。我就是……

目录 CONTENTS

第一章　韩国人的北邙情结 / 1

第二章　曾经的石破天惊 / 9

第三章　东周王陵之殇 / 19

第四章　安绥神性的山 / 36

第五章　北邙上的华夏第一王陵 / 50

第六章　归葬北邙的天下第一名相 / 61

第七章　变更的东周王陵区 / 67

第八章　吕不韦北邙安魂 / 77

第九章　北邙教父——"刘秀坟儿" / 84

第十章　北邙上的东汉第一大家族 / 106

第十一章　东汉的天堂 / 120

第十二章　东汉的掘墓人 / 133

第十三章　深藏不露的是西晋吗 / 143

第十四章　北邙上的昨日黄花 / 163

第十五章　北魏洛阳大投诚 / 189

第十六章　北邙上的魂灵掮客 / 215

第十七章　隋唐大成——丧、葬、祭 / 240

第十八章　死者的志与活人的诗 / 255

第十九章　大隋的悲和大唐的惨 / 282

第二十章　想葬北邙 / 292

第二十一章　"葬在北邙"的疑团和答案 / 311

结语 / 319

附录 / 322

第一章　韩国人的北邙情结

前些日，看到一则资料，说是韩国人来洛阳的北邙转悠，寻找一个死在中国的韩国国王的墓葬，还说有韩国人的墓园在北邙上，我就觉得该来北邙看看。记得唐代诗人王建在《北邙行》中写道："北邙山头少闲土，尽是洛阳人旧墓；旧墓人家归葬多，堆着黄金无买处。"我倒忽生了兴趣——王建不是说"尽是洛阳人旧墓"嘛，怎么又冒出这么个韩国国王以及韩国人的墓园，难道这个被死亡和魂灵缠绕的北邙，还需要添加一些国际色彩？

资料说的是，洛阳的一位考古学者叫黄明兰，前几年接待了到访的一干搞历史的韩国朋友。学者之间的交流，不用说都是些上下几千年的话题。韩国在三代时期本就是中国的属地，周武王伐纣灭了殷商之后，纣王的兄弟箕子带着部属避难到了朝鲜半岛，被当地的土著推举为国君，后来得到了周王朝的认可，成为周的诸侯国，史称"箕子朝鲜"。因为这段渊源，韩国学者来中国追寻历史，特别是到洛阳寻找些历史，这例未尝不可能，但当得知这些韩国朋友来洛阳的目的是要拜谒北邙，倒有些意外！要说曾是东周、西周都城的洛阳和曾是周代诸侯国的朝鲜有些联系，虽然没有史料记载，从情理上讲是绝对可能的。但韩国朋友到北邙去要拜谒什么呀？难道"生在苏杭，葬在北邙"的说辞也和韩国有关系吗？黄明兰想想，似乎还真有些这方面的历史联系。

韩国学者交代的历史背景还真有点遥远。原来早在前57年至668年，朝鲜半岛出现了三个势力较为强大的部族国家，分别为高句丽、百济和新罗，历史学家称之为"三韩时期"或"三国时代"。这个长达七百余年的三国纷争时代延续到了我国的唐朝。667年，和唐朝交好的新罗国在唐王朝的帮助下，打败了高句丽国和百济国，统一了朝鲜半岛。为了免除后患，唐王朝远征朝鲜的大臣李绩在新罗国的要求下，将战败失国的百济国的扶余王带回洛阳。据史书记载，扶余王后来就葬在洛阳北邙。韩国人来洛阳是为了寻找扶余王的墓葬。

这样的事情问一般人，还真难知道。韩国人找到比较了解北邙古墓的黄明兰，但黄明兰也只能说出扶余王墓的大致方位，没有办法在北邙遍地的陵墓群中准确地确定，到底哪座墓埋葬着这位客死异乡的国王。黄明兰带着韩国人在北邙寻找了一天，也没什么收获。失望的韩国人只好挖了几棵北邙的青草带走了。

黄明兰说，韩国人韧劲足，不甘心，后来又来了几次，并表示谁要找到扶余王墓，就邀请他到韩国旅游。虽然悬赏很有诱惑力，但也没人敢答应下来，因为要在满山的古墓中寻找扶余王墓，无异于大海捞针，实在是件出力难见功的事情。

洛阳学者蔡运章也曾接待过到访的韩国朋友，他们到了洛阳后，也同样提出要到北邙山上拜谒。当时蔡先生也是不解，韩国人到邙山拜谒什么呀？当韩国朋友说明想法后，他才惊讶地发现，早已经被国人淡忘的天堂归处，竟然被韩国人一代一代牢牢地记在心里，那种惦记直叫洛阳人在心里惊叹！

长期处于"三国时代"的朝鲜半岛，尽管战争频繁，但三国都与当时的两汉、两晋、南北朝以及隋唐保持着频繁的文化和经贸往来，也与千年帝都的洛阳结下了不解之缘。

特别是新罗国在唐朝的帮助下统一半岛后，与唐朝更是保持着密切的关系，不仅使用大唐王朝的年号，到8世纪中叶，更是开始全面采用唐朝的国家制度。新罗国于788年模仿唐朝实行了科举制度，考试的科目也是一样的儒家经典。由于当时的洛阳是唐朝的东都，也是影响巨大的政治、经济和文化中心，于是成了新罗学子远道求学的首选城市之一。当时中国政府对留学生的待遇标准是很高的，不仅提供衣食及学费，还"视路途远近，差播银两"，而且在他们学成之后，组织进行单独的考试，根据成绩"量才入仕"，准许他们在大唐当官。

据专家考证，仅800年~860年，来洛阳的新罗学者"先后六十余批，人数在两千到三千"。这些莘莘学子中的佼佼者大都在唐朝为官，也有不少人学成回国，成为新罗国的重臣和中国文化的传播者，在中国文化史上留下了自己的印迹。唐代很有名的诗人中就有不少是新罗的留学生，他们的诗句流传很广，其中有些人在中国几乎家喻户晓，最杰出的代表就是韩国人崔致远。

崔致远在十二岁就来中国学习，唐僖宗十分赏识他。他的诗文在《唐书·艺文志》里有详细的介绍。《全唐诗》、《唐宋百名家集》、《唐人五十家小集》是我国清朝编的几本诗集，里面都有崔致远的诗作，清朝人把他误认为是唐朝内地的诗人了。崔致远他的诗在唐朝就非常有名，而且流传甚广，韩国人写诗称赞他是"十二乘船渡海来，文章感动中华国"。

> 秋风惟苦吟，世路少知音。
> 窗外三更雨，灯前万里心。
>
> ——崔致远《秋夜雨中》

这是崔致远在洛阳求学时写下的诗句，凄凉之情不禁让人联想到这些身在异乡的留学生们的情感。他们怀揣着对洛阳向往的心结，又萦绕着对家乡思念的惆怅，十分的纠结，也十分的可贵！可也正是这一丝凄凉和孤寂，成就了他们的人生。崔致远学有所成后，先是在唐朝为官，后又回到半岛上的新罗国做官。作为新罗国的重臣，崔致远曾多次作为国使来往于大唐与新罗。

崔致远可是洛阳太学为新罗国培养出的一个了不得的大人物，他不但是新罗国历史上第一位留下了个人文集的大学者、诗人，还建立了韩国学说的体系，被当今韩国学术界尊奉为韩国汉文学的开山鼻祖，有"东国儒宗""东国文学之祖"的称誉。当时的新罗国有许多学子像崔致远一样，通过来到洛阳镀金，实现了自己的理想，或者可以说是梦想。因为当时的洛阳有最精粹的中华文化，也是最为繁华的经济中心和最有活力的政治中心。在新罗国人眼中，只要能来到洛阳，自己梦想的一切都可以顺理成章地成为现实。

但也有"出师未捷身先死"者，韩国的历史记录着，这些留学生中客死洛阳的就有二百多人，被合葬在北邙，合葬的墓地被称作"韩园"。1999年5月，韩国著名汉学家、高丽大学研究院前院长金忠烈先生和金周昌博士一行，在北京大学历史系教授张京华和洛阳当地学者陪同下，曾来到传说中的"韩园"遗址凭吊过，金周昌还撰写了洋洋洒洒的吊唁祭文一篇。

金周昌先生作为韩国著名的汉学者，写了许多有关中国的文章，在他的文章里我们读到，在很长一段时间内，韩国人对当时洛阳的向往。说句实话，读着金周昌先生的文字，作为一个洛阳人，是十分陶醉的！

金周昌先生的题为《韩流，从何处来，向何处去——谈中韩文化同根共源》的专题报告中这样写道："最近东南亚地区流行韩国梦。然而，有意思的是，早在一千多年前，在韩国人心中却涌动着强烈的洛阳梦。在今天东南亚人的眼中，所有和韩国有关的事物似乎都很漂亮。而在一千多年前韩国人的眼中，洛阳却是他们梦寐以求的天堂，他们认为所有洛阳的事物都很美丽。"

  文章还写道："一千多年前，韩国人的平生所愿是盼望能在有生之年到洛阳看看。走在洛阳的大街小巷，感受洛阳的文化氛围，并且盼望死后能埋在洛阳的北邙山。如果在有生之年不能亲自到洛阳，就只能希望死后能埋在洛阳的北邙。如果死后无法埋在洛阳的北邙，就只能期望自己的魂萦绕北邙之巅了。因此在一千多年前的韩国人的心目中，洛阳可以说是一个梦寐以求的地方。人间最美好、最让人向往的地方，就是洛阳了。"

  金周昌先生还在文章中写到一个很感人的细节，说一千多年前的韩国学子们，都在自己读书的房间贴了一个著名到脍炙人口的座右铭，用以警示自己发奋读书。这个座右铭是："日夜读书后，欲游洛阳天。为国立功德，芳名百世传。"由此可以看出，当时韩国的学子们是多么期望自己能够通过国家制定的留学考试，来到朝思暮想的洛阳。

  也许是为了表达对洛阳学习生活的纪念，也许是为了向后来者昭示一种期许，或者就是单纯地表达对追求的一种向往，那些已经成长为韩国政治文化的精英们，干脆把首都首尔附近的一座山更名为"北邙山"，把流经首尔的一条河也称作"洛东河"，还要把牡丹花称作洛阳花！他们把洛阳这个中华文化的大成之地，当成了念念不忘的一个符号。

  韩国读书人把洛阳当成了迈向成功的梦寐以求之地，我们尚能理解，因为那时候的洛阳不但物华天宝、繁盛之极，也是思想、文化、艺术的荟萃之地。但接下来的一些现象就让我有些不理解了。

  据金周昌先生的记述，"甚至在他们死后，当丧舆出门时，还要让丧舆前拿招魂铃的人大声地唱：'哎……哎……你要去遥远的北邙山吗？哎……哎……路那么远，现在过去什么时候能回来呢？'"，难道是他们还惦记着洛阳北邙上的韩园或者他们的扶余王吗？但即使是惦记着也不能死后还想着去陪伴呀！看来，韩国人的"洛阳情节"并不是我们想得那么简单！

如果洛阳是他们的故乡，用如此悲哀的歌曲来慰藉亡者的灵魂，希望将自己的灵魂寄托在这歌声中跨过高山、越过大河，到达遥远的洛阳北邙山上，这不但无可非议，还让人感到亲切。可他们偏偏本地人，又是在自己的家乡死去，却是希望让自己的魂灵归往遥远的北邙，这就让人感到不可思议。难道洛阳北邙上是有着一种什么值得寄托的情结，以至于人可以超越家乡和亲族的情感，并孜孜以求吗！

这是绝对可能的，因为这样的传统在韩国一直留传至今，已经成了风俗，在安葬亡者的丧舆出门时，还要唱着这首古老的丧歌，表达他们对死去亲人的哀思，以安慰亡者的灵魂。甚至韩国人在谈起某人死去的时候，不说是死，而是说"去北邙了"，倒是跟洛阳街头巷里的人谈起谁死去时的说辞一模一样！

韩国还有一曲流传很广的民歌，翻译成汉语，歌词的意思是："洛阳城十里墟，古墓高高低低，英雄豪杰几许，绝世佳人谁忆？"这个民歌至今还在传唱，名字就叫《洛阳城十里墟》。看来韩国人很清楚洛阳的北邙是个魂灵集市。那韩国人究竟是因为什么而情愿舍弃自己生活的家园，让死后的魂灵扎堆到洛阳的北邙山上来凑热闹呢？我脑子里又闪现出了"生在苏杭，葬在北邙"这句话，韩国人很可能也是冲着这句话，才有了那样的丧歌。这句话是洛阳人挂在嘴边的，但你上互联网看看，才明白这句话全国人民都知道！但咱们不能不叹服，把这句话演绎得最煽情和最有气氛的却是韩国人！

也许就是因为有了韩国人的渲染，现代的洛阳学者开始质疑这句话，说这句话原来的说法很可能是"生在洛阳，葬在北邙"。从韩国人生时对洛阳的向往，到死时对北邙的向往，还真有些飘忽的玄机值得我去生疑——也许"生在苏杭，葬在北邙"这句话是后来人根据"生在洛阳，葬在北邙"演化出来的。学者们这样的质疑只能说是猜测，也许并不准确，但我也这样猜测，在洛阳城繁花似锦的千年间，"苏杭"是什么，人们都还不知道，怎么会希望住在那里？

关于洛阳这个名字，在韩国人那里还能找到许多琐碎，这让作为洛阳人的我汗颜，因为我们自己都已经很不在意这些。洛阳在中国也许就是一个城市，再进一步说就是有点文化的城市或者千年帝都之类。可在韩国人的记忆里，这个城市带给他们的好像已经是属于精神层面的东西，似乎是一种需要用经历、寄托、追求、向往等东西浸淫的精神，而这种精神不仅是属于文化的，更像我们想象中的韶乐（上古舜帝之乐，是一种集诗、乐、舞为一体的综合古典艺术）。正如植物需要水，不仅是为了果实，更主要的是为了生命的灿烂！

总之，我的感受是，韩国人的洛阳情结比洛阳人要浓重，比中国人更浓重！

韩国人是很了不得的，巴掌大的地域，竟自诩为大韩，还一副居高临下的样子，敢拿着中华民族的汉字、端午节、中药和风水术数等不属于自己的东西去申遗，弄得整个华夏大地都哭笑不得。结合这些行为思考，我们就会发现，原来韩国人在中国人面前，压根就没拿自己当外人，在他们需要的时候，中国的也就是他们的。他们可以来中国学习，包括儒学、文学、艺术，甚至是国家体制，只要是为了自己进步，不知道的和他们没有的，都可以学以致用甚至据为己有。韩国人的洛阳情结就是这么一回事，他们追求的是一种繁荣、一种先进、一种天堂般的完美，洛阳只是他们为了不懈地追求天堂般的完美而固定下来的代名词，是他们为整个民族树立的座右铭。冷静一想，这怨谁呀，不怨韩国人煞有介事，只怨咱中国人太不当回事。大唐盛世的洛阳咱有过了，咱可以满足，甚至还可以浸淫在那种曾经的陶醉里，再去享受那痛并快乐着的一次次玉碎；韩国人没有，所以韩国人只有去追求！

有时候我倒感觉韩国人很"亲近"，是那种让我们烦恼的"亲近"。我家以前有个邻居，邻居家的小孩经常把我家当他家，进了我家根本不把自己当外人，要吃要喝，不满足的时候甚至还要撒泼打滚。当时我家人都把这个小孩的举动当可爱，还逗他玩，有好吃好玩的还要故意给他留着，图个乐趣。慢慢地这个孩子长大了，成了半个大人，我家已经不再是他能撒泼打滚的地方了，但他不拿自己当外人的习惯却改不了，这让我家尝尽了烦恼。他不但像以前一样蹭吃蹭喝，还发展到把我家的东西往他家拿，而且是喜欢什么就拿什么，你一眼看不见，常用的小东西被他顺走了。即使我一家都像防贼一样地防着他，也是防不胜防。因为人家压根不把自己当贼，从我家往外拿东西时我们见了，就还给我们，我们没见，人家就当成自己的了。这样的事情肯定在我们许多人身边发生过，因为你只把孩子当孩子，没有预见孩子会长大。经历过这种事情的人肯定都不在意自己的作为，但实际是你一手培养了这个孩子的这种习惯，同时也为自己增添了烦恼！

我走上北邙的时候，想到这些，还是感到很快乐的。韩国人可以把我们那么多的东西看作是自己的，但他们来到了北邙，至少让我知道北邙是他们弄不走的。我们还有他们弄不走的东西，不该快乐吗！再者，韩国人的出现还给我们带来了启发，让我们打开尘封的记忆去思考，既然当时的洛阳已经被韩国人当成追求和向往的座右铭了，那当时的北邙究竟是一座什么概念的山呢？

第二章　曾经的石破天惊

20世纪20年代，这座山上一个几十户人家的小村庄里，发生了一件让整个西方世界为之瞠目的事情。这件事情虽然比不上八国联军烧毁圆明园那样惨烈，但比之西方强盗对敦煌莫高窟的掠夺有过之而无不及。这个村子叫金村。

金村有秘密，而且是两个小秘密后面藏着的大秘密。

这是一个怎样的村庄，又有着怎样的秘密呢……

当我和一个文物爱好者聊起来的时候，他开口说的第一句话就是——想起来真让人扼腕叹息呀！还拍着大腿做出十分惋惜的样子给我看。我知道他的惋惜很大成分上不是出于对文物的保护，因为我知道他是先爱好文物，然后才开始靠着文物过生活。他曾经很神秘地告诉过我，如果知道哪里有古墓，告诉他，他能找来盗墓的高手，还信誓旦旦地保证不会亏了我！我在他的家里看到过许多的文物。据我观察，他各种各样的文物中，很少有真的，最多也就是个高仿。但他信誓旦旦地说绝对不假，还说出许多故事来佐证那些器物的真实性。有一次，他正有鼻子有眼地给我说故事的时候，有人找上门来要退掉一件青铜爵，声称买的是假货，上当了。他根本不示弱，毫不羞惭地告诉来人："古董行里没有后悔药，你买到假货是你眼力不到，打掉牙往肚子里咽吧，打眼的人多了，你见谁还找后账？"要不是我从中劝解，他和来人差一点就扭打在一起了。当来人气愤地走人后，他安抚我说："都是不熟悉的过路客，一点眼力见没有，就想来古董行里混，谁不是交学费学出来的！你要带人来买东西，我肯定都是真货，对朋友和外人要区别对待！"

他还告诉我他手里就有金村的东西，只是价格贵些。我说金村的东西你不会有。他说，绝对不骗你，真有。我说，肯定不是金村那个秘密里面的东西。他犹豫了一下，说反正是金村的。我说，金村的东西也是上下几千年，你随便在金村捡个瓦当，也算是金村的东西。他狡黠地笑了，神秘地说："是青铜器，像个夜壶，是金村的一个老人一直当夜壶使，我早年去发现后买下的。"我说："你嘴里有点实话没有，那夜壶也太沉了吧？"他突然又半真半假地大笑了，说："爱信不信，反正咱手里有，你想要啥，这点道行咱还是有的。"我坐在他家的小院子里，他一会儿给我拿个锈迹斑斑的铜镜，一会拿个砚台，一会又拿出一件玉器，还有石器、陶器、瓷器，甚至还有一个上古时期的玉璧。乖乖呀，我眼都花了，觉得坐在他家就像是坐在文物的大卖场。我说你拿出金村的东西看看。他不肯，说那东西轻易不能露头，也就没有敢放到家里。他还告诉我有三尺高的三彩马，蓝色几乎遍布全身，三彩挂蓝，那可值大钱，比国家博物馆的藏品都珍贵，那东西要是搬到国家博物馆，博物馆里藏的都得搬出去扔了。他炫耀地告诉我，那三彩马和金村的东西都在一起放着呢，想看也得求个缘分！

我被这位朋友弄得有些迷糊，这还是文物吗？他说："黑社会不叫黑社会，那叫道；政界不叫政界，那叫道；咱这也不叫收藏，也叫道；还有你们文化人的道，叫什么文以载道。呵呵，一个道字，道尽玄机。道，就是用来吃饭、玩、生活、装门面的！"

我去了金村，从金村外步行到村子里，走了十几分钟。看金村的田野和村庄的轮廓，也就是洛阳附近众多村庄中看起来并不特殊的一个村子，地处北邙脚下，站在村头，抬脚向北是上北邙，起脚向南是走洛河川。如果非要找出一点特色，那就是金村很出名，但这也是个人感觉而已。

金村是个很有特色的村庄。一个坐在村前老柿子树下的老者告诉我说，从前，金村的平民百姓在建房时，或者是垒个院墙、建个厕所，甚至是搭个鸡窝、砌个家畜圈，遇到砖瓦不足，就掂把镢头跑到村外的荒地里去刨大砖块。刨的人多了，开始有人玩玄，双眼紧闭，正转三圈儿，倒转三圈儿，再把双手一松，脱手而出的镢头落在哪里，就拾起镢头在哪里刨，十有八九不落空。金村人嘴上说，这是天神土地给金村人添福哩！不过，心里知道这地下肯定藏着很大的蹊跷。解释不了原因的老百姓胆子小，不敢大肆地朝地下挖。久而久之，形成了一个规矩：不是确实要用，谁也不去多挖一块砖。老百姓能似是而非地明白些能挖出大砖的缘由——老辈人传说这地下埋着金镛城，有人说是金堆城，即一个砖瓦砌成的城池。他们都担心万一哪一镢头下去，会弄出个天塌地陷来。担心归担心，金村人家的街巷院落里，到处都能看到那些从地下挖出来的黑青色老砖块，要么砌在这儿，要么垒在那儿。也有人说下面是下界的鬼城，因为经常可以听到半夜的风里夹掖着悲怆的哭声！所以，更怕得罪了地下的神器，不敢去深挖探究。但金村人更愿意相信是前者，因为他们都坚信金村村名的来历就是因为金镛城。

金镛城遗址在洛阳城东汉魏故城遗址的西北角，由魏明帝曹叡所筑。《水经注》是这样记载的："谷水又东经金镛城北，魏明帝于洛阳城西北角筑之，谓之金镛城。"据勘探，金镛城南北约1080米，东西约250米，分隔为三部分，各有门道相通。它实际上是军事性的城堡，由于北依邙山，地势高亢，可俯瞰洛阳全城，具有制高点的作用。金镛城当时是明帝建来用于自己修身养性的场所，没有想到西晋代魏以后，晋武帝司马炎还真把曹魏的宫人集中软禁在金镛城内，让他们在这里胆战心惊地忏悔。在西晋末年"永嘉之乱"（指311年即永嘉五年，匈奴贵族刘渊攻陷洛阳，掳走晋怀帝，纵兵烧掠）的洛阳争夺战中，金镛城是双方必争之地，当时称为"洛阳垒"。北魏迁都洛阳后，由于宫室还没建成，性急的孝文帝就在金镛城内暂住。隋朝末年，瓦岗军首领李密，先在金镛城内驻军，控制河洛，后在金镛城内称帝，国号魏。隋郑国公王世充之后废了隋帝杨侗，改国号为郑，仍都洛阳。此两雄并立，争战于河洛之间，相距不过25里，故洛阳一带流传有"二十五里双皇帝"之说。金镛城由此又称"李密城"。这些帝王在金镛城居住期间，为贪图舒适安逸，都要大兴土木，消耗大量金银，整个金镛城内宫殿巍峨，金碧辉煌，重楼飞阁，高耸入云。除了面积较小之外，其豪华程度不在汉魏故城之下。《洛阳伽蓝记》描绘其"重楼飞阁，遍城上下，从地望之，有如云也"。

金镛城的建设和好几位帝王有关，它的消亡也和另一位帝王有关，因此，它总是和帝王扯在一起。传说，到五代时，金镛城仍是宫殿宏丽，城池坚固。那个洛阳火烧街出生的赵匡胤，在开封取代后周称帝后，虽然对前朝的国都汴梁很看不上眼，但因为是谋取的帝位，也不能马上迁都。赵匡胤在洛阳土生土长，自然见过金镛城的辉煌。在他的心中，当时的汴梁城远不及金镛城气派，因此常常思念金镛城的豪华。据说有那么一个夜晚，宋太祖梦见了金镛城，便在里面流连忘返。次日梦醒后，惊见汴梁一夜巨变，宫阙层层，楼台高耸，金碧辉煌，活脱脱就是他梦中的金镛城。他百思不得其解。数日后，有西京洛阳来信告知，金镛城竟也是在一夜之中不翼而飞了。此时的宋太祖才恍然大悟，方知是灵性的金镛城为了他一代帝王的夙愿，已在他的天子一梦中飞迁汴梁。后来，天下人都疯传着"金镛城夜转汴梁"的神话！

一座城池在洛阳和开封间能飞来转去的传说虽然荒唐，但我们还是从中看出些门道。改朝换代的宋太祖赵匡胤为什么思念金镛城？他不过是想迁都洛阳，只是碍于自己是靠着"黄袍加身"谋取的后周江山，不好意思马上就改换门庭,而着意让臣下去揣摩他的心思。他的这个意图偏偏又被臣下们错误地理会了,竟然误解成赵匡胤是嫌后周的宫殿过于简陋,就背着他仿照洛阳金镛城又弄出一个开封金镛城。那些耍小聪明的臣下们为了使这种讨好行为成为经典之作,还编排出一个"金镛城夜转汴梁"的闹剧,神话赵匡胤。哭笑不得的赵匡胤能去责怪这些自作聪明的臣下吗?当然不能了,只好将错就错地打消了迁都的念头,顺水推舟地陶醉在真龙天子的神话里。遗憾的是,洛阳作为一个十三朝古都,坐过多少代帝王,偏还就是赵匡胤这个洛阳本地人,当上了帝王,都城却不在洛阳。

金镛城在渐渐废弃的过程中,由一个金凤凰变成了一只土鸡。一个帝王城被废了,一个村庄却成长起来,一座座的高楼变成了一片片的庄稼地,名字也由金镛城被叫成了"金村"。

金村的秘密究竟是什么,是不是和那个曾经的金镛城有关系呢?

有个老学究告诉我,老百姓们见识少,就知道金镛城的事,所以也只能把什么奇怪事都往金镛城上靠。当时金村的这点事方圆百里都知道,提起金村,脸上的表情都会变。试想,一个只是听名字就能左右人表情的村子,是多么让人不可思议啊!外人也都传言,金村人是住在一座地下城的上面。地下城究竟是什么,将来会有什么样的变故,没有人会知道。不过,一个随时都可能会产生变故的村子是多么令人恐怖啊!

金村的第一个秘密就是半夜的哭声,老百姓自我安慰说是天地之音——龙啸。金村人对这样的声音是很熟悉的,半夜的哭声出现在有风的夜里,小而绵长;而龙啸之音平常是听不到的,但一遇到雷雨天气,天上传来滚滚雷声,你站在别处只能听见雷声在天上轰响,但站在金村,那雷声是钻到地下再泛上来,脚底下还有声音传过所引起的微微颤动,让你感受到是脚下的地和头顶的天在一起共鸣。每当天上的电闪雷鸣过后,金村人的脚下却还有沉闷悠长的呼啸之声在一波一波地震动,怎能不叫人心惊肉跳！老百姓迷信，把下雨理解为龙在行雨，轰雷闪电都想象成是雷电之神在施法。尽管金村人把这种让人不解和恐惧的情形尴尬地解释为龙脉在动，并沿着龙王的路子去想象，尽量去美化难以抹去的忐忑，可每年开春的阴雨天气，外村人回避着不到金村去，还是让金村人都为此遭遇过不少的难堪。特别是娶亲嫁女的时候，这是让外村人诟病的短处！

金村还有个秘密就是地下有漏斗。

因为临着洛河滩，金村及附近村庄的地下水位都非常浅，挖个水井在别处也许是大事，但在金村这一带就是小事一桩。一个劳力、一把铁锨、一天时间，保证能打出一口像模像样的水井。村民们是这样形容的，"水都到了喉咙眼儿"。别的村子挖一口水井能当一口水井使用，但金村人却不敢有这样的肯定。咋啦，水井好挖，但怪事迭出，看着是挖出水的井，也许隔了一夜，第二天就滴水全无，枯竭见底。当然，第二天井水溢出，遍地流淌，成为自流井的情况也不在少数。有时甚至是可以眼看着被井水捉弄，两眼距离相近的井，这口井里的水猛然升起，那口井里的水却陡然下降，一升一降像是地下埋着一个跷跷板，老百姓们习惯称其为"串井"，就是说两个井在地下是串通的，也就是说地下有空洞。总之，金村的水井究竟什么时候有水，什么时候没水，什么时候水多，什么时候水少，一个水井一个脾气，一个水井和一个水井不一样。

这两个秘密肯定是在有了金村这个村庄前就存在着，奇怪的是，最早的金村人哪来的胆量，敢在这个令人恐怖的地方硬着头皮生存下来！如果你看看金村这片肥沃的土地就会明白，生存是对生命最大的诱惑啊！

世世代代的金村人陪伴着"龙啸"和"串井"的话题生活着，也忍受着这个话题的折磨。外村人议论，金村人反而不谈一个村子的人都讳莫如深，毕竟是说不清道不明的事。真到了非要谈及的时候，心中也是忐忑不安。他们能怎样，他们又该怎么办？这是老人多少辈都难以破解的秘密呀!

这两个谜团不知道纠缠了多少代人，最后竟是被一次很平常的挖井给捅破了谜底。为啥会出现"龙啸"和"串井"呢？人们之前还解释不清楚，但从那次震惊世界的发现后，这两个谜团都消失了，金村人很开怀地见人就说："原来如此啊——"

那是1928年的春天——金村人是不会这么准确地记住这个时间的，但历史记得。这一年，捅破金村这两个秘密后，又牵出了一个天大的秘密，但牵连出的这个天大的秘密的却给我们民族的历史上留下了一个大遗憾，所以这个时间被记在了历史上。那年春天，人们为了给庄稼浇水，在麦田里就地挖井，挖着挖着，井底竟然"扑通"一声掉下去了！人们都以为挖到了龙潭上，惊吓不已，撂下家什就落荒而逃了。后来，有胆大的村民不甘心，结伴去探个究竟。当他们系着绳子提着马灯下到黑漆漆的洞里，才发现是一个罕见的大墓，淤泥里裹着成堆的编钟、鼎等青铜器。

一下子竟然挖出这么多古器，让人啧啧称奇。金村的老百姓毕竟是生活在千年帝都边的，过的是北邙上的日子，耳濡目染的缘故，让他们了解许多墓葬方面的知识。消息不胫而走，吸引了许多人开始关注这个曝光的秘密。

说到这里，我们不能不提到当时社会的一个小背景。这个背景是特指洛阳，所以叫小背景。

1905年，清政府向比利时的一家公司借款，修筑汴洛铁路（现在陇海铁路的一部分）。由于铁路的设计是在邙山南坡，就地取土时不断有古墓葬被挖开，无数的随葬品引起了外国技师的极大兴趣，他们大量收集这些陪葬品，然后寄回欧美转卖。这之前活跃在北邙上的盗墓贼，都是以金银器和玉器为主，其他的陪葬品是根本不屑的。这些外国人不但让盗墓贼们认识到了自己的鲁莽，也让许多当地人一下子改变了对古墓葬的认识。

当时的中国，经济凋敝，政治混乱，地方政府贪腐无能。外国人毫无顾忌地收购，让很多农民和壮工看到其中有利可图，更开始专业挖起古墓来。更有贪图暴利的地方豪强，甚至公然组织起了大规模的盗掘。一哄而上的架势，使北邙再也没有了以往的平静，转而变得乌烟瘴气，成了鸡鸣狗盗的角逐场。在中国百姓朴素的道德观念中，"登寡妇门，挖绝户坟"是最令人不齿的行为，但在利益的驱使下，道德的藩篱一夜之间就能被践踏得面目全非。随后洛潼铁路的修建，更是推波助澜，将北邙的这场浩劫推向了令人胆寒的程度。在盗墓者的示范效应下，北邙上的数十个村庄相互效仿，一哄而上，将盗挖古墓视为发财的捷径。据知情者回忆，当年每到秋收后，北邙上熙熙攘攘的盗墓者像是赶庙会一样。这些盗墓者都是农民，他们在北邙上刨挖，手段简单粗野，像是刨红薯。铁匠铺子在这里支起了火炉子现打现卖，卖饭的搭起芦席棚子招揽生意。挖出来的玉器、铜器、金银器用箩筐装，用马车拉；打碎的陶器、瓷器和木器散落得到处都是。到底挖开了多少古墓葬，谁也不知道。以往人们见面打招呼是问"吃饭了吗"，这时候人们见面打招呼都是面带着难以抑制的亢奋，张口就问："你挖了点啥？"难以计数的古器从北邙农民的手中，流向来自北京、上海的文物商人和洋人手上，再流向海外的文物市场。

当时有个著名的村庄叫庞家沟，人们这样形容它：从庞家沟挖出来的古器换来的元宝，能把庞家沟填满！

但北邙的劫难还远不止这些小打小闹，毁灭性的灾难在一幕一幕地演变着、升级着。

1925年前后，洛阳四郊成立民团、红枪会等武装组织后，当地的土豪恶霸们依靠手里的枪支，驱使穷人，变盗墓为有组织的公开挖掘。邙山上很多地方的土地被荒芜起来不再耕种，成为掘坟挖墓的专门场地。

1927年，眼红的洛阳驻军为搜刮财物，以筹措经费为名，对北邙山围而不管，公然插手文物盗掘。他们还以军代政，勒令掘墓和古玩交易者必须交纳百分之二十的税金，开了对盗墓者和古玩业征税的先例，变相使见不得阳光的交易合法化。

　　1928年，军阀韩复榘占据洛阳，接受古玩商人的建议，成立"古玩特税局"，大量发行经营许可证性质的行贴，让盗墓者持证上岗，对出卖文物的盗墓者征百分之二十的税收，公开把盗墓行为合法化，自此盗掘买卖之风成了风行一时的产业。到韩复榘离开洛阳时，北邙山已经变得千疮百孔，古墓几乎是"十墓九空甚至十墓十空"。被誉为盗墓神器的"洛阳铲"也就是在这个阶段，因势而生，横空出世。

　　也就是这一年，当金村出土的青铜器出现在古器市场上，那种器型的独特和阔达，以及品相的绝美和罕见，一下子让古玩界有了石破天惊的发现。一时间，古玩商、盗墓贼、街痞混子各色人等蜂拥而至，竞相在金村这个舞台上粉墨登场，开始了一场肮脏丑陋的博弈。这些面目不同、目的一致的来人中，最为引人注目的是两个洋人——加拿大传教士怀履光和美国人华尔纳。

　　当时的河南境内，宗教对外开放，凡是较大的城市都有洋教士在传教。怀履光就是在当时的省城开封传教的外国传教士，名头是基督教河南圣公会的主教。怀履光的名字是这个外国佬来到中国后的汉文译名，也有人将他译为白威廉。他自1910年来华，在中国居住了近四十年，可以说是名副其实的中国通。一些文字资料这样介绍他，"怀履光是黑头发，眼睛不太蓝，在中国式服装的掩饰下，走在街上很像一个中国人。他这样做是为了便于接近中国人，也是为了避免被人围观而招惹麻烦"。他"在开封、商丘、洛阳等地建教堂、办学校、开医院，做了一些慈善和社会救济工作，并培养了一些高层神职人员"等。他是中国近代史上有影响的外国人之一，名字编入《近代来华外国人名辞典》。仅看这些介绍，怀履光是不该来金村的，可他就来了，和华尔纳像一对嗅觉灵敏的猎狗，顺着陇海线来得不比其他任何人慢。

怀履光的出现，除了对金村的文物感兴趣，更主要的是对金村人守着的秘密感兴趣。有句俗语说：贼看一眼。这是说贼和贼的不同。小贼一眼只看到表象，而大盗一眼的洞察力、穿透力和预见性是让人惊叹的，所带来的后果也是难以想象的。怀履光属于大盗，比小蟊贼动的心思要大得多。据老辈人回忆，他进到金村的时候，是十分和蔼可亲的，一副传教士慈善的面孔，拿着大把的银圆，访贫问苦，远比现在的干部下乡更能感动人！无知的老百姓能有多少见识，有奶便是娘的事情很普遍，所以，怀履光的假慈悲轻易就把老百姓糊弄了，而且是收到了呼风唤雨般的巨大成效。金村出土的文物不但都被他收入囊中，他还根据自己的了解和摸底，在金村摆开了阵势，准备寻着"串井"和"龙啸"的线路，做一次彻底的"大揭盖子"。老百姓们是多么激动啊，都希望自己能跟着怀履光发笔大财！

可是老百姓不知道，就是这个怀履光，让这个叫金村的村庄，一下子在世界考古界或者叫博物馆界甚至整个文物传播的链条上，名扬世界，名气大得超过了许多大都市。打个比方，你站在西方的大博物馆里，说中国许多省和大城市的名字，也许听者会一脸茫然，但你一说到金村，对方肯定会眼前一亮，惊叹着竖起大拇指！

第三章　东周王陵之殇

　　一个张口言爱、闭口讲善,肩负着传教救世重任的基督教主教,为什么会嗅着文物的气息而急急赶来呢?我们常说,打着招牌的都不见得是好人。那怀履光究竟是个什么样的人呢?

　　怀履光最早是加拿大圣公会派往中国福建的传教士,他当时就对中国民间文化发生了兴趣。来到河南后,开始专注于中国文物的搜集,尤其是青铜器。这些都不是偶然的,1914年,加拿大长老会传教士明义士在安阳小屯看到刻有文字的甲骨后,就一直与怀履光保持通信联系。明义士对甲骨文颇有研究,擅长文物断代和诠释印章,他对怀履光早期搜集中国文物的活动指导和帮助很大。看看这些传教士的专长,你就该知道,传教只不过是挂羊头卖狗肉的伎俩。西方宗教进入中国的早期就不是单纯的宗教目的,他们表面上是来传播慈善的普世价值,实际上是一种文化渗透前行,对一个国家和民族进行侵略才是其真正的恶魔伎俩。1924年以前,怀履光认识了南京金陵大学校长、西方著名的汉学家、加拿大人约翰·佛哥森,并通过他和许多从事考古研究的中国学者如郭沫若、董作宾等建立了联系。

　　20世纪20年代,中国政局更迭、动荡不断,政府无力也无意识对文物进行保护，致使西方对中国文物肆无忌惮的掠夺达到了空前的疯狂程度。当时，在华外国人中大肆收购中国文物的不只怀履光，但他具有主教身份，是红十字会等慈善机构领导人，又有外国文化机构作后盾，因而比其他搜集者更容易得手。他正是在这样的背景下将大批中国文物源源不断地运往加拿大。

怀履光大肆地搜集、收购文物是需要大量经费的，但他的举动受到了加拿大国内的大力支持。西方在对外掠夺中向来是很有眼光并大力支持的，加拿大安大略省皇家博物馆积极为他提供经费，民间的大商人和大公司也纷纷捐献巨款，为他大规模窃取中国文物推波助澜。在这一点上，不能不让我把20年代西方的怀履光之流和现代的韩国人联系在一起，当我们对自己坐拥的文明和文化并不在意的时候，那些已然富裕的异族已开始觊觎我们的文明和文化。曾经的怀履光之流以占有我们的实体文化为目的，而现代韩国不可能有那样的机会了，就转向占有我们的软文化。这些举动共同的目的就是文化占领，而我们的有些人却在学习"苍蝇"的本性，抛开满是蜂蜜的花园冲向满是铜臭的钱堆上，还得意忘形！

怀履光看到用盗掘加购买的方式掠夺中国文物的机会非常难得，不停地向馆长卡雷里游说，指出中国文物本身的价值会很快成倍地增长并远远超过购买时的价格。因此，即使经费不足时，仍尽量购买。许多中国文物都是廉价买进，加拿大安大略省皇家博物馆以很小的代价便将这些文物据为己有。我们无法得知该博物馆为盗取中国文物总共花了多少钱，仅可查知在1929~1931年世界性大危机中，因政府拨款不足，为了购买中国文物博物馆从银行借了九万多加元。但是可以肯定，他们付出的代价与珍贵的中国文物的价值相比，是微不足道的。

怀履光当时有个目标，他认为仅仅守在河南这块华夏文明的核心地带，就足以使安大略省皇家博物馆在他的努力下，成为当时世界上最大的东方文化和艺术品收藏馆。所以,他搜集文物的种类非常广泛,有甲骨、石器、青铜器、陶器、瓷器,还有泥塑、石刻、书画、壁画和书籍等,其中青铜器占了很大的比重。青铜器大都出自商代,部分出自汉代,从异常精美的祭祀品,到农民生活中使用的简单器物,应有尽有。主要有马具及其饰物、铰链、炊具、刀斧、矛、弓箭头、微型盔甲、刀形和铲形钱币、印章、铜铃、发夹、发带钩、蜡烛台、灯、马灯和火炉等。青铜器成为该博物馆展出的中国文物的最主要部分,也是中国以外收藏青铜器最齐全的博物馆。

怀履光并不亲自出面购买文物,而是由开封的古董商代理。早在1924年之前,他就把这些人收拢到自己门下,为这些古董商人提供经费并提取佣金,四处收购文物。当时,不少官宦子弟吸食鸦片,为满足毒瘾,不惜低价卖掉祖传的宝物;有的人则为生活所迫,不得不贱价卖掉家中的古董。这些都成为怀履光收购文物的重要来源。另外,他还委派教会内的一些信徒,四处打探古墓葬出土的消息,派人购买刚刚出土的随葬品。

由于这些搜集和收购行为每次所获文物不多,越来越贪婪的怀履光竟然开始涉足盗墓。他利用其传教士的身份接触和贿赂当地政客,换得上层的保护,并勾结军警和帮会势力,亲自主持盗掘大墓的工作。洛阳金村大墓就是其盗掘行为的一个佐证。

怀履光攫取的中国文物,数量之多,令人震惊,仅1925年就有数百件。从他寄往国内的信件可知:1月份,运回50种合100多件;2月份,20种;4月份,50多种陶器和瓷器;5月份,9件青铜器和陶器;9月份,165件。由此可以看出,外国人到中国,不论是传教士还是商人,甚至是外交官,怀揣的目的向来都不是单一的。

怀履光最早注意到洛阳这个文物天堂,是在1926年年初,洛阳东北的马坡村发现一座大型古墓,这个消息让他第一次来到洛阳这个城市。

因为这座墓葬规模巨大，是之前所没有见过的，当时吸引了许多人的注意。怀履光考察了大墓的情况，也感到十分震惊，仅仅是坐在大墓前谋划的时间就有整整一天，吃饭都是洛阳的教徒用一个精美的食盒送到大墓上。西方人是没有大墓的概念的，所以大墓之大远远超出了他的想象！他需要作出决断，也需要对自己的实力作出评估。

经过几天对洛阳各界人士的密集接触，他还是下定了盗掘的决心。这种大墓的文物价值是可想而知的，怀履光实在是不忍放手。但他也明白，靠他个人的能力和影响力，想单独完成盗掘还是有着许多潜在的风险，这毕竟是个陌生的环境。他特意回了一趟开封，把自己手头的机械怀表、袖珍手枪和手摇唱机之类的洋玩意，装了满满一轿车赶到洛阳，又挨着门头去贿赂那些地头蛇，把大墓所在的地契拿到了自己的手里。然后，发电报联系他掌握的一些国外公司，求得资金上的支持。当时同意合作的纽约57号街的山中商会和麦迪逊大道卢芹斋公司，很快就按照怀履光的要求，把所需资金汇到了洛阳。事情至此已经有了眉目，但狡猾的怀履光并没有亲自出面，而是由自己控制的文物贩子马自忠、开封古董商蔺石庵出面共同盗掘，自己则龟缩在洛阳的教会里，密切关注着盗掘现场的一举一动。

马坡村周代大墓没有让怀履光失望，出土了众多带有铭文的青铜器和其他珍贵文物，其中令方彝铭文多达187字，显系西周重器，不能不使他欣喜若狂。

这次洛阳之行，不但让怀履光满载而归，也使这个洋教士开始对"葬在北邙"这四个字有了深刻的认识。他把大墓一扫而空后，并没有马上离开洛阳，除了和许多头面人物结交往来加深感情外，暗中还笼络了许多盗墓贼高手，私下对北邙进行了一番考察。当他看到一座一座小山包似的墓冢时，可谓是两眼贼光闪闪，垂涎三尺，简直达到流连忘返的地步。

这也就不难理解，当金村大墓的消息扩散开来的时候，怀履光带着华尔纳为什么能在第一时间赶到现场，参与到盗掘前的明争暗斗中。

围绕着初露端倪的金村大墓，许多人都在你来我往中施展开了手段，妄图收获巨大利益。面对着一群来路各异的"牛头马面"，岌岌可危的金村大墓在强盗们的虎视眈眈中开始瑟瑟发抖了，它不知道自己将落谁手！按照中国人的传统经验，"强龙不压地头蛇"，怀履光和华尔纳是丝毫没有胜算的。他们两个不可能有八国联军进北京时如狼似虎的阵势，更没有支持他们的地方势力，也没有冠冕堂皇的幌子，咋看他们都不该有机会将黑手伸进金村大墓。

可谁都没有想到，就是这两个形单影只的洋人，在对当地村民施了些小恩小惠稳住局势后，经过翻手为云覆手为雨的折腾，不但调来军队逼退了所有的"凶神恶煞"，竟然轻而易举地得到河南省博物馆的首肯，拿到了政府允许开掘金村大墓的独家公文。已经出土的金村大墓文物，被洛阳文物商人张子枚完全掌握在了手中。笑里藏刀的怀履光对其软硬兼施、威逼利诱，最终将所有的文物尽数收购。然后在金村安营扎寨，大张旗鼓地盘踞在金村大墓旁，气定神闲地盗掘起来。

当时的河南省博物馆，代表政府对文物有实施管理的权力，可想而知它的首肯对于金村大墓意味着什么，那是等于给这对洋盗贼发放了"政府许可证"。我们从他们能调动军队和地方势力的行为上也不难看出，河南省博物馆的首肯对这对洋盗贼起到了多大的保护作用。

当时的季节是秋季，怀履光气势夺人地在金村附近的北邙上搭起了棚屋，立炉设灶，还请来军队荷枪实弹地守卫在他的营地上，那阵势不可谓不张扬。在那么多的"黄皮肤"中，他和华尔纳的高鼻梁是很鲜见的，但他们有胆量在这群"黄皮肤"中趾高气扬地指手画脚，颐指气使地让这群"黄皮肤"刨开自己的祖坟，任由他们不遗余力地搜罗好东西。

有些人认为怀履光的行为不是盗掘。为什么呢？就是因为他在盗掘

第三章　东周王陵之殇

的时候那从容不迫的做派。他像是女人梳理自己的发髻一样，不急不躁，精细入微，把每一件文物出土的位置、形状都依样描摹下来，分门别类进行登记，甚至还有每天的发掘记录。其一丝不苟的态度堪比我们现代考古工作者的保护发掘，甚至让考古工作者都自愧不如。这就是洋人傲视世界的所谓文明气度，偷也偷得明目张胆，盗要盗得优雅从容！

怀履光盗掘的文物根本不在中国存放，都是以最快的速度发往国外。运走的文物在西方一露脸，立马就在文化市场上引起了一片惊叹，因为这样的文物在中国都很罕见，在国际上更是绝无仅有。一时间，金村的名字风靡西方文物界，怀履光更是声名鹊起，成了这条文物链上炙手可热的大人物。这批文物让怀履光赚了个盆满钵满，除加拿大安大略省皇家博物馆的经费支持外，更多的公司和机构纷纷向他伸出手，愿意提供资金，以求做深度合作。

实际上，自1924年以后，怀履光就已经越来越多地把精力放在搜集中国文物上。到发现洛阳的周代墓葬后，他更是撂下教会工作，全身心投入到对文物的盗掘上。他的这种行为，引起教会内部其他传教士的不满，纷纷指责他为了安大略省皇家博物馆的利益而影响了教会的传教工作。可是加拿大及西方学术界却对他倍加赞赏，安大略省皇家博物馆馆长卡雷里不止一次写信表示对他的工作非常满意。难怪加拿大的一些学者毫不掩饰地说，安大略博物馆拥有中国以外最大的中国文物收藏。

西方资本主义对中国的文化掠夺和精神奴役，有时候也会产生矛盾，这种矛盾都是由于顾此失彼的贪婪！

有记载，怀履光在金村大墓的盗掘活动一直延续了6年。他和华尔纳住在金村附近的发掘现场，就像是住在自己的村庄里过日子一样。他的村庄就是金村大墓，他过的日子就是把自己装扮成一个认真执着的文物考古工作者，呆在一个个被掘开的大墓里，仔细地整理和研究出土文物。他除了把无数的文物源源不断地发往西方，还会收购北邙上的村民和盗墓者送上门的文物。许多村民还都很巴结这个洋人，因为农民很想跟着他干活赚钱。在自己的家门口，能轻松地赚到钞票，这可是一件求之不得的好事。村子里有几个做茶饭比较好的女人，也都愿意去给这两个洋人做饭，不但可以挣一份工钱，还可以把剩下的饭菜带回家，有肉有油有白面。两个洋人也会说中国话，甚至经常和善地叫着村民的名字聊天。每到阴雨天气，华尔纳还会和村民一起打麻将消遣。

当时的怀履光并不知道所掘开的大墓属于哪个朝代，他也不需要懂。但他们明白这是中国历史遗存中罕见的文化瑰宝，掠夺和据为己有才是他们的目的。怀履光的掠夺行为在世界上引起了轰动，一股关注神秘的华夏文明和中国古文化的巨大浪潮已然掀起。有个日本人叫梅原末治，他从一件银器的铭文中看到有"三十七年"字样，就想当然地认为这是指"秦始皇三十七年"，从而发表看法，说金村古墓是秦代墓葬。这也不可笑，他哪里知道，秦始皇前还有个周王朝，东周平王、敬王、显王、赧王的在位时间都超过了37年。后来，又有人读出编钟上有个"韩"字，便认为这是"韩墓"。一时间，对金村大墓的研究和猜测成为一个热点。这些人之所以搞错，是因为1934年之前，我国还没有确认夏商周三代王陵的位置。直到1946年，著名学者唐兰先认为金村古墓是周墓，并发表《洛阳金村古墓为东周墓而非韩墓考》的论文，才初步确定此处为东周贵族墓群——这也是走上北邙的东周王陵群。

东周建都洛阳，25个天子均葬于洛阳王城和北邙的漫坡上，但因年代久远，墓主多难确认。据现有史料和考证，已经明确周王陵分为王城、周山、金村3大陵区。一个王朝为什么会形成这样的丧葬布局呢？这是因为，初迁洛阳王城的周王朝还保留着将历代周天子葬在宫城附近的习惯，王城陵墓区就属于这一时期。周山陵墓区的形式，是因为一场洪水淹没了洛阳王城，改变了周天子的想法，也形成了以后历代皇帝陵墓远离宫城的习惯。

而周天子葬于金村的直接原因，是因为一场朝廷变乱——王子朝之乱；间接原因是周王朝迁都洛阳时，洛阳已形成一个首都、两座城池的都城布局。也就是说，一个洛邑都城，分王城和成周城两个城池。

春秋后期，诸侯争霸的严峻形势在挑战着东周王室的权力。但东周王室贵族依然不思进取，王子们争权夺位，大臣们视废立为儿戏，宫廷政变不断。发生在春秋后期的王子朝之乱延续十几年，更使周王室处于风雨飘摇之中。

一个名字叫朝的王子，是周景王的庶长子。景王初立嫡长子猛为太子。但猛生性懦弱，缺少威仪。而庶长子朝却有勇有谋，有王者风范。景王欲废猛而立朝为太子，大臣单旗等人竭力反对，认为太子废立乃国之大事，王位传嫡不传贤。前520年夏，周景王下定决心，欲把太子之位传给朝。遗憾的是还未颁诏，却暴病而亡。但景王临死前以大夫宾孟为顾命大臣，遗诏传位于朝。景王已死，周大夫单旗、刘卷是猛的支持者，认为若立朝，自己必然失去权势，于是派剑客刺杀了顾命大臣宾孟，立猛为王，是为悼王。此举引起了宫廷内乱，朝廷两派兵戎相见。悼王兵败逃离王城，王城成了朝的天下。但逃出王城的悼王得到了诸侯国晋国的支持，晋国起兵护送悼王又夺回了王城，赶走了王子朝。胆小的悼王归位后，还时常处于对王子朝的恐惧中，一日三惊，竟忧惧而死。其弟继位，称谓敬王。王子朝再次率军攻打王城，敬王派兵迎战，可军队不堪一击，照样被赶出了王城。王子朝入居王城后，敬王却逃到了另外一座城池成周城，与之相对。本就是一都两城的周王朝，出现了两王并立的局面，人称王子朝为西王、敬王为东王。

经过四年的战争，敬王平定了王子朝，但王城遭到严重破坏。周敬王在这残破的王城中度过了五六年，由于受到王子朝余党的威胁，心中很不安定，决定另建新都。周敬王十一年（前509年），在晋国的支持和帮助下，各诸侯纷纷出工匠、奴隶、民工、士兵，为敬王修建新都。由于计划周密、分工明确，仅用了三十天时间，成周新城便拔地而起。该城位于成周故城东面，具体位置大约北至邙山、南达洛河、东及偃师寺里碑、西距今白马寺三里许。汉魏故城就是在敬王成周新城的基础上建立起来的。自敬王迁居新都之后，新都城共经历元王、贞定王、哀王、思王、考王、威烈王、安王、烈王、显王、慎靓王共十一代，一百九十五年，在东周的几个都城中历时最长。至东周最后一位天子赧王才又迁回于王城。金村陵墓区就是这个时候形成的。

在长达六年的盗掘中，怀履光总共掘开了紧密相连的八座东周王陵。他所著的《洛阳故城古墓考》，就是金村8座"甲"字形大墓整个盗掘过程的原始记录。书中不但详细记下了这8座大墓的平面分布、墓葬形制和结构以及随葬器物等，还针对相关问题进行了讨论。这是一个强盗的自述和对罪恶的记录。

墓葬布局、墓葬形制与结构是该书的重点。书中关于5号墓有这样的记述："1928年的一场雨使金村大墓……被确定为一座大墓。后来在这一片区域内又陆续发现7座大墓和三座车马坑。这些墓在结构上完全相似，排列有序，北部一排有6座墓，每座墓中间相隔70米，南部一排2座墓。8座墓的墓室都在北端，其南端正中有一条窄长的墓道。墓室平面呈八边形，自外向内分别为卵石层、木板层及随葬品搁架等三层。墓室中央放置一长方形双重棺，头朝北，其南侧有1个铜鼎和2个大铜釜，铜鼎南有2壶1鼎。墓室南为墓门口，两侧各遗留有一金属门环和门基，两门相距1.22米，约为墓门宽度。从剖面来看，在距地表约9米多处初见第一层卵石层，紧接着为木炭层，再下分别相隔两层卵石层和木炭层，厚度总计1.82米。其下两层为松木层，每层近50厘米，上层为东西向铺，下层为南北向铺，再下为墓室。内壁漆深棕色，壁顶绘有宽30厘米的带饰，上嵌琉璃圆铜饰。墓底铺以石板。墓道南端东西两侧各有一车马坑，长15米，宽3米，坑内发现许多金银错……"

由此可见，这个洋传教士是一个多么精细的文物大盗和文化掠夺者！

金村古墓出土的随葬品中，有青铜器、漆器、玉器、银器等。许多铜器铸刻铭文，最著名的是9件一套的"□氏"编钟（铭4字）和5件一套的"□羌"编钟（铭61字）。有些器物制作极为精美，如错金银的鼎、敦、壶等铜礼器，透雕龙虎饰大玉璧和各种玉佩，错金银狩猎纹铜镜和嵌玉带钩，金饰玉卮和玉耳杯，以及铜和银的人物像等，都是十分难得的艺术珍品。所出土错金铜尺及载明重量和容量的铜钫，是研究当时度量衡的重要资料。金村所出有明确纪年的铜器中，□羌编钟的铭文内容可与古本《竹书纪年》相印证，记载周威烈王二十二年（前404年）三晋伐齐入长城事，年代属战国早期；嗣子壶的作器者为"令狐君嗣子"，令狐氏系魏颗的别封，"嗣子"是其后裔，年代约属周威烈王十年或周安王十年（前392年）。但有些器物明显作于战国晚期，如两件漆卮的银足有"卅七年"和"□年"的刻铭，应为秦昭襄王时遗物。因此，金村古墓群的年代下限可延至战国晚期。

怀履光搜集到文物后，先用火车运到上海，然后装船运到加拿大。1930年以前，他可以大张旗鼓地公开这样做。1930年，国民党政府颁布法律，宣布所有古代文物属于国家，私人收藏应向当地政府申报，并禁止文物出境。但怀履光丝毫没有收敛他的不法勾当，不能明目张胆地盗取了，便采取偷运的办法。他有时向铁路运输人员行贿，有时以洋人的头

金村周王陵出土的金银错铜镜

衔吓唬人。开封火车站检查较严，他便派自己的轿车司机将文物运送到兰封（今兰考）办理托运。在法律颁布后的头几年，由于执行不力，文

物还能蒙混出海关。随着检查日益严格，偷运越来越困难，加上文物价格暴涨，安大略省皇家博物馆也出现资金不足，遂决定让怀履光停止这种不光彩的行为。

有个日本人叫梅原末治，他先后从细川侯爵、嘉纳治兵卫氏、山中定次郎氏、大阪佳友男爵以及美国弗利亚美术馆、纽约艺术博物馆、英国伦敦博物馆、法国巴黎卢芹斋、巴黎国立人类学博物馆、瑞典国立博物馆等处征集到一些文字资料和照片，编成《洛阳金村古墓聚英》一书。该书收录了金村大墓盗掘后，出土的精粹文物238件。还有数千件文物，这个傲慢的日本人认为不值得入书，就没有记录在册。

金村大墓究竟出土多少文物，恐怕是个谜，据传是数千件之多，其中华尔纳盗走的玉器精品最多，其他文物被运往加拿大等10多个国家，存留国内的文物微乎其微。目前所知，国内仅存有3件：大铜鼎、铜尺、命瓜壶，分别藏于洛阳博物馆、南京大学和清华大学。相比那多达数千件文物，这三件的留存近乎是个令人悲伤的笑料！

馆藏于洛阳博物馆的那尊大铜鼎体积非常大，鼎高0.8米，胸径接近1米，庄严而简朴，威严而从容。上面没有狰狞恐怖的花纹，一切看上去平静如水。这表明天子衰微后，王室

金村周王陵被盗的错金银铜鼎

经济困难，大鼎是在"周之衰"中偷工减料铸成的。也只有这个大圆鼎，

成了留给洛阳虚弱的安慰，但更多的是痛！

这是多么惊人的掠夺啊，一个历史时期的文化就这样被肢解了，盗走了！

我们来看看那些保存在海外的金村大墓的文物珍品吧！

金村周王陵被盗出土的编钟

金村大墓出土了大量的珍贵文物，有铜俑、银俑、错金银和青铜礼器、编钟等等。这些珍宝大部分被法国巴黎国立人类学博物馆、巴黎吉美博物馆、加拿大多伦多安大略省皇家博物馆、美国堪萨斯城纳尔逊艺术馆、美国弗利亚艺术馆等博物馆"收藏"，也有的被日本大阪、东京的一些人"收藏"着……

安足，用来承托棋盘的用具，锻造于春秋战国时期。东周时期各种棋类已经盛行，贵族们将下棋作为修养心智的方式和身份地位的象征。下棋时，将精美的安足置于棋盘之下，既可增加棋盘高度，又彰显着主人的尊贵身份。美国堪萨斯纳尔逊博物馆保留着两个呈站立姿势的青铜兽安足。它们双目深陷，嘴部突出，身躯饱满，有嵌金纹饰。立兽的双臂上推，神情认真严肃。其中的一个，右臂已有残缺。这两个安足，青铜材质，饰有错金银纹，造型典雅庄重，贵族气息扑面而来。这套安足在出土时候原本应有四个，各占一角，稳稳地托着棋盘。可为什么只剩下两个了呢？这主要是国外的收藏者对中国文化十分陌生，并不知道安足的作用，在文物交易过程中致使完整的一套安足流失了。在法国巴黎吉美博物馆里，保存着这一套安足中的另外两个。这说明，文化的掠夺并不能保护文化，只能是对文化的肆意毁坏和肢解。

英国伦敦大英博物馆保存着金村大墓出土的一个错金银牛头，古代称金银错。许慎在《说文解字》中是这样解释的："错，金涂也。"就是用金银在青铜器物上涂画，多用于装饰几何云纹。这种涂画方式既继承了前期青铜器传统的严谨风格，又追求变化，线条往往灵动而富有立体感。这个金银错牛头不但造型独特、夺目，整体的艺术性也十分完美。

美国弗利亚艺术博物馆保存着金村出土的大批玉器，玉梳、龙凤纹玉璜、玉柄节、玉杯等，玉质精良，做工精细，造型别致，体现了我国战国时代玉加工的高超水平。

金村周王陵被盗出土的错金银牛头酒具

美国哈佛大学艺术博物馆保存的龙纹玉璧，晶莹剔透，青翠可人；玉耳杯双耳镂空，外壁勾连云纹，十分典雅和高贵。更让人眼前一亮的是一个颇具生活气息的银人像。银人像并未着衣，略微肥硕，

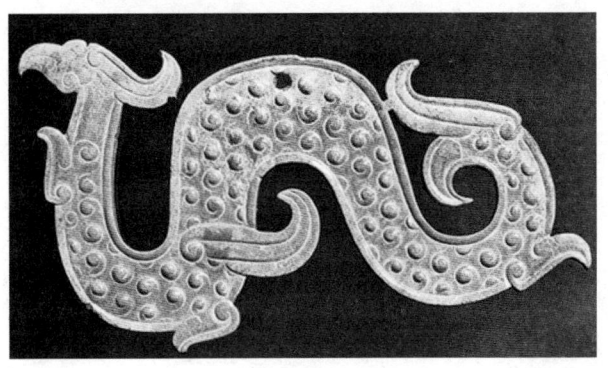

金村周王陵被盗出土的玉器

看起来憨态可掬。他右手握拳上举，左手下垂，闪耀着银器特有的光泽。中国最早的银人像共有两个，同时出土于金村，那么另一个银人像在哪里呢？

原来，另一个银人像辗转流传到了日本东京，被私人收藏。收藏这个银人像的是日本人细川侯爵。我们现在谈论中国服饰时，往往会拿这个银人像为标准。此人像两臂下垂，两手半握，穿着长抵膝部的深衣，窄裤，跣足。当时服饰的简洁和结构鲜活地表现在人们面前，背后的衣裾上还刻有一行记重铭文。曾有人认为这是胡人像，但其发髻、服装都是华夏族的式样。跣

金村周王陵被盗出土的玉梳

足在华夏族当时的礼俗中系在君前示敬之意，故此像所表现的是一位华夏族宫廷小臣。其面貌憨厚，表情恭谨，作者对人物的身份和性格都塑造得恰如其分。它是在秦兵马俑之前，中国早期雕塑中最富于写实风格的人像之一。由于银器在当时很稀少，作为银人像，它是中国已发现的最早的两例之一，故尤为宝贵。这个富有写实风格的银人像，不仅有着极高的艺术价值，更承载着一种十分明显的民族文化痕迹。

流落海外的金村被盗掘文物，本是成套成组却难再聚首，甚至被流转得支离破碎的现象也比比皆是。

金村周王陵被盗的出土银俑

这成了洛阳人永远的痛，成了中国人永远的痛，以至于每当加拿大展出这些文物时，都有中国留学生表示抗议，说这不是文物展，而是盗墓展，是一种反文化现象。

怀履光打着"向西方介绍东方"的旗号,来掩饰自己这种可耻的盗窃行为。仅仅从其一生的著述中,我们就可以知道,这个挂着"传教"名头的文化窃贼,对中国文化的掠夺是多么疯狂。他的专著有《洛阳古城古墓考》《墓砖图集》《墨竹画册》《中国犹太人》《中国古代甲骨文化》《中国青铜文化》;文章有《天坛》《中国古代日晷》《中国古代美玉》《中国文化遗产》《1800年前的中国家庭生活》《中国早期玻璃制品业》等。

怀履光著书的特点是系统地介绍中国文化,而不是进行深入的研究,这一点连其本人也承认。他说其目的是把丰富多彩的中国文化介绍给大家,引起人们的兴趣,从而让更多的人进行研究。听听,多么的冠冕堂皇,要不了解其本质,还差点把他当好人了!怀履光是在解放军隆隆的炮声中不得已才离开河南的,可以想见他对河南的留恋,火不烧到屁股,他肯离开吗?

怀履光走了,但他给我们带来的文化摧残是无法估量的。现在的学者提起他,就只说他盗掘了东周王陵,殊不知他的祸害远不止这些啊!我们可以这样思考一下,中国的第一条铁路修上北邙,是揭开了北邙"墓挨墓、坟撂坟"的真实面目。但仅仅是揭开,还没有能冲破中国人发坟墓财的禁忌,掘坟盗墓还是最令人不齿的龌龊行径!而洋人来了,也就是怀履光来了,才彻底颠覆了根植在老百姓心中的道德藩篱。他不但手里拿着"咣啷"作响的银子,还挂着一个收购文物的

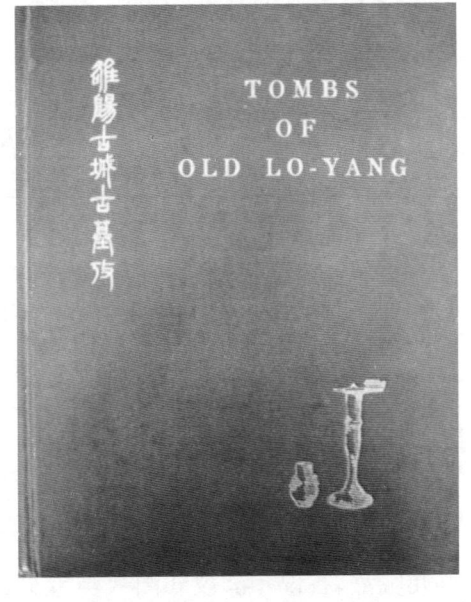

怀履光著的《洛阳古城古墓考》

响当当的大招牌，这对那些已经被战乱折腾得没有了生计的百姓是多么大的诱惑啊！原本在心底里把随葬器物看作是晦气东西的百姓，这时候知道晦气东西能换来白花花的银子，还会对着这些器物不理不睬吗？我想不会。庄稼被灾荒兵祸给糟蹋了，这些古器就是他们的"庄稼"了。不但要把侍弄庄稼的农具拿来侍弄这些坟墓，还要感谢洋大人带来的这个赚钱糊口的营生！该发生的一切都开始发生，深藏于地下的东周王陵灰飞烟灭了，及至整个北邙，也从此开始了一场浩劫。此后的几十年里，北邙上的古墓葬十室九空。

我们不能怪罪这些老百姓，因为他们是不懂得历史文化的。

想想那些被威逼利诱着为洋强盗掘墓的农民，他们用挖开的祖坟换回了大洋，赶上了大马车和骡马，住上了青砖绿瓦的小院，他们是在实实在在地生活着。你期望他们在享受着愚昧带来的成果时，也承受着羞愧的煎熬，除非他们也成了文化人！

可文化人又能怎么样，难道那些帮凶不是文化人吗？文物商、政客和给掠夺者大开绿灯的文化汉奸等，他们在伙同着洋强盗把八座王陵洗劫一空之后，面对着剩下的废墟，会不会感受到一丝民族羞辱感？

想想我们旧时的政府，一副屈膝、谄媚、软弱的奴相。金村盗掘的洋强盗不是在那里一夜、一天、一月、一年，而是六年啊，可那时的政府只是无声无息！

许多时候，我们不敢指望谁会怒发冲冠，也更不敢指望谁会痛心疾首、揭竿而起。扪心自问，现在衣食无忧的人们，面对一堆金钱的时候，会不会熟视无睹、不为所动？

那些被掠夺走的文物还有回归的可能吗？我曾拿着这个问题问附近种地的农民。农民反问我："早知道这些东西都弄到外国了，到底在外国哪儿呢？"我说，都被外国人当宝贝放在博物馆里了。农民们摇着头说："那还能弄回来？外国人就稀罕咱的古器，咱北邙上的古器还不都是叫古董贩子贩卖到国外了。"我环顾着这片曾经埋葬着东周诸王的黄土坡，发自内心地长叹一声说："多遗憾啊！"农民们能领会到我的意思，也附和着惋惜，还骂骂咧咧，说要是外国人不来盗宝，这几个大墓再配上金镛城，咱金村可不就是个天下闻名的旅游景点嘛，人老几辈子也不用愁钱花了！他们也许是和我产生了共鸣，疑惑地问我："你是做什么的，文物队的？"我说不是。农民猜测："是记者？"我说不是。农民又猜："看闲景的？"我认可了。有农民说："看着就知道你不是来跑古器的。"我问他怎么就看出我不像呢？他们相视着笑了，说："跑古器的都有行道，那有自己到处跑着问来问去的。"我夸农民们见识多，很会看人。一个农民用手中的锄头捣着土地，自负地说："这地都被盗墓的翻几遍了，看也看出点门道了。"我半真半假开玩笑问这些农民，家里是否还藏有古器？这些农民的脸上马上就挂上了一层机警的表情，讪笑着纷纷摇头离开了。我突然醒悟自己很笨，刚说过的，跑古器的都有行道，我却这般直接，就是这些农民家里藏有古器，也不会贸然就给我，他们也许就在那些行道中啊！

我转头走开的时候，看着漫长的北邙，还是觉得自己的问话本身就有点傻，这些文物何时能回来？何时都回不来了！这里的土地都被翻几遍了，还在不断地流失，回流就是一个梦啊！这些荡平了的陵墓，不会再重新隆起，毁坏了的文物古迹是再也不能恢复了，撕裂的文化也就是一个难以弥合的伤口啊！

这一切该怨谁呢？我觉得无有所指，都是怨这座山！

第四章 安绥神性的山

能被韩国人魂牵梦绕的北邙山,该是一座什么样的山呢?

能够震惊西方文博界的北邙山,会是一座什么样的山呢?

"葬在北邙"这四个字,也许就是谜底。《孟子·滕文公上》曰:"上世尝有不葬其亲者,其亲死,则举而委之于壑。"意思是说,上古的人是不葬其亲人的,亲人死了,就扔到荒野的沟壑里。这种弃尸于野外的做法,乃是人类早期处理同类尸体最基本的方式。但是,当人类从蛮荒时期进入原始社会后,随着生产力和生产关系的发展,原始人对生命和世界的认知进入了一个崭新的阶段,人开始把同类尸体藏起来。藏起来的动机是生者认为死者并未灭亡,期待死者以另一种方式存在或者新生。人的神性,就是在这个时候开始萌芽的。我认为,把同类的尸体藏起来的早期丧葬,是人们知道尊重个体生命的开始,也就是具备了神性的标志。

生命在本质上就具备一定的神性,这个神性即是与物性相对,是人们在思维无法抑制地去思考未来的时候,所表现出的对生命的悲悯、想象、感悟和敬畏。当然,现在人们在谈到神性的时候,认为人性自私贪婪、迅于作恶、迟于行善,而神性是至善、崇高、无私、博爱的精神,是人性的天敌。崇信宗教的人更是认为,神性是人性之外的东西,认为神性是由神祇而来的，不是人性里面本来就有的。

我认为，神性离开了人性，就无从谈起。神性实际上很简单，就是人所具备的灵感和创造精神世界的勇气。当最初的人还不知道尊重同类的死亡时，人性中的物性是处于主要地位；当人们具有了悲悯和想象，学会善待死去的同类，把死去的同类安葬，人性中的神性就凸显出来了，因为人们的精神世界已经开始酝酿着新的内容，构思和创造了一个令人敬畏的世界。神性向来都没有离开过人性，它是人性盛开的鲜花，而不是来自于神，凌驾于人性之上的。

原始社会也是有等级存在的，这种等级是部族的成员集体授予部落领袖的，所以，神性在产生的过程中，毫无疑问也带有明显的等级色彩。早期的神性由于受到自然现实的约束，迫切需要一种支柱精神，成为人们战胜未知恐惧的支撑，所以，我们华夏民族最早的神性的焦点是对英雄和部落领袖的崇拜，不但把英雄塑造成了战胜自然、改造自然的神，还设计出了天堂去敬仰他们。

《山海经·海内西经》曰："海内昆仑之墟，在西北，帝之下都。昆仑之墟，方八百里，高万仞。上有木禾，长五寻，大五围。面有九井，以玉为槛。面有九门，门有开明兽守之，百神之所在。在八隅之岩，赤水之际，非仁羿莫能上冈之岩。"

翻译出来是这样说的：海内有昆仑山，屹立在西北方，是黄帝在下方的都城。昆仑山，方圆八百里，高一万仞。山顶有一棵像大树似的稻谷，高达五寻，粗细需五人合抱。昆仑山的每一面有九眼井，每眼井都有用玉石制成的围栏。昆仑山的每一面有九道门，而每道门都有称作开明的神兽守卫着，是众多天神聚集的地方。众多天神聚集的地方是在八方山岩之间，赤水的岸边，不具有像夷羿那样本领的人就不能攀上那些山冈岩石。

这就是华夏民族最早的天堂。

《淮南子》中在说到这个天堂的时候，更具想象地描述道："建木在都广，众帝所自上下。日中无景，呼而无响，盖天地之中也。"

大多数学者对这段话的解释是这样：在一个被称为"都广之野"的地方，生长着一种叫建木的大树，供历代的帝王们来往于天堂和人间。在这个地方，太阳当头的中午，人们呼叫却发不出声音，是天下的中心。

郭璞在注《山海经·海内经》时，又狗尾续貂地介绍这个"都广之野"说："其城方三百里，盖天下之中，素女所出也。"

我对这段话的解释和所有专家的理解都不同，不是我高明，是自我感觉比较合理。关于"建木在都广，众帝所自上下"句，我认为所谓的"建木"，并不是一种大树的名字，而是泛指所有具备建大厦之才的大树；"都广"不可以理解为一个地名，"都"是帝都的意思，"广"是广大，全句可解释为：在帝王统辖的广大地域，所有的参天大树都是帝王们来往于天堂和人间的天梯。"日中无景，呼而无响，盖天地之中也"可以这样理解：正午和深夜，正是帝王们顺着这些大树来往于天地间的时候（我们的民间直到现在还流传着这样的认识，古老的大树都是有精器或者仙家居住的）。"日中无景"分明是说正午时分，树和人及房屋都没有了影子。"呼而无响"是形容深夜熟睡的人们很难被呼叫惊醒。"盖天地之中也"讲的是天与地之间，并非"天下之中"。

这个虚无缥缈的天堂说是在昆仑之墟的上面，但又存在于帝王广大的领地上空，更说明只是帝王和神人可以居住的地方，并不是众人所谓的天堂。不过这也无可厚非，在我们社会文明的早期，所有的传说和想象都是为那些帝王和英雄服务的，所谓的天堂也是用来向芸芸众生证明，那些统治者尊贵的王权是承命于天的。

可当人性中的神性真异化出了这些神仙的时候，可以想见，人本身的神性是多么失落，因为那些神仙被塑造得越饱满，离人性就越远。属于神仙的神性是华贵、超凡、无与伦比的，是依附在普通人身上那种朴素的神性所无法企及的，这就会让人性中的卑微、沮丧和不甘的情绪浮现出来。普通人也想为自己的生命寻找到一种恣意，于是就在魂灵不死的想象上嫁接出另一种神性的形象，也就是无从把握，也难以把握的"鬼"。这些能够做"鬼"的普通人没有太大的想法，不奢望去那些神仙的天堂里享福，更愿意把自己埋葬在氏族墓地里，希望死后的自己在鬼的世界里，依然团结如现世，共同面对、共同存在。所以，他们崇拜那些英雄和神仙，也善待自己的魂魄！

进入夏代，"事鬼敬神"成为社会的主要特征。文献记载，"夏道尊命，事鬼敬神""有夏服天命"，这说明夏人不但敬神，也深信死亡后是有魂魄的。《礼记·檀弓上》上有"夏后氏用明器"的记载。"明器，鬼器也"。可见，夏人对鬼魂的态度十分恭敬。考古资料也证实了这一点，如地处北邙山脚下的二里头文化遗址发掘的夏代墓葬，其随葬品就相当丰富，大坑内出土的随葬品就有铜爵、铜戈、铜戚（钺）、陶、圆泡形铜器、石磬、绿松石片等；小坑棺内出土有圆形铜器、玉铲形器、玉钺、玉戈、绿松石片、骨串珠及海贝等。不仅奴隶主墓出土有丰富的随葬品，就连当时的平民也广泛流行厚葬。在二里头遗址发现的20多座小型墓中，墓内均有随葬品，绝大多数为陶器，如鼎、豆、觚、爵、盆、三足、皿、罐、瓮等；个别墓也出土有少量的玉器和海贝。奴隶主们为了维护其生前的生活，甚至兴起了奴隶殉葬制度。

商代对待鬼魂的态度也丝毫没有改变，"先鬼而后礼"是商人的特征。《礼记·表记》说"殷人尚鬼"；又说："殷人尊神，率民以事神，先鬼而后礼。"这里所说的"鬼"，在《礼记·祭义》中的解释为："众生必死，死必归土，此之为鬼。"从出土的甲骨文里发现，殷人生活在一个充满宗教期望与阴森恐惧的鬼神世界里，其祭祀对象之广泛、名目之繁多、活动之频繁和仪式之隆重，在中国历史上也是十分罕见的。商代王室贵族几乎天天进行祭祀鬼神和祖先的活动，甚至一天之内有数次祭礼活动。宫城之内,宗庙林立,人祭、牲祭的葬坑遍布四周。除祭礼活动外,商人还善用卜筮决疑,向鬼神请命以决断日常的所作所为。这种用甲骨占卜向鬼神请命的做法,充分显示出商人重鬼神的思想。

当然,人的神性的发展也具有多样性,可以塑造出神仙、可以想象出鬼魂,还会有其他的。商纣王时期,出现了一对颇具神性的亲兄弟伯夷和叔齐,他们是殷商王朝孤竹国国君的儿子。父亲要让弟弟叔齐接任国君,可在父亲死后,叔齐不愿意继位,认为自己的德行不如兄长伯夷,坚持要让位于伯夷。伯夷坚辞不受,说:"父命也。"怕叔齐再逼迫自己,竟不声不响地逃跑了。叔齐不见了哥哥,索性也追随哥哥而去。国人只好推举孤竹国君的另一个儿子继位。这两位颇具大爱大仁的贤德兄弟会跑到哪里去呢?他们听说周文王是个大仁大义的圣贤国君,要去投奔周文王。可等他们一路跋涉到周国的时候,周文王已经死去,周文王的儿子周武王正准备发兵前去讨伐荒淫无道的商纣王。兄弟两人勇敢地上前拉住了周武王的马头,质问他:"父死不葬,爰及干戈,可谓孝乎?以臣弑君,可谓仁乎?"说你不安葬死去的父亲,却要以下犯上去攻击你的国王,不孝也不仁义呀!周武王不知道他们是哪里来的一对活宝,要杀掉他们。太公姜子牙劝住周武王说:"此义人也。"周武王这才放过他们。周武王消灭殷商统一天下后,想起了伯夷、叔齐,要给他们封官。他们以为耻,归隐于首阳山上,并发誓不吃周王朝的食物。还作歌明志:"登彼西山兮,采其薇矣。以暴易暴兮,不知其非矣。神农、虞、夏忽焉没兮,我安适归矣?于嗟徂兮,命之衰矣!"最终,兄弟二人饿死在首阳山上。人们念其贤德,将兄弟二人就近葬在了首阳山。从伯夷和叔齐的身上,我们可以看到人性中所迸发出的至仁至善的神性。这种高尚的情愫虽然看起来有些荒唐,却正是圣洁和超然所在!

孔子在《礼记·表记》中说:"周人尊礼尚施,事鬼敬神而远之。"周人这种重民轻天、敬鬼神而远之的观念,使我们看到了人的神性中光彩熠熠的一面，这些神性比之伯夷和叔齐，更显仁政的博大仁爱。神性体现在丧葬观中，显著特征是人殉现象几乎完全消失。人殉现象的大量减少和列鼎制度的出现，表明周人已逐渐脱离殷人尚鬼的本质。特别是周公的制礼作乐的礼制和召公的甘棠听政的民本思想的出现，使用仁政创下了"郁郁乎文哉"的理性文化，这种礼仪文化使春秋时期的孔子都说出了"吾从周"的感叹！

周代的神性闪烁着人本主义的光辉。春秋时期，一些有着朴素唯物主义的思想家提出了"人为神之主"的观点，对人死后有无灵魂产生了怀疑，纷纷要求摆脱"天上帝"主宰人事的状况。连著名的思想家墨子对于鬼神之有无，也是处于模棱两可的态度，他不去肯定鬼神，也不坚决否定。道家的老子说："以道莅天下者，其鬼不神。非其鬼不神也，其神不伤人。"他似乎是在承认有鬼神的存在，但也仅仅是"似乎"。列子、庄子干脆将人的精神和骨骸分开，区别对待说："精神者，天之分；骨骸者，地之分……精神入其门，骨骸反其根。"又说："死于是者，安知不生于彼。"这也是明确承认灵魂不灭。孔子虽然没有明确说过信鬼的话，但其"祭神如神在"的言论似乎也是不确定魂灵是否会灭。

这些自身就具备着人身上最明显的神性的思想家们，抛开魂灵中思想意识的神性和各自政治理念的不同，去谈论虚无的灵魂，这无疑有着时代的局限，但也从中可以看出，我们民族的神性的多元化。而这种神性的多元化在思想活跃的春秋战国时期没有机会去系统地升华，致使华夏民族一直没有产生一个完整的宗教，也没有推出一个完全神性的大神。把属于神仙的神性弄得泛滥无度、杂乱无章，后来归入了道教的园子里。把属于人的神性也切割成生和死的两段，生的一段拘束在礼制中，成为后来儒教所追求的一种境界；死的一段成了飘忽不定的魂灵，既是道教的，也是儒教的，更是佛教的，发展到如今还可以是基督教的，只是"事死如生"的丧葬文化主旨贯穿始终。葬在北邙，就是这样一种文化奇观！

北邙正式的名称叫邙山，窄窄的，很长，顺着黄河躺着，一躺就是几百里。你从天上往下看，西起三门峡，经洛阳东至郑州，黄河像是一条活着的水龙，邙山就像是相伴在黄河边上一条僵卧的土龙。但能被称之为北邙的，也就是整座邙山的中段——洛阳城北的这一段。

关于邙山有个传说。上古时候，有一条在西海修炼万年的巨蟒，闻听玉皇大帝下界巡游，就骄横跋扈地顺着一条大河游来河洛讨封。玉皇大帝心中原本就没有它，所以，乘兴而来的它十分郁闷。见好事难成，它就开始在这条大河中兴风作浪，祸害两岸，弄得百姓们苦不堪言！到了大禹治水的时候，那大禹是行天下正道的人，岂容它如此犯上作乱？人精神魂的大禹仗剑而起，和这个妖孽大战了七天七夜，人气胜过了妖气，终于将其斩杀于足下，为民除了害。它的血流进了大河，把河水都染成了红黄色，从此，人们把这条大河叫作黄河。巨蟒的尸体也化成了河边一条长长的土岭，身上的斑斑剑痕成了土岭上不绝的褶皱，被人们称作邙（蟒）岭。

邙山所处的方位很好，特别是被称作北邙的这一段，在洛阳城的北面，也是在黄河的南面，夹在一座华夏大地的千年帝都和一条中华民族的母亲河之间。它既像是守护着千年帝都的北城墙，又像是维护着母亲河的南河堤。如果说河洛文化是华夏文明的根文化，那邙山就是培植这个根文化的一抔黄土。

仅从外观去看北邙，累累古冢，一眼难以望尽，历朝历代的墓穴比比皆是。这里不仅是全国最大的皇家陵园和古墓葬群，也是世界上陵墓最多、最集中，历史跨度最长，文物价值最高的陵墓区。数千年间，无数帝王将相、达官显贵、文人骚客，选葬于此，地面坟冢丛立，地下墓穴层叠。仅现存皇陵就分为东周、东汉、北魏和后唐四大皇陵区，已探明的北邙上的帝王陵墓就有二十四座，皇族、大臣、名人雅士的墓冢更加不胜枚举。如果按照大北邙墓葬区的说法，把范围扩大到洛阳周边百

洛阳北邙墓冢

里,就历史记载去算,埋葬的帝王竟多达一百多位,其他坟墓更不可计数。在唐代,诗人王建一首《北邙行》就记述了这种情形:"北邙山头少闲土,尽是洛阳人旧墓。旧墓人家归葬多,堆着黄金无买处。"富有时代特色的陪葬明器,使一个洛阳范围内的大北邙墓葬区形成了地上万墓、地下万宝的奇观,堪称世界最大的地下博物馆。据说在世界文物界流传有这样一句话:你可以不知道美国的华盛顿,但不能不知道洛阳的北邙山。

这是数千年间的神性造就了这座山的别样内涵。神性,实际就是为心寻找到另外一个快乐的地方,并把这个地方标榜成天堂。高高在上的神仙们有了那座昆仑天堂,总不能让想象出天堂的人们无所适从吧!说是东施效颦也好,说是狗尾续貂也罢,不论是那个至今尚无定论的昆仑天堂,还是这座被视之为魂灵天堂的北邙,都说明我们民族面对逝去的生命,有着多么浪漫的想象和多么美好的向往!

这让我想起德国古典诗人荷尔德林的诗——《人，诗意地栖居》。

如果人生纯属辛劳，

人就会 仰天而问：

难道我 所求太多以至无法生存？

是的。

只要良善 和纯真尚与人心相伴，

他就会欣喜地拿神性来度测自己。

神莫测而不可知？

神湛若青天？

我宁愿相信后者。

这是人的尺规。

人充满劳绩，

但还诗意地栖居在这片大地上。

我真想证明，

就连璀璨的星空也不比人纯洁。

人被称作神明的形象。

大地之上可有尺规？

绝无。

这首诗激发了20世纪德国存在主义哲学家海德格尔的灵感，他提出了"诗意地栖居"这个概念，要"为神建造一个家"。海德格尔认为，不能用日常语言逻辑来对人、世界、天地之间的关系进行规定和阐述，只能运用"诗"，用诗性的"领悟"与"体验"让它们相互认识，而这种"领悟"和"体验"就是神性。

他坚信人和万物都充满着神性，在其论述中，反复强调的是"筑居"与"栖居"的不同。"筑居"依他的理解是人为了生存于世而碌碌奔忙操劳；而"栖居"是以神性的高度去完善自身，用神性的光芒映射精神的永恒。树在、山在、大地在、岁月在、我在。

而在中国，这些思想似乎早已经形成了，虽然没有总结出系统的理论，但我们是以实际行动践行的。"生在苏杭，葬在北邙。"也是用一句简洁明快、诗意盎然的语言，把生存的"筑居"撇开，直接将神性的"栖居"爽快地表达了出来，而且是有生有死、阴阳二界。我们民族所追求的"诗意地栖居"，不但强调了有生命的人要自由自在地生活在如诗如画的向往中——"生在苏杭"，更追求魂灵也要有尊严地安放——"葬在北邙"。我们不是"为神建造一个家"，而是建造了两个家！这是西方人无法达到的一个精神境界，在这里他们无法跟上东方民族的智慧，无法把肉体的死亡和精神永恒做到完美的统一。西方的宗教只简单地想象出一个所谓的极乐世界，而我们是把死亡制作成一个精神永恒的标本，把无形的精神实实在在地具象化——事死如生的墓葬。

"葬在北邙"，就是我们民族生命文化的一种积淀，是我们民族的文化气质决定了我们要去制造这样一种现象，以安绥我们每一个生命中都所具备的神性！

有一日近午，我走在北邙上。离开公路不远的地方，有一个茂盛的果园子，远远就能看见园子边盖着两间雪白的房子。我决定到那里去试试能否蹭顿饭，即使花上一顿饭钱，能坐在这样秀美的果园子里吃上一顿农家饭，那也是件很惬意的事啊！沿着窄窄的田间土路过去，有一只很活泼的狗汪汪地叫着，在我前后很欢快地跑。房子前坐着一个俏丽、精干的小媳妇，带着疑问的笑意在朝我看。我走过去笑着向她打招呼，那条狗就绕在她的腿边，我说："这可不是一条看门的狗呀！"女子妩媚地笑了，说："买梨子的人多，它习惯了，白天不咬人。"我说："这是你家的园子吧？"女子放下了手里的账本说："是呀，您买梨？"我说："不买让吃吗？"女子看出我是在玩笑，大大方方地说："人都进到园子里了，还说啥！"这时候，女子的丈夫挑着两个装好的包装箱过来了，老远就说："尝尝，不甜不卖给你。"我知道我是必须要买了，不买不能在这里蹭饭，不买不能在这满目青翠的园子里聊天啊！我耍了一个小聪明，说："找了半天，才打听到你家的园子，买，可还想在这里吃碗家常饭。"女人掩着嘴笑了，说："只要不嫌弃，红薯面条吃不吃啊？"乡村很美的，嗅着园子里清新的气息，我的口水都快流出来了，运气咋这么好呢！说实话，我喜欢吃红薯面条，它是黄土里产出的最为卑微的粮食，但很开胃，每每郁闷的时候，就吃上一碗红薯面条，马上心情就会好起来。卑微很容易让人想到满足，往往也会让人快乐起来。

  我跟着男当家的去摘梨子，等女子做好了饭叫我们。梨子不是我印象中的梨子，个头小，灰褐色的皮，但咬一口还真的很甜，后味醇香。男当家的得意地告诉我，这是从山东引进的品种梨，他种了二十亩，加上邻居种的，有四十亩。他们已经商量好了，要共同去注册一个商标，就叫"天堂果"。注册了商标的果实能卖上价钱，谁吃咱这园子里的果，就是吃天堂里的果。我问这园子里每年能卖多少钱？男当家的神秘地笑笑说，也就一二十万块钱吧。他的话让我汗颜，一个农民的收成远比我一个写字的收成好！很有成就感的男当家带着我在园子里转，在园子中间一个塌陷的大土坑前，他跟我抱怨说：腰都累弯了，还得干两家的活！忽然话锋一转问我："老哥不会是冲着这个坑来的吧？"他的话让我丈二和尚摸不着头脑。男当家的确信我是真不明白时，才告诉我原因。说这半边园子是邻居家的，春上给果树浇水，水竟然把这个古墓坑给泡塌了，他当时也听见"扑通"一声响，没有在意。后来邻居家在这个坑上蒙了一层篷布，两口子一连几天躲躲闪闪地在这个坑里摸古器。摸出的古器不少，就去找跑古器的人想出手。这事儿能就锅吃热饭吗？古器没有卖出去，两口子都叫公安局给弄走了。

  我看那墓坑，可能是水泡过，又被那夫妻翻弄过，已经看不出原来的模样。以前知道这北邙山上墓多，没有想到自己当下就蹲在一个墓穴边。男当家不无遗憾地告诉我:"那两口子被弄走了,倒招来了走夜路的成天在这附近踅摸。俺家的狗以前有个风吹草动就叫唤,现在是一夜也不会叫一声,他们来了就给俺家的狗丢块肉,我要不出来撵人,能把我这一个园子都弄成探眼。"男当家的神神秘秘地拉着我去看,偌大的果园子里,拳头粗的探洞到处都是。他告诉我:"咱这里是墓挨墓、墓擦墓、大墓里头还埋小墓,一窝子一窝子的,不过这几年都被挖空了。"

中午吃饭时,女子笑嘻嘻问我:"大哥,饭好吃不好吃?"我说好吃啊。女子看看丈夫的脸,又看看我的脸,说:"能得一句实话吗,您是来干啥嘞?"我纳闷,难道我还有什么值得让他们起疑吗?这让我很尴尬,他们不相信我是跑大老远就为买两箱子梨。这时候要说是闲转悠,肯定不合适,可我真是闲转悠。女子很实诚地说:"您要是给单位来拉梨,俺给您提成。"我的脸红了,赶忙解释。

回去的路上,我站在一个迎风的坡崖边,一边想着怎样能为这个果园子推销一些"天堂果",一边思索着脚下的北邙。天堂是个无从考究的概念,可谁不希望真的有天堂呢?世界上本没有神,人们却要去四处建庙塑神。人们需要生命的终极安慰,即使是麻醉,那也是痛楚中的一丝安详。我想笑,因为脚下的黄土就是天堂,我是踩在天堂上在思考。为什么这片黄土才是天堂?

——我先想到是因为河洛这个地域。中华文明根在河洛,这里是人文始祖的薪火传承地,还是礼仪之邦的缔造地,更是天下姓氏的分封地。仅这一座北邙,被黄、洛、伊三河缠绕,以现在的眼光来衡量它,就是中华文明中心地带的那个核心地标。

——我又想到是因为洛阳这座城市。作为十三朝古都,中国历史上历时最长的政治、经济、文化中心,不仅带给了"华夏"民族一个名字,带给了"中国"一个名字,还是道教的诞生地,儒家的肇始地,佛教的始传地,玄学的生发地,理学的成就地;仅就在这座不大的北邙脚下,有了中国最早的城市，有了中国最早的宫殿，有了中国最早的陵墓……

——我再想到是因为那个人——周公。洛阳是中国国家概念形成的地标性城市，那个缔造了华夏民族礼仪之邦称号的周公，就是站在北邙上说："此天下之中，四方入贡道里均。"他建都立庙，然后开始践行"周公之礼"的教化。我们不妨看一下北邙所处的地理位置。有一门易学，由它衍生出的五行学说中的"土"，就是特指邙山。五行者，"金、木、水、火、土"是也。以方位分，东为木，西为金，北为水，南为火，而中为土。因五行文化是以我们民族的传统认知来划分的，"中"在华夏民族的认知上就是指洛阳，泛指可扩大为以洛阳为中心的中原地区。黄帝都洛，夏都斟寻，商都西亳，周都洛邑，都是指的洛阳。这对那些深知居中而辖制天下的帝王们来说，是不谋而合。《山海经》也是以洛阳为中心地点来划分方位的。洛阳之地北有太行，南有伏牛、嵩岳，西为崤山、秦岭，尽为石山。东为平原，历史上多水涝泽国。也算天公有数，不偏不倚，独独在黄、洛、伊三河环绕的洛阳北面横出了个纯纯粹粹由黄土堆起来的北邙山。黄土之山在中国并不为奇，黄土高原上的千丈黄土为世界之最，北邙山与之相比尚不及皮毛。但邙山之土是"中土"，它就有了文化。有关地质形成的原因是地质学家们的事，但由此形成的文化现象是学者们忽略不得的，也是无可非议的。

我所想到的这些，好像没有一个是和天堂可以直接联系的，但却没有一个不和北邙这个天堂联系着。没有了这些，就没有十三朝帝都的洋洋大观，因为所有的这些和北邙天堂都是这个千年帝都的披挂，都是河洛文化这口大锅里熬出的珍馐佳肴。

实际上，北邙在人类文明的初期，就与人的肉体和魂魄扯上了关系。

传说当初女娲造人时，就是在这座邙山上，用黄河里的水和着邙山上的黄土捏泥人的。邙山上的黄土层干暄、深厚、土色正，再和着黄河水，捏出来的泥人肤色不白不黑，纯正耐看。很多地方也有关于女娲用他们那里的黄土、在他们那里捏泥造人的传说。这些传说我都不信。因为不是随便哪里的一把黄土都可以捏泥人造世界的，我们有我们的民族文化观，什么事情的来龙去脉都要符合文化的精髓要义。邙山的黄土在我们的民族文化的理解中，既是土壤，也不单纯是。它是一种上升到了精神层面的土，神性的土！

您说，女娲是该用"五行"中"中土"邙山之黄土，和着母亲河里的水造出我们的祖先来，还是随意地在那些说不出道道的地方，就捏泥人？难道我们祖先的"造人"事件就可以那么不庄重？我觉得还是前者更符合我们传统的文化思维。

第五章 北邙上的华夏第一王陵

黄河边上有一个老羊倌，赶着一大团云朵似的羊群在北邙上游荡。他告诉我，前边有个墓。我跟老羊倌走过去，有一里地。看到一个深入地下的窑洞，站在裸露的开口处往下看，什么也没有，倒是有一条地缝裂开着，半尺宽，黑黢黢地往地下裂开。老羊倌说："你不就是看墓嘛，挖开的墓多得很。想要东西也行，没有好的，有个罐子。"看我对他所说的罐子有兴趣，他就带我去看罐子。

天色不早了，老羊倌带我继续走。拐过一个山坳，也还是在一个坡跟，狡黠地从被虚土和干草覆盖的小洞里摸出一个小陶罐。我说："你把古董藏在这儿不怕被人发现了拿走？"羊倌很得意地说："这是一个土蜂的窝，掏过了，谁还去摸。"他端着陶罐对我解释说："废坑里摸的，你看看想要不想要。"我不想摸那罐子，就推说太小了，器型不好。他说，东西绝对不假，不好就说不好的价钱。我说："多少"？他说："五百，一分都不能少。"我说："你放羊咋还能遇到这东西？"他说："我日夜在这北邙上晃悠，哪年不遇上三五十伙盗墓的，前几年这东西没有人要，盗墓的专拣好东西拿，这些陶罐子都是随手就扔。"我借口手里带钱不足，亮出钱包让他看，也真就只有两百块了，说过两天来找他买。老羊倌实诚地笑着说："你来不来都中，反正来弄东西的人多。再来多带点钱，家里还有个大家伙，不过也是罐子，都是以前从人家摸过的废坑里捡的。"

这就是北邙，一个羊倌都捎带着玩文物了。

那天，我特别在意那个被羊倌说成是土蜂巢穴的小洞，难道这北邙上还真是有土蜂的？这让我想起刚看过的一个老学者写的一本书，书名叫《中原远古文化》。

这位老学者是河南省博物馆的原馆长、考古学家许顺湛先生，他的《中原远古文化》一书中有这样一段文字："《山海经·中次六经》载，'缟羝山之首，曰平逢之山，南望伊洛，东望谷城之山，无草木、无水，多沙石。有神焉，其状如人而二首，名曰骄虫，是为螫虫，实惟蜜蜂之庐。'骄虫即蟜虫，是有蟜氏族的信仰图腾。"炎黄母族有蟜氏族的图腾标志是动物蟜虫，就是蜜蜂，居住地在"缟羝山之首的平逢山上"。

缟羝山就是北邙，不是指整个邙山，仅指北邙。这段话说的是，在北邙山的东部有个叫平逢山的山丘，山丘上有个土蜂的巢穴，形状像是一个长着两个头的人形。这个巢穴被居住在这里的一个氏族奉为神灵。这个氏族自诩有蟜氏，土蜂也成了这个部落信仰的图腾。这个部落就是养育出炎黄二帝的有蟜氏的母系氏族部落。

炎黄二帝的孩提时代属于母系氏族社会晚期，他的父系少典氏是来平逢山联姻的。至今，我国部分地区的少数民族，尚保留着母系氏族社会特征，还存在着被称作走婚的习俗。以女性为主体的母系氏族社会，一般都采用走婚的方式完成男女的婚配，因为男性的体质和生存能力会对氏族的女权造成威胁。在适当的时间，氏族内的女性选择自认为比较强悍的男性，和自己联姻婚配。这种联姻不是以娶走女性或者迎娶男性为目的，只是以生殖为目的，男性被视为生殖的工具，但不能进入氏族成员的圈子，只能游离在周围。

《国语·晋语四》也是这样记载的："昔少典氏娶于有蟜氏，生黄帝、炎帝。"显而易见，黄帝和炎帝是生活在外祖母所在的部落。

由此可见，黄帝和炎帝都是生于河洛的北邙之子，特别是黄帝青年时期，还在北邙上建立了开创基业的秘密基地。黄帝时期已经是华夏民族的文明期，丧葬体制肯定是存在的，北邙上是否会留有黄帝时期的墓葬呢？

洛阳市文物工作队已经退休的研究员李得方先生很肯定地告诉我，不但有，而且是我国目前所发现的时间最早、等级最高的墓葬。这样一来，北邙山的墓葬史可以溯源到黄帝时期。

李得方先生给我讲了这样一段发掘经历。

那是20世纪80年代的一个春天，北邙下的黄河小浪底河段被国家选定，要建造一座大型综合水利工程——小浪底水利枢纽。将成为淹没区的这一段区域，处于河洛文化的核心地带，又是华夏文明的发祥地，历史文化含量可想而知。以洛阳文物工作队为主的黄河小浪底孟津考古队，先对小浪底坝址处的小浪底遗址和上游5千米处的赤河滩遗址、清河遗址等进行了考察。这几处遗址特征明显，属于新石器时代的仰韶和龙山文化遗存，但被后世破坏严重，不便于大面积发掘。后来就把发掘地选择在了位于坝址上游10千米的妯娌村西的一处保存相对完整的遗址。这种通过彻底发掘，对遗址的总体布局、文化特征和文物遗存进行的最全面考察，以找到最有价值的，发掘一个。考古学称之为聚落考古。

妯娌遗址处在一个大的河曲地带的前沿台地上，地势开阔，仅从周围的目测就可以判断，这里是值得发掘的理想地域。黄土断崖上不但暴露出很厚的新石器时代堆积，地面上也随处可觅当时年代特征的石器和彩陶片、灰陶片等，发掘的前景很好。

第一阶段的发掘工作是在遗址区的北半部进行，自东而西划出甲、乙、丙、丁四个发掘区块。经过一连两个月"掏蚂蚁窝"式的发掘，一个令人欣慰的场面展现在人们面前。这个遗址是相当于"王湾二期文化"的古人居住区，和发掘初的判断基本吻合。居住区分为两部分，东面为住人房址区，西为储藏食物的仓窖区，中间有一条南北的沟壕分隔着。房址区发现了15座半地穴式房基，分布在约1500平方米的范围内。这些房址的入口大多都有台阶，还有一些房基内遗留有灶坑和壁炉。在被命名为第12号的房基内，还出土了一件让在场所有人都为之惊讶的大石璧，这不能不说是考古上的重大发现。

何为大石璧呢？"璧"为古人祭天的重器。《国语·春官·大宗伯》有这样的说辞："以苍璧礼天。"就是说，在古人祭天时，璧是向至高无上的天祈祷时，必须有、不可或缺的器物。也就是说，璧是只能用于"礼天"的器物，属于圣物。

能"以苍璧礼天"的应该是何许人呢？

从史书记载可知，最早在黄河岸边用璧祭天的就是黄帝。《水经注》卷十五引《尚书·中侯》中是这样说的："黄帝东巡河过洛，修坛沉璧，受龙图于河，龟书于洛。"意思是说，黄帝从西向东顺着黄河而行，在黄河与洛河交汇的地方修筑起祭坛，以苍璧祭天，得到了黄河献图、洛水出书的天启。

黄帝为什么要跑到黄河与洛河的交汇之地祭天呢？先于黄帝的神农时代，是男耕女织、平均分配的母系氏族社会。进入黄帝时代，随着父系氏族时代的兴起，部族之间相互侵伐成为常态。而黄帝部族"内行刀锯，外用甲兵"，在南征北战中逐渐强大起来，致使众多氏族臣服于黄帝。可想而知，在威慑四方、统辖天下的时刻，祭天不但是一种威仪，更显示了一种身份！而作为祭天活动中的"沉璧"之举，该是何等的庄严！其用意也是不言自明，无非是在特殊的地理标志地带，昭示自己受命于天的无比威力和彰显统治天下的决心。

之后的帝尧、殷汤、武王等，也是在黄河洛水间效仿黄帝沉璧祭天的。《帝王世纪》云："尧率诸侯群臣，沉璧于河洛，受图书。"《竹书纪年》云："汤乃东至于洛，观帝尧之坛，沉璧退立。"《帝王世纪》云：

"成王治平，青云浮于河洛，沉璧礼毕，荧光并发。"上述记载尽管带有浓郁的神话或传说色彩，但说明黄帝、帝尧、殷汤、武王于此祭祀苍天的方式均为"沉璧"。由此可证的是，"璧"确为古人祭祀的礼器，也可知能以"璧"祭天者都非寻常人，非帝即王。

妯娌遗址出土的石璧，保存完整，用青灰色的细砂岩磨制，通体光亮。其形制为圆饼状，周边较薄，双面外鼓，中有一孔，外径为18.5厘米，内径6厘米，周边厚1.6～1.8厘米，中厚2.4厘米，在形制上具备了中国古代"璧"的基本特征。《说文解字》对"璧"是这样解释的："璧，瑞玉，圜也。"注解说："肉倍好谓之璧，边大孔小也。"妯娌遗址出土的石璧，虽然不是玉质，但其为圆形，肉部宽厚，孔径较小，在形状上和《说文解字》所云"圜也"、"边大孔小"，是极其吻合的。故这件石璧已具备中国古璧的基本特征，并将其性质定为古人祭祀的礼器。更为关键的是，这块大石璧是黄河中游地区新石器时代考古发掘中仅见的大石璧。仅以此便可推断，在这个妯娌遗址上所居住者应该具有十分尊贵的身份。

大石璧

李得方教授说："根据诸多学者初步确定的五帝时代的时间框架，距今约4900年的妯娌遗址所出土石璧，当为黄帝时代的遗物。"

黄帝时代能在河洛之地称雄的人能是谁呢？是不是那个以蜜蜂为图腾、孕育出炎黄二帝的部落呢？我不敢妄加猜测，但心中至少该有些吃惊，还是让考古学家们去研究吧！

位于房址区之西的仓储区的发掘也有了令人振奋的发现，发掘面积达1000平方米。这里的圆形窖穴分布稠密，既见大坑之下尚有小坑的

"子母坑"，小坑内存在着炭化的谷物，又见出土了500余件石料和石器成品、半成品的石器坑。一切表明，这里不但是一个仓储场所，还是一个石器加工场。在物质生产条件十分落后的史前期，能具有规模这么巨大的仓储窖穴和众多的石器工具，都表明这是一个实力庞大的部族，而且这里住着的也是个可以支配很多人生产产品且丰衣足食的主人。

在仓储区出土的众多文物中，也有了特别引人注目的发现。在编号为153的窖穴内，出土了三件形制相同、大小依次的陶制铙形器。三件铙形器质地均为泥质褐陶，制作方法为轮制与手制兼用，圆筒形的上体为轮制，喇叭形下体为手制，而后把上体和下体的陶坯粘接为一体。根据外观形制相同、大小依次的形态，可视其为成套型器具，器具外表光滑，不见熏烤、磨损等使用痕迹。考古专业人士据此推测其非实用器而为礼器。

商周时代的较高等级墓葬，往往随葬有鼎、钟等青铜礼乐器，而且这些鼎、钟往往是成套出土，每套器物的形制相同、大小依次，即所谓的"列鼎""编钟"。安阳殷墟出土的商代铜铙，其中有的为1套5件成编，有的为1套4件成编，多数为1套3件成编。由此观之，商周时代的"列鼎""编钟"等礼乐器，其基本特征是"形制相同、大小依次"。妯娌遗址出土的铙形器，1套3件，形制相同，大小依次，专家们认为，其具有中国古代成套礼器的基本特征，并将其归属于中国古代早期礼器之列。

一般而言，礼器是古代社会发展到一定历史阶段的产物。从原始社会末期，氏族成员间出现了等级开始，礼器就是被统治者所使用的，是彰显尊贵的专门器具。妯娌遗址出土的这一组铙器，肯定是一个具备一定统治地位的人才可以配享的。如果非要推测出这是一个具备什么样社会地位的人，我们可以用文明程度和社会经济已经达到一定高度的商周作为一面镜子，去映照文明之苗刚刚露头的新石器时代。此人的身份地位绝不会低于诸侯王。

第一阶段的发掘发现，惊动了国家文物局，闻讯的中国社科院考古所专家们也倾巢而动，悉数到现场指导。根据其他地方同时期遗址的特点，专家们意识到整个遗址可能会有墓葬区。史书记载，原始时代的部族，特别是距今5000年左右的先民，地缘关系没有确立，部族关系全靠血缘为纽带维系着，人们聚族而居，聚族而葬，形成了相对集中的居住区和墓葬区。妯娌遗址会不会出现成规模的墓葬区成了当时的一个悬念。

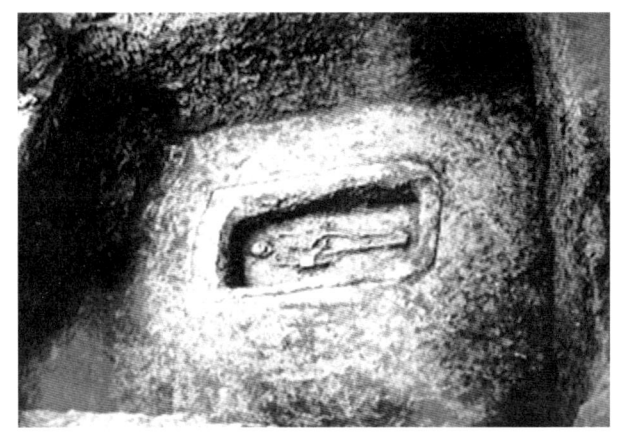

妯娌大墓

根据对遗址区外缘的土崖和坍塌断面的观察，经过专家们细致地分析和研究，初步判定遗址的南半部存在着出现墓葬区的极大可能。在向南扩挖时，经过一段7米宽的空白地带后，推断果然成了事实。在其中的一个探方内发现了一座4人合葬墓，尸骨并排安葬在一座方形浅坑内，均仰身直肢，头西足东，两男两女，其中一男一女为未成年人。由这个方向继续向东、向南发掘，一座座排列有序的墓葬便暴露出来。大面积揭露这片新石器时代墓葬区的序幕拉开了。

由于墓葬区开口的层位比较深，动土量很大，而且挖出的土都要运到数十米外的地方堆放，况且发掘时间紧迫，任务很大，所以墓葬区上层的部分取土采用了包方的方法。先把发掘单位上的厚土搬运完成，再由考古人员根据土色土质的变化逐层下挖，查寻有无墓坑的填土。因为当时久旱不雨，天气相当的干燥，刚刚挖开铲平的发掘面马上就会干裂，极难辨识地下的土层变化。为了保持土层的湿度和分辨土色，除了对发掘平面进行塑料薄膜覆盖外，还雇佣民工从附近的水源往发掘现场挑水，在发掘平面上均匀地泼洒，保证考古人员能够在湿润的作业面上分辨出墓穴或灰坑的分布范围。

墓葬区的发掘整整用了四个月时间，随着发掘范围的不断扩大，在这片墓地终于露出全貌的时候，又一个惊人的发现也显露出来，一个令人遐想的人物呈现在专家们面前。

墓葬区的 54 座墓葬中，有 50 座属于长方形土坑的单葬墓。根据其墓口面积大小、有无葬具等情况，分为大、中、小三个类型。大型墓 1 座，中型墓 7 座，小型墓 42 座。其中大型墓口长 5.15 米、宽 4.05 米，墓口面积 20.86 平方米，底部有生土"二层台"，内置棺木，棺底散见朱砂，葬者为一青年男性。这是我国迄今为止发现的新石器时代最大的一个墓葬，与其后千年之遥的安阳商王武丁的配偶妇好的墓穴基本相当。

在这段简单的文字描述里面，我们可以看出这样几个信息：其一，这个墓葬群是有着严格的等级区分的；其二，那个最高等级的墓葬已开始使用朱砂；其三，大墓主人是一青年男性；其四，墓葬等级中隐藏着 1∶7∶42 的倍数秘密。

从这几个方面，我们可以得出这样的推断：这个青年男性的身份是很尊贵的，但肯定不是寿终正寝，不是战死即是病死；也能知道当时的人已经开始认识到朱砂的防腐作用或者是利用朱砂辟邪；还能知道当时的人们已经对数字有了比较精确的使用。但综合起来分析，这里还是有令人值得深究的地方。

关于这个墓葬区的形成会有几种情况存在。一种假设是大墓主人在这个墓葬区是最先死去的，他的属下是在他安葬后，才陆续随着各自生命的终结，也陪葬进入的这个墓葬区，而且严格按照生前的等级下葬。可这样的假设似乎不能成立。他的属下可能先于他死亡，也可能后于他几十年死亡，还可能成为和他一样尊贵的人物，所以，形成这样有着规

律倍数的墓葬布局似乎不大可能。

另一种假设就是这个尊贵的青年男性死亡了,其他的人都是迫于无奈而陪葬的,如此才形成了等级区分严格的数字阶梯。这种假设更能说明大墓主人的身份非比寻常和至高无上。但陪葬的做法很不人道,也不太可能,因为没有这样的迹象。

只有一种假设看似可以成立,即青年男性的大墓有预留出来的位置,而其他的墓葬也有预留出来的。青年是部落的首领或者方国的王,其他的人也都是部落或方国内有身份地位的人,这是一个只有方国或部落的中上层骨干才能进入的一个墓葬区。至于墓葬主人的性别上有男有女,这也正可以说明,这个方国或部落的存在年代是母系氏族社会向父系氏族社会转化的时期,骨干层中有男有女,是没有性别歧视的。

《山海经·中次三经》说:"(洛阳)又东十里曰青要之山,实谓帝之密都……神武罗司之。"记述了北邙山系的青要山是黄帝的"天地曲密之邑",这个密都是由美丽的女子武罗掌管,后来武罗成了女神。武罗是黄帝子族,"黄帝都洛"时期重要的女性人物。在母系氏族社会向父系氏族社会转化的过程中,有一个阶段是没有性别歧视的,男女共同管理部落事务司空见惯。

李得方教授告诉我:这是迄今为止发现的中国史前最大的一个墓葬,该墓葬的年代与学术界一般认为的黄帝时代的年代相当,该墓葬位于史书记载的"黄帝都洛"的核心地带,可以保守地认为该大墓的主人至少是黄帝时代的方国首领,相当于周的诸侯王。

我突然有了这样的猜想,如果黄帝时代的黄帝本就不是指一个人,而是指代代相传的几代帝王,那这个大墓的主人会不会是那个在洛阳君临天下的"黄帝"呢?

这样的设想大胆了。不管是李教授所说的方国首领,还是我大胆地猜测,都是因为这是一个可以在中国考古史上独领风骚的墓葬。这个墓葬出现在北邙之上，我们就不能不把它和后来北邙的墓葬群作为整体来考量。也许这个远古的王只是单纯地想在北邙上铺排，根本没有高瞻远瞩到要领什么风气之先，但他确实是歪打正着地站在了"葬在北邙"的潮头。这里是他走向另一个世界的路口，虽然不知道他在那个世界混到了什么地步，却把一个永远的背影留下了，成为镶嵌在北邙上最早的王陵墓葬标本！

考古队用了8个月时间，完成了妯娌遗址的全部发掘工作。在北邙发掘的数个遗址中，妯娌遗址发掘的这一重大考古成果，成了1996年"全国十大考古发现"之一。

华夏民族的神性本身就是人性的，人死了，盖棺定论，就可以神乎其神。我相信这个大墓的主人在当时也曾被神化过，到了我们，不知道他是谁了，也弄不清楚历史上神话传说的哪一段是属于他的。

妯娌遗址考古发掘现场

他的事迹或者张冠李戴，或者失传了，毕竟这样的一个人在当时也是很罕见的！作为真实的史实存在，历史还是该有他的份儿，因为墓葬让他留下来了，我们也找到他了。

我的师友刘雷先生很早就曾发出过这样的感慨："中国的历史，很大程度上就是华夏民族的墓葬史！"是呀，那个叫作远古的时期已经灰飞烟灭了，我们的视线已经很难在地表上发现他们曾经的痕迹，但土地还是一贯保持着忠实的个性，为我们保留下了最后的线索，让我们这些后来者能够顺藤摸瓜，找到属于我们民族真实的原生态！

现在的韩国人肯定也在寻找自己民族最早的原生态，这是人性的善，不忘祖，但他们所认可的祖先是不是与我们的祖先有着先天的血缘，这是肯定的。因着"箕子朝鲜"的渊源，旧时代的韩国人仰慕着洛阳的辉煌，认同着北邙这座山，也许并不排斥根在河洛的这个长流渊源！琉球国和日本国跟我们隔着大海，我们的古人都能去当了他们的祖先，何况韩国几乎是和我们在一片土地上，只是隔了那么一条窄窄的河流！

第六章　归葬北邙的天下第一名相

中国的历史中盛开着两朵"花",就是"帝王花"和"名人花"。邙山作为历史上罕见的两朵"花"实物标本,完全称得上是"花"开烂漫。华夏历史名人伊尹就是葬在北邙的。

伊尹的几重身份在今天看来依然很难归为一身,他是历史上第一个以负鼎俎、调五味而佐天子治理国家的杰出庖人。也就是说,被称为中国历史上第一个贤能相国和帝王之师的伊尹,出身是国宴上的大厨,或者说是宫廷厨师。后来就因为这个身份他还被尊称为中华厨祖。老子的名言"治大国如烹小鲜",在许多时候被认为是对治理国家的论断,实际是误解,那就是后辈的老子对前辈伊尹溢于言表的敬仰与夸奖。

更重要的是,我们从伊尹身上看到了中国士大夫阶层的成长过程,在没有专门培养士大夫的体制形成前,士大夫就是从劳动者中脱颖而出的。伊尹就是从劳动者成长为士大夫的杰出典范。

相传,伊尹生于伊水边,成年后流落到一个叫有莘氏的小国,以耕地为生,地位虽卑,却心忧天下。古人把伊尹的"忧天下"视为长处,我认为不妥。据我所知,那些面朝黄土背朝天、种地放羊的人也会"忧天"。我亲眼见过,几个端着饭碗蹲在土地上吃饭的农民,为了国家的大事吵得面红耳赤,还摔了碗!痴人之梦很多,不足为奇,奇的是伊尹敢把别人眼中是痴人说梦的事付诸行动。试想,一个厨师遇到嘴馋的帝王,大胆到敢于去谋取一人之下万人之上的相位,那是富有何等的勇气!

为了接近有莘国君,伊尹自愿为奴,充任有莘国君的贴身厨师。后来,商汤要娶有莘氏之女为妃,伊尹又把握住这个机会,自愿作为陪嫁奴隶,随同到商,从一个小国有莘国国君的厨师成为能接近大国商国国君的厨师。他背负鼎俎为商汤烹炊,就是背着锅跟着商汤做饭,商汤走到哪里他就得把饭食做到哪里,够辛苦的!商汤到处走不是为了游山玩水,而是奔波着为了独霸天下。他一有机会,就以烹调所讲究的技艺和五味相合的道理为引子,和商汤分析天下大势与为政之道。他做着饭跟商汤聊着天,不但满足了商汤的胃口,也抓住了商汤的心,在潜移默化中通过议政实现了参政,自己的梦想终于变成了现实。这也说明过去统治机构的简单,一个国君能跟厨师面对面,甚至有可能是在厨房和餐桌边谈论国事。想象这样一个场景:厨师站在锅台边烟熏火燎地煎炒烹炸,商汤凑在厨师身边流着哈拉子抱怨自己处理国家大事之烦恼;厨师循序渐进、循循善诱、心有所谋地跟商汤讲解佳肴美味烹制之所精妙,还能引申到治国安天下的道理,让商汤在美味中领悟到烹制佳肴和治理国家的异曲同工之处。至此,商汤方知伊尹有经天纬地之才,便免其奴隶身份,命为右相,使他成为最高执政大臣。

当然,这需要商汤是个知人善任、不拘一格的国王,也需要厨师具有抓住机遇的灵气及治国安邦的真才实学。

实际的结果是,伊尹不是佞臣而是贤臣,他不但帮助商汤推翻了夏朝统治建立了商王朝,还采取了的一系列措施改朝换代,一直辅佐了商汤的子孙外丙、仲壬、太甲三代商王。

现在的女性自称伊人,觉得这样的称呼很优雅、很浪漫,却还不明白这是在夸自己是如伊尹一样的人——围着锅台转而又有抱负的人,反倒跟优雅和浪漫是不沾边的。倒是她们在淡忘浪漫的时候,无师自通地表白自己说,"要留住男人的心,先留住男人的胃",这才是伊尹的手段。如果她们知道伊尹是谁、是干什么的,就懂得要把丈夫当成"商汤"来对待,自己的职责该是做丈夫的老师和管家,当个"贤内助"。伊尹跟女人有几千年缘分,但女人如伊尹般有灵气的还真不多!

"殷人尊神",是说商代的人普遍迷信,抱个大树就当神,见个石头也要敬神,把天上的电闪雷鸣更是当神……国王"率民以事神"。现在说他们信的是巫教,谁会装神弄鬼,谁就会受到尊崇,被奉若神明。那个年代不论是国王、官吏还是商贾和百姓,都十分迷恋占卜,日常生活中的所有行为都是靠卜筮问卦来决定。这样的做法看起来很不靠谱,但说明这个时代的人们已经进步了,心中知道了怕,对天灾人祸知道主动去回避,渴望冥冥之中有一种力量能护佑自己。虽然是有意识地采用了十分荒唐的手段,可面对许多的未知谁又能聪明多少呢!伊尹就被当时的天下人看作是"格于皇天"的"格人",亦即大巫师,不但是人和天之间的媒介,可以刺探天意,可以代传天意,还可以代理天上来管理天下。

殷商甲骨文卜辞和周朝金文中就已经出现了"帝""天"的字眼。早期的上帝,带有浓厚的人格色彩,《尚书》之《商书·伊训·四》中就有伊尹对上帝的刻画:"惟上帝不常,作善降之百祥,作不善降之百殃。"这个上帝是夏、商、周以来,华夏民族信仰中主宰天地和宇宙的神,是华夏信仰系统天神、地祇、人鬼中的至上神。在这个信仰体系中,最主要的说辞是上帝给人类指派了君王,让他们来教化、治理上帝的子民,中国的皇帝都是上帝感应产生的,因此叫天子。这个信仰体系在中国的君主政治中很实用,统治者只用把自己包装一番,披上神道天启的袍子,就万事大吉了,所以,几千年中没有被任何一个后来的宗教所同化,一直延续到帝制灭亡。从这方面看,你就可以看出伊尹这个天下第一相的名头可谓当之无愧,他装神弄鬼的一套办法和说辞,不但能让商汤奉其为师,还能让一方水土上的统治者当成祖传秘方,一代代屡试不爽。现在没有帝制，也没有天子之说了，伊尹却仍被女人们认可，也算能伸能屈，占不到思想的高地，还能站在时尚的前沿。

华夏民族敬天祭祖的传统在商周时期已经十分兴盛，帝王们注重的是敬天，而民间更专注于祭祖。当时人们认为人有魂魄，作为阳气的魂和作为阴形的魄结合形成人，人死以后，神魂灵气归于天，精魄形骸归于地，以魂气形魄来解释人的前世、现世和来世之演化；并将精灵世界也分为三界：地上的人间，天上神灵的天堂，地下精魄的地府。

由上可以看出，天堂作为一种文化现象，在商代不但深入人心，

伊尹墓的伊尹塑像

而且也已颇具规模，伊尹培育的土壤已经很深厚。伊尹既然被认为是一个能够自由穿梭于天堂和人间，可以传达上天的意思，辅佐地上的王们管理国家的大巫师——"格人"，他当时的地位自然十分神圣，权力也大得怕人，谁敢跟他过不去！

太甲是商汤的孙子，第三代商王。他在继位后的头两年，表现还说得过去，第三年起就不行了。他不但抛开伊尹任意地发号施令，还一味享乐，暴虐百姓，朝政昏乱，破坏商汤制定的法规。伊尹按照人的方法，对他百般规劝，他都听不进去，只好按"格人"的方法，将他送到北邙上商汤墓地附近的桐宫居住，让他自己反省，史称"伊尹放太甲"。将身为帝王的太甲流放到宫外，软禁起来了，这是实实在在、天下少见的行政拘留。

太甲住在桐宫，享用游乐肯定都没有了，不再是威福自恣的商朝帝王，而是一个行动自由被限制的人。此时的他狼狈之极，不觉悲从中来，后悔当初没有听伊尹的话，做到爱江山也爱美人，爱享乐也爱人民。太甲没有恨伊尹，恐怕也不敢恨，只是又愧又悔地在汤王墓地住了三年，天天对着商汤的墓发呆。直到伊尹认为他已彻底地痛改前非，才亲自携带商王的冠冕衣服，到桐宫迎接他复返商都，再登王位。经受了这次教训，太甲成了勤政修德、体察民情的明君。他把商朝治理得繁荣昌盛，各诸侯国均来朝拜，不敢作乱；老百姓也得以休养生息，生活安定。伊尹又写了《太尹训》三篇，褒奖太甲施行的德政，送给他作为座右铭。

伊尹当时的权柄，是"挟天子以令诸侯"的曹操也难以企及的，至于后世大清国的慈禧，最多也是望其项背而丝毫不能僭越。伊尹就像是一个驯兽师，敢把猛兽关起来，也敢把猛兽放出来，一关一放都是依据这个猛兽的表现是否对江山社稷恭恭敬敬，对自己服服帖帖，可以说是收放自如。而曹操和慈禧，最多是能把猛兽关在笼子里，走到哪里带到哪里而丝毫不敢懈怠，玩狐假虎威的游戏。

虽然伊尹采用的手段是抬出上天，以先知先觉的天意代言人身份来驾驭国家机器，属故弄玄虚的借天之威，但从这里我们也不难看出，在商代，已经有了成熟的上帝观念。没有一个权威的信仰系统，怎能让人笃信；没有普天下人执迷不悔的笃信，伊尹就不会让一个国王对其畏惧得如老鼠见猫！

据伊氏家谱记载：伊尹"至商王沃丁戊子八祀卒，年百三十岁，大雾三日，沃丁祀以太牢，亲临丧以报大德，葬于亳"。

这段话是说，伊尹到了太甲之子沃丁在位时，才死去，终年是一百三十岁，葬在北邙南侧的商都城西亳之北，即今偃师市西10里，汉田横墓东，离商汤的陵墓7里有商阿衡伊尹墓。1983年春，考古工作者在今洛阳市偃师西洛河北岸尸乡沟一带，发掘出商城宫殿遗址，证明此处正是商都城西亳，而伊尹死后葬于西亳亦无可疑。

伊尹作为最早埋葬在北邙上的历史名人，是不是对后来人有着巨大的暗示作用呢？不言而喻。人们的意念和行为在不停地产生、消亡着，一些人的意念和行为在外人看来往往是不以为意的，但某些人因为自身的影响力，他的一个意念可以改变一种现状，他的行为可以成为一种现象。伊尹是历史传说中的第一个贤相、第一个帝师，更主要他是离天堂最近的人，是"格于皇天"的"格人"，所以，足以具备这样的影响。

人们都喜欢让自己离幸福近一点。后人们会不会因为笃信伊尹，又认为他是沟通皇天与人世的巫师，于是认定他的葬地肯定选择在通往天堂的路口，这样的认识风行一时，从而成就了"葬在北邙"的观念呢？

不论对错，我这也是为了弄清楚韩国人的一点向往而在妄自揣测，只要符合情理，我们都要为这种因"意识流"而形成的现象找个注脚。

第七章 变更的东周王陵区

自认为,周王朝是我们国家历史上面目开始清晰的崭新朝代。这个时代从一个人开始,就是那个制礼作乐的周公。我们的国家历来自称是礼仪之邦,也被认为是礼仪之邦,都是和这个历史人物分不开的。

周国原是西部的一个小国,这个小国走进洛阳的决心应该是对商王朝发起进攻的"八百诸侯会孟津"。孟津是黄河边上的一个地名,就在北邙山上。

那个号召天下诸侯造反的周武王姬发,在孟津向天下诸侯发出了推翻殷商王朝的招贴,天下的八百诸侯果然如约而来。在检验了自己的威望和实力后,武王于两年后亲率大军伐商。经过牧野大战,殷纣王被打得灰头土脸,于绝望之时自焚而死。姬发趁势一鼓作气,在镐京建立了周王朝。虽然是在西部老家的镐京建都,但对中土洛阳心仪已久的周武王,把象征王权的"九鼎"从商纣的国都朝歌直接迁往洛阳。他对周公说:"自洛汭延于伊汭,居易毋固,其有夏之居。我南望三涂,北望岳鄙,顾詹有河,粤詹雒伊,毋远天室。"其定都洛阳之意昭然若揭。他令周公在北邙南坡上营建洛阳成周城,可谓是做足了"雄都定鼎地,势据万国尊"的准备。

史书记载的"周公营洛"说的就是这次大规模的造城活动。当年受

武王委托建造洛阳成周城的周公，可算得上是有据可查的中国第一风水先生。他在拿着日晷选址时，说了这样一句话："此天下之中，四方入贡道里均。"（《史记·周本纪》）

遗憾的是，胸怀大志的武王不久去世了，他未能看到自己愿望的实现。周武王去世，周成王即位，周公摄政，但东迁建设的脚步并未停止，在洛阳继续兴建"王城""成周"二城。成王举行安放九鼎大典，正式定都洛阳。此后，西周成王、康王、昭王和穆王四代君王均以洛阳为都。后来周平王正式迁都洛邑，史载洛阳作为东周都城有515年的历史，历经25帝。

西周王朝将镐京称为"宗周"，而把洛阳所建设的都城称为"成周"，其中用意该是十分明了的。按我的理解，那是周武王的决定。他认为，"宗周"是祖上的方国成就之地，而"成周"才是他所建立的一统天下的王朝大成之地。不然他就不会把象征权力的九鼎直接安放在洛阳而不去运回镐京，他也不会委托自己最为信赖的周公营建洛阳。

能佐证这个决定的物证、从宝鸡出土的"何尊"上有铭文记载：唯王初迁宅于成周，复禀武王礼，福自天，在四月丙戌，王诰宗小子于京室，曰：昔在尔考公氏，克达文王，肆文王受兹因（命），唯武王既克大邑商，则廷告于天，曰：余其宅兹中国，自之牧民。

铭文的大意是：周成王五年四月，迁都于成周（洛阳），对武王进行祭祀。周成王对宗族小子训诰说，何姓的先公追随文王受天命统一天下。武王灭商后曾廷告于上天：我把周都的城郭建在这里（洛阳），因为这里是天下的中心，从此就在这里管理人民。

"中国"这个名字最早开始在这里出现，"中国"那时所指就是现在的洛阳。中，是指地理位置，也就是黄河洛水间的北邙；国，就是这片水土上生活的人。

这时候，摄政的周公面临的首要问题就是要建立全新的治国理念。

虽然周王朝已经分封天下，把同姓宗亲和异姓功臣分封到各地做诸侯，形成了以周天子为中心的封建统治秩序。可从一个偏土僻壤的小国摇身一变，成为纵览天下的宗主国，老眼光和老思路显然是跟不上的。为了维护周王朝的长治久安，周公在总结夏、商礼法的基础上，制定了全新而完备的典章制度。这些制度包括等级制度的政治准则、行为处世的道德规范和各项典章礼仪制度，也称礼乐制度。这些制度后来发展为区分尊卑贵贱的等级教条。西周的礼乐制度，形成了西周特色的礼乐文化与礼乐文明，不但对后来历代中国文化产生了巨大而深远的影响，还促生了我国古代的最大的思想流派——儒家思想。

没有新的治国理念支撑的改朝换代，对于一个国家来说，就犹如一个蓬头垢面的人换上了一身新衣服，看起来不伦不类。但如果你让这个人去泡泡澡、理理发，即使还穿着破衣烂衫，也是精神焕发的；如果再换上新衣服，绝对是焕然一新。这说明治国理念远比改朝换代更能改变一个国家，礼乐制度就好像是让整个国家精神焕发的洗澡和剪发，让西周一下子精神百倍了！

这时候的西周就像是有了统一课本的学生、有了统一口令的军队，从上到下形成了统一的国家思想和精神面貌。什么都开始讲究了，上朝下朝的官员要讲究上下级礼仪，走亲访友的男女要讲究迎宾待客的礼仪，居家的要有尊长爱幼的礼仪，婚丧嫁娶有迎来送往的礼仪，连什么人穿什么衣服、什么场合办什么事都有了规矩。

周公威武地站在洛阳王城的九鼎下，气势如虹地说，这里是"中国"——从此以后，这个称作"中国"的华夏帝国才敢以礼仪之邦自居，称四方为"夷、蛮、狄、戎"，开始威服四方，接受万国的朝贡。当时朝贡的记录上不知道有没有日本、韩国、越南，但后来是有了。韩国是坚持朝贡时间最长的，一直到清朝。

这里说的墓葬，周王朝也有"大树特树"之处。这"大树特树"的

"树"字,很有可能就是从周王陵的葬制改变中产生的。周之前的夏、商陵墓不起坟丘,称为"不树不封",现在有些研究者说有坟丘,但比起小山包似的大墓封土,那根本就不算什么。为什么呢?考古专家李得方说,东周之前帝王的葬地一般都是在自己的宫殿附近,无须有高大的坟山作为标识,更无必要在坟山上植树涵养水土。这个习惯一直到东周,才有所改变,这可以从洛阳众多的周王陵上看出端倪。

周朝王陵的葬制在迁都洛阳后没有改变,死去的王们一般还是安葬在王城东南部的王陵区,"不树不封",也就是没有墓冢。洛阳王城里已经发现的"甲"字形大墓和"亚"字形大墓都是如此。当时的王和贵族大臣们的墓葬,突出的是墓室内在的等级讲究,譬如天子驾六等,并不太注意外在的坟丘的封土和设施。而变这种习惯始于一场洪水。

这次洪水发生在周灵王二十二年,也就是前550年,距今2500多年前。当时,豫西一带天降大雨,山洪暴发,河水陡涨,周王城南面的洛河咆哮肆虐,由西北交汇入洛河的谷水也从北邙上倾泻而下。两股洪水奔腾相遇,河满淤塞,如困兽犹斗,水漫了整个周王城,致使一个偌大的王宫汪洋一片。

《国语·周语》是这样记载这次洪水的:"灵王二十二年,谷洛斗,将毁王宫。"意思是说,洛河和谷水暴发洪水,这场洪水险些摧毁了整个王宫。

而三国时期吴国史学家韦昭的注解是:"洛水在王城南,谷水在王城北,东入于瀍。至灵王时,谷水盛出于王城西,而南流合于洛,两水相格,有似于斗。"

关于这场洪水的记载,在今天看来,不但有着历史意义,也有着现实意义。

现实意义是这段关于洪水的记录,成了考古工作者寻找周王城遗址的一把钥匙。周的王城在洛阳,这是毫无疑问的,但遗址在哪里呢?"得中原则得天下"的共识，使洛阳成为兵家必争之地，历史上已经数不清被兵毁火焚了几多回。现代考古需要去确定已经灰飞烟灭两千多年的周王城的具体方位，难度是可想而知的。

20世纪50年代初，中国科学院考古研究所为了寻找东周王城的踪迹，学者们遍阅史书，按图索骥，在今洛阳市王城公园一带、涧河两岸进行了大规模的考古调查和发掘工作，也算是小心翼翼地找到了许多似是而非的地方，就是没有发现周王城遗址。但意外的收获是，在涧河东岸的小屯村发现了汉代河南县城遗址，因汉代河南县城与东周王城之间存在着沿袭关系，于是，学者们把汉代河南县城城址作为这次寻找周王城的基点。有了基点，只能说是范围缩小了，并不一定就是肯定能找到。学者们最初是按照《周礼·考工记》对周王城的记载来查找的。人们对东周王城的结构布局，有过很理想的推测，还依据《周礼·考工记》画出了复原图，说它是世界上有史以来第一座经过详细规划的城市。古文献记载说：东周王城四面各有三个城门，共十二座城门。南有圉门，北有乾祭门，东有鼎门等。每座城门均有三个通道，城内设经、纬大道各九条。王宫建在中央大道上，王宫前面建有殿庭，后面建有商贸市场；王宫的右侧建有神坛社稷，左侧建有宗庙祖堂，城南三十里建有明堂。这是我国古代典型的"前朝后市、左祖右社"的建筑布局。但正是因为对这种"理想化"布局十分肯定，考古学者们在寻找过程中走了许多弯路，仍然一筹莫展。

最后，茫然的学者们不得不重新回到对历史记载的审视上。有关这次洪水的记录，本已在学者们的眼前跳过，但再次梳理的时候，最不起眼的一段记载却使陷入窘境的学者们得到了新的启示。学者们是这样分析的，既然是"谷洛斗，将毁王宫"，那周王城肯定和洛河与谷水的交汇处相距不远，不妨就在这个交汇处下手发掘。

路走对了，目的地就不远了。按照这条线索，很快就找到了沉睡地下两千多年的东周王城遗址。当整个遗址的面貌露出地表的时候，学者们才明白，历史记载和考古结果相出入，给他们开了一个不大不小的玩笑。原来历史文献中关于周王城的记载和考古勘察的结果并不完全一致！

一句"谷洛斗，将毁王宫"，让我们知道了周王城的位置。经文物调查和考古发掘证实，东周王城遗址北依邙山，南临洛河，平面大体呈正方形。西北角在今东干沟村北，东北角在今洛阳火车站东约1千米，西南角在今兴隆寨村西北，东南城角被洛河冲毁。现在的五女冢村附近地势较高，城墙遗迹保存较好，直到今天，地面上仍能看到残存的东周王城城墙。整个王城周长约15千米，与晋《元康地道记》"王城去洛河（指汉魏故城）四十里，城内南北九里七十步，东西六里十步，为地三百顷一十二亩三十六步"这一记载基本吻合。

王城核心建筑物的宫殿群落位于城内的西南隅，就是发生"谷洛斗"的地方，而不是中心部位。大致范围在今天的涧东路以西、凯旋路以南的城内，甚至包括城外的部分区域。这个范围内，先后有多处大型建筑群基址被发现。在寻找东周王城的同时，考古工作者在城址西北部就已经发现了东周时期烧制陶器的场所，推测该区域可能是手工业作坊区；在城址西南部，还发现汉代较大面积夯土基址下面叠压着东周的夯土基址，推测可能与当时的宫殿建筑有关。考古工作者一步步确认，洛阳东周王城的四面城垣和三个城角，城址的大致范围和今天洛阳的西工区相当。北城墙保持平直，全长2890米，墙宽8~10米。东墙总长约3500米，墙宽15米左右。西城墙曲折，自城角向南，沿河曲折。西墙全长3000余米，墙宽15米左右。南墙东段被洛河冲毁，残长900米，全长估计有3400米。同时，在城外还发现了大型的礼制或者馆驿性质的建筑遗迹。在西南隅建筑群基址东侧，20世纪70年代以来，共探出粮窖80余座，是王城遗址里的仓窖区。城内西北隅是规模很大的手工业作坊区，有制陶的窑场，还有制骨、制玉、制石器的作坊，之外也发现了制造铜器的陶范，意味着制铜作坊的存在。在王城遗址西南隅南墙外，发现战国晚期高规格大型建筑基址一处。通过进一步的考古和研究表明，东周王城城墙始建于春秋中期，战国至秦汉时曾多次修补。到西汉后期，整座城池开始荒废，后在此基础上兴建了汉代河南县城。

关于王宫是否洪水所被毁，考古工作者在对东周王城遗址进行发掘时，真切地看到，整个城址区，尤其是城址的西南部，沟涧纵横，甚而连宫殿遗址也多见冲刷痕迹，可见洪水对包括王宫在内的整个城址破坏严重。

"谷洛斗"这段记载的历史意义在于，这场洪水使东周王朝在丧葬制度上有了一次大的改变。

中国帝王陵寝的建制，按照时间顺序和先后传承，大致可分为三种：方上；以山为陵；宝城宝顶。

方上，即在帝王地宫上部的地面上，以黄土层层夯筑，形成一个上小下大的方锥形封土。这始于周代礼仪的建制，历经秦汉，到唐代终止。至今规模最大的方上，就是秦始皇陵的封土，远看像一座巨大的山丘。西汉王陵也采用了方上建制，只是规模没有秦陵大。

以山为陵，是唐太宗李世民的首创。他借用长孙皇后的遗言"请因山而建，无须起坟"，借助自然山川之势营造自己的陵寝，睥睨天下的气势可见一斑，这一点连秦始皇巨大的方上也难以比拟。以山为陵对于防盗也是大有裨益的。

宝城宝顶，这种建制是明代开国皇帝朱元璋的创意，以后明清帝王都采用了这种建制。这种建制兼具了方上和以山为陵的特点。陵墓依山而建，在帝王地宫之上建起围城，围城中填以厚土，仅露出一个圆顶，宝城宝顶的说法由此而来。

以上所说的这三种葬制只是周代以后的，王陵也显然都是单独选址的，和周代由这场洪水所带来的葬制变化关系密切。

众多的考古发现证明，周朝前期的人居和墓葬无一例外都是连在一起的，居处附近即葬处，不树不封。这也包括那些早起的方国首领和夏、商的帝王。建都洛阳的中国第一个朝代——夏，当时的城池名字叫斟鄩。因发现于偃师二里头村，考古界称之为二里头遗址。总面积400万平方米的都城遗址，其规模宏大，设施完备，内容丰富。与后代帝王不同的就是陵寝在宫殿旁边，或者是宫城内，不树不封，没有高大的墓冢。商代的陵墓也是如此，不论是西亳的商，还是殷商，葬制都是不树不封，且葬在宫城内或者是附近。

　　因年代久远，作为历代政权更迭之地的洛阳战乱不断，加上历代文士妄加推测，致使周代王陵疑案致使丛生、众说纷纭。为破解东周王陵之谜，自20世纪50年代，文物考古工作者就开始了寻找东周王陵的艰难历程。从目前已取得的成果看，东周王陵应分为王城陵区、金村陵区、周山陵区三个陵区。王城陵区和金村陵区的陵墓也是在宫城附近，且不树不封。独有周山陵区例外，远离宫城，在山顶封丘而建。这是为什么呢？

　　周山王陵的形制是由这次洪水促成的。

　　水火无情啊，我们可以想见"谷洛斗"的情景。当洪水如猛兽般冲进王城的时候，周灵王在身边臣下的簇拥下，惊慌失措逃出宫城的狼狈相，后边还跟着他拖泥带水的后宫佳丽和王子王孙们，在慌乱的王城大道上，混迹于逃难的人群中。在洪水没有退去的几天里，周王城是没有办法回去了。惊魂未定的周灵王虽然贵为天子，也只能暂时告别锦衣玉食的生活，暂时委屈一下自己。一日三餐没有了山珍海味的佳肴美食，还要被报灾的臣下们不停地叨扰而叫苦不迭。夜晚也没有了软榻锦被的温柔乡，还要被心有余悸的连连噩梦纠缠得焦头烂额。

　　经过这番煎熬的周灵王和他的臣下们很受震动，坐在一起商量对策。周灵王首先想到的是怎样治理洛河和谷水。"王欲壅之。太子晋谏曰：'不可……'王卒壅之。"当时的周灵王是想治理暴发洪水的河道，或者

洛阳周山的周王陵

干脆堵塞后让河水改道。太子晋阻止了他,说这些都是天数,劝说灵王放弃了。

放弃就意味着要想办法回避以后的重蹈覆辙。洪水将周王朝的王城摧垮了,活着的王族们可以重新建筑宫殿。择地而居,可已经安葬着先王们的王陵,肯定是要泡在水里了。这对周灵王不能说不是一个刺激,也是对将来自己选择葬地的一种提醒。所以,他率先打破先例,将自己的陵墓修建在了远离宫城的周山上,还树立起了高大的坟山。在远离东周宫城遗址的周山公园里,自东至西排列着四个高大的墓冢,最西边的就是历史记载的周灵王墓。依次出现的"周三王陵",是周灵王后相继也葬于此的景王、悼王、敬王。此时期的周王陵不再安葬在王城里了,不但走出了宫城,也打破了不树不封的建制,成为醒目的大冢。

李得方教授说:"迄今为止,经考古发掘表明,中原地区的东周以前的王陵之上均不设封丘,此即古人所云的'不封不树'。所见的最早的冢墓即周山之周灵王冢和'周三王陵',此四冢不但组成了东周王陵的周山陵区,也标志着中原地区的古墓葬进入到冢墓时代。"

这时候的周山大冢虽然是出现在洛阳西南、洛河北岸的周山上,但从广义上说,是属于北邙山范围的。更主要的是,周灵王不经历那场洪水的刺激,不开陵墓建于王城之外高坡大丘之上的先河,他之后的陵墓也很难走上北邙。他不打破"不树不封"的习惯,也不见得会有我们今天所见到的遍布北邙的王陵大冢。

第八章　吕不韦北邙安魂

自夏朝至商王朝，再至周、春秋、战国，洛阳城和北邙都该是热闹的地方。

按说秦王朝是不会和北邙发生联系的。威风八面的大秦王朝气度恢宏，雄踞长安，秦始皇的皇陵也是选择在了骊山，但促成秦王朝这番气象最至关重要的人物吕不韦却没有身安成就地，而是藏魂北邙。当时的北邙肯定还没有形成什么气象，正如吕不韦就是这样的一个人：没有多少气象的秦国由他一手促成为天下第一王朝，还没有气象的北邙也因为他的入葬而形成了万千气象。

吕不韦是一个极富传奇色彩的人物。可以说，中国历史上第一个全面统一的泱泱大国大秦帝国，就是由他一手策划和塑造的，军功章有秦始皇的一半也有吕不韦的一半。作为一个商人，他是怎样做到的呢？

吕不韦是一个绝对成功的商人，在没有投身于秦国前，就已经是富甲天下的巨贾。在他的身上，我们看到了所有成功商人应该具备的共同优点，譬如说商业眼光的智慧和商业投机的胆量。虽然他很有钱，但当时商人的社会地位是很低的，不能染指仕途，几乎与社会政治是隔绝的。"商人"最早的名称由来并不是指做生意的人，而是被周王朝推翻的殷商王朝的遗民，因为大多数人都属于殷商贵族，周王朝怕他们死灰复燃，把他们作为俘虏押解到了洛阳成周城里，集中生活，便于监视。所以，当时的殷商遗民被称为"商人"，含有被排斥在主流生活之外的蔑视成分，可想他们的社会地位是何等的卑微。

这些殷商遗民虽然也被分配了土地，但由于不事农桑，便干起了贩夫走卒的角色。当时，最繁华的地带就是在宗周的镐京（今陕西省西安市长安区）至成周洛邑（今洛阳）东西两都之间，这一地带经常活跃着这些殷商遗民们买东卖西的身影。其他人都蔑称这些走东贩西的殷商遗民为"商人"，商人也把自己所贩的商品称之为"东西"。

久而久之，商人就成了做生意者的代名词。即使商人们拥有了财富，可在门第观念盛行的封建社会，在很长很长一段时间内，蔑视商人的世俗认知都没有改变，商人的社会地位一直很低，他们很有钱，又很无奈。

吕不韦出生时，虽然他们家的身份已经不再是住在成周城里的殷商俘虏，可社会地位没有丝毫改变。小富即安的时候，他也没有太多的政治诉求，后来实在是赚钱已经赚腻了，自然就憋屈得难以自持了。但门第观念仍然要将他限制在政治生活之外。可钱这个活物在庞大到一定数量的时候，谁都无法阻止它的野心。

《史记·吕不韦列传》中，很详实地记载了吕不韦作为一个商人的第一次政治投机。这个第一次太过辉煌，竟然成了最后一次，所以，可称为"唯一"。关于这次投机，历史是这样记载的：子楚是秦王庶出的孙子，在赵国当人质，他乘的车马和日常的财用都不富足，生活困窘而不得意。吕不韦到邯郸做生意，见到子楚后突发奇想："这可是一个能得到丰厚回报的机会，奇货可居呀！"于是前去拜见子楚，说："我可以提高您的门第。"作为秦国王孙的子楚很不屑地讥讽他说："你还是先提高自己的门第吧。"吕不韦说："您不知道，我的门第要靠您的门第来提高。"子楚意识到他是有所指，便邀他一起坐下深谈。吕不韦分析说："秦王老了，秦太子安国君宠爱华阳夫人，而华阳夫人却没有儿子。能够确立嫡子继承人的，只有华阳夫人。你兄弟二十余人中，你排行居中，长久在外做人质，如果安国君即位做秦王，您也无望同你长兄和一直都在秦王身边的其他兄弟们争太子之位。"子楚说："是啊，那有什么办法呢？"吕不韦说："您正处在贫穷中，又客居在此，也拿不出什么来献给亲长，结交宾客。我虽然不富有，但愿意拿出千金来为你西去秦国游说，让安国君和华阳夫人立你为太子。"子楚于是叩头拜谢道："如果实现了您的计划，我愿意分秦国的土地和您共享。"

由于时间的久远，我们现在看起来也许并不惊讶，但如果设身处地去想一想，就可感受到吕不韦是一个多么富有想象力的人，他的行为用胆大妄为来形容，一点都不为过！他用商人的眼光和处世准则去投资政治，在今天的许多人看来早已习以为常，属于已经用俗了的老套子，可今天的许多人并不知道，当时的他是这一条道路上披荆斩棘的开创者，是第一个吃螃蟹的人。他的行为前无古人，而后来者却多，这也更证明其胆识令人拍手叫绝，后来的历史也证明，吕不韦不是异想天开。"奇货可居"这个词也出于此。政治一般说来不是商品，但许多时候却是特殊商品；权力是不可以公开交易的，但不能否认权力在许多时候被人为地赋予了市场属性。在中国的历史发展中，这样的认知始于对吕不韦眼界的肯定。窃以为，历朝历代，包括现世，对吕不韦的定位有些低。我们不能以其手段卑劣和动机不纯而否定他对历史发展的作用，不能以人性的虚伪去否认他对中国政体的整体教化作用。许多时候，推动历史前行的并不是高尚和道义，恰恰是卑鄙和肮脏。封建王朝的政客嘴上信奉着孔子，心理却迷信着吕不韦，这说明了什么？说明吕不韦和"圣人"孔子相比，前者更有用、更有价值，是深入到社会政治骨髓里的"基因"。

吕不韦带着贿赂西去秦国游说，先拜见华阳夫人的弟弟阳泉君和姐姐，做好外围工作，然后亲自拜见华阳夫人。经过一番心机缜密的劝说，安国君和华阳夫人心花怒放地刻下玉符，确定子楚为自己的继承人。先期目的达到了，吕不韦的金币策略使子楚顺利成为太子的不二人选。也就是说，子楚这个"奇货"一亮相就定出了好价位，作为期货，还有很大的升值空间，继承人、太子、王，行情将会一路飙升。吕不韦也得到了相应的回报，安国君请他做子楚的老师，可想而知，他以后的身份更会扶摇直上。

深谋远虑的吕不韦在邯郸藏有一位同居女子，不但姿色好，且长袖善舞。他虽然和子楚形影不离，但并没有让身为学生的子楚见过这位女子。后来这女子身怀吕不韦之子，他方才刻意安排子楚与其做不期而遇。子楚这个"奇货"一见到这个千娇百媚的女子，便神不守舍，想入非非，就请求吕不韦相赠。有了这场铺排，又有了一方魂不守舍的苦求，吕不韦半推半就，顺理成章地连母带子送给了子楚。而女子腹中之子就成了子楚的孩子，即日后的秦王嬴政。

当然，吕不韦为自己的这个计划的实施也是费尽周折，经过十数年的苦心经营，方才大功初成。对于这个有心人，历史毫不回头朝着吕不韦的目的跑去。

秦昭王五十六年（前251年），昭王去世，太子安国君继位为王，华阳夫人为王后，子楚为太子，一切按照吕不韦的设计在向前发展。安国君继秦王位，守孝一年后，加冕才三天就突发疾病去世了，谥号为孝文王。意外的发生，使子楚提前继位，成了秦庄襄王。他任命吕不韦为丞相，封文信侯，将河南洛阳十万户分封为他的食邑。谁料秦庄襄王也是个短命的，即位三年竟也呜呼哀哉。这更是意外的惊喜啊！在吕不韦的扶持下，13岁的嬴政诚惶诚恐地继位为王，登上了秦王的宝座。这对没有名分的父子不露声色地谋下了秦国。吕不韦以自己独特的眼光，不费什么工夫，就将"奇货可居"的王孙子楚卖出了一个大价钱，兵不血刃地换得了一国江山。

此时的吕不韦好不得意：嬴政年纪尚小，奉其为相邦，尊称"仲父"

吕不韦成了秦国实际大权的掌握者；后宫的太后尚未老去，两人旧情复燃。

也有殚精竭虑，也有嚣张一时，吕不韦为嬴政后来统一中国，做了很好的铺垫。

战国晚期，魏国有信陵君、楚国有春申君、赵国有平原君、齐国有孟尝君，他们都礼贤下士，身边聚拢了一大批有才能的门客，但仍然不满足，较着劲要在招贤纳士方面争个高下。因而吕不韦认为，已经强大起来的秦国，在招揽人才上败给别国，是一件令人羞愧的事，所以他以更加优厚的待遇招贤纳士，最盛时门下食客多达三千人。当时，各诸侯国有许多才辩之士，像荀卿那班人，著书立说，流行天下。吕不韦就命他的食客对诸子百家思想进行研究，吸收众家之长，揉合阴阳五行家、道家、儒家、兵家、墨家的部分学说，自成一体，编纂出一部《吕氏春秋》，以书中的观点作为实现全国统一的指导思想。全书共计八览、六论、十二纪，二十多万言。成书后，吕不韦命人将书稿刊布于咸阳的城门，上面悬挂着一千两的赏金，遍请各诸侯国的游士宾客，号称若有人能增删一字，就给予一千金的奖励。我们今天所熟知的成语"一字千金"，就是典出于此。

今天看来，《吕氏春秋》是吕不韦在秦国所实行政策的理论化，也就是为秦王嬴政设计的治国纲领，为即将开创统一的封建国家，做的理论上的准备。吕不韦作为一位有很大作为的政治家，其远见卓识可见一斑。

是政治家，就深谙政治之心得。吕不韦既然把嬴政从一个小蝌蚪培养成了秦王，他就要遵循政治的规矩，别说是暗度陈仓，就是名正言顺的父子，也得行君臣之道。嬴政小时，他可以为所欲为，嬴政一天一天大起来，他就不能不收敛。"养虎为患"用在吕不韦身上不太贴切，用"养老虎怕自己被老虎咬，还担心老虎不会咬别人"的纠结心态来形容他比较恰当。

秦王嬴政越来越大了，但太后一直和吕不韦难以彻底了断。吕不韦唯恐事情败露，不但要顾及嬴政的面子，还要维护君臣情分，就暗中安排自己的门客嫪毐取悦于太后，并在时机成熟时，将嫪毐扮作太监进献给了太后。偏这个嫪毐不知天高地厚，为人做事十分张扬，还学着吕不韦玩弄起权柄来。他不仅收拢门客上千，还有仆从三千。他在许多事情上仗着太后狐假虎威，并和太后有了两个私生子。他还跟太后私下密谋，"若是秦王死去，就立这大儿子即位"。因为树敌太多，嫪毐与太后的私情被人告发。嫪毐不思悔改，竟然集众谋逆。嬴政大怒，把嫪毐族人尽数诛杀还不解气，又杀了嫪毐和太后的两个私生子。

　　作为嫪毐的举荐人，吕不韦也是百密一疏，让自己陷进了尴尬境地。他不但被免去了相邦之职，还被遣回河南封地。但了解他内心的人一定明白，他的离开也不完全是伤感，虽然是灰头土脸，但内心也欣慰。嬴政能对他下手，说明其政治上已然成熟，完全可以担当起秦王的重任了！

　　吕不韦回到洛阳后，不但许多先前的食客也追随而来，各诸侯国前来慰问的宾客使者也是络绎不绝。消息传到咸阳，嬴政担心吕不韦做出犯上作乱的事来，就写了一封书信告诫他说："你对秦国有何功劳，秦国却封你在河南，食邑十万户？你和秦王有什么血缘关系，而号称仲父？"遂下令吕不韦举家迁往边远的四川。

　　吕不韦见信以后，知道秦王忌讳自己的影响和存在，为成全秦王，便饮鸩自杀。吕不韦死后，他的门客数千人偷偷地将吕不韦埋葬于洛阳北邙山。今天在洛阳市辖偃师市首阳山镇的大冢头村还保留有一座大冢，就是吕不韦墓。大冢头村也因吕不韦墓而得名。据《史记·秦始皇本纪》载："十二年，文信侯不韦死，窃葬。"《史记集解》皇览曰："吕不韦冢在河南洛阳北邙道西大冢是也。"

　　吕不韦安葬于北邙本没有什么意外的，因其封地的官邸建筑群就在成周城一带。可是他的死却给北邙带来了一次意外，据《史记索隐》说：

吕不韦墓

"其宾客数千人共葬于洛阳北邙山。"这是历史上所记载的第一次大规模的"葬在北邙"。

不谈吕不韦对宾客有何等恩惠,也不讲宾客们对他又是如何爱戴,仅就这一历史记载,我们就能看出,吕不韦葬在北邙,给北邙带来了多么大的号召力,简直就是为北邙代言!

第九章　北邙教父——"刘秀坟儿"

晋代张载的《七哀诗》中这样写北邙："北邙何累累，高陵有四五。借问谁家坟，皆云汉世主……"可见自汉至唐北邙墓葬之盛是有些道理的。

秦在长安建都，是不会跑到洛阳来葬皇帝的。秦相吕不韦是个特例。西汉刘邦建都洛阳几个月，也跑到长安去了，几代帝王都是在西北之地面对外敌横刀立马、傲立土地间，自然也不会考虑把陵墓建到洛阳。但大汉朝抵御了外侮，却未免掉内乱，终使一朝江山被号称革命的王莽窃取。王莽窃国篡位之举，也勾起了许多人起意，一时间天下大乱、豪杰丛立，刘秀就是众多豪杰中笑到最后的那一位！

刘秀本来就是汉王室的血脉，只是他的帝王血脉在当时说比较卑微。西汉时，汉景帝召程姬伺寝，程姬因月事不便，让她的侍者唐儿代替。景帝醉了酒，糊里糊涂地把唐儿当作程姬，抱在怀里一夜欢爱。这很不经意的一夜，竟让唐儿生下一子，取名刘发，后被封为长沙定王。刘发的玄孙刘钦有三个儿子，刘秀排行老三。刘秀虽然是帝王的血脉，但孕育这条血脉的他的老祖奶奶连个起码的封号都没有，仅是一侍女。

但刘秀也有高贵处，据说他降生的时候跟其他的皇帝一样，也有祥瑞预兆。他降生时候的祥瑞除了有跟其他帝王相似的"赤光照室中"，还有"农民式"的。在他父亲当县官的那个县,"是岁县界有嘉禾生,一茎九穗",也就是说一颗庄稼长了九个穗。他的父亲还以此给他取名为"秀"。"秀"字的本意就是谷物抽穗扬花,《尔雅》上这么解释:"荣而实者谓之秀。"他的名字实际上就是叫"刘大麦穗"或"刘大谷穗"。

这个"刘大麦穗"左冲右突、打西征东,最终荡平了天下。他没有忘记自己的汉室血统,把建立的王朝依然称作汉,当上了汉光武帝。但他没有再去长安,而是把都城建在洛阳,而且很快就开始在北邙上为自己建陵选址。这是经历秦朝过了西汉后,第一个张扬地走上北邙的皇帝。

从50年起,刘秀就开始在北邙山与黄河之间修建自己的陵墓。他对负责修建陵园的窦融有过这样的要求:"所制地不过二三顷,无为山陵,陂池裁令流水而已。"意思是说,建陵占地不要超过二三顷,不要起像山一样的陵墓,只要能让雨水排出就行了。临终前刘秀又再次下旨强调:我在世时无益于天下平民百姓,丧葬时应像文帝那样陪葬以瓦器,不要用金、银、铜、锡等贵重物品,要因山为陵,不起坟堆,各地刺史及其他官吏要忠于职守,不要来京奔丧,也不要递送吊唁奏章。通过这些确有历史记载的东西,似乎刘秀没有像其他帝王一样为自己修建陵墓、劳民伤财。但我们可以想象,刘秀的原陵从50年一直修建到他去世的57年,修建了整整七年的陵园肯定也不会太过寒酸。

原陵的位置在北邙的北坡,紧临黄河岸边。现在的原陵是很有规模的,远远望去,郁郁葱葱,青烟雾霭,颇为壮观。我在原陵的仪门外买了一张门票,随游客进去,草草地来回转了两遍,说实话,也就是感受一番。去之前我是做过功课的,许多描述原陵的文章已经把这座刘秀坟的气势、蹊跷和特色写的滴水不漏,我也都记在脑子里了,而且把与刘秀坟有关的噱头文章也是反反复复琢磨了几遍。但我还是在出了原陵后,在一个没有花钱的黄河奇石馆里坐了半天。奇石馆的老板是个地道的乡间读书人,能写一笔好字,墙上就挂着他自己的书法作品。我说很欣赏他的书法作品，他一边谦虚着，一边给我奉上王铎的书法和岳飞的书法拓片，真伪我不敢说，因为我不懂，但看着绝对像是真的！老板拿着我的名片说："你是文化人，我也是读书人，教了几十年学了，退休无事做，才开这个

"刘秀坟"光武帝陵古柏

店。我这里的东西绝对不会骗你，你有需要，就来。"老先生的表情是很诚恳的，我也不好意思说什么买不买的，只好问他还有些什么，说有机会肯定帮他联系些有钱人和有权人。老板显然是想广撒网，毫不犹豫地从柜台下面拿出好几件陶器和瓷器来，一件一件给我介绍。我暗下决心，一定要给老板忽悠几个人来，谁叫都是读书人啊！可老板接下来的话让我大跌眼镜，刚刚还向我说最低能值两万元的瓷花瓶，如果我当下能要，可以只收取我两千元。啧啧，老板啊，您还是多了点读书人的实在，怎么把自己搭起的台子一下子就拆了！我也实在啊，拿出钱包给老板看，只有区区的几百块钱。老板更实在了，腼腆着脸说："您随意撒吧，留够路费。"我只好狡猾一下了，告诉老板，我看上岳飞的书法拓片了，两天后肯定来。我知道我说的基本做不到，但看着老板带着半信半疑的表情离开了，我觉得说句随意的话有时候还是很管用的！接下来我就安然地坐在店里的凳子上，看对面的原陵，一看就看了两小时。

关于原陵的传说大概有两个民间版本，一个是乡土版的，一个是风水版的。

乡土版的传说是这样的。刘秀的太子有点倔，从来不听刘秀的话，

命他向东他偏往西,叫他打狗他却撵鸡。刘秀生前早就看好了北邙是建陵寝的风水宝地,可担心太子不把他埋在北邙上。"知子莫如父"的刘秀这次来个正话反说:"父命中缺水,归天后汝要把父葬于黄河

汉光武帝原陵

之中,如此才免干渴之苦。"他故意命太子把自己葬于黄河之中,是因为他断定太子肯定会拗着劲把他的陵寝放在北邙上。谁知太子面对着气息将尽的刘秀,却一反常态地哭着发誓道:"不孝儿从未聆听过父王之训,如今痛改前非,葬事定遵父嘱。"刘秀一听,懊悔也来不及了,君无戏言呀,一口气没有回过来就驾崩了。太子召集天下能工巧匠,打造龙舟灵柩。入殓后,便把灵柩推入滚滚黄河之中。说来也怪,此时河水突然咆哮着向北滚去,灵柩沉没处瞬间水干地净,并有个陵丘拔地而起。这被当地老百姓称之为"滚河说"。

  风水版的传说实际是站在自己的立场上表达对刘秀的不解。迷信风水者认为,按照"背山面河,以开阔通变之地形,象征其襟怀博达,驾驭万物之志"的风水学思想,北邙的阳坡面对着洛河这一条灵性之河,是个难以寻觅的风水宝地,倘若死后能长眠于此,那么子孙万代都将因此而受益。北邙的东汉帝陵一共有五座:光武帝的原陵、安帝的恭陵、顺帝的定陵、冲帝的怀陵,以及灵帝的文陵。然而在这五座陵墓之中,其他四陵皆在北邙的阳坡,"面南背北,枕山蹬河",而作为东汉首陵的光武帝刘秀的原陵,却选址在北邙的阴坡。面南背北这种葬制的朝向虽然也没有错,错的却是南面是山、北面是河,与"枕山蹬河"的好葬地

正好相反，形成了"枕河蹬山"之势。也就是说，前面是阻隔前程的山，后面是断其后路的水，很不吉利。即使普通百姓，也会认为房后有山、房前有河是吉地，作为皇帝的刘秀难道就不介意"开门见山"的不通畅和"少了依靠"的不稳固？

风水学说在中国由来已久，特别是帝王陵寝建制，丝毫不敢有悖于风水，刘秀这样的做法显然是自找尴尬。

原陵的传说有别的版本没有，目前我还没有见到。这两种说法让导游用来忽悠游客未尝不可，但作为对原陵比较科学的认知，显然是荒唐可笑的！乡土版传说有着很大想当然的成分，而风水版更多的则是自以为是。一个建设了七年的皇陵不会没有皇帝自己先期就有的想法和众多大臣缜密的考虑，也说明不会是仓促间建造的。

经过对大量历史资料的分析，我自己倒是弄出了一个版本。这个版本有着大量推测的成分，是根据刘秀皇帝的人生经历和爱好，试图了解当时他是怎么想的，怎么以为的，才有了原陵。

刘秀的父亲曾当过县官，在他的幼年就去世了，刘秀是官二代，但只是由叔父刘良抚养成人的一个孤儿。成长中的刘秀正逢王莽篡汉称帝时期，他的皇族身份已经不值一文，所以不可能有优越的生活环境。在京师上太学的时候，他和一个名叫韩子的同学合伙买了一头毛驴，靠课余时间在大街上驮脚，赚钱供自己生活、学习。刘秀这种在艰苦环境下发奋学习所体现出的寒门精神和自力更生的生存手段很平民化，但丝毫不影响他对未来抱有更为执着的渴望。据史书记载，此时的刘秀怀揣的梦想就是"仕宦当作执金吾，娶妻当得阴丽华"。执金吾是率禁兵保卫京城和宫城的官员，刘秀在长安的街道上驮脚时，没少见执金吾威风八面、穿街而过的气派；阴丽华是刘秀老家南阳的一个大家闺秀，美貌贤淑、闻名乡里，不用说就是大多数男性青年的梦中情人，其中包括刘秀。

到后来太学毕业，入仕希望渺茫的刘秀回到家乡，基本上成了乡间的农民，因此，他也只好性勤勉、好种田。之前的那个梦想，也是遥不可及了。从这些方面看，刘秀是个性格平实，不浮躁，能入乡随俗的人。

有一次，农民刘秀跟着大哥刘縯、姐夫邓晨一块儿到宛城办事，同穰（今河南邓州市）人蔡少公宴饮闲谈。蔡少公是当时久负盛名的谶纬专家，他很神秘地向大家透露了京师长安最流行的一条谶语："刘秀当为天子。"在场的人根本没有注意到身边的刘秀，因为很可能刘秀在老家是被叫乳名的。他们只是把这个"刘秀"当成了身边的"刘大麦穗"，起劲地谈论着远在长安城里的那个"刘秀"。西汉末到新莽年间，有个在京师十分活跃的经学家刘歆，既是西汉皇族，也是一个谶纬学高人，在这句谶语开始流行的时候，突然之间把自己的名字改成了"刘秀"。这时的新莽政权已经陷进了民怨沸腾的泥淖中，这句谶语的分量和其中的玄机在当时社会上的作用是可想而知的！

被忽视的刘秀当时就有些不悦，愤愤不平地说："何用知非仆也？"难道我不叫刘秀吗？怎么可以肯定谶语中所说的就不是我这个刘秀呢？当时在座者都觉得刘秀的想法十分荒唐，摇着头讥笑他不知天高地厚。只有邓晨看出了这个小舅子的胸怀中膨胀出了远大的志向。卑微的人是很容易被一丁点的希望所点燃的！

谶纬，是中国古代谶书和纬书的合称。谶是秦汉间巫师、方士编造的预示吉凶的隐语，纬是汉代附会儒家经义衍生出来的一类书。刘秀后来当上皇帝后称"纬"为"内学"，而原本的经典反被称为"外学"。谶纬之学也就是对未来的一种政治预言。

当时的刘秀能产生这样的想法，不但在别人看来很可笑，怕是连他自己也会感到脸红。他本来当着农民，还做着很可靠的粮食生意，日子已经不错。虽然要实现"娶妻当娶阴丽华"的理想还缺乏底气，但要遇到意外的好运气，也不全是没有可能。但说要去争夺皇帝的宝座，委实不太靠谱。可刘秀还是坚信谶语是他的动力。虽然不知道这个时候的刘秀是怎么评估自己的实力的，但他的自信就摆在那儿，他联想到曾经发生在自己身上的一件事。他还是在当自耕农的时候，遇到南阳地区大旱，数百里之内的庄稼几乎绝收，独有他种的庄稼未受天灾的影响，得了个意外的好收成，此事在当地传为佳话。这说明靠着半头驴完成学业的太学生刘秀，当农民也是出类拔萃的。别人免不了会对刘秀另眼相看，刘秀对自己也有些刮目相看，觉得自己不是一般人！后来的历史记载就是这样说的："时南阳旱饥，而上田独收。"

谶纬之语究竟有多大的魔力呢？对成功者是预言，对失败者就是魔咒，但只要被谶纬之语言中的人，都会去尝试。谶纬之言就是让人着魔的！

果不其然，刘秀在兄长的带领下起义反抗王莽政权，所组建的舂陵军在攻打新野县时，没有马匹的他骑牛入阵，大战新野尉，最后杀死新野尉，夺得战马并占领新野县。刘秀因此被称为"牛背将军"，很有农民特色的勇敢朴素，但又滑稽可笑。

刘秀是干一行专一行，很有脑子和韧性。造反后的战绩鼓舞着他，一路从骑牛杀死新野尉到昆阳大战，能征善战的禀赋让他像打了鸡血一般，丝毫没有回头的想法。

当时刘秀和哥哥的起义军名为舂陵军，主力为南阳的刘氏宗室和本郡的豪杰，兵少将寡，装备很差，难成大器，只好投到气势正旺的绿林军内。当时的绿林军为了求得正统的名分，把西汉宗室刘玄拥立为帝，建元更始，刘玄就是历史上的更始帝。对此，刘秀的哥哥刘縯及南阳刘姓宗室极为不满，只是迫于联军之中绿林军人多势众，又有强敌在前，只得暂且作罢。刘縯被封为大司徒，刘秀则受封为太常偏将军。

更始政权建立后，依然打着汉室的旗号，此举大大震动了王莽建立的新朝。王莽发各州郡精兵共四十二万，号称百万，扑向昆阳和宛城一线，力图一举扑灭新生的更始政权。当时的昆阳城内东拼西凑才有区区万人，守将们都惶恐之极，忧念家人的安全，欲弃守昆阳。刘秀则陈述自己的观点道："今兵谷既少，而外寇强大，并力御之，功庶可立；如欲分散，势无俱全。且宛城未拔，不能相救，昆阳即破，一日之间，诸部亦灭矣。今不同心胆共举功名，反欲守妻子财物邪？"刘秀的这番慷慨陈词并没有得到绿林军将领们的认同，跑的想法还是占据多数。就在昆阳城内绿林军对是守是弃犹豫之时，新莽大军已经抵达城下，探马来报："大兵且至城北，军陈数百里，不见其后。"此时情形，是想跑也跑不得了。诸将只好又请刘秀商讨对策。刘秀为众将谋划，由自己率十三骑趁夜色突围搬取救兵，其他人坚守城池。新莽大军此时已经开始大举围城，史载，"秀等几不得出"，就是说再迟缓一步，刘秀等人就不能突围出去。此时的刘秀不能不说是个亡命之徒，面对着围将上来的数十万大军，只带着十三个军士突围，岂是单有胆量就行的！

在刘秀突围后不久，新莽大军开始攻城。史载，"围之数十重，列营百数，云车十余丈，瞰临城中，旗帜蔽野，埃尘连天，钲鼓之声闻数百里。或为地道，冲輣橦城。积弩乱发，矢下如雨，城中负户而汲"。可见，小小的昆阳城经受着何等的压力。守城数日，无望的城中主将王凤等向新莽大军乞降，准备在攻下城池后尽屠此城的新莽军却根本不准。昆阳城内的守军见乞降不准，反被逼着下定了死守的决心，小小的昆阳城在如此攻势下竟然多日岿然不动。

六月初，突围的刘秀带着郾城与定陵的救兵驰援昆阳。刘秀自告奋勇亲自率步、骑千余人为先锋，在距新莽大军数里外的地方布阵，对着新莽军的一阵冲杀，斩杀千余人。刘秀又施计故意将一封军机文书遗落战场，使对方捡去。信中讲攻打南阳的数十万绿林军和另外几支军队也正赶来昆阳城，望昆阳守军坚守会战。新莽军连日攻城不下，士卒疲惫，士气低落，主将见到此信，更是吃惊不小，是迎敌还是退却，一时间迟疑不决。刘秀此刻又要得三千兵马，组成敢死之师，亲自率领反复冲击新莽大军的中军大营。混战中新莽军主帅被杀，而其余大营不明底细，没有主帅将令也不敢前去相救。已经被困城内多日的绿林军将士们见新莽军中军崩溃，也从城内冲杀出来，杀声震天。此时又突遇雷电交加，大雨倾盆而至，新莽军在惊慌中顿时乱作一团，兵士相互踩踏，争相溃逃，结果被杀、践踏、溺死者不计其数，滍水被尸体堵塞得几乎断流。百万之众，顷刻间覆灭不存，新莽政权也随之土崩瓦解。

这一仗打出了名气的刘秀在前方马不停蹄地攻城略地，心生猜忌的更始皇帝和绿林军将领们不好对立下首功的刘秀下手，就找借口将他的哥哥斩杀了。对刘秀来说，这无疑是一个莫大的打击，但为了消除更始帝的疑虑，他急忙返回宛城，不但不表昆阳之功，并且为兄长犯上不尊谢罪。他知道前面的路充满了艰难和凶险，为了掩饰兄长被杀的伤悲和更好地保护自己，在兄丧期间，他把倾慕已久的阴丽华先娶回家中。

当时天下已经大乱，称王称帝的"草头王"有十数家，可以说中华大地上一时狼烟四起、四分五裂，陷入了最为严重的无政府状态。就在娶阴丽华一年后，刘秀便买通他人为自己周旋，让更始皇帝将自己派往河北去开拓疆域。已经不仅仅满足于温柔乡的刘秀，将心中的女神安置妥当，就专注地踏上了谶纬之言预测的那条路。

更始皇帝对刘秀并不是特别放心，名义上给他了很大的权力，但没有给他配置兵马，更没有粮草辎重，史书上说刘秀是"单车空节巡河北"。刘秀到了河北，凭着三寸不烂之舌来回折腾几次后，不但未有丝毫建树，还被在河北称帝的王朗四处追杀，处境很是凶险。这时候的刘秀很清楚，更始帝已经杀了他的哥哥，他这样子回去也不会有什么好果子吃，真是进退两难。为了争取发展空间，他以一场政治婚姻换取了雄踞河北的真定王刘扬的支持，娶了刘扬的外甥女郭圣通。这场联姻的确给他的政治生命带来了转机，使他在河北一枝独秀。不论是凭借能征善战渐隆的名声奔走游说，还是靠"美须眉、大口、隆准、日角"的帅哥形象，刘秀总算心机用尽，拉起了自己的大旗。25年六月，已经是"跨州据土，带甲百万"的刘秀在众将拥戴下，于河北鄗城的千秋亭即皇帝位。按照"胜者王侯败者贼"的原则，他加入到了夺天下的行列。

毛泽东在读史的时候，把历代帝王拿到一起做了个比较，夸赞刘秀"最会打仗"。刘秀的经典战术是能打就打，打不过就跑，身经百战，历时十三年荡平天下。为表重兴汉室之意，刘秀建国仍然使用"汉"的国号，史称后汉。唐末五代之后根据都城洛阳位于东方而称刘秀所建汉朝为东汉。刘秀就是汉世祖光武皇帝。

谶纬之言让他得到了天下最大的满足！

可以说，刘秀与谶纬之术纠缠了一生，钟情于谶纬之术堪比钟情阴丽华。他是在谶纬之术盛行的时候当上皇帝的。史书记载，在王莽末年，宛人李通用《河图》谶语"刘氏复起，李氏为辅"，劝刘秀起兵。建武元年（25年），又有人从关中带来《赤伏符》，可谓是《河图》的另一种版本，上面说，"刘秀发兵捕不道，四夷云集龙斗野，四七之际火为主"。表示从汉高祖到刘秀共二百二十八年（四七之际）。当时流行的《春秋演孔图》说："卯金刀，名为刘，赤帝后，次代周。"这是说刘秀当继承大汉王朝的火德当皇帝。

刘秀以谶言来决定自己下一步如何行动的事例相当多。在他即皇帝位后，在确定重要职官的人选上，依据的往往就是谶文。《后汉书·方术传》说："王梁、孙咸，名应图箓，越登槐鼎之任。"意思是就说，王梁、孙咸这两个人，因为与谶言里的人名相吻合，就被光武帝破格提拔，做了大官。

对谶纬的极端迷信，以及谶纬对行动和决策产生的重大影响，直接导致刘秀在推广儒学的同时，也在积极倡导谶纬。刘秀对臣僚非议谶纬是相当反感的。大儒郑兴向刘秀汇报关于郊祀（在都城郊外祭祀天地）的事，提出了几套方案供刘秀定夺，刘秀却指示他："用谶纬来决定用哪套方案好不好？"郑兴回答："臣不为谶。"刘秀当场翻脸，逼问郑兴：

"你不为谶，难道你是反对谶?!"郑兴不得不诚惶诚恐地再三解释："臣只是没有学会谶纬之术，完全没有反对的意思。"史载，郑兴最终因为不懂谶纬而未获重用。

刘秀利用最高皇权，向社会各个阶层灌输谶纬知识，维护谶纬的政治地位，可以说是竭尽全力。刘秀在位的最后两年，即中元元年（56年），终于下诏："宣布图谶于天下。"谶纬又被称为图谶的原因，就是萌芽于先秦时代的"河图洛书"。也就是说，谶纬之术所凭借的根本经典就是《河图》、《洛书》。河图洛书原是一种应帝王受命的祥瑞和神物，至两汉以迄宋元，在不同的时代背景和社会文化需要下，人们对其作了种种推演和改造，"河出图，洛出书"遂演变成"龙马负图，神龟贡书"的神话般的传说故事及图谶之说，并日益图式化和玄理化。河图洛书的嬗变不仅对于古代易学、儒学的发展产生了影响，而且对政局兴衰、朝代更替和人们的文化生活也产生了诸多影响。

说到此，我想大家该眼前一亮了，对刘秀葬在北邙和黄河南岸间的原因也豁然开朗，被那些风水先生说道了近两千年的悬疑也迎刃而解。

从历史记载上看，当时的刘秀好像还不知道有风水之讲究。如果当时的堪舆学已经深入人心，他想找几个风水先生为自己看个吉穴，还不是吐沫星子溅一点的小事儿。他说："所制地不过二三顷，无为山陵，陂池裁令流水而已。"这体现出他对风水的要求也仅仅是依山傍水罢了。风水之说究竟是兴于何时，又盛于何时，不得而知，但至少在光武帝刘秀的时代并不盛行。光武帝时代推崇的是谶语，与堪舆不搭界。谶语是靠嘴传播预测的信息，用来安抚社会或者颠覆现实，是生者对生者的游戏；堪舆则是靠一双眼在已经生成的自然环境中，去寻找可以安抚人心、希翼未来的安魂之地，是生者对死者的游戏。

作为图谶盛起的东汉初期，虽然风水之说已经有了苗头，但在社会生活中并不占主流地位，甚至是可有可无的。《后汉书》记载了东汉有关风水的故事，对风水之说也是采取了并不肯定，甚至是模棱两可的态度。

譬如《郭镇传》讲道，顺帝时，河南人吴雄少时家贫丧母，但他不选择土地，也不选择时间，就把母亲埋了。巫士都说吴雄将来要被灭族的，但是，吴雄和他的儿子、孙子都官至廷尉，没有一点凶祸。

但也有相信风水而大贵的例子。《袁安传》记载，袁安的父亲死后，他的母亲要他去访求葬地。袁安在路上遇见三位书生，书生们指着一块地说："葬此地当世为上公。"袁安照此话办了，后来果然累世隆盛。

由此说来，至少在东汉时候，风水之术还影响不到宫廷之内的皇帝，所以刘秀为自己选择陵地，肯定也不会考虑这些。但刘秀不可能不考虑使自己受益一生而极力推崇的图谶之术。在北邙阴坡的黄河岸边，有被认为是龙马从黄河负图而出的"河出图"处，还建有龙马负图寺，是谶纬之术的寻根问祖地。特别迷恋天人感应、君权神授的刘秀，把自己的陵墓选择在龙马负图寺的边上，不能不说是一个皇帝对神性的向往，一个谶语的铁杆粉丝对自己一生醉心追求的追根溯源。我觉得这就是原陵为什么不合乎风水之术的谜底！

作为北邙地标性建筑的刘秀坟，是风水先生们无法回避的。他们解释不通刘秀坟如此构筑的道理，无法和自己信奉的学说形成印证，风水之说的正确性在难以自圆其说的时候，于是乎，关于刘秀坟衍生的传说就成了可以使他们回避挑战的挡箭牌。

写到这里，我不妨再多写几笔这个刘大麦穗。他的一生很有几个闪光点，是历朝历代的帝王所欠缺的。

刘秀是历史上与其有关的成语最多的帝王。刘秀学识渊博，他为后世留下了许多成语，如"反侧自安""日复一日""乐此不疲""铁中铮铮""庸中佼佼""铮铮佼佼""驽马铅刀""旗鼓相当""置之度外""北道主人""忧国忘家""失之东隅""收之桑榆""披荆斩棘""危在旦夕""得陇望蜀""差强人意""隐若敌国""舍近谋远""落落难合"

"有志者事竟成""疾风知劲草""举足轻重""束身自修""敝帚千金""水火不避""瘦羊博士"等等。

刘秀的每一个成语后面都包含着一个历史故事，这些故事不但反映出他对当时所出现情况的精辟认知和总结，更对后来人产生了巨大的教育和启迪作用。

《后汉书·王霸传》是这样记载"疾风知劲草"的：宾客从霸者数十人，稍稍引去。光武谓霸曰："颍川从我者皆逝，而子独留。努力！疾风知劲草。"这段话说的是刘秀起兵路过颍阳时，王霸和一帮朋友去投奔。入伍后，王霸忠心耿耿，多次打胜仗，在昆阳大破王莽的战役中，立了大功，因而受到刘秀的信任。刘秀的部队渡过黄河，在河北邯郸和王郎作战时，军事行动遭到了重大挫折。王郎重金悬赏捉拿刘秀，形势很危急。这时王霸的朋友们都悄悄溜走了，只剩下王霸。刘秀对王霸说："在颍阳投奔我的人现在都走了，只有下你一人留下来了，真是疾风知劲草啊！"后来刘秀得了天下，封王霸为偏将军，始终都很器重他。

又如《后汉书·祭遵传》有记"克己奉公"这个词的来历："遵为人廉约小心，克己奉公。赏赐辄尽与士卒，家无私财。"

祭遵，字弟孙，东汉初年颍阳人。24年，刘秀攻打颍阳一带，祭遵去投奔他，被刘秀收为门吏，后随军转战河北，当了军中的执法官，负责军营的法令。任职中，他执法严明，不循私情，为大家所称道。有一次，刘秀身边的一个小侍从犯了罪，祭遵查明真情后，依法把这个侍从处以死刑。刘秀知道后，十分生气，想祭遵竟敢处罚他身边的人，欲降罪于祭遵，但马上有人来劝谏刘秀说："严明军令，本来就是大王的要求，如今祭遵坚守法令，上下一致，做得很对。只有像他这样言行一致、号令三军，才有威信啊。"刘秀听了觉得有理，非但没有治罪于祭遵，还封他为征虏将军、颍阳侯。祭遵为人廉洁，为官清正，处事谨慎，克己奉公，常受到刘秀的赏赐，但他将这些赏赐都拿出来分给手下的人。他生活十分俭朴，家中也没有多少私人财产，即使在安排后事时，他仍嘱咐手下的人，不许铺张浪费，只要用牛车载自己的尸体和棺木，拉到洛阳北邙简葬就可以了。

"得陇望蜀"的来历是这样的。《后汉书·岑彭传》赐岑彭等书曰："两城若下，便可将兵南击蜀虏。人苦不知足，既平陇，复望蜀。每一发兵，头须为白！"

建武八年（32年），岑彭率兵跟随光武帝攻破天水，并与吴汉在西城包围了割据陇上的隗嚣。当时，公孙述（蜀地的割据者）的将领李育来救隗嚣，被盖延、耿弇包围在上邽。光武帝东归，写信给岑彭说，如若拿下西城和上邽，便即可挥师向南进攻蜀地。人苦就苦在不知足，刚得到了陇，又要攻蜀，每发一次兵，发须都要白很多！

仅举以上几例，我们从中可以看出刘秀这个熟读儒家经典的知识分子，所具有的谨慎宽厚、胸襟广阔、勇敢果决、机智灵活、坚忍刚强、不屈不挠的帝王性格。

刘秀对女人的专情是历史上所有皇帝中的楷模，他对女人的温柔和宽仁，让天下的女人都为之心醉，也让天下的男人为之叹颜。

阴丽华嫁给刘秀一年后，刘秀被更始皇帝刘玄派往河北去开拓疆域，为了争得一片发展空间，他以一场政治婚姻换取了雄踞河北的真定王刘扬的支持，娶了刘扬的外甥女郭圣通。这场联姻的确给他的政治生命带来了转机，不仅在河北一枝独秀，还顺利登基称帝。刘秀的行为在中国古代并没有什么可非议的，何况是取得天下的皇帝。

但刘秀，虽因政治需要娶了郭圣通为妻，可从此有了心病，对阴丽华充满了愧疚，以至于以后几十年里，一直不断地想办法来弥补。刘秀定都洛阳后，把阴丽华也接进了宫里，和郭圣通一样封为贵人。这时候，皇后的位置究竟给谁，刘秀的心里早已有了定夺，肯定是阴丽华无疑。只是碍于郭圣通为自己生下了第一个皇子，其舅舅刘扬手里还掌管着十万大军，迟迟没有做出最后的决定。

时间给了刘秀一个解决难题的机会。一直就怀有"螳螂捕蝉、黄雀在后"之意的刘扬密谋篡权夺位，被早有防范的刘秀察觉后，迅疾剪除。郭圣通的后台没有了，更恍然明白自己原来只不过是舅父谋反的工具。虽然丈夫没有追究郭氏家族，哪还敢对皇后的位置抱任何幻想。按说此时可以理直气壮地立阴丽华为皇后了，但当他告诉阴丽华后，阴丽华却坚决地拒绝了。她以未生育皇子和江山社稷为重的理由，力推已经生下皇子的郭圣通为后。

在阴丽华的坚持下，26年六月戊戌日，郭圣通意外地成为东汉王朝第一任皇后，她所生的儿子刘疆，成为第一任皇太子。当封后祭天的仪式结束，刘秀和盛装的郭圣通返回内宫的时候，阴丽华按照妾室的礼仪，向丈夫和正妻行三跪九叩的大礼，以示庆贺。

郭皇后和阴贵人过了一段相安无事的日子，但郭皇后的内心除了对阴丽华的感激，也有着一份说不出的酸楚。毕竟皇帝心里装着的是阴丽华，女人的敏感不能不使郭皇后失落和孤寂。接下来发生的一件事情加重了这份酸楚，最终使她走上了一条与皇帝分道扬镳的路。

建武九年（33年），阴丽华的心被一个晴天霹雳般的噩耗击碎了！由于阴丽华的谦让，阴丽华的娘家没有封侯晋爵，还过着一般乡绅的日子。一天，不知道从哪里来的盗贼，趁着夜色对阴家进行大肆抢掠。强盗们除了抢走了大批财物，还杀死了阴丽华的老母邓氏及弟弟。早年丧父的阴丽华此时又突然失去了母亲和弟弟，悲伤之情真是难以言表。刘秀看了也是心疼不已！

他为此下了一道诏书，原文为："吾微贱之时，娶于阴氏，因将兵征伐，遂各别离。幸得安全，俱脱虎口。以贵人有母仪之美，宜立为后，而固辞弗敢当，列于媵妾。朕嘉其义让，许封诸弟。未及爵士，而遭患逢祸，母子同命，愍伤于怀。《小雅》曰：'将恐将惧，惟予与汝。将安将乐，汝转弃予。'风人之戒，可不慎乎？其追爵谥贵人父陆为宣恩哀侯，弟䜣为宣义恭侯，以弟就嗣哀侯后。及尸柩在堂，使太中大夫拜授印绶，如在国列侯礼。魂而有灵，嘉其宠荣！"

大意是：我在微贱的时候，娶了阴贵人，因南征北战，只能两相别离。侥幸劫后余生，才得以平安团聚。阴贵人有母仪天下之美德，该册封为皇后，她却推辞不就，甘愿为姬妾。我欲褒奖她谦让的大义之举，想要封赏她的兄弟们爵位。可是没料到，未及封赏，竟遭祸患，母亲和弟弟俱丧，让我愧疚万分。他们活着不能享受爵禄，身后也应该得到尊荣。为此我决定，追封阴贵人的父亲阴陆为宣恩哀侯，其弟阴䜣为宣义恭侯。让阴贵人的另一个弟弟阴就继承宣恩哀侯的爵位。虽然是灵柩在堂，太中大夫也要按照活着的列侯礼仪为他们举行册封典礼。愿他们在天之灵，能领受这份殊荣。

刘秀的戚戚之哀，多少抚慰了阴丽华的伤痛。然而，其中的言辞却让郭圣通五味杂陈。刘秀在这道诏书里，不仅不忘阴丽华是他的结发妻子，更盛赞其德，把当年只有他们三人才知道的"让后"之事公布于世，这等于是在提醒世人，郭皇后的位置是阴丽华"让"出来的。阴家得到爵位事小，让自己沦为朝廷上下的笑柄，对郭圣通来说不能不是个天大的刺激——当年对阴丽华的感激，经这样一折腾，成了纠结在心中的满腹怨恨！

矛盾的爆发点首先出现在太子身上。刘秀是以柔术治天下，可郭皇后生的太子刘疆却喜读兵法，表现出热衷于开疆拓土的志向，这令皇帝十分不悦。严父教子的责备传到郭圣通耳朵里，就变了味道，因为郭圣通也知道刘秀对阴丽华生的皇子刘庄十分地欣赏。这样敏感的问题不能不诱使郭圣通在某一个时刻，会歇斯底里地爆发一次。况且对刘秀的怨恨、对阴丽华的妒忌以及她对刘庄的猜疑，都在逼迫着她走向的极端。

终于，失去理智的郭圣通公然跟刘秀大吵大闹了起来，说的不外乎是刘秀对皇子的偏心、对自己的冷落，以女人的秉性，甚至还要标榜一番老郭家当年对刘秀恩同再造的情。

矛盾公开后，谦让的阴丽华主动回避，离开了后宫，搬到外面的行宫去住。可这并没有让一发而不可收的郭圣通有所收敛，而是变本加厉、不依不饶，甚至对宫中其他几个嫔妃也是妒火中烧。郭圣通闹将起来，让刘秀愁眉苦脸、焦头烂额。女人往往在这方面显得很弱智，总以为闹起来会增加自己在道德上的砝码，可她们怎么也想不到，从情感上讲，此时已经是输得一塌糊涂的开始。

建武十七年十月十九日，忍耐到了极限的刘秀突然发作，颁下了一道废后诏书："皇后怀执怨怼，数违教令，不能抚循他子，训长异室。宫闱之内，若见鹰鹯。既无关雎之德，而有吕、霍之风，岂可托以幼孤，恭承明祀。今遣大司徒涉、宗正吉持节，其上皇后玺绶。阴贵人乡里良家，归自微贱。自我不见，于今三年。宜奉宗庙，为天下母。主者详案旧典，时上尊号。异常之事，非国休福，不得上寿称庆。"

事情发展到这一步，只能用"疑心生暗鬼"来解释。原本没有的事，由于郭圣通的疑神疑鬼竟然步步成真，终于无可挽回。

心软的刘秀在对待废后郭圣通的事情上，有着一套自己的处理方法。他没采用其他帝王们惯用的赐死和打入冷宫之手段，而是犯着自己尚还健在的忌讳，使郭圣通由皇后直接变为太后，这恐怕是历朝历代都没出现过的事情，也是对犯错的皇妃们最柔软的惩罚。他把次子封为"中山王"，而把郭圣通册封为"中山王太后"，让其跟着儿子生活。"一损俱损"的事情两次都没有发生在郭氏一族身上，诛灭九族的恐惧没有出现，举家都反倒被升官晋爵。

刘秀终于给了自己心爱的女人阴丽华一个应有的名分。虽然阴丽华在政治方面不够圆滑通达，给刘秀带不来多大的帮助，但她宽仁向善的美德却直接感染着一代帝王。

刘秀是中国历史上最早接受日本、缅甸等国正式朝拜的皇帝。

建武中元二年（57年），也是光武帝刘秀在位的最后一年。这年的刘秀已经62岁，但他仍然精神矍铄，勤于政事，天不亮就起床上朝。东汉以柔术治国的行政理念推行了三十多年，当时的周边环境比较平静，征战杀伐的军事行动很少。刘秀沉醉于对经史义理方面的全民教育，时常召集公卿在朝堂之上谈经论道，一直到日落才回宫。回到宫里还要批改奏章到深夜，方肯上床休息。太子见父皇如此勤劳，便劝谏道："陛下有大禹、商汤那样的贤明，却丢失了黄帝、老子的养生之道。但愿从此颐养精神，优悠安宁。"刘秀听了，摇摇头乐呵呵地说："我乐于这样，不感到疲劳呀。"从此，"乐此不疲"就成了刘秀上朝理政的写照。

一天，来了一群五短身材的小矬子，打扮异样，口音怪诞，自称是海外倭国来的使者，要朝见大汉皇帝。随和的刘秀当即就将这群因长途奔波而显得邋遢不堪的使者们召进殿去。面对着这群好像是小人国来的小矬子，当时的刘秀和满朝文武都是忍俊不禁，但还是被他们慕名来朝拜的艰辛所感动，安排他们住进鸿胪寺。刘秀马上指使朝臣调查这些人的来历，天朝大国不能对奉贡朝贺的人一点也不了解吧。

根据这群小矬子使者带来的地图，和沿途经过的官府开出的通关书函，大臣们马上就联想起了大秦朝所发生的一件事情。秦朝时，齐地人徐福曾率领近千童男童女前往传说中的蓬莱仙岛，为始皇帝求长生不老药。据说，海上有外界，那里有个倭奴国，经常有人漂来，也有沿海人举家避难前往。

弄清楚这些情况，刘秀第二天就召见了来使中自称大夫的倭人，接受其朝贡的奏章，亲自向其了解倭奴国的情况和来意。在了解其朝拜之意后，刘秀还留使者在天朝多住些时日，委派大臣陪同这些小国寡民参观天朝风物，以期回归后向其国王传达天朝恩威，并能不断朝拜天朝。刘秀还依据前朝为诸侯王和附属国赐予印绶的惯例，为倭奴国国王授予一枚蛇钮方寸印，印上刻书"汉委奴国王"。

在中国古代史籍中，最早对日本有具体记载的是《三国志·魏书》的《倭人传》。该传记载，倭国"汉时有朝见者"。南朝人范晔撰写的《后汉书》中的《倭传》，其中有关倭国列岛情况的记载，几乎全部抄自《三国志》。不过，在谈到两国之间交往时，特别提到了汉光武帝赐倭人印绶的史实："建武中元二年，倭奴国奉贡朝贺，使人自称大夫，倭国之极南界也。光武赐以印绶。"

从此，倭奴国与大汉朝有了政治上的联系，岁间来朝不断。《后汉书·倭传》还记载了汉安帝时日本倭国遣使的情况："安帝永初元年，倭国王帅升等献生口百六十人，愿请见。"永初元年，（107年），这与光武帝授印相距刚好50年。这里所说的献"生口"，一般认为是奴隶，也有学者认为是派来学习的，近似于后来的遣隋使、遣唐使。无论哪种说法，从"百六十人"这个数字可知，这次来人的规模确实是很大的。将此两件事结合起来看，说明日本弥生时代，也就是中国汉朝时，日本遣使往来不但比较频繁，而且规模也比较大。

1784年阴历初春二月二十三日，在日本九州地区福冈县的志贺岛上，一个名叫甚兵卫的农民，正在为防备来年可能出现的旱灾而修筑

汉委奴国王金印

一条水渠。在搬动一块大石头时，他无意间发现了大石底下一块与泥巴相裹着的金属。他并不认识此物，便好奇地让家里人和近邻辨识。一个名叫才藏的米铺主人告诉他这是一方金印，不过这个人也没有认识到此印章的价值。后来消息传到地方官那里，金印便逐级上交到了管辖这片土地的黑田藩主的手中，他赏给了农民甚兵卫五枚银币，又将此印送给

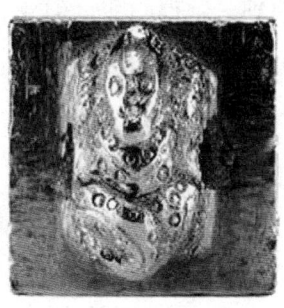

各个角度的汉委奴国王金印

藩中一个很有学问的名叫龟井南溟的儒者鉴定。龟井南溟经过仔细鉴定后告诉黑田藩主,这方上面刻有"汉委奴国王"三行五个字的金印,便是中国《后汉书》里记载的汉光武帝所赐印章。黑田藩主知道这方金印的价值后,便将它作为传家之宝珍藏起来。据近代变法人士黄遵宪的《日本国志》记载,他当时做驻日本公使时,"尝于博览会中亲见之"。印是"蛇钮方寸,文曰'汉委奴国王'"。现在此金印收藏在福冈市立美术馆中,被日本政府指定为国宝。当年发现金印的地方,早在1922年就立了一块刻有"汉委奴国王金印发光之处"的石碑,以作纪念。

当年,刘秀以柔术治国的理念,与大汉帝国周围许多小国相处融洽,这些国家像是附属国一样,年年朝拜,岁岁贡奉,为"光武中兴"营造了良好的周边环境。

一般情况,平民百姓的墓称"坟"或"坟墓"、王侯的墓称"冢"、圣人的墓称"林"、帝王的墓称"陵"。

可洛阳人很早就称汉光武帝刘秀的原陵为"刘秀坟儿"。"儿"化音拉得很长,声音叫得也很亲切,像是在说自己的邻居或乡亲。洛阳人都喜欢说刘秀的笑话,就是"刘秀"这个名字,在中原地区及黄河两岸也叫得很响,遍地都有"王莽撵刘秀"的圣迹。实际上,王莽没有撵过刘秀,是在河北邯郸称帝的王朗在追着撵刘秀,但老百姓喜欢把撵刘秀的事都归到王莽身上。总之,刘秀给人的感觉一直是提着脑袋在跑,跑得狼狈，跑得心酸，但跑得很值，最终把自己跑成了皇帝。老百姓谈起他被撵的时候，像是在说自己村子上的一个小伙子被恃强凌弱的恶霸在追着打，带着几分同情和诙谐。可以看出，所有帝王中唯刘秀给老百姓的印象最家常，也最亲切。

现在的刘秀坟上松柏掩映，陵前有一通穹碑，碑身镌刻"东汉中兴世祖光武皇帝之陵"。从陵冢到门阙修有神道，神道两侧原排列有石像、石马等石雕和整齐葱茏的柏树。如今，除去墓冢，便是郁郁葱葱、气象蔚然的柏树林。其中有28棵高耸入云的柏树，当地百姓称之为"二十八宿"，象征跟随刘秀南征北战立下赫赫战功的"云台二十八将"。

陵园中的柏树是难以计数的，满园青翠，散发着一种奇香，若遇上雨过天晴，这种余香感觉更浓，风过之处，古柏清香可传到十里之外。据植物学家考证，这些古柏是国内仅有的乔木树种，这种柏树质坚性柔，剖面色美，香味浓郁。因它木色金黄，柏体杏黄，又称"杏柏""血柏"，千百年来为人称奇。

这些柏树到底是从哪里来的呢？难道真是如传说中的那样，无人栽种，自行生长出来的？真实的情况却是，园内的千年古柏是在刘秀去世五百多年后的隋唐时期栽植的。

从汉朝初年开始，皇陵建制已经有了一定的制度，即使刘秀不想在自己的坟墓上奢侈浪费，但终究跳不出传统。

临终前，他不放心，又下遗诏强调："我在世时无益于天下平民百姓，丧葬时应像文帝那样陪葬以瓦器，不要用金、银、铜、锡等贵重物品作陪葬，要因山为陵，不起坟堆。各地刺史及其他官吏要忠于职守，不要来京奔丧，也不要派人递送吊唁奏章。"

但汉明帝却没有执行先父遗训。正是由于建筑宏伟，陪葬珍宝奇物无数，自然也少不得被盗墓贼侵扰。关于原陵的盗墓故事不胜枚举，其中有一个"墓现金龙"的传说流传颇广。

据说东汉年间，有个盗墓贼潜行北邙，经过数年打探，了解到刘秀坟附近的铁谢村有个谢家磨坊，珍藏有一张丝箩神器。这个神器当年是为后死的阴丽华和先死的刘秀合葬用的器物，可以帮助人打开刘秀坟墓道里的石墓门。盗墓贼花尽了积蓄，从这家人手里买下丝箩。在一个月黑风高之夜，躲开守墓人，将分土剑往坟丘顶端一插，只见由南向北的墓道赫然出现在眼前。随后，他又将丝箩往青石墓门上一挂，只听得一声巨响，雕刻着天龙、金狮的宽厚墓门竟徐徐打开了。盗墓贼小心翼翼地走进去，谁想刘秀正端坐灯下，聚精会神地看书。刘秀听见声响，抬头一望，看到了盗墓贼正目瞪口呆地站在那里，于是便厉声责问来者何人。贼人自然是胡乱找个理由虚与委蛇。刘秀听罢，不露声色，斥退了这个盗墓贼。但谁想盗墓贼临走还是顺手牵羊，偷拿了一个墓中随葬的锦盒。待他退出墓葬后，急忙打开锦盒，想看看里面到底藏了什么宝贝。怎料得金光一闪，一条金龙从盒子里奔腾而出，片刻，竟飞入天空无影无踪了。盗墓贼吓得面如土色，每在同道间谈起此事，都心有余悸。从此再也没人来挖掘过原陵。

当然，这些盗墓故事纵然引人入胜，也不过是一些传说罢了。刘秀坟被公然盗伐，是在东汉末的董卓之乱中。董卓派出吕布挖掘北邙山上的皇陵，无论西汉还是东汉，都挖了个遍，刘秀坟更是首当其冲，墓中宝藏被劫掠一空，陵上建筑也遭到了严重破坏。汉代皇帝的陵墓在自己建立的朝代尚未结束就被毫无忌惮地大肆盗伐，可见那时天下的荒唐！

第十章　北邙上的东汉第一大家族

北邙上埋葬了多少人，就留下了多少故事。这里的故事不同于一般的故事，它们中的很多都和我们国家的历史曲线重合着。如果仔细地把这里留下的故事连起来看，就会发现我们留起来的是一个时空的舞台，上面可以演出一场数千年的历史剧。剧情是关于一个泱泱大国的荣辱兴衰和起伏跌宕。

从我国的第一个朝代夏，到商至周，由秦历汉，北邙上安葬的墓主人不管是因为什么原因，他们的身份背景都是很不简单的。最早的墓主人也许仅仅就是葬在北邙，没有什么想法，因为这里是洛阳，那厚厚的黄土好埋人；后来还是因为这里是洛阳，喜欢葬在这片中土上的感觉，人们开始为扎堆葬在北邙找讲究；再后来就演绎出了更多的想法和说辞，把魂归北邙当成了一条路，一条通往天堂之路。

当然，我们也不难看出，在这条路上，举着旗帜走在最前面的往往是历朝历代的帝王，然后才是蜂拥而至的追随者。东汉的刘秀坟算是一个标志，东汉历代皇帝的陵寝是一个个的坐标，由一代一代的达官显贵簇拥着，摆在了北邙上，形成了葬在北邙的第一个高潮。

有句事关刘秀的话说，"二十八宿葬怀庆"，说的是刘秀建立东汉王朝后，在云台山封赏那些提着脑袋跟他南征北战的将军们。其中功劳最大的二十八个大将，被老百姓认为是天上下凡的二十八星宿转世，所以又称"云台二十八宿"。后来，光武帝刘秀去世，按照他规定的所谓东汉葬制，这些功臣都未回原籍安葬，像生前捍卫着他一样拱卫着刘秀坟陪陵。因刘秀的陵墓选择修建在北邙北坡，紧靠黄河南岸边，已经没有了可容这些功臣的葬身之地，所以只好把二十八个大将的墓地选择在黄河北岸怀庆府地界（即今焦作和济源市地区），与刘秀坟隔河相望。

从这句话中看，二十八宿最多是跟北邙有点拉扯，显然不全是葬在北邙。但我们不能不考虑这样一个问题，他们的族人会不会落葬北邙呢？

"北邙"一词出现在史书记载中，最早是在东汉。如《后汉书·梁鸿传》中记录的由梁鸿所作《五噫之歌》："陟彼北芒兮，噫！顾览帝京兮，噫！宫室崔嵬兮，噫！人之劬劳兮，噫！辽辽未央兮，噫！"可见北邙上可以登高远眺，环顾风景，一览帝京的璀巍繁华。

从史料中我们也可以看到，东汉之时已有许多达官显贵葬在北邙的记载。《后汉书·城阳恭王祉传》："（建武）十一年，祉疾病，上城阳王玺绶，愿以列侯奉先人祭祀。帝自临其疾。祉薨，年四十三，谥曰恭王，竟不之国，葬于洛阳北芒（邙）。"

《后汉书·光武郭皇后纪》："（建武）二十八年，后薨，葬于北芒（邙）。"

袁宏《后汉纪·光武皇帝纪》载："（邓）晨疾病，天子手书慰问，中宫及宁平公主皆为垂泣。既薨，使谒者招新野主魂，备官属，合葬于北邙山，上与皇后亲临送葬，赏赐甚厚，谥曰惠侯。"这些是比光武帝更早入葬北邙陪陵的文献记载。

刘秀陵寝在北邙修筑以后，除帝王陵区外，北邙之上还出现了大大小小的家族茔地。东汉二百多年间，这些祖茔几乎是星罗棋布。

如邓氏族茔。《后汉书·邓禹附邓骘传》："众庶多为（邓）骘称枉，（汉安）帝意颇悟，乃谴让州郡，还葬洛阳北芒（邙）旧茔，公卿皆会丧，莫不悲伤之。诏遣使者祠以中牢，诸从昆弟皆归京师。"

宋氏族茔。《后汉书·灵帝宋皇后纪》载："光和元年，遂策收玺绶。后自致暴室，以忧死。在位八年。父及兄弟并被诛。诸常侍、小黄门在省闼者，皆怜宋氏无辜，共合钱物，收葬废后及酆父子，归宋氏旧茔皋门亭。"

公孙氏族茔。《后汉书·公孙瓒传》载："太守当徙日南，瓒具豚酒于北芒上，祭辞先人，酹觞祝曰：'昔为人子，今为人臣，当诣日南。日南多瘴气，恐或不还，便当长辞坟茔。'慷慨悲泣，再拜而去，观者莫不叹息。"

由上可知，不但前皇后葬在北邙了，王爷、侯爷也都葬在北邙了；二十八宿中的第一宿，邓禹的祖茔也已经迁葬北邙。当时能葬在北邙已然是一种时尚和追求、身份和荣耀。这更验证了汉皇陵有一个重要特点，就是实行功臣贵戚陪葬制度，这既体现了皇帝以功论赏的恩威，又给世人树立了忠君报国之楷模典范。可想而知那些归不了原籍的其他功臣们，谁会舍弃将族茔与皇陵置于一脉山水上的福分呢！

前面我们提到汉光武帝刘秀"单车空节巡河北"，单车是单车，但他的单车边上还挤上来一个人。这个人是在刘秀提心吊胆独自去劝降招抚河北群雄的时候，一路追赶着主动相随共同赴汤蹈火的壮士。他的行为温暖了形单影只的刘秀的心。史书上是这样记载的，刘秀的挚交邓禹杖策北渡，追赶上刘秀，对刘秀言"更始必败，天下之乱方起"，劝刘秀"延揽英雄，务悦民心，立高祖之业，救万民之命，以公而虑，天下不足定也"！这个邓禹，就是现在天下邓姓所尊奉的始祖，也是我们改革开放的总设计师邓小平先生的始祖。

东汉第一功臣邓禹，字仲华，生于西汉元始二年（2年），终于东汉永平元年（58年）。邓禹作为刘秀在京师太学学习期间的乡亲学弟，能够不远千里跑到河北追随刘秀，这不能不说是一件大事。邓禹的到来，一方面说明了邓禹有识人之能，在刘秀的人生低潮期，给了刘秀精神上莫大的慰藉和动力；另一方面也说明了刘秀有御人之德，能得士众之心。这是一次两个人的心灵碰撞，奠定了邓禹在光武帝心中的地位，为其成为谋略之臣打下了牢固的基础。

由邓禹演绎的这个历史瞬间，不但丰富了刘氏王朝的灿烂，也为邓氏家族开创了一百多年的荣耀和辉煌。邓禹的追随在刘秀的人生中也许不算是个节点，因为邓禹的追随并不是东汉刘氏基业成功的决定性砝码，但在邓禹的人生中却属于千真万确的节点。因为有了这次义无反顾的追随，邓禹的人生，包括他邓氏家族那么多后代的人生，都有了别样的命运。

后人评价邓禹，早年虽与刘秀是布衣之交，但在中兴功臣中，他既非首事之臣，也不如后来其他人功绩显赫，但能位居中兴功臣之首，都是他在诸多问题的处理上能运筹帷幄。他曾协助光武帝平定河北、成就帝业之谋，后来以知人荐贤而名世，并在一系列决策性问题上发挥了重大作用。如《后汉书》作者范晔所说，"明定帝略""勋成智隐"，是对他最中肯的评价。也就是说，光武帝很明白善于谋略之勋与长于战斗之功的高下之分。

我们不妨去探寻一下邓氏家族，看一看邓禹从生为人杰的一生到死为鬼雄的归宿，是怎样把一个家族的历史都写在北邙的！

在邓禹家族中，既有中兴汉室的功臣，又有受封世袭的侯爵；既有雍容华贵的皇后，又有临朝听政的太后；既有身居要职的高官，还有帝女许配的驸马。在这个家族被史册记载的163年中，《后汉书》对其显赫的家世有这样详细的记载："累世显贵，凡侯者二十九人，公二人，大将军以下十三人，中二千石十四人，列校二十二人，州牧、郡守四十八人，其余侍中、将、大夫、郎、谒者不可胜数，京师的名门望族中没有可与之相比的。"仅从这些统计中就可以看出邓氏家族的辉煌！而这些统计又几乎只涉及男丁。抛开男尊女卑的偏见，你会发现，邓氏家族的女子也了不得！

邓绥是邓禹的孙女，自小孝顺慈爱，喜好读书，六岁即能史书，十二岁通读《诗》《论语》，常和家中兄长们互相讨论。为此，屡遭母亲训斥责罚。幸亏父亲对这个乖巧聪慧的女儿有一分偏爱，使得邓绥才可以在学习女红之余，继续醉心于读经品史。

邓绥十五岁（95年）那年，她遇到了人生的第一次机会。也许这个机会对于大多数女子来说，并不是好机会，但对于女子所代表的家族，绝对是件无比荣幸的事情。初就大位的汉和帝后宫储妃，当朝名门望族的适龄女子都被作为了备选对象，邓绥也在其中。仅是能被选入后宫当上皇帝的小老婆，这样的事情对于邓氏家族来说并非难事，皇帝就是在面子上也会给这个东汉第一家族一个名额。所以，邓绥很顺利地就进入了皇帝的后宫。任何一个进入后宫的女子都是怀揣梦想的，但许多人往往会因得不到皇帝的青睐而葬送了机会。邓绥不是这样的女子，饱读诗书的底蕴使她的所作所为都充满着心机和抱负。

她天生丽质，这本就是资本，但"腹有诗书气自华"的气质和为人处世的得体，更使她在嫔妃中鹤立鸡群，很快就抓住了汉和帝的眼球。只一年时间内，她就在众多的嫔妃中脱颖而出，被晋封为仅次于皇后的贵人。一个十六岁的女子能得此荣宠，让当时的朝野都十分震动，大臣们都认为这是汉和帝对邓家的器重。邓家一直从来都很受朝廷重用，因此都对邓贵人刮目相看。尤其是阴氏一族和当事的阴皇后，感到了来自邓贵人的很大压力。邓贵人没有因为眼前的荣宠而忘乎所以，在宫里依然很低调，不但不与阴皇后争宠，还处处小心，一举一动都表现得谦恭谨慎。在帝后饮宴的场合，其他嫔妃们衣着艳丽、扮相妖娆，只有她清素淡雅，不事张扬，安坐如处子之静。每日向阴皇后问安，都使人先去打探一番，衣着绝对不敢与阴皇后同色。即使在见皇上时，也不与阴皇后并坐，而是谦卑地侍立一侧。每当阴皇后被汉和帝疏远之时，也不会乘虚而入，而是主动托病回避皇上的召幸，以免引起阴皇后的猜忌嫉恨。

皇帝是啥样的男人呀，那是在鲜花阵中横挑鼻子竖挑眼的角色，他身边不缺献媚邀宠的大路货，还就喜欢邓贵人这种与众不同、出类拔萃的。特别是邓贵人举止有序，谦逊待人，识大体、知进退的做派，于不动声色间竟让汉和帝爱她爱得视其他后宫群芳如草芥粪土。当然，这粪土也包括了皇后阴氏。女人的嫉妒心中理性的成分很少，一个贵人被皇帝宠爱得天昏地暗，皇后的心里能没有个被踢翻的醋瓶子吗？何况皇后的位置也不是铁打的江山，随时都有被皇帝一脚踢开的危险。可想而知，阴皇后会怎样坐卧不安！

邓贵人作为一个受宠日盛的贵人，从伦理上讲，仍只是皇帝的妾，其地位和权力与皇后相差甚多。皇后是作为人主的身份出现的，嫔妃们只能服从于皇后的管理，后宫一切事务都要由皇后来定夺。虽然邓贵人对阴皇后能做到敬慎曲从，但还是差点为自己招来一场大祸。

县官不如现管。把皇帝比作是县官，那皇后就是现管。管着邓贵人的阴皇后能不使出各种手段去对付邓贵人？阴皇后对付邓贵人可以说是不择手段。

这个阴皇后虽然和光武帝刘秀爱着的阴丽华同出一姓，但此阴皇后非彼阴皇后，没有一样的涵养和气量。她在汉和帝面前搬弄是非，不但不起好作用，还起反作用，甚至避开汉和帝直接刁难邓贵人，明里使绊子、暗里下套子，屡屡进行加害。有一次汉和帝病中，阴皇后看到皇帝病情严重，竟然幸灾乐祸地预谋起来，要在汉和帝驾崩之后，诛杀邓贵人及其族人。有风声从宫内传出，弄得邓氏一族心都吊在嗓子眼上。幸而和帝病愈，邓氏及族人才躲过一劫。本以为阴皇后暂时会有所收敛，此事慢慢淡化也就不了了之。谁知道并非如此，阴皇后竟然将女巫招进内宫，在宫内实施巫蛊之术，诅咒和帝及邓贵人。

什么是巫蛊之术呢？

蛊，以毒虫作祟害人的手段，是一种古老、神秘、恐怖的巫术，主要流行于我国南方各地和一些少数民族中。蛊，顾名思义，就是将许多虫子放在一个容器里。毒虫培养的方法也正是如此，把几百种毒虫放在一个容器，不给它们投放食物，让它们彼此残杀，相互取食，最后存活下来的那一只，便是蛊了。

据记载，云南家家蓄养毒蛊。蓄养毒蛊者都是妇女，这是因为毒蛊所具有的毒性是由纯阴之气凝聚而成。毒蛊培养出来后，接下来的蓄养工作必须在阴暗的密室里进行。妇女每天深夜饲养毒蛊前，要赤身裸体、披头散发，先在毒蛊前祭拜一番，方才给毒蛊投食。男子绝对不能进入密室。如果毒蛊在蓄养期间被男子所见，将失去其毒性，蛊就不再是蛊了。

妇女们会根据自己的需要，用不同的毒虫，制造出不同的毒蛊。蛊的种类很多，传说中的通常有：金蚕蛊、疳蛊、癫蛊、肿蛊、泥鳅蛊、石头蛊、篾片蛊、蛇蛊等等。其中金蚕蛊最凶恶。据说金蚕是一种无形的灵虫，它能替人做事，最勤于卫生，大凡室内很干净的人家便认为是养金蚕的人家。金蚕的制作方法是：选用蛇、蜈蚣等12种毒虫，埋于自己挑选的十字路口，经49日（或另一个神秘日数）取出存于香炉中，成为金蚕蛊。在信仰金蚕蛊人的心目中，金蚕蛊不但有灵性，还能使饲养者发财致富。但富起来的人家也要将自己的盈余情况如实告知金蚕蛊，否则金蚕蛊会要求不诚实的人家花钱买人给它吃，不然则作祟。养金蚕蛊的人家若不想再养它，可以将其转嫁出去，曰"嫁金蚕"，方法是包裹银两、花粉和香灰（代表金蚕），放在路上，贪财者自然会拾取。金蚕蛊可以致敌人死亡，通常是腹肿、七窍流血而死。其他的毒蛊也各有各的致人死命的方法，都是神秘而恐怖。

而巫蛊，是一种利用女巫对自己的敌人所进行的诅咒之术。《汉书》中记载，巫蛊起自胡巫。巫蛊之术，源自匈奴民族所崇信的萨满巫术。

巫蛊之术的具体方法，就是以桐木制作小偶人，有的道行高的人可以用画像，上面写上被诅咒者的名字、生辰八字等，然后施以魔法和诅咒，将其埋放到被诅咒者的住处或近旁。行此术者相信，经过这样的魔法，被诅咒者的灵魂便可以被控制或摄取。

汉武帝元光年间，皇后陈阿娇失宠，曾使用巫蛊之术诅咒其情敌卫子夫。武帝知后将她废黜，女巫楚服及宫人牵连被诛者三百余人。武帝在位期间，曾接连发生了几件巫蛊之事，其结果导致汉帝国统治上层一次严重的政治危机，酿成武帝后期政局空前之巨变。由此可知，使用巫蛊之术惩罚对手在汉室宫中是有传统的。

当时阴皇后由于嫉恨之切，行事不密，巫蛊之术的阴谋竟然很快败露。怒火中烧的和帝一气之下废黜了她的皇后之位，连犹豫都没有，就把她腾出的位置给了邓贵人。阴皇后演绎了一出搬起石头砸自己脚的好戏。邓贵人没费吹灰之力，就成了邓皇后。

邓皇后开始名正言顺地夫唱妇随了。她具有男人一样的学识和才能，也因为汉和帝一直龙体欠安，很顺手就参与到了日常政事中。这样的身份和角色，换成其他的女子，肯定会十分张扬和嚣张，但邓绥在行为举动上思前想后、小心翼翼，不给任何人以权柄，而天下人更是都看出来她有着心急如焚的纠结——和帝的龙体实在是糟糕透顶了，虽然她已经贵为皇后，但还没有怀上龙种！

贵为皇后，理应恩及娘家人，这是皇帝对帝后家族的习惯封赏。和帝几次想加封邓氏族人的官爵，但都被她婉辞谢让。直到和帝驾崩，邓绥的兄长邓骘仅为虎贲中郎将，其他兄弟也仅为黄门侍郎。邓家权势除了邓禹留下的世袭爵位，其余并不显赫。

难道邓绥不知道给娘家人封官晋爵可以壮大自己的势力吗？不是不知道，但这就是读过书的女人和不读书女人的区别。她采用的不是强势的压制，而是攻心为上的手腕。她不能让和帝有看法，因为自己没有子嗣，护子心切的和帝也许会在膏肓之时，对她心生怯意，像废掉阴皇后那样，废掉她这个邓皇后；她更不能让满朝文武对她心生惊惧，因为秋风落叶般的和帝是靠不住的，如果想顺理成章地在和帝驾崩后执掌朝政，离不开满朝文武的支持。

熟读史书的邓皇后心中有一个楷模，就是西汉那个经历了三朝四帝的王政君。王政君是汉元帝的皇后，后来成为成帝、哀帝、平帝及孺子朝时的老祖宗，末了还在侄儿王莽的新朝当了四年的"新室文母太皇太后"，活了84岁。作为身份相同、处境相同的邓皇后，虽然不能公开地追捧王政君，但暗中锁定的目标却是她。

永元十七年（105年），正当盛年的汉和帝突然染病身亡。他身后留下了两个儿子，一个身患痼疾一个刚出生百余日，但两子均为宫女所生。年仅25岁的邓皇后顺理成章地走出幕后，出面支撑朝廷大局。当时，首要的问题是选立皇嗣。有些大臣主张长子继位，但她考虑再三，认为皇长子刘胜身体不健全，果断地将还在襁褓中的皇次子刘隆抱上龙庭，即皇帝大位。邓皇后走出了自己的第一步，被荣尊为皇太后，改年号为延平。由此，她怀抱幼主，临朝称制，开始了独掌朝纲的政治生涯。

作为皇太后的邓绥首先安抚重臣，将朝廷元老太尉张禹进为太傅，司徒徐防进为太尉，光禄勋梁鲔擢为司徒，争得了朝廷众臣的拥戴；又以皇帝幼弱，令张禹留在宫中，以备不时顾问；鉴于自己年轻，不便常见大臣，这才将兄长邓骘擢为车骑将军，仪同三公，使其往来宫禁，联络内外。然后，厚葬和帝于北邙顺陵，安置其妃妾侍奉陵寝，遣送诸王就国；大赦天下，减免贡赋，以安民心。可以说，她将自己走上政治舞台的这次转折，铺排得从容得当，风平浪静。

邓皇太后抱着一个不会说话，不会走路，甚至是可以在她身上随意大小便的玩偶，登基坐殿，俯视着下面的一群人杰、文武两班，听他们山呼万岁！作为一个女人，到这样一个登峰造极的境界，在当时是难以想象的，但邓绥做到了，她甚至想把这个被称作汉殇帝的孩子一直抱下去,抱到地老天荒。

可现实给她开了一个天大的玩笑,使她再一次陷入一场危机。延平元年(106年)八月的一个深夜,已经开始牙牙学语、蹒跚学步的汉殇帝竟然在一场急病中夭折。这可怎么办呢?本来沉稳的邓皇太后闻讯,第一次惊慌失措了,突然感到空落落的没着没落。手里的道具没有了,第二天上朝坐殿该怎么办?从这里可以看出,她当时的胆识还远没有达到武则天的高度。万般无奈之下,她严密封锁消息,急召哥哥邓骘入宫密商,连夜定下了继统之事。他们预料会有人主张迎立刘胜,便不等第二天向诸大臣商讨,而是由太后拟诏,册立和帝的侄子刘祜为嗣帝。

当夜,邓骘密布兵士将京师戒严,然后亲自持符节,用王青盖车将刘祜秘密带入宫中,先授长安侯再颁布太后诏书继帝位,天亮前竟一蹴而就。这就是汉安帝,在床上正睡觉,如梦境一般被抢进宫去,揉着眼给邓太后叩完头就当上皇帝了。当时的汉安帝才13岁,根本就没有当皇帝的准备,即使当上了皇帝,也不知道该怎么办。他糊里糊涂地登基,糊里糊涂地坐殿,反正龙椅宝座后面坐着邓太后,不就是演双簧嘛,这个孩子乐得逗着下面的一群大臣玩。

一个刚满一岁的皇帝换成了一个年仅十三岁的皇帝,延平二年的年号改为永初元年,朝政仍由邓太后执掌。也就是转转眼的两年多光景,邓绥经历了三个皇帝。

综观两汉政治,一个最大特点就是后戚干政。因为汉朝是以孝道治天下,所以皇太后甚至太皇太后对皇帝决断的政治国策有着非常重大的影响力。皇帝不仅妃嫔不但多如牛毛,还一茬接一茬地选秀,又因为纵欲太过,不注意加强身体锻炼,因此一般都活不过皇后。

邓太后也逃不过任用外戚的怪圈。在男性为中心的封建宗法环境中,她以女人之身统驭天下,毕竟有诸多不便,所以不得不较多地依靠娘家人为左膀右臂。这样,邓氏兄弟势必要跻身朝殿,插手朝政。永初元年

（107年），除了邓京已去世外，邓骘官拜车骑将军，封上蔡侯；邓悝升城门校尉，封叶侯；邓弘为虎贲中郎将，封西平侯；邓阊为郎中，封西华侯。食邑皆万石。邓骘因为协助邓太后拿主意，并亲迎安帝入宫有功，加邑三千户。邓骘坚辞未受。另外，邓太后又封生母阴氏为新野君，食邑万户。此后，邓氏累世宠贵，族人愈来愈多地加官晋爵。

邓太后临朝之际，正值东汉王朝的多事之秋，在内忧外患交相侵袭的艰难困境中，作为当权者最忌优柔寡断、处置失当。所以邓太后不怕别人说三道四，号令自出，大事独断，军政大权绝不旁落。

在封建正统者眼里，邓太后大权独握是"牝鸡司晨"，乃亡国之兆。因此，她临朝也非一帆风顺，曾遭到过强烈的反对。身居三司高位的司空周章，认为邓太后立汉殇帝而未立刘胜就是有违祖制，这次再绕过刘胜立刘祜，更是贪权固位的大逆不道之举。邓太后内倚宦官郑众、蔡伦，外仗胞兄邓骘，使用宦官和外戚交结弄权，架空三司，更是让人不容。因此，他私下密结僚友，串通谋划要诛杀邓骘兄弟和郑众、蔡伦等人，向邓太后直接发难，改立刘胜。因机谋泄漏，周章自知难逃厄运，服毒自杀。

虽然这次朝廷之乱破产了，但反对邓太后的声音一直没有断过。安帝刘祜二十六岁那年，邓太后仍然不让他亲政。安帝倒没敢表现出不满，倒是朝中有个叫杜根的郎中率先发声，上疏太后，要求归政安帝。他认为皇帝春秋已盛，早就应该亲掌国政，疏中言词激烈，矛头直指邓太后。邓太后不能容忍杜根蔑视女性临朝的偏见，更愤恨杜根对自己权威的挑战，便下令收押杜根，将其装入缣囊，在大殿上乱杖打死，并弃尸城外。但施刑人同情杜根，并未使其气绝。杜根在荒野慢慢苏醒过来，逃奔湖北宜城山中，隐名埋姓，靠当酒家跑堂的伙计生存下来。直到邓太后去世，杜根才被重新起用。还有平原郡吏成翊世，也联络同僚奏请邓太后归政安帝，被收监治罪。邓太后久持政柄，不仅受到朝廷部分官吏的诟病和抵制，就连邓氏宗族内部也有人持反对态度。邓太后从兄越骑校尉邓康，担心太后专权时间太长，宗族盈满，物极而衰，引来天怒人怨而祸殃临头，便多次劝太后引退深宫，颐养天年。邓太后对这样的劝告很不屑，邓康便佯称有病，避家不朝，实际上是想胁迫太后归政于安帝。邓太后为了杜绝这样的杂音，干脆下诏罢免了邓康的官职，并决绝地削除他的邓氏属籍，遣送出京。如若邓康不是邓氏族人，恐怕连性命也难保存。自此以后，大臣们都缄口不谈归政之事。

在中国历史上，东汉是自然灾害发生最频繁的时期之一，而邓绥当权的期间恰恰又是这一时期的最高峰。自安帝继位以来，每年都有地震发生，再加上旱涝蝗雹，弄得百姓饥馑，民心惶惶，部分地区甚至出现"人相食"的惨状。民间有许多流言，把这些天象都归罪于邓绥的临朝当权，这对于邓绥来说是十分严峻的考验。延平元年（106 年），邓绥刚刚当上皇太后，就遇到特大水灾，她果断地命令郡守官吏都要到灾区实地考察，核实灾情，减免灾区租赋。次年，又有十八郡遭受地震之灾，一郡大水为患，二十八处受风雹袭击。此种情形下，如不妥善处置，随时都可能误导民意而引起大的民乱。邓绥忧心如焚，寝食不宁。她首先罢免了赈灾不力的太尉徐防、司空严勤，以示惩戒；又召见三公，明申旧令，严禁奢侈浪费，缩减宫廷及各级官府用度，并且亲自减撤自己的饮食；谕令以昔日游猎之地及郡县公田分配给农民耕作；又同意御史中丞樊准的建议，禁苛暴、止擅赋、劝农桑，遣使持节抚慰安置灾区民众，采取这些措施后仍不能维生的，分期分批迁往荆州、扬州等富裕地方就食。这些措施缓和了紧张局势，挽救了大批灾民性命。此后，每遇天灾，邓绥都要亲自颁诏令，选派得力官员赈救灾荒。在她的苦心经营下，东汉的社会经济才不至于在严重的天灾人祸袭击下陷入崩溃，有时甚至还能获得比较好的收成，史称"天下复平，岁还丰穰"。

邓绥尽管独揽朝政，但总的看来，她能勤政爱民，没有做出失德的荒唐之事，所作所为，基本都是从维护刘家汉室的根本利益出发的。她对待手足兄弟，在很大程度上也是出于不得已而用之，并未对他们滥行封赏或纵容犯法。与其他临朝太后相比，她对外家的约束是相当严厉的，所以邓氏子弟不敢仗势骄纵。

建光元年（121年），邓绥积劳成疾，身患重病，她抱病强起，召见侍中、尚书和朝中大臣，传旨大赦天下，留下遗诏。在遗诏中，邓绥总结了自己临朝以来的风风雨雨，又提请百官恪尽职守，辅助汉室。不久病逝于洛阳，时年四十一岁，与和帝合葬在顺陵。

在中国历史上，女主临朝称制并不罕见，这种现象历来颇受人们非议，邓绥自然也为不少人所诋毁。但是，我们应该看到，东汉中期，在皇帝庸弱、国基不稳的条件下，邓绥临朝专权起到了支撑汉室、安定民心的作用。东汉王朝在邓绥的苦心经营下，减缓了分崩离析的过程。事实上，邓绥的才、学、识比名义上的皇帝刘祜要强得多。《后汉书》的作者范晔说她"持权引谤，所幸者非己；焦心恤患，自强者唯国"。这个评价，应当说是比较中肯的。

邓绥称制终身，号令自出，虽勤勉为国，但她忽视了成年后的安帝对自己的不满情绪，以至于尸骨未寒，安帝遂向邓氏家族开刀，将邓悝、邓弘等邓氏子弟巧设罪名，削夺封爵，废为庶人。有些被远流边郡后，在地方官的威逼下，被迫自杀。邓骘因安帝未能找到他的错，免职以后遣返原籍，家资田宅皆被充公。邓骘与儿子邓凤自知申冤无门，绝食而死。邓骘堂弟河南尹邓豹、度辽将军舞阳侯邓遵、将作大匠邓畅，也自杀而死。就连邓绥宠爱的宦官蔡伦，因为当年介入后宫之争，也迫于压力服毒自杀。

邓氏家族及其亲信蒙遭冤狱，天下无不为之痛惜。大司农朱宠就认为邓骘乃是无罪遇祸，便用车子载着他的棺材，肉袒上朝，为他鸣冤。接着，众人也多称邓骘冤枉。安帝无奈，将其安葬在洛阳北邙山的祖坟之中。邓骘归葬之日，公卿同吊，莫不悲伤。一直到顺帝即位后，才为邓骘恢复了名誉。

邓氏家族的北邙祖茔里还葬过一个皇后。

邓太后死后，邓氏一族经历了一段低潮期，过了33年后，又迎来了一次小高潮。带来这次小高潮的原因，就是邓氏门里又出了一个邓猛女邓皇后。邓猛女进宫时年约16岁，很受桓帝的宠爱。桓帝的梁皇后去世，邓猛女被册封皇后，史称桓帝邓皇后。

桓帝（刘志）荒淫无度，后宫有很多姬妾，他还博采宫女，有时连宫女之下的下等侍女也不放过，达五六千之多。邓猛女恃仗自己身份尊贵，骄横而忌妒，同桓帝的新欢郭贵人作对，在桓帝面前说对方的坏话。延熹八年（165年），喜新厌旧的桓帝诏令将邓皇后废黜，送入暴室。一下子跌入深谷的邓猛女难以承受如此打击，时年才二十四岁的她竟忧郁而死。薄情寡义的桓帝无意以皇家葬仪安置她的后事，邓家只好出面，将这个出嫁的闺女收葬于北邙上的邓家旧茔。

《沁园春·雪》是一首脍炙人口的诗词，毛泽东用《沁园春》这个词牌填词，写出来大气磅礴的雪景：北国风光，千里冰封，万里雪飘……

这首词牌的出处就在邓氏家族内。据《汉书》记载：东汉永平三年（60年），汉明帝刘庄封第五个女儿刘致为沁水公主，嫁与高密侯邓乾（邓禹孙），在其封地沁水县兴建一座园林，史称沁水公主园，简称沁园。后人作词咏其事，其调名为"沁园春"，双调114字，平韵。

邓氏一族在北邙的祖茔据传有百顷之广，在当时争着抢着上北邙的东汉数百家豪门贵族的墓园中，也是数一数二的。邓氏的祖茔地中不仅安葬有众多的侯爵、驸马，还有皇后、公主，除了皇家陵园，其墓葬等级之高是其他家族不能比的。

第十一章　东汉的天堂

中国在东汉以前是没有宗教的。

没有宗教并不等于说人们没有那些鬼鬼神神的信仰。从原始社会的图腾崇拜和英雄神话，到殷商的卜筮，华夏民族的想象力在一步一步地丰富，不论是早期的鬼神观念还是对天人感应的认知，产生宗教的要件一点一点多起来。只是你信你的，我信我的，神仙鬼魅还没有形成统一的体系。

到了东周，国家体制越来越完善，到了春秋战国，其社会状态和现实成长出了许多思想体系，譬如道家、墨家、法家、儒家、兵家等各家学说。这些学术思想都有实学特征，是实体和达用的学问，哲学理念和思想追求在很大程度上是讲求入世的，和社会现实结合得很紧凑。只有道家有些另类，在很大程度上是追求超然和无为的。

这说明，在当时社会的发展中，具有思辨色彩的哲学思想和为社会政治服务的各家理论占据着社会意识的主流，属于统治地位。虽然神、鬼、仙这些属于神学思想的东西在人们的脑子中从没有间断过，但只属于民间的非主流意识。

经历了大一统的秦和西汉，鬼神观念、神仙想象才渐渐地浮上水面，还有了阴阳五行、谶纬神学和修炼方术等旁门左道，但还是互不关联的，没有形成系统化的宗教思想，或者说是宗教的土壤还没有足够的肥沃。

秦朝存在时间短，西汉王朝长期稳定的封建统治的政治气候也不需要那么多的思想来冲击民心。到了汉武帝时，面临"盗贼群起"、农民以暴力反抗官府等"不可胜数"的严重社会问题。但汉武帝认为对手下的臣民用兵征伐是很愚蠢的行为，只能越弄越乱。汉武帝足够聪明，他鉴于历史上"圣人以神道设教而天下服矣"的经验，企图借助鬼神的威力，麻醉和约束天下人心，于是，统治思想的宗教化就走上了台面。他更是身体力行，"尤敬鬼神之相"，重用神仙方士，大搞祠神求仙活动。

有了汉武帝皇权的需要，董仲舒的宗天神学便应运而生。他援引阴阳五行学说，重新解释儒家经典，建立了一套以"天人感应"为核心的神学体系。把"天"说成是有意志、有能力、至高无上的主宰，是"百神之大君"；认为自然界日月星辰的运行、春夏秋冬的四时更替、人类社会的治乱兴衰、一个人的吉凶祸福，都是由这个"大君"的意志所决定的。帝王则是"承天意以从事"，由"大君"派来人间管理人民的。董仲舒创造出这个理论，实际上离宗教已经很近了，只是他把皇帝拉进来，巴结皇权，就把神权弄得有些尴尬。这样一来皇帝也无法成为单纯的教皇，所以他只能当一个宣扬"天人感应"、阴阳灾异的宗天神学家，而不是名留后世的教主了！

董仲舒是有宗教野心的。他在著述《春秋繁露》一书时，不仅以神秘的阴阳五行学说附会儒家经义，而且还创造求雨、止雨仪式，亲自登坛祈祷作法，把儒生、巫师、方士集于一身。他是极力要将儒学宗教化，促使具有政治抱负的儒生与装神弄鬼的方士合流，搞得儒学和神学都不伦不类。但汉武帝不管董仲舒是不是在出洋相，只要能把天下人糊弄住就行，所以他大力支持，甚至还可以同流合污，在董仲舒的闹剧里面扮演一个角色。

董仲舒还琢磨出一个谶纬之学。"谶"是一种假托神意制造的政治预言，"诡为隐语，预决吉凶"，原本是巫师和方士察言观色、胡言乱语的老套路，倒被拿来当箴言用了；"纬"是以神意对儒家经典所作的解释，把儒家六经当成宗教教义，把孔子神化为超人的教主。谶、纬的形式虽然不同，但其宗教神秘主义的本质是一样的。所以，"迨弥传弥失，又益以妖妄之辞，遂与谶合而为一"，合称谶纬之学。

董仲舒搞的这一套在西汉和东汉都很盛行，汉光武帝刘秀就是靠图谶起家的，即位以后，把谶纬之学发展成为占统治地位的官方之学，使整个社会都笼罩在浓厚的宗教神秘主义气氛之中。统治思想的宗教化只是皇权与神权的混血儿，并不是真正的宗教。那些真正的江湖方士是不满足的，不得不另辟蹊径。就在这时候，佛教传入了中国，给那些纯粹的江湖方士们带来了难得的启示，一个独立于儒教和佛教之外的道门就应运而生了。

创立宗教是需要有思想种子的，幸亏中国曾有过百家争鸣的时代，江湖方士们在诸子百家的理论中很容易就寻到了道家的门下，把那个骑着青牛的老子尊为教主，既扯了大旗，还标新立异！

实际上，许多的江湖方士从西汉开始就已经做着准备，他们虽然是没有组织的，但已经在很自觉地按照自己的想象设计出了宗教的原件。刘秀迷信谶纬的时候，他有个亲戚叫阴长生，就正在修习得道成仙之术。道教的相关资料记载，阴长生是东汉和帝阴皇后的曾祖父。但史书还记载，和帝阴皇后的曾祖父，是光武帝刘秀阴皇后的哥哥，叫阴识。这就让两个历史记载有了冲突。阴丽华不可能有阴长生这样的哥哥，也不可能有阴长生这样的父亲，这都有很明白的历史记录。后来又有资料记载，阴长生是和帝阴皇后的叔曾祖父，这就说他阴丽华的弟弟，这也不可能。但我们又不能否认阴长生是东汉阴氏的族人。根据阴长生的生活年代情况推测，他有可能是阴丽华的叔叔。道教的文献记载有可能弄错了辈分，阴长生应该是阴丽华的叔叔，和帝阴皇后的叔高祖父，而非曾祖父或叔曾祖父。

阴长生是道教早期的先进人物。虽然他生在富贵人家，却不贪恋荣华富贵，而专门研究道家方术。他听说临淄人马鸣生知道转世修仙的秘诀，就去找他，并心甘情愿为马鸣生当仆人，干脱鞋扫地的下贱活儿。然而马鸣生并不传授他成仙的道术，却整天与他高谈阔论，谈得都是当前的时事以及怎样种好农田等世俗琐事。就这么谈了十多年，阴长生也没表示厌倦。和阴长生一块来向马鸣生学道的十二个人先后都走了，只有阴长生还一如既往地对马鸣生执弟子之礼。马鸣生感动地说："你才是真正能够得道的人！"于是就带他游历四川灌县西南的青城山，让阴长生随意挑一个满是黄土的山坳，焚香施法，掐诀念咒，把黄土变成黄金让他看。阴长生信服得五体投地。马鸣生郑重地排摆香案，面朝西向设坛祭天，将一部用黄绸布包裹的《太清神丹经》传授给阴长生，然后面授机宜，咬着耳朵口授了咒语，就轻抖拂尘，飘然而去。阴长生得了经卷后，遁缩于武当山的石室之中，闭门谢客，每日洗面漱口净手罢，方安心研读。熟读经书后，依照经卷上的传习之法，很快炼出了一炉仙丹，只食用了半付，就心窍皆开，耳清目明，竟也成了可以飘飘然升入天界的仙家了。成了仙人后，阴长生又使用马鸣生教习的方术，将泥土变成了十几万两黄金，用这金子救济天下穷苦的人。不管认识不认识，只要是饥寒之户，都可以得到他的接济。

后来，阴长生又带着妻子家眷周游天下，全家人都在他的带动下遍走天下灵秀之地，采气习练修仙道术，竟都长寿不老。阴长生在人间活了一百七十岁，容貌像年轻的男子那样俊秀。他根据自己得道的体会写出了《丹经》九篇。为了向世人证明仙道，还在大白天腾云飞升进了仙界。

这样的道教传说我感到很不可信。放着当皇帝的侄女婿，宁可去学成仙得道的手段，也不去投奔这个现世的皇帝，有这样的人吗？阴长生也是很迷恋生命的，能带着全家长生不老，怎么就不带着一身本事，去找侄女婿皇帝一起修炼，也弄个国师当当，同治天下，共享富贵。

道教后来风行天下，阴长生成了道教名宿。道教的文献资料上介绍阴长生，往往都是十分渲染他的尊贵的身份。这让人可以想见，当时阴长生求道修仙的行为是多么受到追捧，恐怕就像现在的追星一样。他皇亲国戚的身份不但是道教发展初期规避政权打击的保护伞，也是富有感召力的宣传武器，而最终的修行成果更成为那个时代精神追求的号召。他是道教发展史上令人瞩目的人物。

这样一面旗帜，不但对人们怕死求生的本能是一个刺激，其宣扬的神仙思想也把过去只有天子帝王才能去的天堂，用"修道"两个字一下子展现到普通人的面前。有心人可以看出，道教产生前的天堂是在西方的昆仑之巅，道教也崇尚西方，但他们所说的天堂已经不再局限在昆仑之巅，而是在头顶的天上，叫天界。你只要修行，就可以飘飘然起来，腾云驾雾到达另一个长生不死的世界，这是一件多么令人兴奋的事情。

既然活人可以得道成仙而长生不死，那么人死后魂魄该怎么办呢？道教不仅为活人设计了出路，对已经走到死地的人也给了一线生机，把"灵魂不死""死后升天"纳入到宗教理念中，使之成为道教他们展示给普通人的一个亮点。

东汉时期的早期道教对生死采取了自然主义的态度。早期道教经典《太平经》中就说："今人居天地之间，从天地开辟以来，人人各一生，不得再生也。""夫物生者，皆有终尽，人生亦有死，天地之格法也。"这种认识相信人是要死的，而且生命对于任何人来说都只能有一次，但它提出的看法是，生和死都是因人而异的；"死生异路，安得相比"，以人生的不相同，去推定死的不相同；活在阳世的人有富贵卑微，去往阴间的鬼魅也分高低贵贱。将上古以来人们对死后是否有魂灵存在的不确定，直接地肯定下来，而且认定魂灵的历程也各有不同。用天堂的吸引力，把活修死葬的思想灌输到人的生死中。

"北邙"这个名字是从东汉才有记载的,"葬在北邙"也是从东汉才兴盛起来的一种习惯和风潮。历史上没有明确的说法,但我们可以从历史文献的字里行间去感觉和发现,有两个决定性的因素促成了"葬在北邙"。一个因素是洛阳成为东汉的首都,另一个因素就是刘秀葬在了北邙。在中国,帝王的丧葬不仅是一种生灵的文化,也是一种绵密的政治铺排,而作为陪葬者更是一种身份象征。刘秀葬在北邙后,不论从文化的角度,还是政治和历史的角度,"葬在北邙"成为一种大众愿望。

可以说,是刘秀引发了"葬在北邙"这一社会现象。

东汉建都洛阳后,虽然名义上还是延续汉朝的一统天下,但实际上在刘秀的内心,压根就把自己当成了开国皇帝,事实也是如此。我们可以从东汉的葬制上看出端倪,刘秀是在想着法儿去区分自己和西汉的不同。这虽然是我的主观臆断,但明眼人一看就知道,刘秀这个打天下的皇帝在极力地标榜自己与西汉并不是一脉相承。

首先,是帝陵外在形制的变化,东汉帝陵封土的形状和西汉是有区别的。西汉帝陵的封土是覆斗形,一般认为东汉封土也应该为覆斗形,但偏偏不是,而是圆形的。

东汉时期陵寝"坐北朝南"埋葬礼俗的确认,无疑是对秦至西汉时期的"坐西朝东"葬俗的根本性变革,对其后的魏、晋、隋、唐、宋、元、明、清时期"南向"为主流的葬俗产生了深远影响。究其原因,一方面是对生活中南向地上建筑的模仿,另一方面可能也和东汉洛阳城南北宫制有一定的内在联系。

西汉帝后合葬,同茔而不同陵。后陵在帝陵之旁,其规模较帝陵为小。东汉时期盛行帝王帝后合葬一室的礼俗,历史文献明确记载,"合葬,羡道开通,皇帝谒便房"。

这些都是东汉和西汉葬制一目了然的重大变化。

其次,地宫的形制也有不同。根据文献记载与考古勘探情况可知,西汉时期帝陵的四条墓道到了东汉已经改为单一墓道，同时，竖穴土圹木椁墓也改为砖石结构的洞室墓，还使用了石椁。

东汉皇帝可能还采用金缕玉衣的葬制，现在还没有考古证据，但考古发掘的东汉诸侯王列侯墓出土了7套银缕玉衣、5套鎏金铜缕玉衣、15套铜缕玉衣、1套铜银合缕玉衣。这说明东汉时期的金缕玉衣之制比起西汉时期更加规范和严格，可能仅限于皇帝或皇后使用。这也是汉制的重大改变之一。

东汉石棺

东汉文献中，记载陪陵的单个人物与西汉时期相比，不是多而是少了。这主要是由于东汉时期兴起了家族墓地，新的归葬礼俗也按照情理准许家族墓园陪葬。所以，形成了这个时期陪葬北邙的几乎全部是家族墓园的空前盛况。

"决定古代墓地形态的因素，主要有两个方面：一是人们的血缘或亲属关系的形态；一是土地所有制或财产关系的形态。此外风俗习惯或信仰方面的因

东汉墓室石柱

素，在其表现形式上当然要起极大作用。"按照这种理论，俞伟超先生认为，"从商代的氏族墓地经周代的族坟墓，到汉武帝以后个体家庭或嫡长

制家族的私有茔地，说明墓地制度从公社所有制到私有制的变化。这种变化比耕地所发生的同样变化，要晚三四百年。西汉晚期以后出现的大家族墓地，证明我国的大土地所有制，也是按照古代社会的基本规律而发生起来"。郑州大学的韩国河先生认为："但是，我们也同样不能忽略政治变革的影响，西汉时期相比较于战国晚期，按理来说，应该是家族墓地的发展时期，相反，由于受'法尊古礼'的国策影响，西汉中期形成的一系列'汉制'中，家族葬并没有提到议事日程上来。"

真正形成家族墓地的，就是这个以大地主阶级为统治中坚的东汉王朝初期。这个时期，达官贵人去世后，往往要埋葬在家族墓地里，还在墓地周围开挖环沟或构筑垣墙，建设规模不等的墓园，并设专人看护墓园。

刘秀和阴皇后埋在了北邙，那高大的陵墓就立在那儿，陪葬的贵族墓园也前赴后继，如众星捧月。不可否认，在那个君君臣臣、父父子子的封建时代，能陪葬北邙成了人们的一种荣耀。洛阳城许多人都把自己生命的归宿走上北邙当成了一种向往。

刘秀像一只蜂王，那些豪门贵族无疑都是一哄而上的蜜蜂，葬在北邙的习俗能在东汉兴起，真与这些蜂拥而至竞相陪陵的达官显贵们分不开。我们可以想象，当时的北邙在几十年里，一下子冒出了许多墓园，家家的门头高悬名号，一家比一家修的得气派和阔达，就像一片豪华的宅邸。当然刘秀家门头是最高的，他的大冢叫原陵，围着原陵的陵园就像是他在洛阳城里的皇宫，有着庞大的守陵机构。而刻意追求葬在北邙这个精神地标方圆几里的，是王公大臣的家族墓园，且家家的墓园里都住着守墓人。在这些墓园中走一遍，就如同是在洛阳城走访了皇帝和所有的王公大臣一样，那是怎样的一种气象！

北邙上的家族墓园除了是陪葬皇陵，更主要的原因是，由于道教的教化使这些大地主的家族观念更加具象化，从而把家族的富贵和地位从现实直接复制到墓地；再者，后人对祖辈的祭扫活动成为日常生活的主要内容，家族墓园更方便后人的祭扫。

这就让我们知道了葬在北邙的另一个直接动力，是道教的出现美化了北邙这个"天堂"，也渲染和放大了这一丧葬奇观。

东汉是个崇信谶纬的朝代。作为皇帝的刘秀都十分迷信谶纬之术，可想这个社会的时代风气会是怎样一种状态。谶纬貌似一种宗教，但实际上跟宗教相去甚远。因为它没有形成系统的宗教观，面对日常生活和社会现实的时候没有一个系统的思维和行为方法。但不可否认，这种整个社会共有的迷信心态会成为宗教的催生剂，也是宗教产生的最合适土壤。有了这种铺垫，当宗教产生后，接受和融入是件水到渠成的事情。

道教创立之前，人们已经相信了魂魄的存在，把死后所要去的地方称之为黄泉路，但并不知道魂魄的世界是怎样一番景象。道教看到了这个盲点，就着力打造出了一个阴间世界。道教认为，宇宙分三界，即天界、人界和冥界，分别存在着神、人、鬼。而鬼所存在的冥界，是一个阴曹地府。

此时佛教已经传入中国，汉明帝在洛阳建起了白马寺，与道教位于北邙的上清宫遥相观望。佛教的理念丰富了道教的想象力，也促使道教对阴曹地府的想象迅速丰满起来，更是将地狱系统细致的设计为十八层，很明白地告诉人们，阴间有管理鬼魂的阴曹地府，阴曹地府根据鬼魂在人世所行的善恶，将那些罪孽深重的鬼魂依据罪恶程度，分别打入十八层地狱的某一层；而一般人则可能含笑九泉，在地府就像在人间生活一样；上善之人死后甚至可以成仙成神升入天堂。道教对后世丧葬礼俗和理念的重大影响，就是这些对阴世的描述和设计。

道教积极地介入死葬后魂灵升天的铺排，以解除文、道符、升仙图像等方式参与当时的丧葬活动。这些活动丰富了丧葬礼俗的内容，更重要的是给人们一种心理安慰，在这些神秘的宗教活动中显示自身对魂灵救赎的必要性。除了这些，道教还费尽心机地去诱导人们把阴间生活世俗化，譬如设想出阴间也会使用冥币，故焚烧冥币纸钱，帮助祖先获得经济来源。还根据佛教的轮回观念，使人们相信，鬼可以从冥界投胎转世到人间，烧纸钱可以荐拔祖先亡灵。还恐吓人们相信，通过冥币能够买通地狱中的鬼卒，从而使亲人在受审时免去较重的刑罚。

道教的教化还告诉人们，祖先的在天之灵与人世间的自己同在，虽然阴阳两隔，但他们始终在阴界天府关注着自己的后代，并会保佑子孙。作为后人，要在春节、清明节、中元节、重阳节等重大节日，带上供品到坟墓去焚香磕头祭奠先人，焚烧冥币给阴间的亲人。让人们敬天祭祖、慎重追远，除了获得感情的寄托和心灵的充实，也会达到儒教崇祖感恩、民德归厚的宗旨。

道教的教化还直接催生了风水观念的流行。

作为中国土生土长的宗教，道教与风水关系十分密切，因为二者有共同的生成背景与思想基础。道教和风水学的共同基础是《周易》的象数。《周易》所建立的宇宙图式是中国思维的基础，其中的阴阳、五行、八卦理论结合干支、二十八星宿、河图、洛书、太极、四象、方位而形成了纷繁复杂的理论，构筑了一种原始的宇宙模式。这种宇宙模式成了中国人关于时间、空间思维的一种经典性模式，"人生活在宇宙万物之中，又与宇宙万物同为一体、同类相感相动，因此人才能通过一定的方式盗天地之机而把握天地"。这一思维框架即是道家文化与术数文化的内在联系，也影响着中国人的思想、信仰、生活等各方面。

但我们不能简单地把风水与道教看成是一码事。风水是立足于尘世的，讲究人生顺畅，家代繁昌；而道教讲究修炼成仙，以达到超越世俗的目的。有这样一句话："在历史上，风水总是吸附在宗教的藩篱之下以世俗的形式广泛传播；反过来，一些相应的宗教思想和宗教建筑，则又深深地打上了风水的烙印。"这句话说出了两者在发展过程中既有本质的必然的联系，而又有互相利用的成分。

譬如说，风水关于最佳环境模式的描述中所用的四灵——青龙、白虎、朱雀、玄武，又是道教的保护神。尤为相同的是两者对巫术的一致运用，道教的斋醮、咒语、符镇同时流行于风水中，可以说风水的符镇手法与道教的符镇同出一辙，都是将神力以"符"的形式附在所要保护的物品之上。道教和风水都注重镜子的使用，道士认为镜子有神秘功能，故将之收入道教万宝囊中，烧丹、作法皆要悬镜，并有不少道士写书说明镜子的用法；风水同样觉得镜子有奇特魔力，常将之悬于住房的门头，谓之曰神鉴或照妖镜，可以驱凶避恶。如此等等，巫术的运用不可胜数，无怪乎许多地区都称看地相墓的风水师为"道士"，而真道士往往也使用如上的一些灵术替人探风水去灾消病。特别是一些营建祭祀仪式，更是非道士主持不可。

久而久之，我们可以看到，在道教的生活理念中，风水穿插得很活跃。尤其是在阴阳宅地的选择上，道教几乎是把自己的职责分出去了一部分，道教负责设计理念，风水负责体现这种理念。那些想葬在北邙的达官显贵们在道教理念的指导下，会毫不犹豫地依赖于风水师的安排，希望找到一块风水宝地，即使在龙脉上，也想找到一个旺子旺孙的吉穴。身份越是显赫的家族，讲究越是精细，因为他们希望门庭兴旺，所创下的荣华富贵能代代相传。

我们可以看看风水师对北邙风水的解释，看看他们是怎样去渲染北邙这个所谓的墓葬天堂的。

风水之说把其推崇的风水宝地称作龙脉。所谓龙脉，即山水的走向和起伏变化有行龙之势。因山水的形态在很多方面与传说中的龙有相似之处，如果能找到形神兼备的，那将是上好的吉穴。龙脉也有分支，有大小长短，风水学上这样解释，"龙犹树，有大干，有小干，有大枝，有小枝"。也就是说，仅一个龙脉就被分为大干龙、小干龙、大枝龙、小枝龙。《地理人子须知》是这样给不同的龙脉定位的："以水源为定，故大干龙则是大江大河夹送,小干龙则以大溪涧夹送,大枝龙则以小溪涧夹送,小枝龙则惟田源沟洫夹送而已。""观水源长短,而枝干之大小见矣。"能被称为"大干龙"的龙脉,山势必因形胜而有盛名,绵延也必在千百里之间,所傍依的大江大河必然是水脉旺盛、源远流长,是帝王择陵的首选之地。风水学将中国地域以长江、黄河两大水系为界,将中国的山系分为南、中、北三大干龙。

北邙自然是很符合这个说法的,北依黄河、南面人文洛水、北望太行、南看嵩岳,处在名山大河的夹送之间,逶迤数百里,为典型的大干龙之脉,难得的龙行天下之势。地形条件符合,其地质条件也极其恰当地照应风水学的要求。郭璞《葬经》对土的要求是:"夫土欲细而坚,润而不泽,裁肪切玉,具备五色。"即土壤一定要细而且坚硬,干而不燥,湿润而没有渗水,挖开后其断截面要像切开的脂肪和玉石一样细腻,要具备由浅到深的五种颜色。而这些描述就好像是针对北邙土质而言的。拿我们普通人的眼光看,在这样的土质中做洞掏穴,必是壁坚墙固,不易坍塌,水渗不透,干湿适度,亡人葬在其中,其肉体和陪葬品不易腐烂变质,从而极大地满足了人们"永垂不朽"的期望。

固然,优越的地理环境和地质条件是构成风水宝地的先决因素,然而,邙山的优势还有一条不容忽视,那就是中华民族的黄土情结。洛阳作为古人心目中的天下之中,北邙那一脉黄土代表着金、木、水、火、土五行中的天中之土。更何况那数不清的人文传说交织在这片土地上,从盘古在这里开天,到有巢氏洛地而居,再到女娲用北邙的黄土和着黄河里的水捏泥造人,这片黄土带给华夏民族许多心理暗示和期许,在这里制造什么样的神话都不过分。

究竟风水在"葬在北邙"的时尚中扮演了什么样的角色呢?我不敢妄加臆断,但可以肯定的是,风水之说在东汉初期兴起时并未和丧葬紧密联系在一起。因为在所有的历史文献中,有关占卜、相地、堪舆等记载,都没有明确说风水是在为丧葬服务。这也就说明,风水在东汉前乐,其服务面只零星地局限在选建城址、战事和建筑,还没有扩展到对葬地的选择上。在道教开始大行其道的时候,风水才狐假虎威起来,这个时候已到了东汉中期。"葬在北邙"的风尚也许对风水师们是一场启发,道教风格的丧葬观念的形成,让他们找到了突破点,才开始推波助澜地为"葬在北邙"摇旗呐喊,这叫顺势而行,事半功倍。

我们可以看到,这个时期出现了《论衡》《堪舆金匮》《宫宅地形》《移徙法》《图宅术》等风水著作。而王充的《论衡》中对葬礼的详细叙述和忌讳,佐证了风水之术是在这个时期才开始影响葬地选择的理论和实践。

到了魏晋时期,风水之术不但风行天下,还出现了风水大家,其中最负盛名的是郭璞。他的《葬经》将风水术从传统的相地术中抽出,对风水下了定义,并全面构架起风水理论,奠定了后世风水术的基础。他首倡的"风水之法,得水为上,藏风次之"理论,成为迄今巍然不倒的风水理论基石,而他本人也被称为风水鼻祖。

一个时代有一个时代的时尚,一个时代有一个时代的追求。总而言之,刘秀为"葬在北邙"建立了意识基础,而道教和其他社会意识形态利用刘秀身份地位的优势,为了自身壮大和发展,附会了一个"北邙是天堂"的。

第十二章 东汉的掘墓人

提起东汉的掘墓人,应该有两个,一个是董卓,另一个是曹操。

东汉的皇陵在东汉就被盗挖了。这是一个老农告诉我的。他告诉我的时候,还以为我不知道,很神秘,像是告诉家里还藏着一件十分了得的古器。我第二次在刘秀坟转悠的时候,他一直陪伴在我的身后,喋喋不休。我不想说我知道什么,怕打消了他的谈兴,但内心却真的不感谢他的热情。我知道,过分的热情肯定是有所图的,俺也是老走江湖的。我问他盗过墓吗,他诡秘一笑说:"十八岁干生产队长,改革开放了,生产队一完蛋,啥也没有再干,就出力干这。"他告诉我,在这北邙上,干这很正常,没有人说你是盗墓贼。他还向我炫耀说,他们邻村有家老人去世了,但找不到五十年前去世的配偶的坟墓合葬。这家人找了两天,把几亩庄稼地都翻遍了,就是找不着,无奈之下花钱叫他去找。他只在那块地里转了一圈,直接下铲子探,很快就把方位给框了出来,分毫不差。我说:"看来孟津人里会盗墓的还是少数。"他执拗地辩解说:"掌眼的少,下苦的人多。"我明白,掌眼就是能找到墓葬的人,下苦就是出力掘墓的人。既是掌眼,肯定是有许多经验的,我换上很巴结的笑脸去讨好他,想知道一些盗墓的独家故事。但他很精明,告诉我,家里有本古书,看我能不能给他卖了,说是遇到了难事,急着用钱。我说,书是墓葬里挖的吗他很认真地点着头说，是。我说："你挖着什么墓了，书在墓里，还不早化成了灰，能让你拿出来？"他迟疑了一下，眼睛中流露出一丝的不快，肯定是觉得我这个家伙不太好骗。然后，他故作深沉地挠挠头，果断地问我，你是不是买家？意思就是问我有兴趣和能力吗。我说："你不要怀疑我，我是觉得书在地下的土窑里，是很难保存的。"他狡黠地笑笑，慢声慢气地说："书是在地下挖的，先挖出的是一个罐子，罐子密封着，当时还想着是挖到了金元宝，打开才知道是古书，差点就扔了。"编鬼故事吧，我才不信。但他非拉我去他家长长见识，诱惑我说："家里的东西都卖了，还剩下有几百件，来趟北邙，难道就只磨磨鞋底子？看看就当是来北邙上学吧。"我去了，但去了就知道是上当了。他拿出玉呀铜呀瓷呀陶呀铁呀鎏金呀，一件一件的，都在床下、桌子下、柜子下，用劣质卫生纸包裹着。乍一看，还真激动，细一品，狗屁不是。我还是略微懂一点的。一个龟首鎏金印章，龟首做得十分逼真，但跟印章的连接处却有几分不真，再看印章上的字，篆字竟然都写成简体字。我要看那古书，他极其小心地从一个木匣子里拿出来，递到我手上，交代说："小心，小心，再小心，肯定是孤本。"我摸那纸，好像没有那么的干脆，陈旧倒是真的，有些难辨真伪。我也是粗心人，不会去仔细看，但很敏感，善于挑刺。我当时就问这个高手，这么陈旧的古书里怎么有"的"字？他说，不该有这个字吗？我说，你去所有的古籍中找，看能找到这个字不能。我也就是顺口这么一说，这个老奸巨猾的人彻底傻眼了，一连问了几声"真的吗"，然后很尴尬、很失落地告诉我，这真是假的，就是俺孟津人做的，多少人都没有发现！他还拉住我的手，十分感激地感叹说，没有知识干啥都干不好，您真是高人！这技术造出的这东西，都蒙住了好几个考古专家的眼，想着是再没有人能看出真假了，谁知道今个叫您看出来了，硬伤啊！他痛心疾首地告诉我，真的，真的，您真是高人。我屋里这些东西，您随便挑一件吧，不要钱，我说话算话。他这样的表现让我很后悔,觉得自己很傻,等于和贼们交流了一回经验,还是说的真心话。走的时候,我对自己的表现都难以明白。后来停下车,站在北邙上吹风,才明白,是这个贼的行为让我感到沮丧,贼都开始卖假货了,证明贼已经盗不到真货了,北邙被挖空了!

我认为,中国的历史,在许多阶段中是属于墓葬的历史。没有墓葬,历史也许会显得躲躲闪闪,甚至是出现空白,很不连贯。这样的观点,也许会让学者们评价为不严密,是信口开河,但这却是我站在北邙上从吹过的风声里,突然得到的感悟。那些盗墓贼把我们祖先留下的历史证明当成自己家种的红薯,想怎么刨就怎么刨,想怎么挖就怎么挖,刨得根断藤折,挖得乱七八糟!

东汉第一个比较著名的盗墓贼叫董卓,这是个历史名人。和他一起上台献丑的是一个名气更大的历史人物,叫吕布,就是貂蝉的老公。

历史上最著名的盗墓贼中,被称为最毒辣的盗墓者是的战国名将伍子胥。他和楚平王有仇怨,在楚国被攻破的时候,便对已经死去的楚平王进行了掘墓鞭尸的行为。楚平王活着时,他无奈,楚国亡了,他才得以泄私愤,手段还有些不人道。被称为最牛盗墓者的项羽,也是在秦国灭亡后,才破陵盗宝。秦始皇要是不死,他敢吗?秦国要是不亡,他能吗?历史上还有几个盗墓狂人,但比起董卓,那些狂人都会相形见绌。看看董卓,他自己当着汉献帝的臣子,竟去把汉献帝的祖宗——历代的汉皇帝陵,大张旗鼓地挖了一个遍。历史上下几千年,如此肆无忌惮者,还就此一位!

董卓给自己的盗墓行为找了一个理由,虽然牵强,但独霸朝纲的他可以让这个理由变得并不荒唐。董卓有个孙女叫董白,聪明伶俐,10岁就被封为渭阳君,但是个残疾人,天生聋哑。董卓极疼爱她,遍请天下名医,都医治不了。于是,万不得已的他想在先帝皇陵中的陪葬品里找找,看是否有失传的治疗聋哑的秘方。

他先派吕布带着军队,把洛阳北邙的东汉帝陵挖了一遍。董卓十分迷信,怕这样的大掘大伐会弄坏了整个天下的地脉风水,葬送了自己的霸业,于是每掘开一座墓,都要将看不上的陪葬品放回原处,并把掘开的帝陵重修一番。甚至还要请道士做个道场,向阴间的帝王们解释一下,说些找秘方的鬼话为自己开脱。

挖出的宝物就顺手牵羊归入自己囊中了,但那秘方还是没有找到。董卓说,秘方还得找,董白的病要紧啊!就把吕布派到长安去,将西汉的帝陵也挖了个遍,但还是没有找到秘方。挖就挖了,董卓也不需要向谁解释道歉,反过来董卓还需要别人安慰。有一说是,在刘彻的茂陵中没有找到秘方,却找到了一卷黄绢,上书,"千里草,何青青,十日卜,不得生"。这句谶纬之语,让董卓火冒三丈,甚至连当时的圣上的感受都不顾及,非要将刘彻的尸体扔出去晒尸。后经中国古代的音乐家蔡文姬之父、一代名儒蔡邕的苦劝方罢。这句话其实是一句咒语,"千里草""十日卜"不就是一个"董卓"吗?"不得生",是骂董卓不得好死!两汉王朝历来相信谶语,这句话分明是让对秘方望眼欲穿的董卓不痛快。

董卓盗墓在正史上并无确切记载,演义小说里多有描述,而所谓的"千里草"可说是附会之说。即使刘彻聪明,知道自己丰厚的随葬品会让后代的盗墓贼惦记,但也不可能精明到知道三百年后这个凌辱了大汉王朝的盗墓贼叫董卓。

董卓是一个连无耻都不屑于掩饰的人,这样的嚣张之徒若得到天下,怕是天理都难容的。但有一个紧随其后的后来者也采用同样的无耻、同样嚣张的有过之而无不及的手段,他就是文化人曹操!

现代人有句话:流氓不可怕,就怕流氓有文化。套用这句话可得出这样的结论,董卓和曹操都是流氓,但董卓不可怕,可怕的是曹操,因为他有文化。曹操盗墓充分显示出他的文化,他知道追求一种合法性,即设置专门的盗墓机构。史书中记载了关于他在盗墓上的设计,称他在军中设"发丘中郎将""摸金校尉"等官职,建立建制,有级别、有人员,专业研究和执行盗墓,曹操打到哪儿就盗到哪儿,哪座陪葬多就盗哪座。仅从这一点,就可以看出,曹操不希望和董卓坐到一条板凳上,无耻可以,但他知道遮羞。

曹操的盗墓行为虽然与北邙上的汉皇帝陵没有多少关系,但我们可以看出,不是曹操不想和不敢盗墓,而是无奈。因为董卓在他之前已经盗掘了一遍,而当时盗掘的时候他是眼睁睁看着的,知道那里面已经没有了多少油水。

曹操盗的最著名陵墓是芒砀山王墓,这里是汉梁孝王刘武和李王后的陵墓。此陵构建规模宏大,有北京"十三陵"的四倍大,人称"天下石室第一陵"。刘武是刘邦的孙子,其父是汉文帝刘恒,哥哥是汉景帝刘启。刘武正处"文景之治"、国富民丰的年代,可以想象其陪葬的丰厚程度。此时的曹操还当着汉王朝的丞相,却照样敢挖也算是汉室祖宗的汉王陵,与董卓相比一点也不逊色。

曹操一生的辉煌掩盖了其盗墓的劣迹。许多人对他的成就津津乐道,但也许对其盗墓的行径闻所未闻。他在终老一生的最后时刻,对自己后事的安排是十分谨慎的,足可见盗墓生

疑为曹魏墓葬

涯对他的影响之深。他于建安十年(205年)就曾下令,自己死后"不得厚葬,又禁立碑"。临终前,他又颁《遗令》说:"天下尚未安定,未

得遵古也。葬毕皆除服……敛以时服，葬于邺之西冈，与西门豹祠相近。无藏金玉珍宝。"这些话语，看似在安排自己的葬地和葬制，但能让人感到当时的他对盗墓这样的行径也是后背发凉的。

建安二十五年（220年）正月，曹操在洛阳病逝。据记载，魏文帝曹丕遵照曹操的遗嘱，将他的尸体在洛阳装殓后，大张旗鼓地拉到邺城，于同年二月葬于西门豹祠比邻的高陵。他的儿子曹丕、曹植都有文字描述葬礼和入殓的情况，交代了葬在邺城之西。魏国名将贾逵和司马懿等人的传记里也有他们护送曹操灵柩到邺城入葬的记载。由此说，曹操葬在邺城附近的西门豹祠堂附近好像无疑。

但到了西晋，曹操遗令的发现让人对这个事实平添了疑惑。这份遗令是西晋著名文学家陆机于无意中在宫内秘阁发现的，原文这样说："古之葬者，必居瘠薄之地。其规西门豹祠西原上为寿陵，因高为基，不封不树。《周礼》冢人掌公墓之地，凡诸侯居左右以前，卿大夫居后，汉制亦谓之陪陵。其公卿、大臣、列将有功者，宜陪寿陵，其广为兆域，使足相容……"这段话最吸引人眼球的意思是"不做记号不做高丘"。在遗令的最后，曹操还提到了铜雀台，他吩咐他的妻妾们，在铜雀台的公堂上安放一张六尺大床，挂上灵帐，并供上干果祭品，逢到每月初一、十五的上午，向灵帐奏乐歌舞。同时，遗令还嘱咐他的群臣，"汝等时时登铜雀台，望吾西陵墓田"。

铜雀台在哪里呢？曹操在消灭袁绍兄弟后，夜宿邺城，夜梦中见到金光由地而起。隔日，在梦中看到金光的地方挖掘，挖得铜雀一只。相传，舜的母亲就是梦见玉雀入怀而生下舜。挖得铜雀的曹操大喜，视为吉祥之兆，于是在漳水之上建铜雀台，以彰显其平定四海之功。铜雀台遗址就在今邯郸市辖临漳县城西17千米的"古邺城遗址保护区"内的三台村西。

从遗令能看出，人们产生的疑惑并不多余，曹操的陵墓当时不但没有标记，连他的妻妾和大臣们都不知道具体位置！妻妾和大臣们每月初一和十五去祭奠曹操，也只能在铜雀台上设床帐，对着床帐做道场。可见，曹丕、曹植、贾逵和司马懿对曹操葬在邺城的记述都是要打折扣的，即使不是共同造假，也有故弄玄虚之嫌！

一个遗令不但挑起了曹操高陵上的迷雾，又催化出一个"七十二疑冢"的传说。据说为了防止后人挖掘曹操的坟墓，出殡那一天，邺城内所有的城门同时打开，72具疑棺分别从东、南、西、北四个方向同时抬出，埋入事先准备好的72座墓室内。这就是"七十二疑冢"的来历，而这个传说是小说家罗贯中在《三国演义》记述的。如果这个说法是确有其事，那是不是说七十二个疑冢内肯定会有一个曹操墓，即高陵？

可还有另一个传说在颠覆这个说法。据说司马氏篡夺曹魏天下后，为了平息朝中大臣对曹操的宿怨，曾公开寻找过曹操墓，想学伍子胥鞭尸楚王，以谢天下。可这些人挖遍了七十二座疑冢，也没有找到真正的曹操墓。最后万般无奈之下，只好许以重金悬赏。

后来果然有一个白发老者揭榜，说自己知道曹操葬在哪儿。老者带着半信半疑的官员出京城，顺洛河逆水而上，在一处紧挨河岸的土丘边停下来，指认那就是曹操的高陵。

老者所指的地方位于洛阳以西的洛河

疑为曹魏墓道石门

上，是从堤旁凿穴，深入河床之下。士兵们进入墓室，果然是曹操的墓葬，金银财宝自然要一扫而空，尸首也要被凌辱解恨。当官员们要带着老者回京城领赏的时候，才发现老者已经踪迹不见。

《聊斋志异》中也有一个关于"曹操冢"的故事，这个故事倒是和有关铜雀台的遗令有可意会之处。这个故事说，在邺城外有一条河，河水十分湍急，靠近岸边的地方尤其幽深。盛夏时有一个人到河里游泳消暑，忽然从水里传来刀斧砍剁之金属音，水面马上殷红一片，一个身首异处的尸体浮出水面。后来又有一人大胆下去察看，结果和前者一样遭到腰斩。这引起百姓惊恐，就报告了地方官。地方官派人到上流截流，发现河床上有个石板砌就的洞穴，洞口有刀轮。人们拆除刀轮进入洞穴，发现洞中有一座小石碑，上面是汉朝篆书的碑文，显示是曹操的墓穴。于是人们将曹操的棺椁打开，抛尸掠财。

作者蒲松龄最后总结说："尽掘七十二个假墓，肯定有一个墓里葬着曹操的尸体，可怎么知道曹操的尸体竟然不在七十二个墓之内呢？曹操奸诈啊！然而千余年后腐朽的骨头不保，使这些诈术又有什么用呢？唉！曹操的智慧，正是曹操的愚蠢啊！"

蒲公所说虽然有荒诞之嫌，但很符合曹操生性多疑的特点。

曹操究竟葬在哪里，在历史上有太多的传说，仅仅是"七十二疑冢"的真相，就吊足了人们的胃口。历代的盗墓者和现在的考古学家，但依据这篇遗令里所说的内容，以铜雀台为中心寻找曹操的陵墓，但由于种种原因，始终未果。考古结论也证实，所谓"七十二疑冢"实际上是北朝的大型古墓群，与曹操墓风马牛不相及，并指出其确切数字也不是七十二座，而是一百三十四座。在古人看来，七十二只是个概数，非实指，因此"七十二疑冢"仅举大数而言。

高陵在哪儿呢？这也许只有曹丕知道。如果曹丕真的不留任何记号，那简直不符合中国的伦理纲常，更不近人情。是不是曹操就葬在洛阳，而拉往邺城本就是一个幌子，也不得而知！曹魏的文帝陵、明帝陵都建在洛阳北邙周边，为何曹操要独葬在他处呢？宋人愈应符在其《曹操疑冢》诗中写道："生前欺天绝汉统，死后欺人设疑冢。"可见人们对曹操疑冢一直是持有看法的。

既然在邺地找不到曹操墓，那么就很有必要重新审视文献资料中存在的漏洞。如曹操病死于洛阳，而其棺材却大张旗鼓地发送邺城，这棺材是否只是一个空棺？可疑之处是曹操遗体在邺城向棺材中入殓，也就是最后的遗体告别时，作为长子的曹丕竟然不在现场，这是绝对有悖中国传统丧葬礼仪的。作为大统接班人的曹丕，不会高兴得连孝道也不顾吧！但千百年来竟没有人对此提出过质疑。

我的感觉是曹操就葬在北邙。曹操弄出那么多的传说是干什么，就是为了扰乱视线。谁敢说曹操的遗令不是一纸忽悠人的大阴谋呢？指东说西，说是要埋到邺城，或者是葬在铜雀台附近，可偏偏他就下葬在洛阳，这符合他的性格。三国名将、曹操的本家侄子曹休的墓不就意外地在北邙出土了嘛。曹休葬在北邙，而且就葬在东汉帝陵的陵园里，历史上没有记载，也让后人难以料到，这叫活着不藏死了藏，藏在别人的衣襟下。说不定哪天再在北邙上搞建设，就挖出了曹操墓，也未可知！

宋书有记载："魏明帝（曹睿）太和元年正月丁未，郊祀武帝（曹操）以配天，宗祀文帝（曹丕）于明堂以配上帝。""景初元年十月乙卯，始营洛阳南委粟山为圜丘。""至明帝太和三年十一月，洛京庙成，则以亲尽迁处士主，置园邑……而使行太傅太常韩暨、行太常宗正曹恪持节迎高皇以下神主共一庙。""景初元年六月，群公有司始更奏定七庙之制，曰：大魏三圣相承，以成帝业。武皇帝肇建洪基，拨乱夷险，为魏太祖。文皇帝继天革命，应期受禅，为魏高祖。上集成大命，清定华夏，兴制礼乐，宜为魏烈祖。更于太祖庙北为二祧，其左为文帝庙，号曰高祖，昭祧，其右拟明帝，号曰烈祖，穆祧。三祖之庙，万世不毁。其余四庙，亲尽迭迁，一如周后稷、文武庙祧之礼。""太和元年二月，立庙于邺。四月，洛邑初营宗庙，掘地得玉玺，方一寸九分，其文曰'天子羡思慈亲'。明帝为之改容，以太牢告庙。至景初元年十二月己未……废邺庙。"

文中很明确地说明，曹魏是于太和元年二月在邺城立宗庙，同年四月就又开始在洛阳营建新的宗庙，于太和三年十一月建成，就废了邺城的宗庙。作为一代王朝的家庙，从立庙到营建新庙只隔一月，建成新庙废旧庙也不过三年，这样的举动未免太过草率。再者，邺庙早被曹家自己废掉了，邺地也实在找不到曹操的陵墓。而祭祀曹氏大魏三圣的庙宇在洛阳，曹魏帝陵也在洛阳，那么死在洛阳的曹操究竟葬在何处，应不应该在洛阳寻觅？我不敢怀疑已经发现了的曹操墓，但毕竟还是有很多令人怀疑之处。

话说得远了，但也不远，这个以实际行动终结了东汉王朝的枭雄，是不是敢埋葬在东汉皇陵附近，像曹休一样躲在汉皇的衣襟下。我感觉他未尝不敢！

第十三章 深藏不露的是西晋吗

西晋是一个富有个性的王朝。

洛阳城里的西晋王朝个性张扬、穷奢极欲，而葬于北邙的西晋亡灵却又显得那样的隐秘低调，甚至是深藏不露，生世与死葬反差很大。

东晋诗人陶渊明在他的诗歌中写道："古时功名士，慷慨争此场。一旦百岁后，相与还北邙。"

虽然这时候的晋王朝已经被迫从洛阳出走，偏安到了建康（南京），史称东晋，但我们从陶渊明的诗歌中不难看出，偏安一隅的东晋仕宦阶层对旧都洛阳的怀念。而这种怀念就是对洛阳旧有概念的引用。这也让我们明白，自东汉以来到魏晋，"葬在北邙"已然成为人们面对生命归宿的最后追求。

有洛阳专家告诉说，"生在苏杭，葬在北邙"这句话，最早的表达该是"生在洛阳，葬在北邙"。随着洛阳的没落，而江南富庶之地逐渐繁华起来，后世以讹传讹，才渐渐地被杜撰成了今天的"生在苏杭"。

当时的洛阳作为国都，自然会有许多人十分向往生活在这里，可当时的繁华究竟达到了一个什么样的程度，竟能让人们把生与死都寄托在这片土地上呢？

夏代的斟鄩、商代的西亳、周代洛邑王城和成周城，洛阳绝对是独领风骚的。到了秦朝和西汉，洛阳虽然不再是国都，但在城市规模和商业交通上，至少还是一片繁华。东汉再次建都于此，洛阳的繁华也再次嬗变为首都气象。但在东汉末年，洛阳也遭受了焚城之劫。董卓在挟持汉献帝刘协出逃的时候，一把火把洛阳的宫室宗庙全部烧毁。三国时期曹魏诗人曹植在其诗歌《送应氏》中写道："步登北邙阪，遥望洛阳山。洛阳何寂寞，宫室尽烧焚……"

这就是当时洛阳的惨象。但当时的曹魏建都洛阳后，还是很快又建起了洛阳宫城。曹魏的洛阳城全貌究竟建成了什么样子，我们可以从用和平演变取代它的西晋洛阳城看出个大致。西晋这个王朝的个性首先是从洛阳的城市建设上表现的，以前朝代的国都，除了皇家园林，是没有其他园林的，更别说私家园林，而西晋的洛阳城就有规模庞大、为数不少的私家园林。

中国最早的私家园林就出现在洛阳。

东汉顺帝至桓帝统治时期，大将军梁冀开始拥有"深林绝涧，有若自然"的私家园林。"深林绝涧，有若自然"这八个字引自《后汉书·梁冀传》，这可是正儿八经的史书，也是有关私家园林的记载第一次出现在史书中。当时梁冀的私家园林，已经修建得十分阔大，有"深林绝涧"的景致，绝不是"小盆景"。

梁冀的妹妹，是汉顺帝的皇后，所以，在流行外戚专权的东汉，梁冀自然被提拔为独揽朝纲的大将军。144年，汉顺帝驾崩，梁冀先立了两岁的冲帝刘炳，刘炳当了半年玩物皇帝就死了；随后又立了个8岁的玩偶皇帝质帝刘缵。谁知道稚气未脱的质帝口无遮拦，看梁冀独断专行，犯了小孩儿脾气，在朝堂上当着文武百官的面，指着梁冀的鼻子说："大将军是个跋扈将军！"

梁冀当时气坏了，回到内宫，在安排质帝进膳时，吩咐内侍把毒药放在饼子里让的质帝吃。质帝吃下毒饼后，肚子里翻江倒海地疼，求告梁冀说:"吃了饼子肚子疼,口干,喝点水还能活吗?"梁冀冷笑着说:"死就死吧,不能喝,喝了要呕吐,成何体统?"眼睁睁地看着还不知道人心险恶的质帝在挣扎中气绝身亡。

梁冀之前的历朝历代,是没有人敢私建园林的,但梁冀敢弑君,当然就敢越雷池,坏了这个规矩。他不能委屈自己,要过得比皇帝还痛快,就与妻子孙寿一商量,就开始派御林军

洛阳定鼎门

大肆拆迁,大兴土木。这个园林,史书称为"梁冀城西苑",是大型别墅苑,其中华舍连栋,绿树掩映,形似皇家离宫,但建筑规模和华丽程度远胜过了皇家宫苑。比照现在的洛阳市区地图,梁冀城西苑的位置,应该在白马寺西北平乐镇以南的赵村、象庄一带。

把皇帝和天下都当成自己囊中物的梁冀,还远不满意这个小园子。跑马圈地嫌费事,便用指头轻轻地在洛阳西边画了一个圈,就把洛阳周围的延秋、宜阳、韩城一带,都建成了另一座更为著名的私家园林。这个园林名曰"西菟苑",规模"经亘数十里",风景殊丽,十分精致。《后汉书》说梁冀"广开园圃,采土筑山。十里九坂,以象二崤(崤山在洛宁县西北)。深林绝涧,有若自然。奇禽驯兽,飞走其间"。梁冀还强掠数千平民,在园子中劳作,对外称这些人是"自卖人",实际就是奴隶。他经常携妻子美眷,乘车辇,张羽盖,带领歌伎与随从,在苑中高歌狂欢,享受人间极乐。

有了这两处园林,梁冀还不满足,竟然连续不断地建起来。《后汉书·

梁冀传》记载：梁冀"多拓林苑，禁同王家。西至弘农，东界荥阳，南极鲁阳，北达河淇。包含山薮，远带丘荒，周旋封域，殆将千里"。就是说：梁冀喜欢建园林，形同王室。其园林延伸得很远，西边到了如今的灵宝市，东边到了如今的荥阳市，南边到了如今的鲁山县，北边到了如今的林州、淇县一带，东西约250千米，南北约300千米。园中山林川泽均属梁冀所有，其中的部分土地农民尚可耕种，但他们要成为无代价的农民工。

私家园林的出现原因很多，首先是门阀制度催生了许多高门大户，他们的权力和财富在许多时候是可追皇家的；再者是皇权的脆弱，许多皇帝几乎失去了治理国家的权力，连安身立命都成了奢望，这就形成了臣子弄权的局面。

洛阳园林

还有一个原因，就是权臣的专制使那些文人开始对前途失去希望，转而醉心于黄老之术，恰巧佛教又是在此时乘虚而入。佛经许多思想和"无政府""出世"的老庄思想气味相投。这样推衍到魏晋，第一流的学者如何晏、王弼，索性不谈经术——虽然懂，但是不谈，而专治黄、老、庄、易，即所谓"玄学"。何为玄学，就是玄之又玄之学。这个时期的学者以养性、服食、辟谷、求仙为时尚，追求怪诞的感官刺激和思想上的超然世外，不屑世俗，放达山水，求得麻醉。

中国魏晋六朝，和欧洲的中古时代差不多，是一个不大容易被人了解、有宗教热忱且浪漫意味很重的时代。"浪漫"是近代人的说法，用古时的话来说，是"旷达""风流"。杜牧之所谓"大抵南朝都旷达，可怜东晋最风流",就是说这时代的文人喝酒、服药、清谈、放诞、狂狷、任性、好山水、好艺术,穷奢极欲的享乐和自暴自弃的颓废充斥着整个士大夫和贵族阶层。

这里仅举一例。所谓服食,就是在精神空虚时,不得不乞灵于药石麻醉自己的心智。服的大概是些黄精、芝术、石钟乳、松脂之类。另有一种叫五石散,也是当时的名士都经常服用的。汉代就有人服食五石散,但那时吃的人少。西晋名士何晏将几种东西配合起来吃,并宣扬效果如何神奇,于是在文人雅士中渐渐风行起来。何晏说:"服五石散,非唯治病,亦觉神明开朗。"大书法家王羲之很快加入其中,在给朋友的信中说:"服足下五色石,膏散身轻,行动如飞也。"今天的人已经不知道这些文人雅士究竟吃的是什么,根据记载推测,这些东西吃了之后,大概和鸦片一样,是会产生快感的。但毕竟有药性,不小心的话是很危险的,最易犯的是脚肿、生背痈之类。据说吃下这东西后,必须暴走发散,这便形成了西晋洛阳大街上的一道风景,许多名士和显贵,赤足披发,若癫狂般,奔走在熙熙攘攘的大街小巷,甚至还带着狂嚎之声。

这种怪癖也促成另一种爱好在士族阶层风靡一时,即远足和爬山。吃了药,如饮酒般半醉半醒间,总在这几条街道上奔跑多腻人,于是又去爬城墙,等到城墙也爬腻了的时候怎么办,只能爬山了。所以吃药和爬山,成了一种连锁反应。服药以求延年养性,在当时人们的心中是信之颇笃的。嵇康认为,按自然之理,人可以长寿,然而不能者,其原因多半是因为醇酒腐肠,妇人伐性,喜怒悖气,哀乐伤神。普通人的寿命不能长至百岁以外,全是因为不会养生。因此他极力主张"返乎自然":"知名位之伤德,故忽而不营,非欲而强禁也。识厚味之害性,故弃而弗顾,非贪而后抑也……旷然无忧患,寂然无思虑……忘欢而后乐足,遗生而后身存。"

他以为这样便可以"与羡门比寿,王乔争年"。他这种思想的根据,完全是从老庄思想发展而来的。这也许是魏晋士族面对着北邙所表现出的难得的积极人生态度。

"返乎自然"本无错处。舍去人事的扰攘，回归到大自然的怀抱中，尽情享受自然之美是令人赞赏的。但其用率真坦白的态度处世，由着自己的性情，不顾传统礼教和世俗礼仪，却是被后世诟病的另一面。

魏晋风骨中最可爱的一点，便是他们率真坦白的任性。但也就是这一点，最为那些所谓的正人君子所不容。譬如作为竹林七贤之一的阮籍，他的嫂子要回娘家，阮籍和她作别，然而正人君子们却非议了，因为《曲礼》上说，嫂叔是不准通问的。阮籍的解释是："礼教管得着我们这样的人吗？"于是正人君子们更哗然了。但这些人却一切不顾，还是爱怎么样就怎么样。阮家隔壁酒店里有一个女人长得很美，阮籍常去她那里坐着喝酒，喝醉了便在她面前睡。她丈夫知道阮籍平常的为人，也只好不以为意。乡里一个很有才气的漂亮女子死了，阮籍闻之，觉得很惋惜，便赶到她家里大哭一场，虽然他并不认识她父兄。

至于竹林七贤的另一贤刘伶，他的行为举止简直是在和世人开玩笑。他在屋子里不穿衣服，别人见了讥笑他，他说天地是我的房舍，而房舍是我的裤子，谁教你跑到我裤子里来了？他把万物看得极小，以为只如江海之载浮萍。他把生死也看得极透彻，常常坐着鹿车，带一壶酒出去游玩，雇一个人扛着一个铁铲子跟在后面。他对所雇的人说："我要是死了，便掘一个坑埋了。"他还爱开玩笑。妻子痛哭流涕地劝他戒酒，他说："戒就戒吧，我要在神位前立个誓。"他让妻子准备好祭神的酒肉，跪下去叩头后说："天生刘伶，以酒为名。一饮一斛，五斗解酲。妇儿之言，慎不可听！"他竟然将神桌上的酒肉一股脑填到他肚子里去了，弄得妻子哭笑不得。

士族阶层这样人如此放纵任性，一是因为反对汉儒的拘守礼教、局促虚伪，着意提倡率真任性的思想行为，但矫枉过正了；二是因为值当乱世,放纵一点可以化解他们内心的愤怒,换句话说,是以"玩世"代替"愤世"。他们知道自己对社会无能为力,又不愿与社会妥协,只好逃避现实,追求刺激,以一时的痛快来麻醉自己。喝酒是一种方法,吃药又是一种,贪恋自然和沉醉艺术也算两种。魏晋时期的字画、音乐和雕塑特别发达,这与文人的挥洒性情不无关系。正是整个社会都弥漫着这样的文化风气,影响和感染了上层社会的意识行为追求,使私家园林的出现有了思想上的源流。

魏晋时期的宗教也是很有个性的一种社会现象。当时中国的儒教、道教和外来的佛教几乎并存,而且形成了相互依存、相互斗争、相映成辉的局面。

魏晋时期,道教发生分化。一些理论家对道教进行改造,使其逐渐为统治思想所接纳。东晋葛洪是著名道教理论家,他把儒家学说的社会伦理也作为道教的指导思想,同时大谈采药炼丹,养生延年,修道成仙。他的著作《抱朴子》,分内篇、外篇两部分。内篇主要讲"神仙方药,鬼怪变化,养生延年,攘邪却祸之事",外篇讲"人间得失,世事臧否",倡言儒家的名教纲常,把民间传布的道教斥为"妖道"。葛洪把道教思想与儒家学说结合起来,很适合统治者的需要,于是,道教在官僚士人上层社会中风靡一时,《抱朴子》也被奉为道教经典。

竹林七贤行吟图

而佛教的发展也相当迅猛。《洛阳伽蓝记·序》概括了当时佛教兴盛的情况及其造成的影响："自顶日感梦，满月流光，阳门饰豪眉之象，夜台图绀发之形，尔来奔竞，其风遂广。至晋永嘉唯有寺四十二所，逮皇魏受图，光宅嵩洛，笃信弥繁，法教愈盛。王侯贵臣，弃象马如脱屣；庶士豪家，舍资财若遗迹。于是招提栉比，宝塔骈罗。争写天上之姿，竞模山中之影。金刹与灵台比高，广殿共阿房等壮。岂直木衣绨绣，土被朱紫而已哉。"这些描述的就是当时洛阳佛教盛行的情况。

佛教盛行有其社会原因。长期战乱，灾难频仍，人们无法挣脱现实的苦海，便把希望寄托于来世。佛教生死轮回的义理正可满足人们这种精神上的渴望。新兴的玄学对儒学的批判，削弱了儒学对佛学的抵制。而玄学虚无玄远的特性，不能比较实际地回答人们关于此岸的问题，这也无疑为佛教的扩展起到了清扫道路的作用。统治者需要这种自我麻醉。当他们认识到佛教这种精神麻醉作用的时候，便极力加以提倡。佛寺要求建于名山或风景胜地，香火氤氲，法音梵乐。而佛教劝人乐善好施，远离尘世，却又食人间烟火，俨然就是从乱世中求得一块净土和极乐世界。争相建造私家园林一时成了那些笃信佛教的达官显贵们的追求。

在玄学、道教、佛教的共同需要下，西晋的京都洛阳一时间出现了大批的私家园林。贵族们以宗教的名义巧取豪夺，寺院也到处"侵夺佃民，广占田宅"。你建假山曲水，我植奇树异花；你有曲径通幽处，我有花团锦簇间，一时形成"比、学、赶、帮、超"，看谁能独占鳌头。洛阳城的变化也是日新月异，人们都不知道自己是住在城市里还是住在花园里。仅介绍几处较为有影响的私家园林，让大家开开眼界。

建中寺，是宦官出身的司空刘腾的宅第。屋宇建设极其奢华，梁栋的使用已超越了他这个职位所能用的规制。一里之间，廊庑充溢。厅堂堪比宫中的宣光殿，大门足可匹敌内宫的乾明门。博敞宏丽，连当时的诸家王府也难以与之比肩。

这不过是说他的屋宇众多，宏大美奂而已，还没说到园林。下面一段文字，可以说是中国初期私家园林最详尽的记载：

洛阳城内的敬义里南面有昭德里，内有尚书仆射游肇、御史尉李彪、司农张伦等五人的府邸。惟张伦府邸最为奢侈："斋宇光丽，服玩精奇；车马出入，逾于邦君。园林山池之美，诸王莫及！伦造景阳山，有若自然。其中重岩复岭，欹崟相属；深溪洞壑，逦迤连接。高林巨树，足使日月蔽亏；悬葛垂萝，能令风烟出入。崎岖石路，似壅而通；峥嵘涧道，盘纡复直。是以山情野兴之士，游以忘归。"

徜徉在这些山情野兴之士中间，有一位能文的姜质志，写了一篇《亭山赋》，描状这园子的风景："……尔乃决石通泉，拔岭岩前。斜与危云等并，旁与曲栋相连。下天津之高雾，纳沧海之远烟……若乃绝岭悬坡，蹭蹬蹉跎。泉水纡徐如浪峭，山石高下复危多。五寻百拔，十步千过，则知巫山弗及，未稔蓬莱如何？其中烟花雾草，或倾或倒；霜干风枝，半耸半垂。玉叶金茎，散满阶墀……羽徒纷泊，色杂苍黄，绿头紫颊，好翠连芳。白鹤生于异县，丹足出自他乡。皆远来以臻此，藉水木以翱翔……"这篇赋中还有许多铺张夸美之词，不一而足。

洛阳私家园林的经典之作，出自一个中国历史上纸醉金迷、奢华无度的人物之手，此人就是西晋名士石崇。

石崇当属于少年才俊，未成年就入仕当官。到了20岁上，许多的同龄人还在迷茫，他已经可位列朝班，成了嘴上没毛的朝臣。少年得志，这让他很快张狂起来，胆大包天。他在荆州做刺史时，就肆无忌惮地干出了与其身份大相径庭的勾当。白天堂堂皇皇地做官，夜间换掉冠带，潜行成盗，不但打家劫舍，还抢掠过往商旅。为积累私财，其行径让人难以置信，手段也令人深恶痛绝。石崇的所作所为虽然传得风言风语，但始终没有受到惩处，反倒靠着钱财开道，升官进了京城。做京官到了50岁上，什么都玩过、什么都见过的石崇，突生"感性命之不永，惧凋落之无期"的悲伤，竟萌生退隐之意，决定要享受人生。于是，他在洛阳开始大规模的置地建园，取名就叫金谷园。

石崇建造的金谷园究竟是什么样子呢？

园内清溪萦回，水声潺潺。因山形水势，筑园筑馆，挖湖开塘，四周几十里内，楼榭亭阁，高下参差。金谷水环绕其间，鸟鸣幽村，鱼跃荷塘。石崇派人去南海群岛，用绢绸子针、铜铁器等换回珍珠、玛瑙、琥珀、犀角、象牙等宝贵物品，把园内的屋宇装饰得金碧辉煌。每到阳春三月，风和日暖的时候，桃花灼灼、柳丝袅袅，楼阁亭树交辉掩映，蝴蝶蹁跹飘动于花间；小鸟啁啾，对语枝头。"金谷园中柳，春来似舞腰"，再加上案前文士挥毫作画、屏后美人鹦喉婉转，端的是天下少有的胜景，真如世外桃源一般。

当时活跃在金谷园的达官显贵不计其数，但最为著名的是"金谷二十四友"。这是西晋时期的一个文学政治团体，依附于鲁国公贾谧，其中比较出名的成员有"古今第一美男"潘安，"闻鸡起舞""枕戈待旦"的刘琨，"洛阳纸贵""左思风力"的左思，"潘江陆海""东南之宝"三国名将陆逊的孙子陆机、陆云二兄弟。做东的当然是有钱花不完的石崇。这些名士在金谷园中饮宴唱和，醉生梦死，搞一次游宴，竟需要三天才能转遍此园。史上著名的文人聚会"金谷宴集"便说的是这件事。看似文人雅士的玩意，实际充斥着骄奢颓废的不堪！

这里还发生了另一个荒唐之极的故事，就是史传的"王恺与石崇斗富"。

王恺是晋武帝司马炎的舅父，特殊的身份使他积累下亿万家私，自诩为天下首富。他听说石崇也是富有得挥金如土，很是不平，竟异想天开地要和石崇斗富，以此来羞辱石崇。石崇正醉生梦死，嫌治得没有味道，被王恺这样一刺激，当然豪情万丈地接受了挑战。两人斗富从厨房开始，王恺用麦芽糖涮锅，石崇用蜡烛当柴烧；然后又斗到路上，王恺在四十里的路段上用绸缎作帷幕，石崇针锋相对地把五十里道路围成锦绣长廊；其后又斗到房子上，石崇用花椒面粉刷房子，王恺则用赤石脂作涂料……几个回合下来，王恺败多胜少。自取其辱的他情急之下，索性搬来皇帝外甥司马炎压阵，祈求得助一臂之力。司马炎也是难得找个乐趣，居然从皇宫府库里拿出西域国进贡的一株价值连城的珊瑚树，让舅父拿去与石崇斗。王恺得此皇家奇珍，自信心也瞬间陡涨，扬扬自得地带着珊瑚树去金谷园找石崇炫耀。石崇看着心花怒放的王恺，很不屑地撇着嘴，顺手拿起一柄铁如意，挥手就把珊瑚树砸了个粉碎。王恺看到自己请来的宝物毁于一旦，当即气

金谷园图轴（清·华喦绘）

冲牛斗，要和石崇理论。石崇从容一笑，说："区区薄物，也值得炫耀。"遂令身边人取出家藏珊瑚树。石崇家的珊瑚树比王恺的更高大，色彩更艳丽，枝条也更繁密。石崇指着珊瑚树大咧咧地对王恺说："君欲取偿，任君自择。"事已至此，王恺只好认输。

东晋宰相王导和大将军王敦是两兄弟，受石崇相邀共赴金谷园宴饮。石崇让家养的美女陪座劝酒，如果劝酒不下，就让侍卫当着客人的面把美女杀掉。王敦酒量很大，但此公心肠硬且好恶作剧，任凭美女流泪劝

酒也不肯喝一口。一连三位美女瞬间血溅梅花，可王敦仍不动声色，滴酒不沾。王导责备兄弟无恻隐之心，王敦回答说："彼杀自家人，关我何事？"王导不胜酒力，可又心软，怕劝酒的美女遭受杀身之祸，只好硬着头皮强饮，竟当场喝倒在宴席上。

据《耕桑偶记》载，外国进贡的火浣布被晋武帝制成衣衫，得意扬扬地穿着去了石崇的金谷园串门。闻知消息的石崇故意穿着很普通的衣服，却让五十个奴仆身穿火浣布衫，列队迎接司马炎。

在石崇的金谷园里，若有客人入厕，便有十个坦胸露背的美女围在左右侍奉，宽衣解带，净面净手擦屁屁。宴席上，赤身裸体的美女成排地站成肉屏风，让客人在美味美色中吃饱看够，对客人极尽热情诸如此等事体不一而足，只有想不到，没有石崇做不到。

魏晋南北朝时期的洛阳园林，有多少艺术，有多少故事，有多少不堪，有多少血泪……尽在纸醉金迷的美轮美奂中！当时的园林不仅从城内蔓延东西百里，连葬地北邙都来了个全覆盖，真可谓山下醉生梦死，山上视死如生。

写到这里，我们可以想见，那是怎样的一座洛阳城，四处街道纵横，宫城金碧辉煌，山水如景似画，园林若天上仙宫，环境何其诱人！更何况这里是京畿要地，经济中心，人文荟萃，权贵喜欢在这里争权夺利，文人雅士希望在这里扬名显才，宗教界人士也是在这里"恋着城邑""诱于利欲"。能生活在洛阳，不就是生活在天堂嘛！

我似乎也有点理解石崇了。能让士族文人醉生梦死，让达官显贵穷奢极欲的，不就是因为活在这个天上人间的京都里，仰起头看到的却是北邙秋风中难以望断的墓冢嘛！快活地坐在生活的船上，却看到了生命的穷途，怎能不让他们悲凉于生世，而绝望于死处呀！让僧人、道士大行其道的不也是因为这生死两重天吗？

"生在洛阳呀——葬在北邙呀——"这也许就是这些士族贵族在不断

唱着的歌。

葬在北邙，在这个时候已经大不同于东汉。此时的北邙上虽然已经挤满了大大小小的家族墓园，但以墓为主，园只是称谓，这显示出墓葬并不具备园林的特色。魏晋时的北邙墓园已经发生了本质的变化，虽仍以墓为主，但墓园成了彰显墓葬主人身份的真正园林。有些大型的墓园，园林的味道要比墓更浓。这时候的大型私家园林里几乎都是建有庙宇和道观的，也供养了大批僧尼、道士。如西晋的何充，是个出名的悭吝人，不肯周济贫困亲友，却崇尚修佛寺，供养沙门百数，靡费巨亿。

道教和佛教的相融，除了在抚慰魂灵的手段上相互借鉴和完善，更多是在宗教形式上对丧礼的互补，道教的道场、佛教的斋会都成了丧礼上必不可少的内容。道教在前面堪地察穴，掐诀念咒施镇法；佛教紧跟在后面诵经念佛，超度亡灵。

按照佛教的教义，人死了要设斋超度，设斋的时间越长、规模越大，于死者、于生人则越有好处。因此，富室豪门有设斋多至百日的，规模大者有所谓"千僧斋或万人斋"。北邙上几乎每日都有为亡人而开的规模浩大的斋会，很多相邻的人家为了攀比斋会的规模和形式，不惜倾尽资财，在墓园里较劲斗法，像是唱对台大戏。

设斋在这一时期成了炫富的手段，开始只为死人设斋，后来逐渐过渡到还可为生人祈祷，消灾驱祸。于是，有些富豪贵族为了免去请来送去的烦琐，开始在家里供养大批僧侣专为自己和家人祈福。这时期斋会已相当普遍，从最高统治者至普通吏人，以生老病死等各种名义设斋，有的人家一年四季斋会常设，成为日常生活的重要内容。由于斋会延续时间长，参加人数多，布施广众，加上很多人家是为了利用斋会摆阔讲排场，造成开支浩繁，成了当时社会的一大包袱。

总之，魏晋洛阳这个靡费、狂放的时期，在中国乃至世界史上都是罕见的一个时期。玄学在这里风行，佛教在这里风靡，道教在这里大行其道，儒教在这里大张旗鼓，一座城市里拥挤着这么多正在成长的思想和信仰，生龙活虎地在大街小巷中奔突穿行，不产生什么怪诞的社会现象倒是不正常了！文人痴狂追求的玄学和大众癫狂的宗教情结，掀起了历史上宗教与人的生活结合得最为紧密的高潮。人对宗教的畸形信仰和膜拜也正好突出了整个社会颓废的心态、个性的扭曲和追求的偏狭。这种和宗教交织在一起的纵欲主义，使整个社会，上至宫廷，下到士绅，都处于狂迷放纵的气氛之下，"佞汰之害，甚于天灾"！

城里成了这个样子，那么宫里又是个什么样子呢？

晋武帝司马炎登基坐殿的前期，还是很有些手段的，政治上也很有些建树。后宫也简单，就爱皇后杨艳。皇后幼小丧母，寄养在舅舅家，从小博览诗文典籍，写得一手好字，女红也极为娴熟。长大后不但出落得十分美丽，寄人篱下的身世也让她学得乖巧精明，讨人怜爱。

皇后为晋武帝生下了毗陵悼王司马轨、晋惠帝司马衷、秦献王司马柬，以及平阳、新丰、阳平三位公主。晋武帝一向对杨艳百依百顺，但杨艳还是不放心，怕他宠幸其他嫔妃，故意将自己的表妹赵粲召入宫里陪侍。还每天带在身边，即使和晋武帝独处的时候也不回避，一来二去赵粲与司马炎有了猫腻，杨艳毫不嫉妒，反而劝晋武帝将赵粲纳作嫔妃，并赐号为夫人。杨艳的目的很明确，她的长子司马轨两岁就死了，次子司马衷和三子司马柬又是一对白痴，在面对江山社稷和自己傻儿子的纠结中，虽然她知书达理，但还是自然要为傻儿子争个皇帝位置。长子司马轨死后，次子司马衷为实际上的嫡长子。司马衷长到七八岁，还不认识一个字，虽然有天下最博学的师傅教导，也是难以奏效。晋武帝知道这个儿子难以担负国家重任，就私下对杨艳说出了自己的担忧。杨艳仗着皇后的身份和晋武帝的宠爱，搬出立嫡以长的古训，跟晋武帝讲大道理。她看出了晋武帝的犹豫不决，就让赵粲从旁帮忙，赵粲就对晋武帝说："衷儿年纪还很小，许多贤明的人都是大器晚成，陛下现在一直不立储,国家就不能稳定。"晋武帝耳根子很软,架不住皇后和爱妃这对表姊妹两下夹攻,只好在泰始三年立司马衷为皇太子。

杨艳与晋武帝感情笃好,所以后宫的事情都是她一个人说了算。其他姬妾惧怕引起杨艳嫉妒,都故意衣衫不整地掩饰自己的容颜,免得被晋武帝看中了惹来大祸。因此晋武帝即位后八九年间,只在社会上公选了一个叫左棻的女子。

左棻是秘书郎左思的妹妹。左思,字太冲,是一代大文学家,他创作的《三都赋》曾经引起洛阳城内竞相传抄,以致纸张都买空了,一时纸价大涨,弄出了个"洛阳纸贵"的文学盛景。左棻的文采也极为了得,是一个倚马成篇、下笔千言的才女,唯一的缺点是有点丑,慧中没有秀外。晋武帝欣赏左棻的文采,但实在提不起床笫之兴。这让武帝终于有了感悟,第一次下令禁天下嫁娶,要把未嫁的绝色女子遴选一遍,弄到自己的后宫。

这虽然是勤于政事、用情专一的晋武帝第一次为后宫选人,但在杨艳的搅和下,也都是选了些大路货色,妖冶艳丽的一个没有。脾气很好的晋武帝也生气了,愤愤地指责杨艳说:"是我选妃子还是你选妃子呀!"

自从后宫有了成群的妻妾,晋武帝才算知道了做皇帝的乐处,每日间沉迷酒色,难以罢手。杨艳在气闷忧愁中竟然一病不起。泰始十年秋,已经奄奄一息的杨艳对前来探望的晋武帝说:"妾叔父杨骏的女儿杨芷美丽动人,希望陛下以备六宫。"晋武帝含泪答应,与杨艳握手为誓,表示决不负约。杨艳就在明光殿里晋武帝的膝上奄然长逝,享年三十七岁。

杨艳最后还是放心不下她的傻儿子,以荐堂妹进宫来保太子之位!但精明的杨艳已经为他那愚蠢的儿子上过一道保险,她为儿子娶下了权臣贾充的女儿贾南风。贾充可是司马炎成为晋武帝的恩人啊!

杨艳死了,那个久被冷落的左棻的处境还能好到哪里,每天只有与笔墨为伍,渐渐由愁生病,在陋室中消磨余生。

这时候的晋武帝不仅自由了，还被外面臣子们的醉生梦死的生活所感染，索性也由着性子地玩起来。他对之前的选美本就有遗憾，所以在杨艳死后下诏禁天下嫁娶，要为自己采选一遍美女，后宫女子增加到了五千人。

晋武帝司马炎算是历史上少有的几个一统天下的皇帝，作为三国时期三个小皇帝之一，他幸运地熬成了皇帝，也算司马氏家族几代人的谋略凝聚到他身上的结果。虽然他统一全国并没有耗费多少精力，但统一具有的意义还是让他跻身到有头有脸的皇帝之列。他在消灭东吴后，别的东西没有看上，就是看上了南方的女子。东吴皇帝孙浩后宫里蓄养着五千个婀娜多姿的美女，他悉数尽收，全部拉往洛阳藏进了自己的内宫。他的后宫本就养着上万美女，再弄这么多来该怎么办呀，就是一天宠幸一个，也得几十年！但这事在他看来都是杞人忧天，既然是玩家，就自有玩家的高招。他为自己设计了一个羊拉的小车，每日近黄昏时候，便优哉游哉地坐着羊拉车，在宫内漫无目的地转悠。至于夜里自己去哪个美嫔处，让羊来决定，羊车停在哪个妃嫔门前，当夜便临幸哪个妃嫔。这手段新颖别致，既有必然性，又享受了偶然性所带来的刺激和乐趣。能够想出此招，足可见司马氏"家风深厚"，不但有大谋略，连小伎俩也玩得出人意料，能让人在眼前一亮后捧腹大笑，啧啧称奇！妃嫔们也不傻呀，一万多个女人去抢一个男人，不动点心眼咋行！她们看出了其中的机巧，那就是在讨好武帝前，要先讨好羊，谁能得到羊的青睐，那就等于是得到了武帝的青睐！妃嫔们为了让羊在自己的门前停下来，开始绞尽脑汁地研究起羊的习性。邀宠也不易呀！园子里的青草成了妃嫔们的法宝，怕手下的丫鬟们不尽心，妃嫔纷纷像花工、园丁一样，仔细去挑拣和鉴别哪是羊儿爱吃的草。于是，众妃嫔的门口每到黄昏都插满了青草，还尽量装扮出羊圈的样子。羊倌的经验在这时候显得是多么的重要呀！嫔妃们心里都后悔自己进宫前忽视了。伶俐乖巧的嫔妃总是有的，真就有人从宫外学来了羊倌的知识，知道羊爱吃带咸味的草叶，就专门折下一些又嫩又细的青草叶儿，洒上盐水，插在院门前。这一招果然引得羊车停了下来，且一连多日地停，经验不胫而走，后宫里的盐又紧俏起来。但盐水多了也不行啊！还是羊倌的经验起作用，因为拉车的羊是公羊，母羊的臊尿水又成了鲜招。众妃嫔门口插的青草上少了盐水，且必须要泼上一瓢母羊的臊尿水。这时候的皇宫后院里，哪里还能有花香扑鼻，弥漫着腥臊气倒是真的。

晋武帝坐在羊车上，捏着鼻子欣赏自己的恶作剧，看着自己成群的妻妾们跟一只公羊眉来眼去的，真乐坏了！他不吃羊的醋，反正今夜这边有人投怀，明晚那里有人送抱，赢家都是他自己据说他也尝试着换了几回其他的玩法，但玩了几回就腻了，都没有羊拉车新鲜刺激，既有必然性，又充满着偶然的乐趣。所以，羊拉车成了他的经典玩法。他百玩不腻，自得其乐，且乐此不疲，直玩到五十岁上一命呜呼的那一天。

宫外的放达之士们服食五石散后在狂奔，晋武帝却在优哉游哉地坐着羊拉车去后宫；宫外的石崇们在"金谷园"中斗富、"安乐窝"里销金，晋武帝正在鲜艳的花容阵中左顾右盼地无所适从；宫外的平安斋会上打着平安谯诵着佛经，晋武帝却在问"今夜的小娘子你是谁？"

明白了吧，晋武帝对洛阳城这场灾祸的应对方式是，不管不问无所谓，你们玩你们的，我玩我的。不是说玩物丧志嘛，那就丧志吧，反正傻儿子要接班，让全天下跟着他一起傻吧！

这个沉迷于温柔乡里的皇帝，放任生性愚钝的司马衷继位了，史称晋惠帝。这个傻子会按照他姨妈的话变聪明吗？有一个流传古今的笑料就是他制造的。司马衷在皇家园林华林园里游玩，听到蛤蟆"咕呱、咕呱"的叫声，就问侍从们："这叫唤的东西是官家的还是私人的？"侍从们说："这叫唤的东西在官家地就是官家的，在私人地就是私人的。"有一年天下大灾，大臣们向他汇报灾情，说有许多老百姓被饿死了。司马衷竟然问:"没有米吃,他们为什么不吃肉粥呢?"由此可见一斑,他恐怕是葬在北邙上皇帝之中的最昏聩痴顽的一个!

西晋(265年~316年)始于武帝司马炎,终于愍帝司马邺,经历四代就土崩瓦解。刚刚统一的华夏大地,又很快陷入了"五胡乱华"和"十六国之乱"中。

能掐会算的司马懿能靠着智慧谋下魏、蜀、吴三国的江山,却没有算到他费尽心机谋得的大统世界,会像浮云般毁在了脑残的后代手里。幸亏他还从老主顾曹操那里学了一手,有那么一点先见之明,就是把自己的坟墓藏起来,如若不然,怕是也会被掘墓伐丘,撒骨扬尘。

当然,这也许与他司马氏家族的心虚有关。看看历朝历代的江山,谁家不是一把汗水一把血水打下的,唯有他司马氏,兵不血刃,笑呵呵地就让人家把江山拱手相让。他不好意思再树坟封丘,标榜自己,让后人去耻笑自己的手段。

西晋都城在洛阳,历武帝、惠帝、怀帝、愍帝四帝。武帝(司马炎)、惠帝(司马衷)均崩于帝位;怀帝(司马炽)被进攻洛阳的匈奴掳走,杀死在平阳;愍帝也因再遭匈奴进攻而投降,受尽凌辱后,次年被杀。加上追封的宣帝(司马懿)、景帝(司马师)、文帝(司马昭),共有五帝陵均在洛阳一带。但《晋书》只记载陵号,如宣帝葬高原陵、景帝葬峻平陵、文帝葬崇阳陵、武帝葬峻阳陵、惠帝葬太阳陵,陵址均略而不详。史载司马懿于嘉平三年(251年)逝,"先是预作《终制》:于首阳山为土藏,不坟不树。作《顾命》三篇:敛以时服,不设明器,后终者不得合葬。一如遗命……陵曰高原",并且说死后"葬于河阳"。首阳山在偃师北,河阳指河洛之北,范围很大,确切位置一直不为人所知。

但早年出土的《晋故中书侍郎颍川颍阴荀岳及妻刘简训墓志》和《晋武帝贵人左太冲之妹左棻墓志》,为寻找文帝崇阳陵和武帝峻阳陵提供了线索。左棻墓志出土于北邙上南蔡庄村鏊子山一带,按照墓志上指证的位置，考古工作者在南蔡庄以北一座被当地百姓称作"峻陵儿"的山坡上发现了一处西晋墓地。这里有墓葬23座，布局排列有序，主次分明，显示出死者生前的尊卑关系。研究者经过分析，初步认定这个俗称"峻陵儿"的墓地就是峻阳陵。荀岳墓志出自邙山脚下潘屯至杜楼一带。依此线索，在潘屯、杜楼以北的枕头山上找到另一处西晋大型墓地，共探出墓葬五座，均为坐北朝南，墓的形制布局等都与峻阳陵墓地相同。其中位于墓地东端的一号墓是枕头山规模最大的一座，墓道长46米，宽11米；墓室长4.5米，宽3.7米，高2.5米。其他4座墓均较一号墓小，分布在墓地的西部。墓地周围残存有陵园及建筑遗迹。东陵垣长384米，西陵垣和北陵垣均长330米，南陵垣未见痕迹。在陵区内探出两处建筑遗迹：一处位于东垣最北端，居墓地东北角，为一长方形夯土台；另一处位于西垣南侧，由三块夯土基址组成。以其位置看，两处建筑遗迹当与陵区守卫有关。研究者认为，枕头山墓地即晋文帝的崇阳陵。

对峻阳陵和崇阳陵的基本确定，为进一步勘察宣帝高原陵、景帝峻平陵、惠帝太阳陵奠定了基础。据当地老百姓听老辈儿人传说，历朝历代来北邙找司马懿高原陵的人很多，都是带兵打仗的，想伐开司马懿的陵墓找兵书。但司马懿的高原陵太难找，最后谁也没有找到。但愿现在的考古工作者真能找到高原陵，找到司马懿藏在陵墓里的兵书。

写到这里，我想读者和我都会有一种认识，中国古代的皇帝称号也是很马虎的。没有当过一天皇帝的人，其后代当了皇帝，他们就可以被追封为皇帝，成为有名无实、有名无号的皇帝，能表明身份的也就是他们的墓葬被称为陵。譬如曹操父子、司马懿父子，都俨然具有了皇帝范儿。可还有一种人，真的是当过皇帝，活着也享够了当皇帝的福，过足了皇帝瘾，后来被推翻当不成了，死后的墓葬也不能称为陵。这样的人在北邙上还不止一个。细思细想，这绝不是马虎，是严肃，极端的严肃！天子金口玉言，岂是儿戏，天子册封谁是皇帝，谁就享受皇帝的待遇；

反之，曾经是皇帝，后被拉下了马，那就不是皇帝了，没有善始善终，那怎能享受皇帝的待遇。看似马虎，实际是严肃，是一种天子的威严和至尊。

第十四章　北邙上的明日黄花

中国人很会遣词造句，且用得很到位，在许多汉语词汇里，你总能找到表达得体、恰如其分的情感成分。

譬如说"寓公"一词，本是一个很古老的名词，指的是丢失了爵位或丧失了封地的王公贵族，在寄居他乡之后的一种别称。到了近代社会，尤其是明清时期，当"寓公"，就成了某些心志高远者"隐居"的一个代名词。可是，当大清国倒台之后，此刻"寓公"的含义，就多少有些"桃花源人"或"无用之人""无志之人"的意思了。这样的称谓很多，即对那些曾经辉煌过的人不失尊重、又含蓄地表示现在的处境，更委婉地表达了一种难以言说的态度。这样的人，北邙的黄土下埋葬了无数。

还有比这些王公贵族身份更高的人，比如遇到了失国的皇帝，该怎么称呼呢？"后主"的称谓也就应运而生。后主，多么温婉的叫法，曾是主子，但是辉煌过后，已经不是主子了，一个"后"字，替这些失落的人平添了许多的留恋、许多的无奈、许多的闲愁，也表达了其他人送给这些曾经的天下之主的一份面子和讥讽！

历史上的皇帝是没有一个人愿意当后主的，谁想当坐过天下却失国的倒霉蛋？所以历史上能做后主的也是寥寥无几。失国的皇帝大都会被取代者为绝后患而杀害，很难有做后主的机会。能苟且偷生地活下来、当不了皇帝而当后主的人物，也当属运气不错的。不能恣意的生，只好战战兢兢地活，留条性命已经是大喜过望，就慢慢体会那种失魂落魄的滋味吧！

不过，窃以为，"倒霉"的基因组成里有一组密码叫善良。这些倒霉蛋之所以会倒霉，该会是因着一份善良在其中。

这些后主们虽然不在一朝一代，但命运几近相同——什么也不能做，什么也不敢做，什么也不会做，受尽奚落，还要忍气吞声地强颜欢笑。后主的尊严就像挂在身上的遮羞布，随时都可以被人拽下来羞辱一番，最后都是郁郁而亡。历史上最为著名的四个后主是三国时期蜀汉后主刘禅、南北朝时期陈国后主陈叔宝、五代十国时期后蜀孟昶和南唐李煜。也是有缘，这几个落寞之人竟然依次上了北邙，成了北邙客。如果天堂里真可以相遇，他们肯定会执手相叹、泪眼盈盈、捶胸顿足、唏嘘不已！虽然不是相见甚欢，至少可以抱团取暖，同是天涯沦落人，此时无声胜有声啊！

他们就是前面说的当过皇帝、但墓葬不进王陵里的那些人。当皇帝是曾经的事情，尊号已经取消了，葬制也全然不是王陵的规制，只能称之为墓。

先说说蜀汉后主刘禅和陈国后主陈叔宝。

扶得起的"阿斗"——刘禅

蜀国后主刘禅的墓在北邙上的平乐镇翟泉村。到翟泉村，问后主墓在哪儿，大人小孩都说不知道，他们会很茫然地告诉你："没有，这里没有墓了，都成了一片平地。"那天去，我就遇到了这样的回答，而且不止一次，差点让我发懵。我期待能遇到清闲一点的老人，结果还真遇到几个老年人在一起抽烟聊天。老人们告诉我，来这里指名点姓说要找刘禅墓，很少人知道。要说找阿斗墓，说阿斗谁都知道，就是刘备的儿子，就是那个"扶不起来的阿斗"。但随后老人们便告诉我，阿斗的墓真没有了，先是浇地给泅塌了，后来一年几场雨淋，慢慢就被水漂成了庄稼地。

我怕老人们怀疑我是盗墓的，解释了半天，还强调我是特意跑来的。老人笑着说："没有就是没有了，你特意跑来也不会有了。"另一个老人还耐心地给我解释说："咱这北邙哪年不少几座大冢，没啥稀罕的，自古以来就该是这样的，你没有听说这里到处都是墓摞墓，老坟不去，新坟咋起？"

我不死心地想亲自去看一看，看看是不是还有留下的封土。

几个老年人在我的一支支香烟里，带着我走向了村子东边的一片田野。走不多远，就来到一个叫凤凰山的山头上。附近散落着几个大冢，我一个一个指着问老人们。他们说，都不是，自小就在这儿长大，还是知道的。其中一个老人说，阿斗的墓他很清楚，年轻时候看青（看护庄稼青苗），他还在上面守过一季夜。谈话中才知道，经常有像我这样的人为看看阿斗的墓，在这片庄稼地里转。老人们带我到了一个据说是阿斗墓方位的地方，指着给我看。这个地方已经被有心人用黄土和烂砖、碎瓦片堆出了个一尺高的凸堆。

老人们七嘴八舌地告诉我，这都是因为《三国演义》的电视剧，才让有些人来找阿斗墓，要是早有这个电视剧，那阿斗墓说不定还会多留几年。

刘禅乳名叫阿斗，他留给我们最早的印象，是《三国演义》中刘备被曹操打败而逃走，褓褓中的刘禅与其生母甘夫人被遗弃在乱军之中。幸亏刘备手下的大将赵子龙，几进几出于"百万军中"，方才救下这个小儿。经过罗贯中的艺术加工，这个故事脍炙人口，广为人们所知。许多人正是从这里，了解刘禅的，并结合刘禅以后的事迹，得出他"痴人有痴福"的结论。

实际上，刘禅是一个被误读的人。据南北朝人裴松之注引的《三国志》记载，这个阿斗小儿还有着另一样的童年、少年和青年时期。

刘备早年受曹操、吕布的夹攻，被大败于小沛而仓皇弃家出逃，当年"数岁"的刘禅"窜匿，随人西入汉中，为人所卖"。

建安十六年（211年），关中大乱。扶风人富豪刘括避乱进入汉中，想就地买一奴仆服侍自己。有人向刘括推荐，说有一个小童（即刘禅），可堪驱使。刘括遂将刘禅买去充做书童。一次闲谈时，刘括觉得刘禅言谈不俗，"知为良家子，遂养为己子"，即把刘禅收为义子，还给他娶了个媳妇，并生下一子。

214年，刘备从刘璋手中夺得益州，派其部下简将军入汉中寻找阿斗。从刘括那里知晓了这个消息之后，刘禅只身前往驿舍，拜见简将军。二人见面，寒暄过后，刘禅侃侃而谈，一一回答了简将军提出的种种问题。到最后，曾做过刘备内侍的简将军终于认定，面前的这个出落得一表人才的青年，就是当年赵云抱在怀内的阿斗。时任汉中都督的张鲁，为了巴结刘备，于是"洗沐送（禅）诣益州，备乃立为太子"。

这是出自裴松之注引《三国志》中引自《魏略》的一段史实。

从这段鲜为人知的史实中我们可以看出，早年的刘禅尝尽了颠沛流离的辛酸。这段难忘的经历，可能对刘禅后来的人生影响深刻，也使刘禅养成了善于察言观色和隐忍的性格。而了解这一点对于全面深刻地理解刘禅登基后的所作所为，具有非常重要的参考价值。

刘禅真是扶不起的阿斗吗？他真的是个昏庸、愚钝甚至有些弱智的君主吗？我们可以从他的亲人、大臣以及史学家的评价中看出端倪。刘备给刘禅的遗诏说，"丞相叹卿智量，甚大增修，过于所望，审能如此，吾复何忧"；诸葛亮在《与杜微书》中评价刘禅说，"朝廷年方十八，天资仁敏，爱德下士"；《三国志》作者陈寿在评价刘禅时说，"后主任贤相则为循理之君"；南朝史学家裴松之评价刘禅，"后主之贤，于是乎不可及"。

诸葛亮不是一个阿谀奉承的大臣，刘备也不是徒好虚名的君主，陈寿、裴松之更是史学大家。一个人误判了刘禅，情有可原；几个人都言之凿凿地这样评判刘禅，便要多审视一下我们后来者对历史人物是否存在了误读。

综观历史，刘禅在帝位共 41 年，是三国时期所有国君中在位时间最长的。虽然诸葛亮辅佐刘禅达 11 年之久，但在诸葛亮去世后，刘禅还有 30 年的帝王生涯是独自支持的。虽然有群臣辅佐，但也有许多倾轧和争权夺利需要他去平衡和定夺。在那个群雄割据的动乱时代，能执政这么久，刘禅肯定有其过人之处。

刘禅继承帝位时，年仅 17 岁。刘备临终前特意叮嘱："当与丞相从事，事之如父。"于是，他"政事无巨细，咸决于亮"，所有的事情都"按丞相说的办"。对于大权独揽的诸葛亮，刘禅也做到了凡事谦让，"以父事之"。

后来刘禅年纪渐长，按照汉代朝廷的常规，诸葛亮应当逐渐将大权交还给刘禅，让刘禅顺利"转正"，彻底摆脱见习皇帝的尴尬。可是，诸葛亮仍紧握大权。其的理由也很简单：首先，自己是一片公心，有为匡扶刘家汉室尚需鞠躬尽瘁死、而后已的奉献之志；再者，担心刘禅不具备应付各方凶险之能力，所以才总揽全局。

说实话，诸葛亮对刘禅这个皇帝的所作所为是有些过于霸道，如果没有刘备的遗言和诸葛亮的忠心可表，他也堪称史上欺君犯上的代表。他带兵出外征战，还要留下心腹董元为侍中，统宿卫亲兵，"监管"刘禅。在《前出师表》中，诸葛亮对刘禅的语气，简直就是在训示一个三尺小儿，不敢让人相信是对九五之尊的皇帝。

面对着这样的托孤之臣，刘禅怎么处理的呢？拿诸葛亮一直痴心不改的北伐战争来说，刘禅非常清楚，魏蜀的实力根本不在一个水平，但又不好直接反对，只能规劝诸葛亮说："相父南征，远涉艰难；方始回都，坐未安席；今又欲北征，恐劳神思。"尽管诸葛亮执意北伐，没有听从刘禅的劝告，但刘禅还能站在另一方面去为大局着想，真心实意地为诸葛亮鼓劲加油。可以说，刘禅深知"君臣不和，秘有内变"的道理，充分了解政治集团内部稳定的重要性和保证政治诉求统一的必要性。诸葛亮死后，刘禅立刻停止了空耗国力、劳民伤财的北伐。裴松之评价刘禅"后主之贤，于是乎不可及"，也正是看到了刘禅作为一个封建帝王，能具有一个这样宽容大度胸怀的难能可贵。

刘禅不仅对诸葛亮宽宏大量，对其他大臣也是如此。比如对魏延的反叛没有株连九族，而是下旨："既已名正其罪，仍念前功，赐棺椁葬之。"刘禅生活腐化时，学者周谯和老臣董允上书劝谏，刘禅不但小心改正，尚能对他们一任如旧，用而不裁。刘禅可能是中国历代帝王里，对大臣动刀较少的一个了，这点非常难得。

刘禅不是个无知和平庸的皇帝，在失去诸葛亮后的人事任免上，就足可见其心思缜密的过人一面。鉴于诸葛亮生前的政治体制中，丞相权力太重，刘禅在诸葛亮去世后废除了丞相制，以费祎为尚书令和大将军，以蒋琬为大司马，两人的权力相互交叉、相互牵制，但又各有侧重。蒋琬以管政务为主，兼管军事；费祎以管军事为主，兼管政务。军政及内政大权不再是同一人一把抓。这种新的政治格局安排，意味着事无巨细皆决于丞相一人的政治局面，随着诸葛亮的去世而结束了。蒋琬去世后，刘禅更进一步"自摄国事"，几乎所有的军国大事，都要有自己的首肯，直接掌管蜀汉政权达19年之久。这一系列举措，是一位弱智的人能想得出来的吗？是一个平庸者能做得到的吗？

《魏略》中还记载了这样一件事：曹爽与司马懿争权被杀后，夏侯霸害怕受到株连而逃亡蜀国，刘禅以皇帝之尊亲自出迎，礼遇有加。夏侯霸的父亲夏侯渊为老将黄忠所杀，刘禅谦恭地安抚夏侯霸说："你父亲的遇害，非我先人所为。"一句冰释前嫌的话对无路可去、前来投降的夏侯霸是什么分量，不言而喻，刘禅还怕不足，继续表示说，"我的儿子还是你外甥哩!"原来,刘禅之妻乃张飞之女,而张飞之妻又为夏侯渊的从妹,刘禅把这层亲戚关系端了出来,可想此时来求收留的夏侯霸怎能不感激涕零。之后,刘禅对夏侯霸"厚加爵宠"。御人怀柔之术即使其父刘备再世,也不过如此。

后人对后主刘禅的评价一直囿于暗弱无能、贤愚不辨,其中最大的一个诟病就是不战而降、苟且偷安。"乐不思蜀"一个成语使刘禅彻底沦落为一个窝囊废形象。事实真是如此吗?

三国时期,曹魏占据着长江以北全部,东吴占据了长江以南的江东地区,蜀汉政权偏安蜀地一隅,还要面对西南少数民族地区的诸多不安定因素,是生

后主刘禅画像

存环境最为凶险恶劣的。说到这里,我们就不难理解诸葛亮为什么要穷兵黩武,不惜代价进行北伐。那是为了缓解压力而使用的以攻为守的积极手段,因为蜀汉之地是经不起一点冲击的。这也让我们更能理解,为什么刘禅那么轻易就束手就擒了。刘禅投降很可能是权宜之计,是为了保全国家实力,使百姓免遭涂炭,以换取东山再起的机会。但他没有想到的是,曹魏在他投降后没有将他继续留在蜀地,而是将他带往洛阳,让他与蜀地的降国臣民难以相守。这就让他成了一条离开水的鱼,而洛阳却从此有了个安乐公。

关于"乐不思蜀"的解读。

刘禅降魏后,司马昭在一次大宴蜀国君臣时,特意令人奏起了蜀地音乐,以观察刘禅的反应。蜀国旧臣听后无不现出悲戚之容,只有刘禅一人不悲反笑,开心得不得了,活脱脱是一个缺心少肝、苟且偷安的憨货。司马昭当时就跟人说,一个人没有心肝怎么可以到这种地步!后来

司马昭又去问刘禅，说你还想念蜀国吗？刘禅马上回答："此间乐，不思蜀。"刘禅带来的一个旧臣就跑来告诉他说，不能这样说，这样说实在太没心肝了，下回司马昭再问你，你就说，先人的坟墓在蜀国，我没有一天不想，然后把眼睛闭起来。果然，不久司马昭再次问刘禅，说想念蜀国吗？刘禅说："先人的坟墓都埋在那儿，我没有一天不想。"司马昭说，不对啊，这话我怎么听着不像你说的，像你的某个大臣说的。刘禅马上把眼睛一睁说："哎，对啊，就是他说的，就是他教我这么说的！"

作为亡国之君，不仅刘禅自家性命，甚至包括家人和旧臣的性命都掌握在人家手里。所以，刘禅必须装憨卖傻，才能瞒天过海、以求自保。莎士比亚说过，"装傻装得好也是要靠才情的……这是一种和聪明人的艺术一样艰难的工作"。谁敢说在刘禅表面麻木和愚懦的背后，没有潜藏着过人的狡诈和机智？

刘禅当时把司马昭骗了，给司马昭留下了"无忧矣"的好印象。更把当时的许多人骗了，让人知道了一张被人嘲笑的嘴脸。他甚至不惜欺骗后世人，装了一代又一代的傻子，而且叫我们深信不疑，可叹其之心计啊！

按照司马昭的安排，刘禅当起了安乐公，傻子能不安乐嘛。对江山社稷已经无望的刘禅也只能一味装憨犯傻了。一直到他葬在北邙之上，也没有人能看到他心中流露出的一丝苦楚！从这里，我们可以看到，政治就是戏弄，政治家就是演员，演到让人看不出痕迹，也就是"人生如戏，戏如人生"的境界。这样看来，刘禅不可谓不敬业。

刘禅活到65岁，平静地死在了洛阳，在那个时代，也算得上是高寿了。20世纪60年代，刘禅的墓地还是高约7米、直径15米的大冢，而如今刘禅墓几被夷为平地。

"玉树后庭花，花开不复久"——陈叔宝

再来说说南北朝时期另一位后主陈叔宝。

陈叔宝是陈朝最后一个皇帝，这个人荒淫腐败的程度在历史上不算登峰造极，但也达到了相当惊人的地步。陈朝本是个历史空乏的朝代，但提起这个陈后主，人们倒时不时会泛起些对这个朝代的记忆。

陈后主的前辈也不是赤裸裸的淫乱帝王，跟阿斗后主的前辈刘备一样，同属于那种励精图治打天下的人。当时被称为北朝的北魏分裂成了东魏、西魏，和被称为南朝的梁朝形成了三国对峙的"后三国时代"。后来梁朝被陈朝取而代之，东魏和西魏也分别由北齐和北周取代，整个三国鼎立的局面延续了50多年。

后三国的历史之所以鲜为人知，缘由很多，比如这段时间人物、民族错综复杂，史料记载混乱，让人难以理解这段历史。但是最主要的原因在于深藏在我们内心深处的华夏汉民族情节，和汉文化对这段历史的抵触。因为当时与南朝政权对立的东魏、西魏的统治集团都是鲜卑族，几十年中横刀立马、驰骋疆场的英雄也大多是其他民族，而最后一统王朝的也是宇文泰领导的关陇集团。

作为陈朝最后一代皇帝，陈后主有着失国者的许多显著特征。

首先，他追求奢华，沉迷享乐，奢靡无度，好女色甚于爱江山。陈国内廷陈设简朴，陈叔宝即位后，嫌其居处简陋，不能作为藏娇之金屋，于是在临光殿的前面，建起临春阁、结绮阁、望仙阁。阁高数十丈，袤延数十间，穷土木之奇，极人工之巧。窗牖墙壁栏槛，都是以沉檀木做的，以金玉珠翠装饰。门口垂着珍珠帘，里面设有宝床宝帐。服玩珍奇，器物瑰丽，皆近古未有。阁下积石为山，引水为池，植以奇树名花。每当微风吹过，香闻数十里。陈叔宝自居临春阁，他的爱妃张丽华居结绮阁，另有龚、孔二贵嫔，居望仙阁，其中有复道连接。又有王、季二美人，张、薛二淑媛，袁昭仪、何婕妤、江修容等七人，都以才色见长，轮流召幸，得游其上。

按说这些都不算什么，比起其他皇帝后宫佳丽成千上万，简直是大巫见小巫。但最怕的是专宠,陈叔宝专宠张丽华一个,竟然到了瞠目结舌的地步。张丽华是个人间尤物,有时临轩独坐,有时倚栏遥望,看见的人都以为是仙子临凡,在缥缈的天上,可望而不可即。张丽华喜欢坐在阁楼的轩台上,梳理自己独有的一头秀发。她发长七尺,黑亮如漆,光可鉴人。且面若朝霞,肤如白雪,目似秋水,眉比远山,顾盼之间光彩夺目,照映左

张丽华画像

右。这等美色对于任何女子来说,都是值得骄傲的,更何况张丽华秀外慧中,十分聪明和灵性,伶牙俐齿,记忆超群。起初,张丽华只执掌内事,为陈叔宝上朝理政做些幕后的准备工作,但渐渐地竟然凭着陈叔宝的娇惯纵容,开始干预外政,甚至天下大事也要过问。不过张丽华干政有她的手段,她邀宠媚爱,极尽色诱,致使陈叔宝"耽荒为长夜之饮,嬖宠同艳妻之孽",一刻也离不开她。最后竟然发展到国家大事也"置张贵妃于膝上共决之"的地步。怀里抱着美婵娟,听着美婵娟的燕语莺声,决断天下的国计民生和内忧外患,完全就是心不在焉,不拿天下当回事儿!如此做法的后果是,后宫家属犯法,只要向张丽华乞求,无不代为开脱。王公大臣如不听从内旨,也只由张丽华一句话,便即疏斥。时间不长,这个南朝江东小朝廷上上下下,不知有陈叔宝,只知有张丽华。

其次,沉湎诗文,荒废国政,无君王之德。陈叔宝是华夏帝王中的才子,他周围聚集了一批文人骚客。他的官僚机构也以文人骚客的标准来安排,他将"好学,能属文,于七言、五言尤善"的顾总官拜尚书令,还把十几个才色兼备、通翰墨、会诗歌的宫女名命"女学士"。才有余而

色不及的，命为"女校书"，供笔墨之职。他将这些朝廷命官聚拢到一起，不理政治，天天以文会友，一起饮酒作诗听曲。每次宴会，妃嫔云集，诸妃嫔及女学士、狎客杂坐联吟，互相赠答，飞觞醉月，大多是靡靡的曼词艳语。文思迟缓者则被罚酒，最后选那些写诗写得特别艳丽的，谱上新曲子，令聪慧的宫女们学习新声，按歌度曲。歌曲有《玉树后庭花》《临春乐》等。

《玉树后庭花》绘画

流传最广的有"璧户夜夜满，琼树朝朝新"十字。陈叔宝做的《玉树后庭花》如下："丽宇芳林对高阁，新装艳质本倾城；映户凝娇乍不进，出帷含态笑相迎。妖姬脸似花含露，玉树流光照后庭；花开花落不长久，落红满地归寂中！""玉树后庭花，花开不复久"成为有名的亡国之词。君臣酣歌，连夕达旦，并以此为常，所有军国政事皆置不问。

有了如此皇帝，内外大臣更以迎合为事，谁不趋文而忘国呀。尚书顾总博学多文，尤工五言、七言诗，溺于浮靡。陈叔宝对他很宠信，游宴时总会叫上他。顾总好做艳诗，好事者抄传讽玩，争相效尤。山阴有个叫孔范的文人，容止温雅，文章瑰丽。陈叔宝不喜欢听别人说他的过失。而孔范很善于为其打圆场，极尽拍马溜须之能事，因此陈叔宝对孔范宠遇有加，言听计从。

孔范曾向陈叔宝进言说："外间诸将，起自行伍，统不过一匹夫敌，若望他有深见远虑，怎能及此？"他说，那些带兵的将领都是一介武夫，怎能为皇上您深谋远虑去统一天下？从此以后，陈叔宝对将帅的看法大变，微有过失，就夺他们的兵权，刀笔之吏反而得势，统领了军事。由此一来，军营不像军营，边备也越加松弛。此时，陈叔宝已经把他的王朝玩到了"武官不懂武，文官不理政，文武懈体，士庶离心"的地步，离覆亡不远了。

当时朝廷有狎客十人，以顾总为首，孔范次之。君臣生活穷奢极欲，国力也很快衰落下来。特别是军中无将、甲兵懈怠的消息也传到了长安，此时正值隋文帝开皇年间。

陈叔宝深居高阁，整日里花天酒地，不闻外事，连北朝隋政权正虎视眈眈也视而不见。隋文帝当时就被陈叔宝这种自废武功的做派弄得心花怒放，挥笔下诏，力数其二十大罪，散写诏书二十万纸，遍地散布，晓谕大江南北。这就等于首先制造舆论攻势，为大举进攻南朝做好先期准备。

陈叔宝也看到了隋文帝声讨自己的诏书，但不以为然，不但不警觉，反而嘲笑隋文帝不可理喻。"我在我的国家，你有你的国家，你隋文帝怎么能管我陈国皇帝。"陈叔宝对隋朝的声讨和所作所为置之不理，但志在统一的隋文帝却抓住时机，派出五十一万大军，兵分七路杀奔江南而来。陈叔宝闻讯后哈哈大笑，很乐观地对群臣说："东南是个福地，从前北齐攻过三次，北周也来了两次，都失败了。这次隋兵来攻，还不是一样送死，没有什么可怕的。"但这些手不能提枪、身不能跨马的文人雅士们，有几个愿闻刀戈声。大家你一言，我一语，顺着陈叔宝的话献媚讨巧，讥讽隋军，根本不把隋兵进攻当一回事，照样笙歌艳舞、饮酒作乐。陈叔宝镇定到这个份上，把国家的命运寄托在江南福地的幻想上，真可谓无知者无畏呀！两个月后，隋军在陈朝君臣的瞠目结舌中攻入建康。陈叔宝再也笑不出来了，垂头丧气地做了阶下之囚。

杜牧在其《泊秦淮》中感叹道："烟笼寒水月笼沙，夜泊秦淮近酒家。商女不知亡国恨，隔江犹唱《后庭花》。"这首诗是当年杜牧在南京有感而发。今天的我站在北邙，回想这个酷爱文艺的陈叔宝，更感觉有低吟浅唱的回环。

今天的我看昨天的历史，只能对陈叔宝说这样一句安抚的话：睡吧！

还有两个后主，比起陈叔宝更有名气，这名气缘于他们都是文艺青年，远比陈后主的文学造诣更高。有人称这两个后主是"后主双星"，很贴切。一个是五代十国时期后蜀后主孟昶，另一个是五代十国时期南唐后主李煜，贴着同一时代的标签，连爱好都一样。

走文艺路线的皇帝——孟昶

孟昶的父亲孟知祥本是后唐的封疆大吏，管着蜀地和周边的大片地区。因为后唐内部动乱，朝廷风雨飘摇，他索性就扯起大旗让自己当了皇帝。虽然他的行为使后唐乱上加乱，但自我感觉良好，毕竟扎起篱笆墙自成一家了。可惜他的寿命不长，刚把皇帝的位置摆稳，就一命呜呼。孟昶只好接班，出任新皇帝。

人是会变化的。这句话用在孟昶身上最为恰当。

孟昶资质端凝，少年老成，个性英果刚毅。即位初年，生活简朴，励精图治，不但兴修水利，注重农桑，还实行了许多"与民休息"的政策。他还亲自撰写"戒石铭"，颁于诸州邑，戒令官员："朕念赤子，旰食宵衣。言之令长，抚养惠绥。政存三异，道在七丝。驱鸡为理，留犊为规。宽猛得所，风俗可移。无令侵削，无使疮痍。下民易虐，上天难欺……尔俸尔禄，民膏民脂。为民父母，莫不仁慈。勉尔为戒，体朕深思。"从这里可以看出，在五代十国那个昏暴之主层出不穷的年代，孟昶的爱民之心确实难能可贵。也正是这种爱民之心，使后蜀国势日渐强盛，一度将北线疆土扩张到长安一带。当然，这也与当时中原地区战事纷乱，政权更迭如走马灯有着十分密切的关系。

孟昶在位期间，中原多事。后唐明宗李嗣源死后，他的儿子后唐闵帝李从厚不久就被李嗣源的义子李从珂推翻。李从珂称帝不久，又被李嗣源的女婿石敬瑭借契丹兵打败。石敬瑭割燕云十六州给契丹，建立后晋。数年之后，石敬瑭的儿子石重贵又被契丹军队俘虏。后晋大将刘知远乘机建立后汉，到了其儿子那辈，又因残暴不仁被枢密使郭威推翻。郭威建立后周。由于郭威诸子皆被后汉隐帝所杀，死后由其内侄（其妻柴后之侄）柴荣继位，即英明神武的后周世宗。柴世宗聪察如神，南征北讨，军政严明，颇有一统天下之志。也是天不假年，柴荣于三十九岁壮年之时得暴疾而崩。后周幼主继位，皇室权力弱化。不久，赵匡胤发动陈桥兵变，黄袍加身，篡夺皇位，建立了宋朝。

最初，孟昶面对着中原的狼烟四起，也曾屡次趁机染指中原，"昶窥中原之志甚锐"，但终因军事策略上的失误，不但没有夺得寸土，反而大败而归，丢掉秦、成、阶、凤四块土地。这样的后果使孟昶对夺取中原彻底灰了心，干脆倚仗着蜀地天险，据险一方，关起门来做安乐皇帝。

孟昶虽然是个及时行乐的小国皇帝，但毕竟有着很高的文化修养，其作为无不渗透着很深的文化痕迹。他对中华文化的贡献，超出了许多大一统皇帝。

孟昶母亲有病，经数个太医治疗，不见效果。他便亲自配制方药，母亲很快治愈。他还喜欢在朝堂之上为群臣把脉问病，其中有患病者开处方配药，为之医疗。他的医技让医官们都很佩服。他还根据自己的医疗实践，令翰林学士韩保升等取《新修本草》并《图经》，由他参校删定，增加注释，写成《蜀本草》（即《重广英公本草》）二十卷。此书目前已佚，其佚文收入《证类本草》等。

五代以前，《孟子》不属于儒家经典著作。孟昶重视儒家思想的传播，命人在石头上刻《论语》《尔雅》《周易》《尚书》等十经，尽依太和旧本，历时八年才刻成。这十经中就包含了《孟子》。这是中国历史上官方第一次把《孟子》列入儒家经典。从此，《孟子》才真正成为儒家经典著作十三经之一。孟昶担心刻石经流传不广，脑筋一动，让人将书刻为木板。后世用木本刻书，即是始于后主孟昶。

孟昶爱好文艺辞赋。广政三年（940年），他命卫尉少卿赵崇祚收集当时"诗客曲子词五百首，分为十卷"，名为《花间集》。这年四月，翰林学士欧阳炯为之作序。后人将此集视为文人词曲之祖，对后世影响很大。第二年（941年），孟昶诏令史馆编辑《古今韵会》五百卷，此项工程浩大，可惜没有流传下来。

孟昶还创办了中国历史上第一个画院。一道诏令，将蜀中著名画师50多人供养起来，住院作画。如花鸟大师黄筌父子就在当时被邀之列。

孟昶在音乐上也有创造，今天流传在台湾的"南管"音乐，被外国人称之为"唐音"，其实也是孟昶命人制作的。

他还为成都留下了"芙蓉城"的美名。他下令在都城中尽种芙蓉。秋天芙蓉盛开，沿城四十里远近，开得叠锦堆霞，一眼望去，好似红云一般。满城妇女，都来游玩，珠光宝气，绮罗成阵，箫鼓画船，逐队而行。孟昶御辇出宫，带着无数的宫嫔女官，一个个锦衣玉貌、珠履绣袜，车水马龙，碾尘欲香。自此，成都乃有"芙蓉城"之称。

在中国，每逢春节家家户户都有在门上贴春联的习俗。但五代之前是不贴春联的，人们只是将一块长方形桃木板钉在门上，说是能驱除邪恶鬼怪。有一年除夕，孟昶心血来潮，要翰林学士辛寅逊为他在桃木板上写两句吉利话，挂在自己寝宫门上。辛学士好不容易想了两句，孟昶认为对仗不工，给否定了。别人再也不敢动笔，孟昶只得自己写了两句："新年纳余庆，嘉节号长春。"这就是我国有资料可考的史上第一副春联，自此以后，国人开始有了春节贴对联的习俗。

孟昶自从断绝了一统天下的念想，他年轻时一直压抑着的"打球走马""好房中术"的坏习惯一下子释放出来，沉浸在女色和文化中自得其乐。他逐渐养成了奢靡放纵、贪图享乐的坏习气，居然连尿盆都嵌满珍珠宝玉作装饰，称为"七宝溺器"，可谓豪侈至极。这本已是失国的征兆，可在此时他又用错了一个大臣，这种征兆便在很短时间内成了现实。

他身边有个宠臣名叫王昭远,"惠黠阴柔",自小就开始伴伺孟昶,深受孟昶亲狎。后来,权高位重的朝廷枢密使一职缺空,孟昶竟让王昭远补缺,事无大小,一以委之。国库金帛财物,也任其支配,从不过问。

如果王昭远仅仅是个争荣邀宠的廷臣也就罢了,偏偏这个人故作深沉,平素喜好研读兵书,讲起国策战略那时侃侃而谈,还常常以诸葛亮再生自诩。山南节度判官张廷伟知道他的"志向",拍马溜须地献计说,"王公您素无勋业,一下子就担当枢密使的要职,应该建立大功以塞众人之口,可以约定汉主(北汉)共同出兵,夹击中原的宋朝,使其腹背受敌,能尽得关右之地。"此话正合王昭远好大喜功的心思,当下便禀明以偏安为乐的孟昶,谁知竟获得同意。踌躇满志的王昭远一边调兵遣将做战前准备,一边自作聪明派出三个使臣带着蜡丸帛书去和北汉密约商量攻宋事宜。不料,其中一个使臣带着蜡书直接逃往宋国,把秘书献给宋太祖赵匡胤。

立国不久的赵匡胤正愁攻讨蜀国无名,得蜡书后大笑:"吾西讨有名矣!"962年十一月,宋太祖组织大军,发兵六路南下讨伐孟昶。精明的赵匡胤为了鼓舞士气,在军队南征的同时,大张旗鼓地在汴梁的右掖门为孟昶修建宅邸,声称待其归降后安置其中,以此显示伐蜀的胸有成竹和必克之信念。

当大宋军队狼烟滚滚地压向后蜀的时候,孟昶仍沉浸在温柔乡里,自忖外面有王昭远这个"诸葛亮"镇抚,大可安枕无忧。听说宋兵来伐,孟昶派大臣李昊"欢送"王昭远出兵迎敌。王昭远没有诸葛亮的鹅毛扇,就手执一柄铁如意,一派儒将派头,左右前后指挥,看上去像模像样。酒至半酣,王昭远对李昊讲:"我此行出军,不仅仅是抵御敌兵,而是想率领这数万虎狼之师一直前进。夺取中原,易如反掌!"

"诸葛亮"出发后,孟昶又派他的太子孟玄喆率数万甲兵紧守剑门。大军出发之际,这位太子爷用豪华的绣辇抬着他好几个爱姬,并携带了大批乐师和乐器,"蜀人见者皆窃笑"。随行大军也仪甲灿烂,"旗帜悉用文绣,绸其杠以锦",很像是一支演戏的大部队。

太子爷一路上欢声笑语,游山玩水。尚未到剑门,突然有败讯传来,太子爷干脆不再前往剑门,而是仓皇地带着几个随从"弃军西奔",一溜烟逃回了成都。

至宋军兵临城下,孟昶才如梦方醒。惊骇之间,他忙问左右退敌之策。良久,有一个老将出主意:"东兵(宋军)远来,势不能久,请聚兵坚守以敌之。"

孟昶思忖半晌,叹息道:"吾父子以丰衣美食养士四十年,一旦遇敌,不能为吾东向发一矢。现在要拒守孤城,谁会卖命呢!"

"德高望重"的蜀国司空李昊劝孟昶"封府库请降"。无奈之下,孟昶只能听从,命李昊替自己起草降表。

"臣用三皇御宇,万邦归有道之君;五帝垂衣,六合顺无为之化。其或未知历数,犹昧存亡,至兴天讨之师,实惧霆临之罪。敬祈英睿,俯听哀鸣……窃念刘禅有'安乐'之封,叔宝有'长城'之号……"孟昶搬出前车之鉴,以刘禅和陈叔宝自比,以求宋太祖能保全"微命"。

965年,孟昶降宋,后蜀亡。此时,距赵匡胤兵发汴梁仅66天。同年7月,孟昶家族被迁至汴梁,赵匡胤兑现诺言,下诏释罪,赐孟昶冠带、袭衣,并封他为开府仪同三司、检校太师兼中书、秦国公。但7天后,孟昶即"暴卒于家",年仅46岁。

孟昶亡国,跟陈叔宝如出一辙,没有什么新鲜出奇之处。倒是其宠姬花蕊夫人,多有逸史笔记记载,为其增色不少。

孟昶后主的花蕊夫人不仅相貌清丽,且善作宫词。孟昶死后,宋太祖召花蕊夫人入宫。此前太祖早已闻知花蕊夫人有才名,命其作诗。这位亡国丧夫的俏寡妇随口成吟《国亡》诗一首:"君王城上竖降旗,妾在深宫哪得知。十四万人齐解甲,宁无一个是男儿。"赵匡胤稍一品味,竟心花怒放。这花蕊夫人也是聪明机敏之人，一句"君王城上竖降旗，妾在深宫哪得知"不但流露出对孟昶降宋的不耻，也为自己女色亡国的嫌疑开脱。更重要的是"十四万人齐解甲，宁无一个是男儿"看似是讥讽后蜀的军队，实际是在夸赞赵匡胤这个男人首屈一指。

宋人笔记《铁围山丛谈》中讲，宋太祖得花蕊夫人后，日久迷恋，有误政事。太祖兄弟赵光义（后来的宋太宗）借打猎机会，忽发一箭立毙花

花蕊夫人画像（张大千绘）

蕊夫人于马下，太祖也不责备。我认为，此诚为揣测、小说之言，不足可信。否则，正史上肯定会浓墨重笔，大书宋帝的"轻色重国"。

至王安石时期，又发现了花蕊夫人《宫词》三十二卷，共百余首，当时名噪一时，其情景仿佛今天张爱玲又被重新"发现"一样轰动。后来战乱，其又多散佚，现附录数首于后，一则显示花蕊夫人才华，二则读者可重温孟昶浮华又不失温柔的帝王生活。

"五云楼阁凤城间，花木长新日月闲。
三十六宫连内苑，太平天子住昆山。"

"东内斜将紫禁通，龙池凤苑夹城中。
晓钟声断严妆罢，院院纱窗海日红。"

"春风一面晓妆成，偷折花枝傍水行。
却被内监遥觑见，故将红豆打黄莺。"

"殿前宫女总纤腰，初学乘骑怯又娇。
上得马来才欲走，几回抛空抱鞍桥。"

"自教宫娥学打球，玉鞍初跨柳腰柔。
上棚知是官家认，遍遍长赢第一筹。"

"婕妤生长帝王家，常近龙颜逐翠华。
杨柳岸长春日暮，傍池行困倚桃花。"

"月头支给买花钱，满殿宫人近数千。
遇着唱名多不语，含羞走过御床前。"

孟昶墓最初在今孟津平乐一带，距刘禅墓不远。皇后花蕊夫人在过了几年闹心日子后，也回到了孟昶身边，夫妻俩同葬洛阳北邙。

问君能有几多愁——李煜

南唐后主李煜，原名从嘉，字重光，号钟山隐士、钟峰隐者、莲峰居士、钟峰白莲居士。他不仅出生于七夕节，巧的是，在人间度过42个春夏秋冬之后，又在七夕节这一天与世长辞。他出生之后的相貌也与常人不同，史书称之为"骈齿重瞳"，就是有两层门牙，一个眼睛里有两个瞳孔。他是南唐元宗李璟的第六子，除了做皇太子的长兄李弘冀外，其他几个兄长均早死，故李煜为事实上的第二子。

李煜本来就醉心于诗词，南唐政治斗争的残酷更促使他选择逃避现实，一心向文。李煜有人君之像，尤其是他眼睛重瞳，这是传说中的舜和西楚霸王项羽才有过的异相。于是太子弘冀慢慢对李煜嫉恨起来，害怕将来和他争夺皇帝之位。而李煜其实对皇权这东西并不感兴趣，他后来给赵匡胤的上书时曾说过："自出胶庠，心疏利禄，被父兄之荫育。乐日月以优游。"他在《渔父》词中也说，"一壶酒，一竿鳞，世上如侬有几人"，"一棹春风一叶舟，一纶茧缕一轻钩。花满渚，酒满瓯，万顷波中得自由"。这些话确实是他内心的真实写照。

李弘冀"为人猜忌严刻"。时为安定公的李煜害怕李弘冀因猜忌而加害他，不敢参与政事，一直过着"心志于金石，泥花月于诗骚"的文人雅士的生活。后来李弘冀这个皇太子也死了，李璟要立李煜为太子，一个叫钟谟的大臣谏议说，"从嘉德轻志懦，又酷信释氏，非人主才"。李璟一听大怒，找了个借口把钟谟贬为国子司业，流放到饶州。这时候的李煜想不当太子都难了。

宋建隆二年（961年），李璟迁都南昌并立李煜为太子监国，令其留在金陵。六月，李璟死后，李煜在金陵登基即位。这年，李煜24岁，此后他当了15年的皇帝。李煜即位后，每年都向北宋贡献大批金银锦绮珍玩，企求苟延残喘；内则大崇佛教，不事朝政，以致国势江河日下。长相奇特的他按说该具备异相奇人的征兆，可这样的征兆偏偏在他治国方面没有应验。他不但没有治国平天下的雄才大略，反倒更像个放荡不羁的文艺皇帝，"性骄侈，好声色，喜浮屠，为高谈，不恤政事"，和所有文人雅士一样，迷恋沉醉于词赋、笙箫、醇酒、美人……

他精于书画，谙于音律，工于诗文。书法自创金错刀、摄襟书和拨镫书三体；画山水、墨竹、翎毛，皆清爽不俗，尤工墨竹，人谓"铁钩锁"；通晓音律，既自度《念家山曲破》《振金铃曲破》等曲，又曾与大周后补定《霓裳羽衣曲》残谱。他富于藏书，精于鉴赏。词尤为五代之冠，对后世影响深远。前期词多写宫廷享乐生活，风格柔靡，不脱"花间"习气。后期词作则多反映亡国之痛，题材扩大，意境深远，感情真挚，语言清新，极富艺术感染力。"日夕只以眼泪洗面"的软禁生涯，使他这个亡国之君成为千古词坛的"南面王"。正是"国家不幸诗家幸，话到沧桑语始工"。如王国维《人间词话》所言："词至李后主而眼界始大，感慨遂深。"李煜可算是词史上承前启后的大宗师。

李煜的文采，倒是和他的异相有些映照，可跟他的皇帝身份却不相合。时至今日，李煜写的词还时常被人提起，譬如，"问君能有几多愁，恰似一江春水向东流","春花秋月何时了，往事知多少"等。

李煜写词的灵感源于他与枕边人大、小周后缠绵悱恻的爱情是分不开的。李煜先后娶有两任皇后。原配大周后，名周蔷，小字娥皇；小周后名薇，小字女英。两人是亲姐妹，是三朝元老周宗的女儿。

大周后本性天真淘气、活泼娇柔，先嫁入了深宫，跟李煜非常恩爱。李煜在他的词《一斛珠》中鲜活地写出了这对小夫妻的欢爱及大周后的顽皮和可爱：

晚妆初过，沉檀轻注些几个。向人微露丁香颗，一曲清歌，暂引樱桃破。罗袖裛残殷色可，杯深旋被香醪涴。绣床斜凭娇无那，烂嚼红茸，笑向檀郎唾。

大周后音乐才华出众，尤其擅长弹琵琶，和词人李煜是天生一对。她修复著名的《霓裳羽衣曲》，便可知其音乐造诣，足可称得上是音乐大家。《霓裳羽衣曲》原是从西凉传入的法曲，经过唐玄宗李隆基的润色，成为规模盛大、气势宏伟的大型舞曲。杨贵妃当年之所以能集玄宗三千宠爱于一身，除了因为她天生丽质之外，也与她长袖善舞《霓裳羽衣曲》那美轮美奂的舞姿有直接关系。《霓裳羽衣曲》在"安史之乱"后便失传了。到五代十国时期，仅保存残缺不全的曲谱。一些宫廷乐人和民间乐人都曾试图修复，均不能成功。李煜为大周后搜到残谱后，两人一起"变易讹谬，去繁定缺，遂清越可听"。乐谱修复后，二人又按乐编舞，调集教坊宫娥，由大周后亲自教习，重现了霓裳羽组舞。李煜的《玉楼春》一词记载了此事：

晚妆初了明肌雪，春殿嫔娥鱼贯列。丝箫吹断水云间，重按霓裳歌遍彻。

临风谁更飘香屑，醉拍阑干情味切。归时休照烛花红，待放马蹄清夜月。

这首词的上阕描写了春殿霓裳羽衣歌舞的盛况；下阕写了歌舞之后余兴未了，夫妻俩陶醉在艺术殿堂里的幸福情景。

只可惜大周后身体不太好，李煜在位第四年，她得了一场重病。他们四岁的儿子很孝顺，看母亲生病了，也学着大人的样子去佛堂祷告，谁知因年幼不小心，从高高的椅子上掉下来摔死了。爱子的死使大周后伤悲过度，病情更加严重。

就在大周后沉疴在床时，时年十五岁的周薇随家人进宫探望姐姐。此时的周薇正像一朵含苞待放、娇艳欲滴的鲜花，被眼尖的皇帝姐夫李煜属意，特意挽留在宫里伺候大周后。

帝王的风流本性和风月老手的心思，让李煜这个浪漫的皇帝为小姨子寝食难安，难以自持。他，暗地里对周薇眉目传情，浮言轻语。情窦初开的少女，难以抗拒这突如其来的妙曼情爱，既是大权在握的君主又是妙笔生花的才子，她喜欢还来不及，哪能怠慢、拒绝。于是，皇帝姐夫与小姨子之间的爱情戏码猝不及防地上演了。

皇帝的新作，本就是流传于宫廷和坊间的流行歌曲。忽有一日，宫廷内外皆在吟唱一首《菩萨蛮》，这首词不但充满着缠绵悱恻的爱情倾诉，更是绘声绘色地描写了少女如何偷情、如何约会，听后让人酥酥麻麻、心神荡漾。

花明月暗笼轻雾，今宵好向郎边去。刬袜步香阶，手提金缕鞋。画堂南畔见，一向偎人颤。奴为出来难，教郎恣意怜。

词中这个"手提金缕鞋"、蹑手蹑脚跑出来幽会的小姑娘，正是大周后的亲妹妹——周薇。而在顾盼之中期期艾艾的那个男人,就是她的姐夫、当朝皇帝李煜。

大周后的死与两人暗度陈仓之情事,有着直接的关系。陆游在《南唐书·后纪传》中详细记述了这件事情的来龙去脉。"或谓后寝疾,小周后已入宫中。后偶褰幔见之,惊曰:'汝何日来?'小周后尚幼,未知嫌疑,对曰:'既数日矣。'后恚怒,至死面不外向。故后主过哀以掩其迹云。"大概意思是说,大周后抱病躺在床上,突然从帐里看到妹妹站在床前,惊问:"妹妹什么时候来的?"天真的周薇没有仔细考虑便回答:"来几天了。"知夫莫若妻的大周后马上就意识到所发生的一切,她愤恨地背转身去,不再说话,至死都没再转身。

大周后病逝时,年仅29岁。南唐朝廷,隆重治丧。李煜非常悲痛,那悲痛里或许还有着负疚的成分。他还悲悲切切地写祭文、立墓碑,落款自称"鳏夫煜"。他形销骨立,走路需要拄着手杖。长长的悼文里写道:"昔我新昏,燕尔情好。媒无劳辞,筮无违报。归妹邀终,咸爻协兆。他仰同心,绸缪是道。执子之手,与子偕老。今也如何,不终往告。呜呼哀哉!""执子之手,与子偕老"这一句便出自李煜,可惜写这句话的人只是一种追忆。

大周后死后第三年,李煜立周薇为皇后,史称小周后。小周后也非常美,但和大周后活泼的个性不同,小周后文静端庄。小周后在政治上没有野心,当然也没有统领后宫、辅弼君王的头脑。与其说她是李煜母仪天下的皇后,还不如说是李煜爱不释手的"宠物"和玩伴儿,是李煜养在后宫里的金丝雀。而小周后也乐得当这个金丝雀。李煜携周薇出双入对,形影不离。两人趣味相投,每天的生活就是作词谱曲。小周后的一颦一笑、一妩媚一婀娜都化成了李煜曲中的爱、词中的情。每有得意之作,他便招满朝文武进宫饮宴。席间,小周后玉指漫弹、朱唇轻启,国君之词曲,周后之歌喉常常赢得满堂华彩满堂醉。

小周后偏爱绿色，她的衾枕帷幄、裙带衣饰，乃至钗环珠宝、清供玩物，皆清一色的绿。妃嫔宫女见小周后身穿青碧之裳，飘飘然有脱俗之气质，都竞相效仿。宫女们嫌外间所染的碧色不纯正，闲暇无事，便自己动手染绢帛。有一个宫女，染成了一匹绢，晾在苑内，夜间忘了收取，被朝露湿润，次日却见颜色愈加鲜明。此后妃嫔宫女，都以露水染碧为衣，号为"天水碧"。

小周后相貌生得美丽，素喜雅致，其性情较之已故的大周后也尤为精妙。她喜焚香，巧思妙想制造各种不同的焚香器具，每天垂帘焚香，殿外老远都氤氲着芬芳的气息。小周后常常坐于香烟缭绕中，如云雾缥渺，望去如仙女一般，总撩拨得李煜魂不守舍。小周后喜焚香已到了痴迷的程度，安寝入帐时，也离不开那弥漫的香气。帐中不能焚香，便用鹅梨蒸沉香，置于帐中。沉香遇热气，香更为袭人。小周后称此为"帐中香"。

李煜与小周后日夕研究，将茶乳做片，制出各种香茗，烹煮起来，芳香扑鼻。李煜将外夷所出产的芳香食品，通通汇集起来，或烹为肴馔，或制成饼饵，或煎做羹汤，达九十多种，皆芬芳袭人，入口清香。李煜对于每种肴馔，亲自题名，并刊入食谱。他命御厨师将新制食品配合齐全，备下盛筵，召宗室大臣入宫赴宴，名叫"内香筵"。李煜在夜间不点蜡烛，宫殿都悬挂着夜明珠，到了晚上，夜明珠放出的光如同白昼。

小两口玩得开心，根本不顾正对南唐虎视眈眈的北宋。宋开宝四年（971年），北宋灭南汉后，南唐陷于包围之中，李煜大恐，乃向赵匡胤上表，愿自动削去南唐国号，称江南国主，以尊北宋，企图用恭顺来维持其在江南的统治。但是，赵匡胤"卧榻之侧，岂容他人鼾睡"。开宝八年（975年）冬，宋军攻陷金陵，俘获李煜，南唐遂亡。

"四十年来家国，三千里地山河。凤阁龙楼连霄汉，玉树琼枝作烟萝，几曾识干戈？一旦归为臣虏，沈腰潘鬓消磨。最是仓皇辞庙日，教坊犹奏别离歌，垂泪对宫娥。"这也许是李煜对自己亡国的最好感慨！

后唐灭亡后，李煜与小周后及王公后妃、百官僚属经过数月的艰难跋涉，被押解到开封，北宋皇帝赵匡胤给了他一个带有极大侮辱性的封号"违命侯"。但李煜夫妻的故事还没有结束。看似是衣食无忧的"寓公"生活，可苟且偷安的日子如何能真正无忧，昔日的皇帝连自己的女人也保护不了了。

宋朝人王铚在《默记》中说："（小周后）随命妇入宫，每一入辄数日，而出必大泣，骂后主，声闻于外，后主多婉转避之。"意思是说，宋太宗常召小周后和其他南唐命妇一道入宫陪宴侍寝，一去便是多日。小周后每次入宫归来，都要在李煜的怀中又哭又骂一番。但为了李煜的安全，小周后只能满足宋太宗的任何要求。李煜望着小周后那充满屈辱和痛苦的泪眼，唉声叹气，自惭自责地陪着她悄悄流泪。这时候，李煜恐怕肠子都悔青了吧！

这个宋太宗赵光义是个无耻的淫棍，不但明目张胆对小周后实施奸淫，还极端无耻地让画师现场观摩，画出他施暴的场面来满足他的变态心理。明人沈德符《野获编》讲到这幅画："宋人画《熙陵幸小周后图》，太宗戴幞头，面黔色而体肥，器具甚伟；周后肢体纤弱，数宫人抱持之，周后作蹙额不胜之状。"元人冯海粟就在图上题诗："江南剩得李花开，也被君王强折来；怪底金风冲地起，御园红紫满龙堆。"

在小周后备受凌辱的时候，李煜也在被痛苦煎熬着、折磨着。也就是在这个时期，他写下了《望江南》《子夜歌》《虞美人》等名曲。巨大的失落感使得他心力憔悴，无穷无尽的愁恨就像泛着春潮的大江流水，在他的胸膛里翻滚激荡，"问君能有几多愁？恰似一江春水向东流"

这一年七夕节，是李煜四十二岁生日，也是李煜的死期。因为他在词中直抒胸臆，对"故国不堪回首"的怀念激起了宋太宗的杀心。生日这天，太宗派自己的弟弟赵廷美前去祝寿，并赐予李煜一剂"牵机妙药",令其和酒服下,便可扶摇星汉,观赏织女在天河上牵机织布,一解胸中郁闷。李煜服下后当即中毒身亡。

  李煜死于非命之后,小周后失魂落魄,悲不自胜。她整日不理云鬓,不思茶饭,以泪洗面,终因经不起愁苦与惊惧的折磨,也于当年离开了人世。李煜葬洛阳北邙山,小周后不久也随葬于此。在洛阳北邙山上,有两个紧挨着的村子,一个叫后李村,一个叫做周寨村。这两个村子就是后主李煜和小周后的葬地。后主李煜葬在后李村,小周后葬在周寨村。

第十五章　北魏洛阳大投诚

　　汉民族这个概念是什么？解释说：汉族是中国的主体民族。"汉"原指天河、宇宙银河，《诗经》云："维天有汉。"华夏族称为"汉人"，始于汉朝。由此可见，"汉"是人们最早对天的认识，天以其高深莫测的神秘和无边无际的阔大被形容为"汉"。

　　我认为，汉民族是华夏主体民族在发展和形成后的代称。从约公元前5000年，华夏族在黄河流域起源并开始逐渐发展，进入新石器时期，并先后经历了母系和父系氏族公社阶段。公元前2700年左右，出生于北邙（平逢山）的两个孩子，后来成了黄帝和炎帝。他们带领着自己的部落征战杀伐，扩大自己的领地，最终爆发了两兄弟之间的征服和融合之战——阪泉之战。最终黄帝打败了炎帝，两个部落结为联盟，并统一了周边各个部落，华夏族的前身由此产生。

　　而华夏族真正的称谓是因为夏代的出现。大禹将王位传给自己的儿子夏启，在洛阳（斟寻）建立城邦制的家——夏，华夏正式成为这个民族和国家的称谓。而喻天为"汉"在此时可能已经成为华夏族对自己骄傲的认知和对未来的期许。巧合的是，当历史进入汉代，西汉、东汉两朝将近五百年的大一统天下，获得了华夏民族对"汉"的认可，而周边民族也熟知了其中含义，故而成为一种成熟的称谓。

汉民族在当时世界可以说是建立了最完备的社会体系，政治成熟、文化发达、经济超前，是周边民族向往和追求的理想国。古文献中很早就有以华夏居中，东夷、西戎、南蛮、北狄配合四方的记载，这样的认识是受华夏居中的大一统思想支配而视四方民族为异族的一种划分。无论东夷、南蛮、西戎、北狄，都只是对这一方民族的统称，并非已经被视作大的民族集团。同一方位各族未必都属同一族系，而且具体包括哪些地区的民族，随着时间推移也有所不同。

历史记载中，周代形成的"普天之下，莫非王土；率土之滨，莫非王臣"的观念，就已经十分具体化，即"千里之内曰甸，千里之外曰采、曰流"。所谓甸者，"服治田出谷税"；采者，"九州之内地取其美物以当谷税"；流者，"夷狄流移，或贡或不"。这样，中华一体观与其分成多层次的空间整体就结合在了一起。周天子还把辖区分为甸服、侯服、宾服、要服及荒服五个层次，由表及里各司其职；在这个多层次的整体内，对荒服地区的边远民族等，没有歧视甚至诬蔑的意思，不管是要服地区的蛮夷，还是荒服区的戎翟，均为天子统治下的一员。

不可否认，与夏夷一统、华夷一体的大一统观念相伴随的，是历代汉族统治者"贵中华、贱夷狄"的思想，用的是"内中华""外夷狄"的认识。"自古帝王临御天下，中国居内以制夷狄，夷狄居外以奉中国"，一直是历代统治者所追求的统治"五方之民"的政治梦想和蓝图。

尽管历代少数民族政权也存在较大程度的民族歧视、民族压迫思想，但他们也多以取得全中国的统治权为"大统"。可以说，不论是所谓正统的汉族统治者还是"非正统"的少数民族政权，他们都是怀揣着这种两面性的民族观来审视天下的。

这些处在四方的少数民族都对汉民族的华夏帝国有过战争行为，臣服和侵掠此起彼伏。现代人说起这些历史，几乎都是说我们汉民族国家受尽了战乱侵扰。这些说法是不对的。四方少数民族对华夏民族的这些侵掠都是带有强烈的大一统观念的。这里不能以当时的国家主权来衡量，要以民族的融入和同化为视角。

汉民族所建立的大一统国家都是居于优越的地位——政治、经济、文化、军事无一不是。汉民族值得骄傲的东西有自给自足发达的农耕经济，有以周公之礼为基础所设计的礼仪之邦，有依据儒家思想所建立的官僚制度，有地大物博的自然资源，有先进的科技和灿烂的文化，这些都是当时的夷、狄、蛮、戎所根本无法具备的。但也正是这些骄傲的东西成了被觊觎的目标。如果把这些骄傲比作大海，所有的夷、狄、蛮、戎，都情愿做一滴水，他们希望自己成为一滴侥幸的

北魏开凿的龙门石窟

水，即使融入海洋也不失去自己，但显然，他们都失望了。

我的心中在许多时候会产生这样的想法，大汉族所具有的东西就像一个大海，浩瀚无垠，博大精深，表面上的平静温和幻化出无数的海市蜃楼，而那些不顾一切的征服者最终都成了投身其中的被淹没者。我记得有学者说过这样的一句话，长江以北没有纯粹的汉人，两个小脚趾上的小趾甲盖就是明证。我相信这是真的。那些个性十足的少数民族在奔来的时候，根本没有准备好，只是凭着一时的勇气，仓促而单纯，当表面的征服完成后，即使竭力想保持自己的个性，也会发现在慢慢失去自己，犹如深陷泥潭难以拔足，最终逃不过被消融同化的命运。他们知汉

书、达汉理，弃了战马而埋首黄土，表面的征服归根结底换来的是文化上的和面目上的逐渐接近！

一幕幕的历史就犹如一幕幕的戏剧，冲突、悬念和个性化，总有让人记忆深刻的那一幕。北魏孝文帝的历史算是比较出彩的一幕！

北魏政权是被称为北狄的鲜卑族政权，其族根在内蒙古，属于游牧民族。由于受到中原汉文化的影响，鲜卑族拓跋氏部落在原始社会后期，草草地跨过奴隶社会，直接建立了封建政权。当时中国正处于五胡十六国末期，中原大地上一片混乱。这样的社会背景不能不让我们追溯到西晋的一项国策，就是这项国策给这场大混战埋下了祸根。西晋建立后，采取强迫少数民族内附的政策，在中原地区因战乱空出的大片土地上，安置北方少数民族。这样做的目的可能是为了充实内地人口，减少北方军事压力，以逐渐同化其他少数民族。这个看似很合理的政策，却因事先没有好的铺排，为民族矛盾的产生和激化埋下了祸根。由于西晋王朝自上而下都对少数民族存有偏见和排斥，当时掌握着政权的汉民族实际上对这些少数民族进行着压迫和奴役，少数民族根本无法融入到汉文化所主导的主流生活中。豪强地主可以买卖胡人当奴隶，胡人无法参与地方政权，不能与汉人通婚，甚至不能共享汉族先进的生产技术。这些歧视和不公平的待遇唤醒了少数民族对汉民族长久以来积累的仇视。当西晋末年出现宫廷之乱和"八王之乱"时，内附的少数民族积蓄的民族怨恨也趁势而发，"五胡乱华"这一自古未有的乱象瞬间在北方遍地开花。

这一乱就是一百五十年。在这样的土壤上成长起来的北魏政权，在经过了长达五十三年的征战后，逐渐将黄河以北地区统一在自己的铁骑之下。

北魏政权之所以能在众多的少数民族政权中脱颖而出，也不是偶然的，这是因为它采取了完全区别于其他少数民族政权的方法。整个五胡十六国时期，作为中原地区的汉民族，反而成了少数民族的压迫对象。

比如羯族建立的后赵政权就有一条规定：胡人劫掠汉族人免罚。在这条鼓励抢劫的法律条文之下，就连在后赵政权内供职的汉族大臣也常常被抢得狼狈不堪，老百姓的日子更是举步维艰，甚至生命也被视为蝼蚁。而且十六国的国君全无安稳的治国策略，他们比残暴比昏聩，得一时就征战杀伐，无所不用其极。天灾不断，暴君昏君层出不穷，民不聊生，北方汉人犹如生活在地狱一般。而北魏政权却看准了这种形势，充分利用汉族人的智慧为自己服务，不但吸收汉族知识分子入朝为官，引进汉民族政权的政治理念，还致力于和汉民族建立广泛的联系，最终赢得了在北方的完全胜利。

但我们也不能否认，当北魏这个鲜卑族政权可以饮马黄河的时候，也迈入了大一统的窠臼之中，汉文化的思想已经潜移默化地占据了他们心中的主要地位。在鲜卑族整体汉化的历史进程中，我们不能不提到这样一个人物——冯氏。

冯氏的祖父是北燕最后一代君主冯弘。冯弘的儿子冯崇、冯朗、冯邈因遭到嫉恨，在北燕还没灭亡时，就背离他爹投降了北魏。其中次子冯朗被北魏皇帝拓跋焘内迁到关中，担任秦、雍两州的刺史。冯氏作为冯朗的女儿在长安诞生。冯氏才几岁的时候，冯朗因为谋反之事受到牵连，被诛杀。冯氏作为罪臣家属，押至平城。幸好她的姑母是拓跋焘的左昭仪，冯氏总算得以免死。在北魏第四位皇帝拓跋濬十三岁时，纳十一岁的冯氏为贵人。拓跋濬和冯氏两个人，说起来也算青梅竹马、两小无猜。可惜拓跋濬对冯氏兴趣不大，倒是对另一位真正的美人李氏情有独钟。拓跋濬抱着李氏不松手，自然就冷落了冯氏。后来李氏怀孕，而且生下了皇长子拓跋弘，被立为太子。北魏王朝为了防止外戚干政，大权旁落，宫廷内有个立子杀母的制度，还有个保母的制度。生下太子的李氏毫无疑问地被杀死了，在李氏被杀的一个月后冯氏被封为皇后，成了自然的保母，可谓是因祸得福。

二十六岁的拓跋浚去世后，拓跋弘登基大位，是为献文帝。由于皇帝尚未成年，二十三岁的冯皇后成了当朝理政的冯太后。此时，朝廷的大权掌握在车骑将军乙浑手中。乙浑非常聪明，他趁机伪造皇帝圣旨，给自己连升三级，做到大司马，并杀死了许多反对他的大臣。一时间朝廷上下人心惶惶，都传言乙浑要改朝换代。弱子少母，这是被欺凌的前提。但年少的冯太后却异常冷静，暗中联络心腹大臣，制订了周密的计划，一夜之间，将乙浑及其党羽悉数杀绝。经过这次铲除内乱的行动，彻底奠定了冯太后的权力核心地位。

这时候的拓跋氏皇室在婚姻关系上尚保留着许多原始婚姻形态与遗风。年轻守寡的冯氏虽然大权在握，但难耐后宫里漫漫长夜的孤寂和清冷，就着意选来一些年少美貌的男子供自己消遣。有个叫李弈的官宦子弟，不但长得相貌堂堂，人也多才多艺、风流倜傥，深得冯氏宠爱，经常留在身边。两人白天是风花雪月，夜里是颠鸾倒凤，十分逍遥。十四岁时，拓跋弘和后宫佳丽生下了儿子拓跋宏，遵循"子贵母死"旧制，其母李氏被赐死，拓跋宏成了没娘的孩子。冯氏一时母性泛滥，主动把权力归还，专心地替他抚养起了拓跋宏。

献文帝没想到生了一个儿子就能把权力拿回来，得意之下，开放山泽之禁，开仓救济灾民，一副大刀阔斧的架势干起来了。冯太后坐不住了，又开始对朝政指手画脚。献文帝正处于叛逆期，根本听不进去冯氏的话，甚至还对冯氏进行打击。他明知道那个李弈是冯太后的心头肉，竟然找借口将其杀了。冯氏虽然还有其他美少年，但突然不见了李弈，还是有着牵肠挂肚的急切。经过一番了解，知道了原委，可想冯氏难以释怀的恨，咋也难消啊，这分明是皇帝对自己公然的挑战！年轻气盛的献文帝要的正是这样的效果，一来二去，两人之间展开了一场宫廷权力斗争。

结果是可想而知的想当然的，政治经验丰富的冯太后大获全胜，把献文帝的皇位夺过来直接就给了自己怀里抱着的5岁小儿拓跋宏，就是孝文帝。从此以后，冯氏就上朝下朝都要抱着孩子来来往往了。

下台的献文帝表面上声称，对世间一切都失去了兴趣，只想埋头读经，一心向佛，但心中尚存不甘，不可能只想当个18岁的太上皇。延兴二年，他御驾亲征讨伐柔然，把柔然人打得七零八落；延兴五年，他从平城南下，举行大规模的阅兵仪式以示威。最令冯氏担忧的是，自己罢免的政敌竟然被他启用，大有东山再起之势。隐忍了五年的冯氏真的坐不住了，为了维护自己的权威，一不做二不休，干脆施手腕把献文帝杀了。

冯氏对幼小的孝文帝的教育是全汉化，忠孝、仁爱、礼义无所不包，这恐怕是北魏历代的皇帝所没有尝试的。冯氏在教育孝文帝学习五经的时候，把政治体制的汉化与其结合起来，让这个小孩子学习与实践相结合，手把手教他当皇帝。汉学的思想已经有了上千年积累，而鲜卑人还没有自己的文字，冯氏所具备的治理天下的见识和教书育人的学识，面对孝文帝还是得心应手的。

鲜卑政权的体制是当官的没有俸禄，全靠自己去想办法。这就有个弊病，就是当官的不像当官的，可以是强盗、恶霸、奴隶主，什么身份适合弄到钱财，就是什么身份，每个官员都需要至少用两个身份去求生存。官员就像狗，主人一声喊会跑回来，主人不喊的时候，在四处找食物。当然了，要是狗还饿着肚子，主人喊也是暂时回不来的。冯氏把汉室皇帝现成的一套俸禄制度拿了过来，规定官吏的俸禄不许自筹，还规定了"禄行之后，赃满一匹者死"的严厉措施。这样一来，官员别说像以前一样可以毫无节制地去抢去夺，就是有人送也不能收，敢私受价值一匹绢的贿赂，杀！

北魏百姓在冯氏改革前，也像是被饿狼追逐着漫山遍野乱跑的羊，看不见狼的时候啃一口草，看见了就四处狂奔。新制度管住了以前如狼似虎的盗贼官吏，可百姓还像以前一样也不行。冯氏还是拿出现成的汉政权管理方法，颁布均田令，把政府控制的大量无主荒地分给流散的百姓，使他们成为固定的农户，既缓和了社会矛盾，又增加了国家的赋税收入。还实行三长制，规定：五家设一邻长；五邻设一里长；五里设一党长。三长制是北魏基层行政组织制度，其职责是检查户口，征收赋税，征发兵役和徭役，推行均田制。

为了充分发挥得到均田制实惠的农民的积极性，冯氏还推出了新的租调制，规定一对夫妇每年向政府缴纳粟二石，帛或布一匹。这一制度使许多受庇于豪强的农民纷纷转向政府，成为国家编户齐民的自耕农。这些政策不但使农民自己有了生活积累，也使政府的收入有了可靠的保证。

按说这些政策都不是新东西，可对北魏政权来说却是闻所未闻的，虽然是三招两式看似简单的统治手段，可凝聚着汉文化几千年积累下来的智慧结晶，让鲜卑人看得眼花缭乱！

拓跋宏这个小皇帝也很聪敏，"五经之义，览之便讲，学不师受，探其精奥"，养成了爱好诗文、生活节俭等美德，同时练就了一身武功，"及射禽兽，莫不随所志毙之"，可谓文韬武略兼备，十分难得。渐渐长成的孝文帝除了身上的鲜卑族服饰，可以说已是一个纯粹的汉人皇帝了。冯氏看到自己的成果按说应该是很高兴的，但偏偏不是，权力欲望使她渐渐产生了极端矛盾的心理，情绪也开始微妙起来。她动不动就虐待和体罚拓跋宏，甚至一度想废掉他这个皇帝！史书记载，此举遭到朝中大臣的强烈反对，也幸亏孝文帝日常很孝顺，靠着"默然而受，不自申明"的逆来顺受，才算渡过难关。

我觉得之所以没废掉孝文帝是因为冯太后看出这个小皇帝越来越像自己心目中皇帝该有的样子，汉化的教育成果成了双方难以割舍的纽带。

冯太后的改革为北魏政权建立了成熟的国家体制，还培养出一个汉化的皇帝，可惜红颜薄命。她没来得及改造鲜卑人狂野粗鄙的性格，就撒手西去了，这个任务便落在了早就跃跃欲试的孝文帝身上。这时候的孝文帝已经在冯氏的教导下亦步亦趋，成了汉文化狂热的追随者。少了冯太后的羁绊，能够独立以王者之身去看天下的他，他对洛阳这个神秘的汉文化中心充满了好奇和向往。孝文帝曾私下对任城王元澄说道："国家兴自北土，从居于城，虽富有四海，文轨未一，此间用武之地，非可兴文，崤函帝宅，河洛王里，因兹大举，光宅中原。"可见孝文帝已然膨胀的心胸，让他对那个尚未见面的洛阳已经开始迷恋。汉文化"得中原者得天下"的思想加速了他接近洛阳的进程，493年，他借口南伐，迁都至洛阳。

王朝迁都要经过皇帝的深思熟虑和文臣武将的一致同意，才可以确定下来，是一个漫长而复杂的过程。孝文帝迁都洛阳却是全凭两个字——忽悠，天知地知他知，满朝文武都不知。他在朝堂上信誓旦旦地要御驾亲征，去消灭敌国南齐，而且煞有介事地调动三十万大军，于北魏太和十七年八月，浩浩荡荡地南下了。

他选的出征月份是个秋雨绵绵的季节，一路上了风雨交加。从平城到洛阳，一路都是黄土山连着黄土岭的黄土路，黄土遇上雨水，变成了正宗的黄胶泥。没有走过黄胶泥路的人不知道，这路可不是一般的泥泞，而是又黏又滑，不论马蹄还是人脚，踩上去准保体会艰难跋涉之苦，让你苦不堪言！三十万人就像三十万只落汤鸡，三十万人还像三十万只泥猴子，个个都精疲力竭，叫苦不迭，死的心都有了！

三十万大军如经历地狱般煎熬了近一个月，才到了勉强可以歇脚的洛阳城下。将士们满打算可以喘口气了，谁知道孝文帝精神头正足，只让人打了个尖儿，就挥令全军即刻开拔，一副不灭南齐不罢休的派头。

将士们真被一路的黄胶泥吓怕了，看看洛阳往南还是遍地的黄胶泥，宁可被孝文帝杀死在洛阳，也不愿意再前行一步。文武百官在孝文帝的马头前齐刷刷跪下一大片，哀告声声，恳求孝文帝体恤下情，停止南征。孝文帝故作声色俱厉状，也吓不住被黄胶泥吓怕的文臣武将。

见火候已经到了,孝文帝长叹道:"今者兴动不小,动而无成,何以示后?苟欲班师,无以重之千载!"一副很无奈的口气。看大家无以应对,他就直接自言自语,这样大的军事行动,如果不声不响地退回平城,那不是惹天下人笑话吗?总得找个遮丑的借口吧。

文武大臣觉得孝文帝说得也对,可找个什么样的借口才能给皇上遮丑呢?他们面面相觑,谁也说不出所以然。

孝文帝看出了这班大臣们的鲁钝,索性讲了一番"既来之则安之"的道理,把迁都洛阳的底牌亮了出来。那意思很明白,不想南征,就迁都洛阳,三十万大军跑这一趟总得有个能说出口的名堂!

南征是没有人愿意的,迁都也是没有人愿意的。在文武大臣们的迟疑不决中,孝文帝干脆替他们拿主意了,两只胳膊一摊说:"议之所决,不得旋踵,欲迁者左,不欲者右。"

文武大臣们虽然都不愿意舍弃自己在平城建设多年的安乐窝,但南征是大家更不愿意的——两害相权取其轻,所以都毫不迟疑地站在了左边,同意迁都,先断了孝文帝南征的念头!这时的孝文帝心里乐开了花,没有南征的虚幌子,又怎能完成迁都的实,"以迁为直",当分高下,汉文化让孝文帝感到十分受用!

对人思想的改造是一件十分艰巨的大工程。孝文帝在迁都之后,率先搞起了一场轰轰烈烈的文化改革。汉民族最鲜明的文化特征是服饰、语言、姓氏、礼法、婚姻、墓葬等。孝文帝率先垂范,全方位介入,不但自己改汉姓、穿汉服、说汉语、娶汉妻,采用汉政权的官制、律令和礼法,还在北邙上规划出北魏王朝的墓葬区,汉化的决心昭然若揭!

他以制度的形式规定:

禁止鲜卑贵族和官员穿着胡服,一律改穿汉族衣服。

禁止鲜卑贵族讲鲜卑语,一律改说汉语。

将鲜卑族姓氏改为汉族姓氏,把皇族由姓拓跋改为姓元。

鼓励鲜卑贵族与汉族贵族通婚。

采用汉族的官制、律令。

学习汉族的礼法，尊崇孔子，以孝治国，提倡尊老、养老的风气。

凡已迁到洛阳的鲜卑人，一律以洛阳为原籍；死于洛阳的鲜卑人，必须葬于洛阳附近的北邙，不准运回平城安葬。

这些要求让北魏的贵族和官员们很不适应，这是胜利还是投降啊，胜利者却要忍受抛弃自身传统的别扭，去承受融入先进文化的阵痛。但作为皇帝的孝文帝认识就很不同，他对胞弟咸阳王元禧谈到自己极力促成汉化时，可见其良苦用心讲到"自上古以来，及诸经籍，焉有不先正名，而得行礼乎？今欲断诸北语，一从正语……如此渐习，风化可新；若仍旧俗，恐数世之后，伊洛之下，复成被发之人。"可见孝文帝的良苦用心，他是为江山社稷的前途在努力。

一次，孝文帝去邺城视察工作，路遇一位坐车的贵族妇女没有穿汉服，他责令其返回，还怒斥地方官失察。可见他对于禁胡服、穿汉装的重视程度。

在汉化这个问题上，孝文帝不但对其他人严厉，对自己的后妃也是一样严厉。皇后冯媛不以为然，的坚持不说汉语。按说这是后宫里的事，他自己不介意谁会知道。可在规劝无效的情况下，太和二十年七月，孝文帝因此废掉冯媛的后位，将其降为庶人。这还没完，又将冯媛打发出宫，让她去瑶光寺对着青灯礼佛，跟佛祖们说鲜卑语去了。

整个迁都汉化的过程中，最惨烈的莫过于孝文帝对太子元恂的处置。元恂是孝文帝的长子，也是的太子，可是不甚好学，又体貌肥壮，常苦河洛暑热，十分怀念六月飞雪的故土。这让留恋平城的部分大臣看到有机可乘，时常在元恂身边逢迎蛊惑。太和二十年（496年），孝文帝到中岳嵩山巡游，留元恂镇守京都。骄纵的元恂以为这是个千载难逢的良机，在一些大臣的怂恿密谋下，竟然要带兵返回平城去。中庶子高道悦苦苦劝阻，也被元恂挥剑斩于马前。孝文帝闻报，飞速回到洛阳，遣将把已经上路的元恂追了回来。这件事让一些大臣居心叵测不言自明，其中的凶险让孝文帝惊出一身冷汗。咸阳王为太子求情，孝文帝反令其代杖百下。孝文帝召集群臣商议罢黜太子，百官免冠顿首，代为哀请。孝文帝这才说出了其行为对国家命运的威胁："卿所谢者私也，我所议者国也。古人有言，大义灭亲，今恂欲违父背尊，跨据恒朔。天下未有无父国，何其包藏，心与身俱。此小儿今日不灭，乃国之大祸，待我死后，恐有永嘉之乱。"孝文帝还真把自己的亲生儿子挥泪斩杀了！

废皇后，斩太子，孝文帝把自己最亲近的两个人都处置了，天下人都被他不讲亲情的严苛震惊了！

孝文帝迁都洛阳后，已经不满足于冯太后零打碎敲的汉化改革了。进入了全面汉化的快车道。但也正是这种一蹴而就的生硬手段，产生了激烈的思想碰撞，引起社会强烈的动荡，为以后北魏的分裂和灭亡埋下了难以消除的祸根。

迁洛之初，北魏贵族官僚元隆、元超就曾企图劫持太子元恂留居平城，起兵割据雁门关以北的恒、朔二州，阴谋虽未得逞，但叛逆之心可是滋长着。趁着这次太子被废，他们又与恒州刺史穆泰等人酝酿

北魏王陵

更大的叛乱。就在元恂被废当月，穆泰和定州刺史陆睿合谋，暗中勾结镇北大将军元思誉、安乐侯元隆、抚冥镇将鲁郡侯元业、骁骑将军元超及阳平侯贺头、射声校尉元乐平、前彭城镇将元拔、代郡太守元珍等人，

阴谋推举朔州刺史阳平王元颐为首领,起兵叛乱。起兵的目的很明确,就是反对汉化,顺带着把皇帝也换了。这次叛乱虽然来势汹汹,但因为孝文帝有忠诚于自己的大臣和拥戴自己的民心,很快就被瓦解了。可这并不代表鲜卑贵族对于迁都变俗所持有的反对态度就减弱了。有一个叫元丕的资深大臣,甚至公然在盛大的朝会上穿鲜卑旧服而毫无顾忌,孝文帝看他年老体衰,才未责罚。

孝文帝所谓的汉化,就是同化。作为高高在上的胜利者的鲜卑民族,在没有强迫失败者被自己同化的情况下,却强迫自己被失败者同化,所产生的抵触情绪是可以理解的。即使服饰、语言、通婚、风俗习惯都可以入乡随俗,可民族心理却不是一朝一夕就能够被同化的。孝文帝为了大一统的统治理想,想在最短的时间内获得汉民族的认同,也同样存在着让汉民族接受的问题。这也需要一个漫长的渐进过程。在这一点上,我觉得孝文帝犯了沐猴而冠的幼稚病。

要一统天下,没有稳健的步子怎么行!心气很高,心胸很大,虽然有高瞻远瞩的计划,少了对细节的认识和踏实步骤,也照样属于好高骛远!瘸腿的马也是四条腿,但能干什么!这时候的北魏政权正处在民族心理的对撞中,实际上就是瘸腿的马,满怀激情的孝文帝就是那个堂吉诃德的东方祖先。

在没有政治信仰的封建时代,血缘和民族认同感是维护政权的根本。我想孝文帝肯定也是看到了这一点,只是做起来有点儿戏。在汉化还没有取得阶段性成果的时候,他就不顾及自身的许多不利因素,投入到南北统一的战争,这种鲁莽的行为无异于铤而走险。他以为军队换上汉服就能毕其功于一役,实际不是,虽然兵分四路全面出击,看似声势浩荡,可历时半年后换来的还是败归洛阳。

496年十月,离第一次南伐仅一年多的时间,还没有弄明白上次失败教训的孝文帝再次决定,利用南朝内部政治动乱的大好机会,再次大举伐齐。此次，孝文帝进行了较为充分的准备。刚开始，北魏军连连得胜，攻取了南阳、新野等不少郡县，但涡阳一战，北魏军惨遭失败，一万多士兵战死，三千余人被俘。后虽转败为胜，但这场历时7个月的南伐并未取得突破性的进展与成效，无功而返。

498年四月，拓跋宏发州郡兵20万，限八月中旬集结完毕，准备第三次大举进攻南齐。南伐的高昌兵害怕远征，相继起义当时适逢齐明帝去世，孝文帝以"礼不伐丧"为名暂停进攻南朝，并派兵镇压起义以平定内乱。连续的南征早已使孝文帝疲惫不堪，而内部的各种矛盾也使他心力交瘁，恰在此时，又多出一件让他肝肠寸断的事来。这件事是本不该出现在帝王的后宫的，那是个没有真男人的世界；这件事也很难让帝王这个男人摊上的，孝文帝却摊上了。有人向他报告，他十分宠爱的皇后冯润与冒充宦官的僧人高菩萨私通。这把本来就焦头烂额的孝文帝一下子击垮了，竟一病不起。他强忍着撕心裂肺的痛苦回到洛阳，将那个给他戴绿帽子的高菩萨以及相关人等加以审问落实，并现场召见冯皇后，希望她能认识自己的罪不可恕，知耻而自尽。谁知道冯皇后的脸皮厚得很，只是痛哭流涕，并不愿意自我了断。冯皇后也是有影响力的人物，前面提到的冯太后是她的亲姑姑。冯太后生前为了控制孝文帝，将自己的三个侄女都召进后宫当了孝文帝的后妃。前面因不说汉话而被废掉的冯媛是冯润的堂姐，第二任皇后冯清是其亲妹妹，冯润是第三任皇后。她有这样的家世，在朝中的分量自然不是孝文帝轻易就敢处置的，所以孝文帝只好先杀了奸夫和相关人。

受打击的孝文帝一下子变得虚弱不堪，一病不起。他要是真因此在床上休养个三五年，倒也是好事，可以使其所推行的汉化有一个更长的适应期。但宫廷御医的手段毕竟不凡，虽然难除心病，但滋补调养的本事还是十分了得，很快就让孝文帝恢复了几分元气。坐在宫廷里感到焦躁的孝文帝不待病体完全康复，就又急不可待地拖着病体亲率大军南征了。结果他病入膏肓，于499年四月二十六日死于军中，年仅33岁。临死前，他没有忘记处死冯润以解恨，但一统天下的宏图大志只能成为一抹凄凉了！

综观历史发展，民族间文化的融合与同化，是一种不可避免的历史发展规律。孝文帝的全盘汉化政策，正是一种顺应历史潮流与发展趋势的举措。撇开道德层面的善恶判断与功利性的成败得失不论，至少他认同先进文化的自觉之举是值得赞许的。但文化和政权毕竟是截然不同的两码事，拔苗助长往往是要适得其反的，可惜孝文帝还不知道"好饭不怕晚"的道理！我们也不难发现，正是他追求汉化的急功近利破坏了循序渐进的规律性，把好事办成了坏事，使北魏王朝的大一统变得缥缈，为后来的政权分裂埋下了祸根。

我们也不能否认，正是这个鲜卑族政权大刀阔斧的文化改革，才使这个没有多少文化内涵的少数民族，在中国历史上贴上了自己最为得意的文化标签。他们在追求汉化的同时为我们留下的文化圣迹也是其他华夏王朝难以企及的。北魏在平城建都96年，留下了云冈石窟；迁都洛阳后延续了短短的52年，又留下了龙门石窟、少林寺和"北邙体"的魏碑书法等。这个王朝的寿命虽短，但所留给我们的历史文化遗产，比之那些辉煌几百年的其他朝代，都有过之而无不及！

孝文帝本身也是北魏王朝追求汉化的标签，在中国古代的帝王群体中，他没有昭昭文治可以独树一帜，也没有赫赫战功可以鹤立鸡群，但他却因穿上了一袭华丽的文化长袍而夺人眼球。汉文化因其伟大是向来不少粉丝的，而孝文帝是粉丝中模仿秀做得最好的，也赢得了历史的掌声！

直到今天，汉文化在历史上所形成的文化圈中的中心地位也没有动摇过。但我们也不能否认，有些粉丝在模仿了几千年之后，开始从粉丝群中跳出来，在大家的唏嘘声中冒充起主角来，竟然否认自己的粉丝身份，大言不惭地声称自己才是原创。韩国人也许就是其中最不知道谦虚的一个。他们声称中药是他们发明的，华夏的节日是他们制定的，孔子和屈原等汉文化巨匠是他们韩国人，连西施这样的美女也成了他们的祖奶奶，甚至泱泱大国的土地都成了他们的，韩国人还真忘记了自己是一个离家出走的孩子！不认祖归宗也就罢了吧，但不要忘记了自己是怎样长大的，更不要忘记了洛阳！你们那个箕子始祖就是当年被周公从洛阳派驻到如今韩国这片土地的下派干部。

我再打个比方。汉文化就像一个大饭店，依靠着汉文化这个饭店生存的夷狄蛮戎很多，有挑水的、择菜的、擦桌子的、洗洗涮涮的，当然也有围着这个饭店讨饭的。讨饭的能讨到一口就讨，得到机会就偷就抢，饭店一不小心就会被他搅了生意。讨饭的已经臭名昭著了，掌管饭店的得时刻防范着这个恶贼，弄个打狗棍放在手边。还有的人跟讨饭不太一样，他本来就给饭店当了多年的伙计，但喜欢虚荣，只要一有机会，就跟人夸耀，说这个饭店属于他，水是他挑、菜是他择、桌子是他擦、洗洗涮涮都是他干，甚至还遮遮掩掩地说连店面都是他的。"大言不惭"和"厚颜无耻"的词汇被演绎到极致了！

就这样觊觎着和垂涎欲滴着吧，反正汉文化如瀚海，偷盗抢掠者拿不完，拿走的自家也装不下！

孝文帝规定鲜卑人必须葬在洛阳。他在北邙上划出的墓园就是为鲜卑人预留的，所以他也舍弃了已经在平城修建好的陵墓而葬在了北邙。

孝文帝长陵的具体位置在今孟津县朝阳乡境内的邙山南坡。长陵墓冢现存高度约35米，直径约60米。其东南的小冢就是文昭高皇后的陵墓，高23米，直径35米。两陵相距仅百米左右，当地群众俗称"大小冢"。北魏墓盛行墓志，上自王公下至庶民均有刻石。1946年2月，魏文昭高皇后山陵志在小冢中被盗掘出土，洛阳金石学家郭玉堂先生闻讯后将志石购回，并将志石的出土情况记录在《洛阳出土石刻时地记》一书中。根据史书记载，孝文帝长陵东南还有他的文昭皇后高氏的终宁陵，以后迁葬到长陵西北六十步。可以推知小冢东南百余米的大冢即为孝文帝的陵寝。

长陵是否存在着陵园和陵园建筑？墓葬和封土的形制如何？遗址的保存状况又怎样？作为国家"邙山陵墓群考古调查与勘测"考古项目中的重要子项，2004年年初，洛阳市第二文物工作队对长陵做了3个月的调查和钻探。具体目标是，通过调查和钻探寻找陵园的垣墙、垣门所在的位置，寻找陵寝建筑的方位，了解陵园的内外部结构和布局，确定早期封土以及墓道、神道的形制和规模，确认相关遗迹的保存状况。

考古工作首先以现存长陵大冢的封土为中心，向东、南、西、北4个方向放射性地设置了4条钻探条带进行普探，借以寻找垣墙、垣门。在发现北面垣墙、垣壕以后，随即沿垣墙的方向增加了若干钻探

北魏墓葬陪葬的陶俑

条带，此后相继发现西垣、东垣、南垣和西门、南门；在陵园范围内以及小冢的4个方向设置了若干钻探条带，以了解陵寝建筑的状况；在孝文帝长陵和文昭皇后陵的封土附近分别设置探区，以了解早期封土的范围，墓道、神道的位置。共设置钻探条带23个、探区2个，钻探面积16.3万平方米。在钻探工作开展的同时，又对长陵所在域内进行了踏查，采集遗物、寻找遗址地点，调查面积共30余万平方米。对涉及陵园遗迹的8处断崖进行铲平、解剖，了解遗迹和地层堆积情况。最后探明整个陵园平面为长方形，东西长443米、南北宽390米，面积17万余平

方米。陵园四周建有垣墙，垣墙外侧挖有壕沟。孝文帝的陵寝（大冢）位于陵园的中部偏北，圆形封土。

从长陵陵园遗址的遗迹现象来看，长陵已经带有明显的中原陵寝制度的特征。譬如圆形的封土形制、陵园的四面筑有垣墙、园内建有祭祀建筑，许多内容与邙山上的东汉帝陵和高级别大墓有相似地方，但是也有不同的地方。这说明了北魏王朝汉化的追求，同时也反映出他们对陵墓制度新的发展。

北魏一朝在北邙上有孝文帝长陵、宣武帝景陵、孝明帝定陵、孝庄帝静陵。帝陵周围还密布着大大小小的墓冢，它们是皇后嫔妃以及王公贵族、皇亲国戚的陪葬墓。洛阳所经历的北魏帝王，如果算上临朝称制的胡太后有

北魏景陵

10位之多，除了前面提到的，还有胡太后和幼主、长广王元晔、节闵帝元恭、废帝元朗、孝武帝元修。为什么会只有四座帝陵呢？这里面藏着一段中国历史上十分凄惨的帝王史，都是因为一个叫胡充华的女人。

魏孝文帝死后，魏宣武帝元恪继位。因为害怕皇族对自己的权力构成威胁，他对舅舅高肇言听计从，并在高肇的指使下相继诬陷北海王元详和彭城王元思飚谋逆并加以杀害，对其他王族也是严加防范。一时间，高肇权倾朝野，朋党密布，甚至胆大妄为到秘派宫人毒杀顺皇后于氏，于氏所生的三岁小皇子也有病夭折。高肇这样的行为肯定有他的目的，但他不知道冥冥之中苍天是在让他给一个比自己更加狠毒的女人制造机

会，最终高肇也死在这个女人手中！

　　北魏王朝十分崇信佛教，所以后宫中经常有做法事的尼姑出入。其中有一个俗姓胡氏的尼姑很是乖巧，趁着身份的便利，经常向后宫执事宦官和嫔妃夸赞自己侄女美貌，希望推举给皇上。宣武帝也是吃腥的猫呀，很快就把胡尼姑的侄女胡充华召到宫里临幸了，并封为承华世妇。

　　毫不顾及北魏朝有"子贵母死"的祖制，宫内的嫔妃们害怕自己给皇帝生出嫡长子来，即使怀孕了，也要暗中折腾掉龙胎。偏偏胡氏，她常常对旁人讲："天子怎么能没有继承人呢，我不怕自己死掉。为皇上的子嗣着想，最好能生太子。"当她如愿怀孕后，身边的人提醒她，她不仅不惧怕，反而在佛前祈祷："希望能生下皇子，即使由此身死，在所不辞！"不管是不是佛祖帮忙，胡氏还真生了个皇子，被满心欢喜的宣武帝晋封为充华嫔。后宫佳丽们可是松了一口气，满朝文武也都等着看胡充华的笑话。可胡充华胆识过人，运气也超好，乖巧伶俐的她竟让宣武帝喜不自持，心软下不了手，并一直不明不白的拖着，直到宣武帝死去。

　　胡充华生下的皇太子元诩此时才6岁，大臣崔光、于忠、王显等会同高阳王元雍和胡充华密谋，趁着高肇带兵在外，急忙拥立元诩登基，为孝明帝。高肇的侄女高英高皇后下令要诛杀胡充华，但此时还能由着她！存心要把胡充华做砝码和高肇作对的大臣们把胡充华藏了起来，以高皇后和小皇帝的名义给高肇发去了哀告。高肇闻讯对自己言听计从的宣武帝驾崩，一时没有了主意，竟然心不设防地一路哭泣着赶回来治丧。就在他悲痛地匍匐在宣武帝灵前号啕大哭的时候，十几个事先埋伏好的大汉一拥而上，把他活活地掐死了，太极殿成了他的不归地。高皇后也没有好下场，被废去了封号，打发到瑶光寺。

　　历史像一只无形的手总是在一个王朝开始走下坡路的时候，还要给轻轻地推上一把。当北魏朝"子贵母死"的祖制唯独放过胡太后的时候，她却像一只推手，把北魏王朝推向了万劫不复的深渊！

胡充华不但躲过了生死劫，还一路走高。胡充华由胡贵嫔尊为皇太妃，又尊为皇太后，并奏请太后临朝称制。北魏王朝列祖列宗最忌讳的事情终于发生了：主少母壮，骄淫自恣，独揽朝纲。赫赫的北魏王朝开始在胡太后的手指尖上颤抖了。

胡太后在初掌权柄的时候，虽然过于崇尚佛法，但还是能听得臣下进谏。有个谏臣叫张普惠，常常上表，议论时政得失，胡太后常常把他叫到宣光殿亲自听取他的意见。对于王公亲戚犯法，也很少宽恕。

在父亲去世的时候，胡太后为了表达自己的孝心，大胆地僭越葬制，还赠假黄钺、相国、太师，赐号太上秦公；又把死去的母亲赐号为太上秦孝穆君，移柩与父合葬。"太上"之称不可用于人臣，胡太后之举无疑是犯了大忌。但她的举动并受到多大的阻力和反响，这让她更加为所欲为。

天文官奏称天象有变，需要一个贵人以死应之。胡太后马上想起了当年想杀掉自己的英高太后，当即派人到冷宫将已经废掉的高太后趁夜杀掉，以尼姑之礼埋葬。

北魏经几代积累国力强盛，搜刮了不少财富。有一次，胡太后偶然到库房巡视，发现那里堆积的绫罗绸缎多得用不完，就想出一个主意。她下令贵族大臣都到库房里来，把绫罗赏赐给他们并规定各人凭自己的力气，拿得动多少就拿多少。这些贵族大臣都是些贪得无厌的家伙，吵吵嚷嚷地都想多拿一些。可是，他们平时养尊处优，哪里拿得动多少绢匹。尚书令李崇、章武王元融两个人各背了一叠绢，累得汗流浃背，刚迈开两步，就连人带绢跌倒在地上。李崇伤了腰，元融扭了腿，都躺在地上哼哼唧唧叫疼。胡太后看了，派人把他们两人背上的绢匹全卸了下来。两个大臣偷鸡不成蚀把米，一个揉着腰眼，一个拐着腿，被胡太后好一场奚落，狼狈地空手出了宫门。

宦官刘腾虽然大字不识一个，但善于揣测人意，诡计多端。胡太后念他当年对自己有保护之功，分外宠信，把他升至侍中。刘腾有了胡太后做靠山，广收贿赂，把卖官鬻爵当家常便饭，祸害起同僚不遗余力。胡太后对他的胡作非也只是睁只眼闭只眼，听之任之。

胡太后跟其他女强人一样，人前专权无限风光，人后却是难耐后宫孤寒。与其他把臣下、阉竖、和尚或无赖之徒充当男宠的女主不同，胡太后的眼界和手段都要更高一筹。她心仪清河王元怿风仪俊美，便放下嫂子的面子逼而淫之，把堂堂一个王爷作为自己的面首，连元怿偶尔回家探望，也要派人跟随不准其留宿。

人心不足蛇吞象，宦官刘腾在朝廷内坐大以后，竟然伙同胡太后的亲妹夫元义，利用不谙世事的小皇帝，将胡太后给软禁起来了。一时间，大政由元义把持，禁宫内由刘腾统领，两个人糊弄着小皇帝，竟控制北魏王朝达四年之久。此时的胡太后衣食俱废，行动受限，只能懊悔地长吁短叹："养虎噬人，正是讲我这样的人呀！"

胡太后是个很矛盾的人，一边专横奢侈、恣意妄为，一边又极力地崇信佛法，想抵消自己的罪过。她在皇宫旁边造起一座气势宏伟的永宁寺，极尽奢华，其中有高一丈八尺的纯金实心佛像一座，如同真人一般大小的实心金像十座，玉石巨佛两座；又建九级浮屠，挖地筑基，深及黄泉。浮屠高九十丈，上刹复高十丈。夜深人静之时，浮屠风铃飘动，声闻十里之外。其中的主佛殿如同皇宫太极殿一样宏伟，南门如皇宫的端门一样巨大，寺中有僧房千间，珠玉锦绣充斥其间。史称："自佛法入中国，塔高之盛，未之有也。"这位独霸天下的女人还常常设立斋会，大加施舍，动以万计，府库为之虚竭。但她从未有施惠子民的举措。世宗皇帝时，曾派宦官白整为孝文帝和文昭高皇后在龙门山开凿两个石窟，皆高百尺。后来太监刘腾又为世宗开凿一个石窟，二十四年之间，用工十八万二千多，竟然还不能完工。由此可见，凿佛开山修庙的耗费是多么庞大！

胡太后自己不停地营造庙观，还下令各个州郡要兴建五级浮屠。洛阳城内诸王、贵人、宦官、公主等也相互攀比，竞建寺庙。当时全国寺院最多时达到三万余所，洛阳城内就有一千三百多所，和尚尼姑人数有二百多万。国内百姓多入沙门为僧，从事生产、参军的人越来越少。大臣们进谏，胡太后当作耳旁风。为了取得"真经"，胡太后还多次派使臣和和尚远涉沙漠，到西域去求佛经，耗财无数。

经过几年幽禁，胡太后像被放出笼子的鸟儿，比以前愈发飞扬跋扈。虽已是半老徐娘，但她仍然非常喜欢浓妆艳抹，将自己打扮得妖娆艳丽，出东家门进西家门，热衷于在皇亲国戚间游幸，说白了就是串门子。她公然宠幸大臣郑俨，拜其为谏议大夫，实为侍寝大夫，要求其昼夜在宫中伺候。有了郑俨还不满足，她又把一个叫李神轨的黄门侍郎召到床前为自己宽衣解带，夜夜欢歌。大将杨大眼的儿子杨华不但武艺超强，还长得一表人才，胡太后闻之，当即召进后宫宠幸，帷帐之中爱不释手。被太后宠幸，有人是求之不得的张扬，有人是身心俱疲的惊恐。郑俨和李神轨是属于前者，巴不得有这样媚上欺下的机遇，可以狐假虎威地弄权作势。可杨华就不行了，生怕被将要长成的小皇帝发现，以后给家族带来灭门之患，竟然找借口溜之大吉，率部直接叛逃至南朝梁国。

胡太后那个不舍呀，怎是用一个"恨"字完结，爱不尽，情无期，恨绵绵啊！她亲自作《杨白华》歌辞，让宫女们昼夜连臂环绕，踏足歌唱，忆念情人，以泄心中纠结缠绵的情思。"阳春二三月，杨柳齐作花。春风一夜入闺闼，杨花飘荡落南家。含情出户脚无力，拾得杨花泪沾臆。秋去春还双燕子，愿衔杨花入窠里。"歌辞不仅文采不高，歌辞中所寄之情更是比任何一个怀春的女子不差分毫。

孝明帝年纪渐长，胡太后自知妇行有亏，怕引起儿子反感，也为了不让其插手政务，凡是孝明帝重用之人，她都要想方设法剪除。散骑常侍谷士恢常常被孝明帝召见，互谈良久，胡太后便任命他为外州刺史。谷士恢找借口不想外任，胡太后就暗中使人诬告其有罪而把他杀掉了。

还有一个密多道人,能通晓胡语,皇帝常置之于左右,顾问笑谈做个陪伴。胡太后竟派人将这个道人杀于城南,然后谎称其为盗所杀,还贼喊捉贼地悬赏缉拿凶手。

此时的朝廷奸臣擅权,政事紊乱,纲纪松弛,恩威不立。朝廷之外诸郡造反者蜂起,封疆大吏们也拥兵自重,整个国家处于分崩离析的边缘。胡太后也深知情势危乱,为了给风雨飘摇中的北魏王朝打气,她竟然拿孝明帝和潘姓嫔妃生下的女儿做文章,对外谎称皇子降生,大赦,改元。

孝明帝非常嫌恶胡太后和郑俨等人的所作所为,但他又势单力孤。情急之中,孩子气的他想出一个下招:秘密下诏给大将尔朱荣,让他举兵内向都城,以此兵威胁迫太后归政。尔朱荣本就对朝廷窥视已久,得此机会,气势汹汹就杀奔洛阳而来。胡太后早就对尔朱荣有防范之心,知道尔朱荣的到来是凶多吉少,又气又恨中,一咬牙将年仅19岁的亲生儿子孝明帝给毒杀了!慌乱之下,她先立潘嫔所生皇女为帝,又觉得不妥,怕露出破绽,后迎立临洮王三岁的世子元钊即位。

正在途中的尔朱荣闻讯,唯恐天下不乱的他顺水推舟,擅自拥立长乐王元子攸为帝,变本加厉,大张旗鼓地要到洛阳争天下。胡太后派自己的男宠李神轨统大兵抵御,谁知道李神轨军行至中途,还未接敌就被吓破了胆,连个照面都不打竟回马逃跑了。另一男宠郑俨也不落后,撇下胡太后,收拾家中细软连夜逃回老家。孤家寡人的胡太后陷落在凄凉的无可奈何中,只好诏令后宫嫔妃,让她们全都随自己剃发出家,遁入她一手修建的辉煌瑰丽的永宁寺,以示削发为尼赎罪。可惜迟了啊!

尔朱荣的大军兵不血刃地涌进了洛阳城,在永宁寺抓到胡太后和幼主元钊,并驱赶着满朝文武官员两千多人,诡称到黄河岸边迎接新皇帝。在黄河边上,当着新皇帝元子攸的面,尔朱荣声讨了胡太后一番,令人将胡太后和幼主元钊一并捆绑了,投入滔滔的黄河之中!

胡太后也许已经是心如死灰，可这个只有三岁的幼主何罪之有！可想一个三岁小儿在一群凶神恶煞的将领们面前的惊恐。他除了声嘶力竭地哭便再无别的了。他的哭声中没有绝望，他还不知道什么是绝望，只有惊惧，连挣扎都不会。

目睹着这残忍一幕的官员们也许还在忐忑地为自己庆幸，却不知道暴虐的尔朱荣也为他们安排了同样的结局。尔朱荣一声令下，提刀在手的虎狼之兵对着这些匍匐在地的官员们大开杀戒，瞬间血流成河，史称"河阴之变"。

元子攸即位，是为孝庄帝。孝庄帝知道自己是尔朱荣的傀儡，但毕竟是帝位，还是要忍气吞声的。尔朱荣安排自己的女儿给他当皇后，他女儿原本是孝明帝元诩的嫔妃，可孝庄帝也无条件地接受了。开始孝庄帝还是乐于听老丈人的话，对朝廷内外的事，不管不问。但皇帝这个职业很大的一个特性是，能培养人的脾气的。孝庄帝也不是个小孩子，慢慢就不习惯于逆来顺受了。有了想法的孝庄帝想除掉尔朱荣，可没有帮忙的臣子，就只好在内宫想办法。皇后肯定不会帮着孝庄帝去杀自己的爹爹，他无法利用，但皇后的肚子属于自己，还是能够利用的。所以，孝庄帝就整天为皇后的肚子忙碌，直到皇后的肚子一天一天鼓起来。不怀好意的孝庄帝在一天上朝的间隙，假装欢心地对尔朱荣说："您快要当外公了，皇子出生的时候您也去看看吧，咱们一起庆贺一下。"尔朱荣欣然答应了。

后宫的嫔妃生孩子，皇帝是根本不管不问的，女人多了就不珍惜。但孝庄帝在皇后产子的时候，特意守在左右，还宣召尔朱荣也来。当尔朱荣兴冲冲地赶到的时候，别说喝一杯酒，就连一杯热茶还没有喝到嘴里，就被孝庄帝事先安排的刀斧手一拥而上诛杀了。换成其他的皇帝，做到这样也就算是把权力拿回来了，可孝庄帝不行，杀完尔朱荣后，他也六神无主了。正当他架海没有紫金梁、擎天少了白玉柱，无计可施的时候，闻讯赶来的尔朱荣的侄子尔朱兆、尔朱度律很快就控制住局势，把这个胆大妄为的孝庄帝囚禁起来，然后处死了事。

尔朱兆杀死孝庄帝后，又把长广王扶上帝位。长广王名元晔，是太武帝曾孙。他在位仅三个月，又为尔朱世隆所废，下落不明。

尔朱世隆废元晔后，尔朱氏集团还没有下决心把皇位拿下来自己坐，也许当时是怕自己内部也不安稳，关系难以平衡，就又选择文成帝的孙子元恭当皇帝，史称节闵帝。元恭是个非常聪明的人，他知道如何明哲保身，为了躲避被人猜忌的灾难，装聋作哑过日子。

尔朱氏集团骄横跋扈，行事暴虐，翻来覆去的折腾早弄得民不聊生，惹得群雄揭竿而起，著名的六镇起义就是这个时候发生的。尔朱氏集团命令大将高欢讨伐叛乱，却不料高欢和叛乱分子合作，造起尔朱氏的反来。为了起义师出有名，高欢也选了个傀儡，就是安定王元朗。

元朗即位以后就跟着高欢讨伐尔朱氏集团。高欢英勇善战，勇猛无比，不久就将尔朱氏打败逃了。高欢夺得政权以后废掉了节闵帝元恭，将其毒死。节闵帝在位两年，终年35岁，葬处不明。

高欢是野心勃勃要成为皇帝的人，也许是认为时机尚未成熟，北魏还有着正统的名义在，他便刻意频频更换皇帝，把北魏的那一点魂魄弄散。元朗是节闵帝的堂弟，被高欢利用完后，就没有了用处，改立平阳王元修，是为孝武帝。

孝武帝元修刚刚即位时，还想凭着自己的血气方刚，干一番大事业来辉煌北魏帝国。他曾经亲自审理累积的冤案，为很多冤案平反，后来才发现自己的励精图治在高欢看来都是眼中钉，肉中刺。渐渐他，元修对高欢越来越不满，高欢也对元修看不顺眼。元修害怕高欢再给他一杯毒酒，索性逃出宫去，投奔了与高欢对立的大将宇文泰。宇文泰白得了个皇帝，就也开始玩起了号令天下的把戏。元修在位3年，被宇文泰毒死，终年25岁，葬于永陵。

至此，北魏终于在残风凄雨中消失了。

看北魏一朝，孝文帝葬于长陵，宣武帝葬于景陵，孝明帝葬于定陵，孝庄帝葬于静陵。胡太后、那个三岁幼主、长广王元晔、节闵帝元恭、安定王元朗、孝武帝元修，这些人也该在北邙留下个大冢的，可怜他们要么葬身黄河，要么葬地不详，但都成了野鬼！

第十六章 北邙上的魂灵掮客

写北魏的一把辛酸,我也是难受,为了那个也算是皇帝的三岁孩子!恻隐之心人皆有之呀!

写大隋朝,恻隐之心怕是多余的,但我不能不写上几笔。虽然隋朝的皇帝,都是和北邙擦肩而过,可大隋朝毕竟在洛阳张狂过,它给中国历史带来了一段繁华,也带给了北邙一种文化的喧闹!

大隋朝的建立书写了历史上最容易的一次改朝换代。作为北周丞相的杨坚是北周静帝的外祖父,本是皇帝最值得信赖的亲人,却成了篡位的奸佞。当外祖父大权在握,对外孙也丝毫不手软,挥挥手就把静帝从皇位上轰下去了。这样的改朝换代叫禅让,外孙把皇帝的位置让给外祖父坐了,别说兵不血刃,就连大臣们上班的时间都没有受一点影响,稍微不一样的可算是一切如归的朝堂上,大臣们面对着的外孙的娃娃脸换成了长着胡须的老人脸;再者就是称谓上的变化,不再称大周而成了大隋,杨坚成了隋文帝;还有一点变化,就是隋文帝崇佛,这和北周的灭佛运动是背道而驰的,从这里也算找到了一点他篡位的借口。

佛教表面是出世的,讲求跳出"三界"外,但传入中国前,佛教就有入世的记录,也是很讲究在俗世上掌握权柄的,至少是也曾被统治者利用。有一个和我国东汉几乎是同时期的中亚强国叫贵霜帝国,就是佛教中所说的阿育王的国家，是第一个以佛教的意识形态治国的。这贵霜帝国对于早期佛教传入中国有巨大的贡献，这个帝国的中心是"丝绸之路"的枢纽，也是佛教中心，中国高僧法显曾到此。贵霜帝国后来虽然被佛教的意识形态与原生态文化之间的矛盾给摧垮了，分裂成一盘散沙，但佛教成为意识形态这种尝试却被传入了中国。

位于西域的贵霜帝国分裂后，有的民众踏上了顺着丝绸之路东归的漫漫长路。这些东归贵霜的人遗迹在于阗、鄯善、敦煌、西安、洛阳等地均有发现。他们进入中国后大多从事文化交流、翻译佛经和传教等活动，对中西方文化的交流、传播影响极大。

完全把佛教的意识形态贯穿于中国王朝政治生活中的是南北朝时期的西域高僧佛图澄，他79岁上来到洛阳。他能诵经数十万言，善解文义，虽未读过儒家典籍，但与儒学高士论辩，却从未输过。他知见超群、学识渊博并能够热忱讲导，当时就有天竺、康居等地的著名高僧不远万里追随他来洛阳受学。他到了洛阳之后，本想在洛阳建立寺院，适值洛阳处于战乱之中，因而潜居草野，后被"拼命三郎"石勒发现，引为座上宾。石勒在佛图澄的说教下，于东晋咸和五年（330年）改元建平，"称赵天王，行皇帝事"。石勒，是历史上唯一的从奴隶到皇帝的人，也是第一个以佛教的意识形态教化臣民的皇帝。他对佛图澄很重视，不论大事小事，都要先咨询佛图澄再做定夺。

石勒死后，其侄子石虎废其子石弘自立称天王，对佛图澄更加敬奉。每到朝会之日，佛图澄升殿，常侍以下的官员都要帮着抬轿子，太子诸公扶翼上殿，石虎要唱呼大和尚，众生皆起。石虎又敕大司空李农每日都要前往佛图澄住处问候起居，太子诸公要五日一次前往朝谒佛图澄。据说佛图澄善诵神咒，能役使鬼神，用麻油掺和胭脂，涂在手掌中，千里之外的事物，全部显现于手掌之中，就如面对面一样。不仅他能看到，也能使持戒治斋的人看到。他听佛塔上的铃声就能断定事情的凶吉，没有一次不灵验的。

《高僧传》中详细记载了佛图澄的事迹。：一次，佛图澄与石虎共同坐在中堂之上谈论经法。佛图澄忽然吃惊地说："变！变！幽州发生了火灾。"随即取酒向幽州方向喷洒。过了很久，佛图澄笑着对石虎说："现在幽州的火灾已经灭了。"石虎觉得奇异，不太相信，就派遣使者前往幽州验证。使者回来对石虎说："那一日火从四大城门烧起，十分猛烈。忽然从南方飘来一层黑云，既而天降大雨，将火扑灭。雨中还能闻到酒气。"

佛图澄左乳旁边最初有一个小洞，直通腹内。佛图澄有时把肠子从小洞中取出来，有时用棉絮把小洞塞住。如果想读书时，就把棉絮拔掉，洞中发出的光亮，使一室通明。逢到斋戒之日时，佛图澄来到河边，把肠子从洞口掏出来，用水洗净，然后再装进腹中。

佛图澄弘扬佛法，推行道化，所有州郡都建立起佛寺，有893所之多。其教诲甚诚笃，追随他的弟子，常有数百，前后门徒，多达万人，而且门徒中高僧辈出。他为后赵政权教化出难以计数的俯首帖耳的信众。

而南北朝的南梁皇帝梁武帝萧衍更是在高僧释慧远的影响下，建立起了佛教国家。梁武帝是一个多才多艺、学识广博的学者。他的政治、军事才能，在南朝诸帝中堪称翘楚。他在学术研究和文学创作上的成就，则更为突出。他擅长诗文、音律、绘画，还精于棋艺，对历史研究也颇擅长，对儒家经学和佛教也十分精通，甚至阴阳纬候、卜筮占决也很精妙，可以说是个作品奇多、著述甚丰、无所不能的人中奇才！

梁武帝在未信佛教以前，是崇奉道教的，对于道教的教义有深刻的研究。可是，佛教高深的教理，使他深深折服，因此，便决心皈依三宝。天监三年佛陀圣诞的那一天，他跪在佛前，宣读舍道归佛的诏文。他把儒家的"礼"、道家的"无"和佛教的"因果报应"糅合在一起，创立了"三教同源说"，这一学说在中国古代思想史上占有极其重要的地位。

梁武帝崇佛到了如痴如醉的地步。在佛前发愿戒酒断肉禁女色，号召全国都素食；在宫中筑坛，延请禅师受菩萨戒，受戒大典参加观礼的信众有十几万人。自从受了菩萨戒后，他的寝室与沙门略同，宫禁之内，也任由僧众们游览。有个叫智师的禅师一次上殿竟然坐在了御座上，群臣呵止，武帝特令不问。禅师死后，武帝素服临丧，执弟子之礼，哀恸出声，为之辍朝七日……最可笑的是，梁武帝还数次出家当和尚。527年，武帝亲自到同泰寺，做了三天住持和尚，下令改年号为大通，大通三年（529年）九月十五日，第二次至同泰寺举行"四部无遮大会"，脱下帝袍，换上僧衣，舍身出家，九月十六日讲解《涅盘经》；二十五日由群臣捐钱一亿，向"三宝"祷告，请求赎回"皇帝菩萨"；二十七日武帝还俗。大同十二年（546年）四月十日，武帝第三次出家，这次群臣用两亿钱将其赎回。太清元年（547年）三月三日，武帝又第四次出家，在同泰寺住了37天，四月十日朝廷出资一亿钱赎回。

禅宗二十八祖菩提达摩尊者泛海来华，梁武帝派使者前往迎接。次年十月一日到达建康，武帝见达摩后问道："朕即位以来，造寺、写经、度僧不可胜数，有何功德？"尊者答道："并无功德。"武帝惊问道："何以并无功德？"尊者道："净此是人天小果，有漏之因，虽有非实。"武帝又问："如何是真实功德？"尊者道："净智妙圆，体自空寂，如是功德，不于世求。"再问："对朕者谁？"尊者道："不识。"武帝不解达摩话中的玄机，话不投机，达摩便离开江南。这就是达摩一苇渡江的故事。

我们不难发现，崇佛的帝王在教化子民的时候，都存在大乘高僧作为其发展佛教意识形态之策划者或军师的现象。隋文帝称帝后，身边也出现了这样一个影子——主持隋朝发展佛教意识形态的国师昙延。

据文献记载，昙延不同于佛图澄以"秘咒神验"昭彰史籍，而是以"词辩优赡，弘裕方雅"而称颂于世，被当时的儒士们叹为"由来所未见，希世挺生，即斯人也"。他曾隐于太行山百梯寺，"挟道潜形，精思出要"，修行十分了得，从弘扬涅槃走上了辅佐北齐、北周和大隋的政治舞台。550 年，北齐文宣帝高洋拜昙延为国师，并在其主持下受菩萨戒，在统治范围内推行佛教道化。高洋死后昙延归隐。后来北周太祖宇文泰和昙延关系甚密，昙延再次由山林走入世俗社会，完全融入周朝皇权的统治集团，成为佛教教化的核心人物。由于昙延非常了解发展佛教意识形态的实施方法，北周诸帝对昙延倍加礼遇。尤其是北周武帝建德年间，群贤奉诏和陈国使者周弘正打嘴仗，昙延以高超的辩才引义开关，摧枯拉朽，使陈使"顶拜伏膺……正大服焉"，从而声名远播。北周后期，由于佛教的无节制发展，域内有僧尼二百多万人，僧尼有免役调、租税的特权，寺院经济严重影响了官方利益，"国给为此不足，王用因兹取乏"。虽然北周武帝对昙延很是高看，但为了增强国力灭掉北齐，北周武帝还是断然下令没收寺院财产，让僧尼还俗，还焚烧佛经、捣毁佛像。面对武帝废佛，昙延先是极力劝谏，帝不从，昙延"便隐于太行山，屏迹人世"。后来武帝又数次相请，昙延仍然耿耿于怀，还藏林薮，直到隋文帝夺了北周帝位。史书记载，他一听到隋文帝当政，"即事剃落，法服执锡来至王廷"，可见其走出山林、重返世俗的迫切之情。

隋文帝崇佛虽然有着当时北方社会影响的原因，但其中也有着浓厚的个人情结。他从小在尼姑庵里跟着尼姑长大，有自己的法号，受的完全是佛教的教育。在北周废佛的前提下，他为了让民众理解他篡位的合情合理，标榜一下自己佛门弟子的身份，迎合已经遍地开花的佛教是很有必要的。作为佛教领袖的昙延来的正是时候，隋文帝和他一见如故，"共论开法之模，孚化之本"，他们关于实施佛教教化，推行佛教意识形态以治国的想法一拍即合。

昙延肉麻地把隋文帝称为"法王"，在大隋国"护持三宝，始终莫贰"。而隋文帝也对昙延施以厚爱，不但尊其为自己的老师，还把京城的东西二门，取昙延的名字而命名为"延兴""延平"，把中天佛履之门，也取"瞿昙"之号。

开皇初年，隋文帝将昙延敕任为隋朝第一任昭玄统，为全国最高僧官，让他以官员身份，主持大隋朝意识形态领域的发展。昙延也按照隋文帝的思路，并以帝师的姿态提出了一系列迅速复兴佛教的具体措施。其中主要的内容有：奏请度僧，就是倡导人们剃度出家，扩大职业僧人队伍；兴复伽蓝，将许多废黜的寺庙恢复；建立经像，为佛塑造法身；翻译佛经；为隋文帝受菩萨戒；抗旱祈雨等。

让我们看看隋文帝是怎么迎合昙延的。首先，他在昙延的主持下受菩萨戒，还积极响应昙延奏请度僧以应千二百五十比丘、五百童子之数，亲自度僧众一千余人；在已经还俗的僧人中挑选出懿德贞洁、学业冲博、名实灼然、声望可嘉的一百二十名佼佼者，重新剃度，并赐予法服，全部安置在首都重新建设起来的大兴善寺，当作复兴佛教的中坚力量。然后，把大兴善寺确立为全国进行佛教教化的中心机构，着手建立全国自上而下的佛教体系。在全国四十五个州统一营建寺院，就像阿育王把国内所立"八万四千佛舍利塔"均称为"如来神庙"一样，这些新建寺院的名称也统一为大兴国寺。全国的名山大川本为道教所钟情的修身养性之所，隋文帝虽然没有扬佛抑道的想法，但要求在道观之侧也要建起寺院，特别是五岳之地，要"各置僧寺一所"，这就突显出其借助王权张扬佛教"高蹈清虚""勤求出世"的用意。从其建制上看，实际上就是模仿官僚体制建立僧官体制。

既然设立了崇佛教化的衙门，就有了相应的各级地方僧官的区划和配备。隋朝开皇元年对各级僧官均有委任，州有僧正与沙门都，郡县佛寺有监丞，例如，开皇元年，敕授沙门慧远为洛州门都，委僧晃为绵州僧正等。地方僧官的职责就是贯彻执行中央的佛教政策，为教化提供财物支持，匡正监察僧众言行。隋朝对寺庙内僧人的职务也是十分细化的，有名分的寺职就达二十余种，其中像寺主、知事上座、断事沙门、都维那比丘、平等沙门、正定沙门、邑师等主要职务均由职业僧人出任，而都维那、维那、法义、典坐、典录、营寺居士等职则多由居士出任。不过，大兴善寺和各州的大兴国寺的重要职位，很多都是由隋文帝亲自任命的。

由此可知，隋朝的僧官和寺职制度相当完备，无论是中央、地方的各级僧官，还是大兴善寺、大兴国寺的诸多寺职，无论僧俗，都是国家的官员，目的就是维护国家意识形态的统一，维护皇权的尊严并推行国家的政策，而决不仅仅是为了复兴佛教本身。

昙延实际就是隋文帝在建立教化体系的工作中树起的一杆旗帜。旗帜飘飘，可以收服人心。

隋文帝是个很能干的皇帝，历史上对他皇帝生涯的褒奖是四个字——"开皇之治"。大隋朝在他的治理下，很快就富足起来，日益鼎盛的国力也使他很快就统一了中国，结束了南北朝长达129年四分五裂的状态。就在隋文帝意气风发的当口，朝中术士章仇向他进言："陛下木命，雍州为破木之冲，不可久居。又谶云，修治洛阳还晋家。"劝他迁都到洛阳发展。他刚建成了自己的大兴城，哪里就能舍下，抬脚就走的事情能是一个朝廷轻易敢做的吗！隋文帝不但不听，还惩处了这个胡言乱语的牛鼻子老道。可世事无常，谁也没有料到，身强体壮的他病来如山倒，突然间撒手去了。杨广对他父亲的大兴城没有多大兴趣，倒是对牛鼻子老道的建议颇有兴趣。屁股在皇位上还没有坐热，就开始考虑搬家的事情，因为他看到了父亲的尴尬。关中虽然富庶，但漕运不畅，首都效应引来的人口爆炸让这块土地不堪重负，风调雨顺倒还罢了，天公稍不作美，无论天子还是平民都要饿肚子，天子常常要带着首都百官和百姓一起去逃荒。开皇四年和开皇十四年，隋文帝就当了两次乞丐皇帝。隋炀帝显然不想领受父亲留下的衣钵。

仁寿四年十一月，就是章仇道士进言迁都后的第二个月，杨广毅然决定东巡洛阳。中原阔大，物产丰饶，迁都之事拉开大幕。

隋炀帝营东都，是中国历史上规模最大的一次造城活动，一次役丁二百万，劳作整年。

他造出了隋唐时代最大的紫禁城，明清紫禁城的规模还不及其三分之一；造出了中国历史上最高大的宫殿——万象神宫；更造出了中国历史上规模最大的皇家园林——东都上林苑。隋文帝没有读过多少书，是"天性沉猜，素无学术"之人，养成了"不悦诗书，废除学校"的坏习惯。隋炀帝就不同了。他的皇帝父亲没有多少知识，对他的学习就抓得更紧，把他培养成了知识分子帝王。隋炀帝是中国历史上少有的爱好藏书、读书和写书的皇帝，观文殿前有他的书房十四间，书房的窗户、床褥、书橱、帐幔都十分珍丽。每三间是个大开间，用厚重的锦幔隔开，锦幔上有两个设计的飞仙，有机关控制着。隋炀帝进书房读书、写书的时候，有宫人执香炉前行去打开机关，锦幔上的飞仙就会飞下来，拉起锦幔，房门和书橱的门也都会随之打开。隋炀帝离开书房，飞仙会将锦幔垂下来，房门和书橱的门也会随之关闭。

杨广虽然抛弃了他父亲的大兴城，却没敢抛弃崇佛的传统。他知道杨家的江山社稷能四平八稳都是佛教的功劳，也知道自己迁都的花销都是父亲的积存。但他崇佛的特色跟他父亲有很大的区别。隋文帝崇佛重在行为，是真吃斋念佛。隋炀帝崇佛的方式与文化素养不高的隋文帝就有了是区别，他是对深奥玄妙的佛教义理充满了兴趣和热情。天下是杨家的江山，佛教是杨家的拐杖，只是这父子两代拄着拐杖看天下的视野不同，一个看的是风花雪月的景，一个看的是五谷丰登的庄稼地！

当时南方和北方的佛教也有不同，汤用彤在评价隋唐佛教的特色时说："北方佛教重行为、修行、坐禅、造像……所以北方佛教的中心势力在平民……南方佛教……着重它的玄理，表现在清谈上，中心势力在士大夫。"隋炀帝未登基前是在南方主政，就曾在江都建慧日道场，"遍寻硕德"，当时的许多高僧大德都被他收拢在道场内。在与诸高僧的交往中，隋炀帝不断与他们讨论佛学义理。据《国清百录》载，炀帝镇守江都时，经常与智凯通信，讨论经论义理。他还曾召日岩寺大德四十余人与僧辩义，"对扬玄理"。慧日道场在他的主持下成为南方的佛教中心。即位后，他又在东都设置慧日道场，其兴盛程度不亚于昔日江都之慧日道场，经常性的"总集义学，躬临论场"。

隋炀帝还注重译经。大业二年（606年），他即下敕于东都上林苑内翻经馆，搜罗义学高僧以译经。隋人杜宝描述当时翻经馆和经书时说："（洛阳承福门）门南洛水有翊津桥，通翻经道场。新翻经本从外国来，用贝多树叶，形似枇杷叶而厚大，横作行书……今呼为'梵夹'。"

除了招揽有义学与玄谈才能的高僧外，炀帝对于具有其他艺能、道术者也颇为重视。他听说有个叫徐则的道士在深山中辟谷养性，不吃食物，只靠吸吮松叶上的露珠生存，且隆冬酷寒也不穿棉衣，便马上下诏召徐则，要跟他学辟谷道法。可惜徐则很快死去，隋炀帝就让画师将他的相貌画下来，以示纪念。当时洛阳还有个道术坊，有百余家"阴阳梵咒有道术人居之"，隋炀帝经常召这些方术道士到他的内道场去交流，甚至尝试炼金丹。隋炀帝曾亲自组织道士用道经与僧人用佛经进行辩论。道士的方术固然奇玄能吸引隋炀帝的眼球，但道教在义理辩论方面的劣势，却使偏向佛教义理的炀帝在心里还是对道教有些不敢过分恭维，致使他在对待佛、道的政策上，仍然采取重佛轻道的策略。

这个时期，道教的发展与势力远逊于佛教，这也就使道教在主流生活中的位置十分尴尬，常常要回避碰面走的佛教。道教为了求得发展，时时都在思谋着另辟蹊径。圆满的思想体系不是一朝一夕就能完备的，所以，寻找新的靠山成了道教咸鱼翻身的最大希望。这个机会很快就送到了道家面前！

动工开凿的连接南北的大运河是隋炀帝的得意之作。据传，大运河是为了修来玩的，是他留恋扬州的满城秀色、山水美人，所以才要引水路，弄出楼船下江南的浪漫。当时天下黎民共有四千多万，他就征发了百万青壮男子投入到了这项浩大的工程上。随着工程量的加大，青壮男子数量不足，年轻女子也被征发，劳役人数达到了两百万之多。这项工程被我们后人称为伟大，这一点也不错，冲着两百万人的劳力规模，什么事情也会干出个伟大来，何况是两百万人历时六年的血汗！作为皇帝，玩过火了，就不再是玩，单纯的消遣就会有了额外的意义，特别是政治、军事和经济上的意义。就像现代社会，某个国家领导人或者财阀几句不经意的话，都会影响到股市的起伏。

隋炀帝是605年迁都洛阳，重新选址营建的洛阳城就在汉魏故城西9千米处。为了保证在洛水两边重建东都的物资供应，在洛水上兴建了天津桥。以洛河的流水喻天上的银河，把京城看成天帝的皇居紫微宫，则天津就是银河的渡口，天津桥就是银河上的桥。大运河的开凿，形成了以洛阳为中心，西到长安，东至大海，南达余杭，北抵涿郡，长约2700千米的水上交通大动脉。可以说，这时候的隋炀帝是想上哪里坐上船就去。

隋炀帝三次游幸江都，每次都乘坐一条巨型龙舟。萧皇后乘坐较小的翔螭舟，还有高三层称为浮景的水殿9艘。此外，有名号的大船数千艘，妃侍、诸王、公主、百官、僧、尼、道士按品位分别乘坐。另一部分船运载帝后以下所有乘船人使用的物品。整个船队浩浩荡荡有20万人之众。船船相连，延绵二三百里，杨广的头船已经开出去50天了，最后一艘船才刚刚离开洛阳。

隋炀帝——杨广

隋炀帝乘坐的豪华大龙舟上有宫殿和上百间宫室，都装饰得金碧辉煌。整个船队在岸上拉纤的纤夫就有8万余人,其中拉"漾彩级"以上船的有9000余人,都身着锦彩袍,号称殿脚;两岸还有骑兵护送,旌旗蔽日,气势非凡。隋炀帝在船上饮酒作乐,天下百姓却苦不堪言。隋炀帝下令,船队所过州县,沿途五百里内的百姓都要奉上各种美味以供船队享用,吃不了的美味则统统挖坑埋掉。

隋炀帝在江都令人大造车舆仪仗,各州县要进献羽毛,做仪仗上的装饰。捕鸟的人不算,单是造仪仗就需动用人工十几万,用金银钱帛不计其数。他每次出游,满街都是仪仗队,长20余里。606年,隋炀帝巡游回到洛阳,从伊阙龙门陈摆帝王法架,到洛阳城的20余里大道被千乘万骑的庞大仪仗阵容塞得满满当当。在端门会见前来接驾的群臣,令五品以上文官、武将按制度佩玉戴帧,气象森然,文物之盛,前后无匹。

隋炀帝统治期间的社会特征就是"劳役不息"四个字,最终导致大隋朝的天下走向穷途的也是这四个字。被劳役折磨得没有活路的百姓只好以死相拼,以求绝处逢生。陡然间天下哄然大乱,群雄并起。在动乱之际,心怀异念的道士们似乎看到了战胜佛教的希望,急不可耐地抛出了"老君子孙治世"的谶言,上蹿下跳,极力宣扬。

唐高祖李渊起兵时,道士歧晖派遣了80名小道士迎接他,当着面就献媚地大呼"真君来也",并为他设醮祈福,祝他克定长安。不言而喻,老君的子孙该姓李呀。有个叫王远知的道士,装神弄鬼地声称自己奉了老君之旨,恬着脸找上门去向李渊"密传符命",还预告李世民将成为"太平天子"。在那迷信谶言的时代,这无疑是对着将要倾倒的大隋又推了一把,也是替扯旗造反的李渊父子披上了一件道统的外衣。无论李渊信与不信,都要闻之大喜呀,正愁着没有名头呢,就有人把"神仙之苗裔"的招牌送上门来,这是为自己造势挣人气呢!就索性趁坡下驴,认下了李耳当祖先。还很爽快地授王远知为朝散大夫,赐紫丝霞帔和缕金道冠,将其树为旗帜。后来李世民又追加王远知为光禄大夫,赐予茅山建太平观，亲度侍者21人侍奉他。

作为一个海内一统的政权，大隋朝国祚仅有38年，是个短命的王朝，真可谓是"其兴也忽焉，其亡也忽焉"！史学家习惯把隋朝和唐朝并称为隋唐，有因其盛极而短之因，但主要是因为隋朝的兴盛实际是在为唐朝的盛世繁荣做铺垫。

被道教宣传成奉天命而得天下的李唐王朝不尊道教都不行。武德八年（625年），唐高祖李渊下诏宣布"三教"中道教列第一，儒教列第二，佛教排第三。道教的地位因为老子李耳如扶摇直上，一飞冲天成了国教。不但唐高祖、唐太宗强调尊奉道教，到了唐高宗，也觉得不给这个冒牌祖宗弄顶皇帝帽子有失孝道，便尊其为"太上玄元皇帝"。而唐玄宗更是离谱地为其三上尊号，称为"大圣祖高上大道金阙玄元天皇大帝"。天子献了天大的一个媚，这称号既拗口又不知所云，也不知已经成神仙老君的李耳听到这称号会不会被肉麻死！

道教在李唐王朝的时代，春风得意，观、宫、殿、庙充斥大都小邑和名山幽谷之中，几乎无处不在。东都洛阳的道教祖庭上清宫日日如庙会，玄元皇帝庙更有一派"山河扶绣户，日月近雕梁"的宏大气势。长安的太清宫供奉着两丈多高的白玉老君像，还嫌不过瘾，又用白玉雕成玄宗像祀奉在侧。其他如天台山、华山、王屋山、青城山、泰山等，只要掐着指头能数出来的名山，没有道教的宫观都不敢称为山了。就连僻远的深山野谷，若是有了道教的仙台洞府，竟然也会香火不断。唐太宗李世民据说曾受过三洞法箓。他"发使天下，采诸奇药异石"，求延年之药。唐高宗也不例外，"令广征诸方道士，合炼黄白"。据说一个叫叶法善的道士"少传符箓，尤能厌劾鬼神"，唐高宗就将他召到京师景龙观，"恩宠莫与为比"。唐睿宗则请太清观道士杨太希为自己烧香供养，祈神保佑。唐玄宗更是登峰造极，不仅自己煮炼丹药，登坛受箓，还把当时最著名的道士都请到都城来，加官封号，百般宠信，甚至还把玉真公主下嫁给道士张果。

　　本就对魏晋风度十分崇尚的士大夫更是钟情于仙丹。"初唐四杰"之一的王勃常叹息自己"在流俗而嗜烟霞，恨林泉不比德而稽阮不同时"。另一位人杰卢照邻，则"学道于东龙门精舍"，在洛阳龙门的道观中煮炼丹砂，服食方药。诗人李颀则与道士张果往来，真相信张果已活千岁，并试着自己炼丹服食。在士大夫中受道教影响最深的要数李白了。他"五岁诵《六甲》"，"十五游神仙"，成年后与东岩子、元丹丘等道士为友，曾在著名道士胡紫阳那里听他"高谈混元"，后来登坛受箓，正式成为道教中人。

　　民间的道教没有那么荒唐，普通百姓也没有资格荒唐，买不起药也炼不起丹，只能在本来就很浓厚的迷信氛围中添加进许多道教的内容，道教中的鬼神崇拜、斋醮、祈禳之类与民间固有的迷信和巫术一拍即合。其中首先是斋醮，即祈雨、捉鬼、消灾、解厄、超度亡灵的仪式。《全唐文》里收录斋词26篇，醮词138篇，青词、叹道文、忏文也有数十篇。其名目小到修宅子、过生日，以及死了女儿、升了官职，大到祈雨有验、消灾免祸，都要修斋设醮。甚至有鹤鸣叫、有枯树复生，也要斋醮祈禳。

　　唐代道教盛行还有一个表现是幻术风行。道士除了装神弄鬼、步罡踏斗、念咒画符之外，还风行施幻术。像前面提到的道士王远知，曾被隋炀帝请到扬州，。但滑头的他预感到隋王朝大势已去，就想脱身去投新主。他有一般人想不到也玩不了的新办法，"斯须而须发变白，晋王（炀帝）惧而遣之，少顷又复其旧"。就是使用幻术手段，摇摇头能让须发都变成白的，一会儿就又恢复原色了。这样的手段每天对着隋炀帝使几回，还不把隋炀帝弄得惊悸不安，想不被打发走都难。盛唐还有一个道士殷文祥，他的幻术有很大的表演成分，类似于我们今天的传统魔术，他能使优伶"共起狂舞，花钿委地，相次悲啼，粉黛交下"，还能"酌水为酒，削木为脯，使人退行，止船即住，呼鸟自随，唾鱼即活"。名气更大的张果被后世传说为八仙中的张果老,他也是颇有花招,善于胎息,还能装死。书称其"绝色如死,良久渐苏"。他喝酒能像喝水一样畅饮,喝下去的酒还能从头顶上出来,出来的酒如水柱一般把发冠冲掉在地,落地的发冠变成一个杯子,刚好又把酒接住,想喝可以继续喝;他还可以把自己的牙齿弄断再粘接上,断齿反而变得瓷白如新。据《云笈七签》卷记载,他在唐玄宗面前"累试仙术,不可穷纪",因而逗得"明皇及嫔御皆惊笑",把一个耍魔术的当成是一位活神仙!

唐朝是个开放的时代,无论是佛教、道教,甚至景教、祆教,都是一律宽容,任由全国上下自由信仰。在政府的体制里,僧有僧正,道有道箓,等于已经设立了各个宗教门派的专门管理部门。所以,皇帝崇道,也照样尊佛。这时期发生在中国文化史和佛教史上最大的一件大事,就是玄奘大师自印度留学回国,就是我们常说的"唐僧取经"。唐太宗为玄奘大师设立译场,集中国内学僧与文人名士数千人,参与到他的佛经翻译工作中。对玄奘大师敬爱有加,几次劝他还俗出任宰辅,都被玄奘大师婉拒。一面尽力提倡其宗亲教主的道教,一面也笃信佛教,是唐王朝的宗旨。

写过佛教,又写道教,好像我写的离北邙越来越远了。实际不远,这是在谈我的认识。我们现在谈隋唐,不论是社会政治、商业贸易、对外往来,还是科技文化的发展,在中国历史上都达到了一个值得骄傲的高度,是我们后人啧啧称叹的一段时光。民俗文化在这个时期也不例外!佛教在汉代就传入了中国,道教也是在汉代就产生了,但我们分析一下,就不难发现,即使这两个宗教经过两晋和南北朝的发展,也还不能说是属于全民族的。通过前面对佛教和道教在隋唐时期发展的介绍,也许会看出端倪。佛教在大一统的汉代还属于新生事物,在两晋南北朝时期被官僚化、政治化的尊崇还都不是属于全民族的,只有到了大一统的隋朝,才有了荣光之极的全民化崇信,才真正进入到了全民族的社会生活中,成了民俗文化不可或缺的一部分。道教也是如此，没有繁盛的大唐帝国，它所有的说教都不会成为塑造中华民族性格的内容，它的信仰也不会成为中国人精神生活的一部分！

北邙之所以能称为北邙，就是因为有了这些宗教文化的诠释，当然还有迷信和风水。丧葬本是生命中的一件大事，被这些精神信仰包裹着，才能显得郑重其事，所以，丧葬就必须被这些宗教文化包裹起来！这样的包裹在隋唐之前就有，但到了隋唐才具有了普遍意义。

佛教经过了隋朝，道教经过了唐朝，才算是真正完全融化在中华民族的民俗文化里。佛教、道教和风水之术及其一切文化现象，都是精神层面的东西，没有它们，生命照样可以活着，而且活得更简单。如此，我们就明白了，这些东西都是人们在生活的简单乏味中，故弄玄虚整出来的复杂之物。这些复杂之物让人们产生了依赖，成了人们给自己制造的毒药。人目睹着生死，文化就都围绕着生死来发展，关注生，也关注死。而宗教这种迷信文化比其他文化多关注了一点，那就是再生。生不如死时，人们去求死，当生的很好时，人们就惧怕死，不论是求死还是惧怕死，都是人对生命的无奈。宗教文化所体现出来的"温暖"就是看到了人最软弱的部分，大方地抛给人们一根再生的稻草，即使你不相信还有来生，也会在绝望中去希望有来生！

隋唐之前中国传统的丧葬观，几乎是由儒家所倡导的"孝道"伦理和"礼"制构成了基本内核。如果往上追溯，这种丧葬观可以追到被儒家尊为元圣的周公那里，是他制礼作乐，把我们民族塑造成了礼仪之邦。但还有一种事关丧葬的观念，在道教和佛教涉及丧葬时，就已经提前进入了，甚至比儒家还要更早涉足丧葬，这就是传统的风水之术。风水之术的产生，也可以追到周公那里。

风水之术起源于先秦时代的相地之学，最早的相地记录就发生在北邙上，而且主持这次相地活动的人物就是周公。春秋时，《尚书》中有

"成王在丰，欲宅邑，使召公先相宅"的记载。说的是周成王想迁都，命令召公先去相地考察。召公具体都安排哪些相地活动，今天已经不得而知。后来具体到"周公营洛"的迁都行动上，有据可查的是周公拿着日晷勘察了洛阳的地貌形势，站在北邙上说了这样一句话："此天下之中，四方入贡道里均。"可见周公和召公是中国最早的地学先生。这也说明早在先秦就有相地活动，相地的主要目的是建筑城邑。

也是周公，在北邙阳坡上为西周王朝营造成周城和王城，建设完成后，开始制礼作乐教化人民，把相地活动引入了对阳宅、阴宅的选择上。《周礼·春官·小宗伯》有这样的记载："卜葬兆，甫竁，亦如之。"这是说，周代王丧，葬前先卜墓域，得吉兆后开始挖地造墓穴。单纯相墓的风水之术最早的发生地就在北邙。

至汉朝，司马迁的《史记》中也有"孝武帝时聚会占家问之，某日可取乎……堪舆家曰不可"的记载。从这里又能看出，自周公至汉代，堪舆之术不管是相地脉，还是相宅，都是和占卜结合在一起的。

东汉是家族墓地出现的一个时代，从原始社会的氏族墓地发展到家族墓地，说明崭新的家族单元已经完成了。家族单元发展到今天，我们还能看得很清晰，就是墓地和文字记载的家谱。这就让我们明白，所有的丧葬新形式也是在东汉开始渐渐丰富的。王符在《潜夫论·浮侈篇》中是这样描述京都洛阳当时的丧葬现象："今京师贵戚，郡县豪家，生不极养，死乃崇丧，或至金缕玉匣，檽梓姬楠，多埋珍宝偶人车马，造起大冢，广种松柏，庐舍祠堂，多崇华侈。"说的就是东汉的厚葬之风。汉代为什么出现厚葬呢？我的认识是，人们在一种更加血统化的新单元里产生了新兴趣和新理念。秦始皇在秦川厚葬了自己，没有带动秦代人厚葬之风；定都河洛的汉光武帝希望薄葬自己，却带来了厚葬的风气，这其中的奥秘不能不归结到北邙出现的家族墓地上。既然是家族墓地，人们自然会多做些讲究，丧葬的程式会在很短时间内形成巨大的世俗力量。

由最早的相地之学发展成为堪舆学,且偏重于阴宅的认识观念也会迎合这种社会需要,专注于家族墓地的发展。汉代对地理概念有了比前代更准确的认识,相地学能发展成为堪舆学的基础,及至延伸成风水术产生的理论基础就水到渠成了。有了这样的土壤,即使相地学是科学的,堪舆学也是有道理的,却照样能长出荒唐的风水术。

何为堪舆?《淮南子》中有:"堪,天道也;舆,地道也。"堪即天,舆即地,堪舆学即天地之学。它是以河图洛书为基础,按照八卦九星和阴阳五行的生克制化,把天道运行和地气流转完整地结合在一起,形成一套特殊的理论体系,从而推断或改变人的吉凶祸福、寿夭穷通,因此堪舆与人之命运休戚相关。

堪舆学之所以称作风水之学,是因为风和水在整个堪舆学理论中有重要作用。其实,研究风和水的根本目的,是为了研究"气"。《黄帝内经》曰:"气者,人之根本;宅者,阴阳之枢纽,人伦之轨模,顺之则亨,逆之则否。"《易经》曰:"星宿带动天气,山川带动地气,天气为阳,地气为阴,阴阳交泰,天地氤氲,万物滋生。"由此可以看出天象自然之气对人的重要性。气与风水有着千丝万缕的密切联系。古书载:"气乘风则散,界水而止。古人聚之使不散,行之使有止,故谓之风水。"又说:"无水则风到而气散,有水则气止而风无,故风水二字为地学之最。而其中以得水之地为上等,以藏风之地为次等。"《水龙经》也有"水飞走则生气散,水融注则内气聚","未看山时先看水,有山无水休寻地"的记载。这些都说明了风和水对人的生气的重要性。堪舆学是大视角的,譬如对北邙的地理形势的看法。而针对阴宅的堪舆是不是要缩小自己的视角呢?答案是肯定的。术士们在中龙之地的北邙上为王公贵戚的家族墓地察穴卜宅,上好的风水宝地上也存在吉凶贵贱的选择。在生与死的抉择中,生是重要的;但在选择重生的时候,死所能启发的重生更为重要,所以,人们把重生的赌注压在最为核心的风水上。

也许这时候人们开始称那些最先参透这个道理的方士们为"风水先生",也许人们还是称他们为"阴阳先儿",至少有一点是肯定的,就是风水开始从堪舆中分离出来,专门开始为亡人"看茔地"。过去的"风水先生"称呼还是比较中性的,现代人们称这个职业是"地狱商人"。我觉得不太准确,称他们为"天堂商人"或者"天堂掮客"更好。谁家找人看阴宅,不都是在找通往天堂的好穴,哪有花钱去找地狱之门的!这个至今还很兴盛的职业,最早是在北邙上露头的,它算是北邙养出的花,跟北邙的地位很般配。

我把这些"天堂商人"说成是掮客,主要是他们没有自己的产品,只是拿着大自然的产品——土地去推销一种理念,很像传销。他们没有实在的东西让你看到,但让你有一种期许,让你看着一团空气,却生发出欣赏到海市蜃楼美景的陶醉。他们写了很多东西,有关风水学的著述汗牛充栋、浩若烟海,而且到了百家争鸣、派别林立的地步。你说,对着天空说云流的能耐谁不具备呢,脑袋可以恣意地胡思乱想,只要能把自己所想说出道道儿,别人能信服更好,即使说服不了别人,那也是由于此道儿高深莫测俗人无法理解!这样的忽悠还真不是人人都具备的,譬如术士说风水和人们的命运息息相关,让你深信不疑;还能把风水术争执的核心说成是形势和理气两派的理念不同。

我试图回到原点去看风水,翻来覆去求证,才发现,先秦早期的地学只是针对一国之都的地形大势而谋;自周公开始至汉朝前具体到相地,更多的是为王卜阴阳宅;到了东汉出现家族墓地,堪舆学才堕落成为风水学。这是一个由科学到迷信的过程,把探索宇宙间大风大气所塑造的地势,具体到审视一垄一池的气势,可以想见,那是多么的小气和勉强!看似口气小了,实际上是排除了属于科学的成分。这样的小,正适合于假说,对一个家族的阴宅言形势和气场,可悲之至,可笑之至。在儒、道、释三家并重的唐代,相地之术被各家插手,是逃避不掉的命运,渐渐侧重于争名夺利的风水之术渐渐走入寻常百姓家。悲哀的是，本该发展到天文地理的大学问被一把手团小了，这把手就是个人的生与死，宗教迷信里挣扎着的那颗魂灵。

有一个故事，说的是隋朝宰相杨恭仁准备挑选一块家葬之地，就密派人回祖籍取新选择的葬地四角的土各一斗，并在历书上写着地的形势，请那些"天堂商人"给予定夺。洛阳城当时最有名的"天堂商人"被他一连请了五六拨，这些人各说一套理，弄得杨恭仁无所适从。有个叫舒绰的指着一包土说："此土五尺外有五谷，得其一即是福地，世为公侯。"杨恭仁请舒绰到现场察看，挖地七尺，果然发现一洞穴，贮藏七八斗粟。这里原是庄稼地，蚁啄而成穴。杨恭仁于是重赏了舒绰。这个故事说明，隋朝时候，风水之术已经在丧葬上大行其道，和佛教一样，是隋朝的一道风景了。

风水术和道教、佛教几乎全是在东汉时期展露峥嵘，发展到了隋唐，渐趋成为社会风貌的主要内容，三家的路子也几乎是亦步亦趋的。只是佛道两教气势如虹，风水术显得相形见绌。

唐代风水术普及化的标志是，把阴宅风水术直接写进由国家颁布的礼书，这是唐朝丧葬礼仪和习俗的一大特色，说明当时这种礼仪已具有法律约束。《大唐开元礼》明确把"卜宅兆"和"卜葬日"作为丧礼六十六项中重要的两项，不论是士人还是庶人，只要死了，都要"卜宅兆""卜葬日"。作为一种礼仪要求和倡导的社会习俗，风水术还是被捎带在了儒家礼制的大袍子下面。

《通典》转载《大唐开元礼》中所规定的唐朝"卜宅兆"和"卜葬日"的过程，是相当烦琐的。卜宅兆，即选择坟茔地时，先要仔细地测量地段地形，叫作"度宅兆"；然后由墓主家人乘专门的"翣车"来到墓地前，哭至五六回，才开始卜兆。卜宅兆有"卜者"一人，规定只许穿戴缁布冠，深色衣服；另有"祝"和"卜师"，皆着吉冠素服。卜者、卜师和祝都有自己固定的席位。卜宅兆时，由卜师抱龟，筮师开韥出策，一边还口中念词："孤子姓名，为父某官封某甫，度兹幽宅，无有后艰。"卜出结果后，在应安墓处立一标杆，在墓区四角各立一标，墓门处立一标，确立出墓宅的安妥位置。举行隆重的定标仪式后，再由祝跪读一篇祝文，文曰："维年某月朔日，子某官姓名，敢昭告于后土氏之神，今为某官姓名，营建宅兆，神其保佑，俾无后艰，谨以清酌，脯醢祗荐于后土之神，尚飨。"最后墓主家一哭、再哭、三哭，才结束这一丧仪。

卜葬日的仪式也与卜兆宅同样烦琐，同样用龟甲占卜，定下葬日"无有近悔"。两次占卜的作用，都是为了取得神灵的保佑。隋唐时期人们的迷信思想已经十分严重，笃信选不好葬地和选不好安葬的吉日，会使家人遭灾。看阴宅的风水先生也认为，墓宅选择与人间吉凶有直接关系，而他们则有助人得吉地的本事。隋唐时期出现了一些精于葬术的风水家，也大都被宣传为有这样的本事。舒绰、僧一行、司马头陀等都被认为是当时的风水名流。唐朝末年，除了洛阳云集着许多的风水高手，还出现了地方性的堪舆学派。杨筠松就被公认为是江西风水学派的祖师爷，他的术数流传后世若干代。

风水术的兴盛首先是给丧葬礼仪带来了新的变化，即停葬之风的出现。儒家所制定的丧礼中，本有停葬之风，如《礼记·礼器》云："天子崩七月而葬……诸侯五月而葬……士三月而葬。"但自相墓术流行以后，因选择吉地颇费时间，竟有停葬达二十九年之久才下葬的罕见葬礼。

唐代这样的丧葬制度，无疑是给风水术开创了十分巨大的施展空间。当时的洛阳和西安两地都是百万人口的城市，每天会有多少人死去，有了这个需求惊人的魂灵市场，风水术士自然少不了。

在风水术成蔓延之势的发展时期，也不是没有反对声音的，但这种反对的声音不但没有削弱风水术，反而因佛、道两教对风水术的插足而被淹没。

唐太宗时的吕才也一直被人们视为唐朝风水大家。他曾奉命整理数十家阴阳家的书，综合百篇。史书记曰："帝（唐太宗）病阴阳家所传书多谬伪浅恶，世益拘畏，命（吕）才与宿学老师删落烦讹，掇可用者为五十三篇，合旧书四十七，凡百篇，诏颁天下。"（《新唐书·吕才传》）其实，吕才从思想上是反对风水的唯物主义哲学家，他针对唐初迷信风水的陋俗，提出风水葬术的七不可信，其中最为精辟的议论是他列举的"人有初贱而后贵，始泰而终否者"的几个名人例子，指出人的福祸与冢墓无关，"荣辱升降，事关诸人，而不由于葬"。他还批判那些表面上痛哭失声，实为追求官爵名利的伪君子："世之人为葬巫所欺，忘擗擭荼毒，以期徼幸。由是相茔陇，希官爵，择日时，规财利。谓辰日不哭，欣然而受吊，谓同属不得临圹，吉服避送其亲。诡欺礼俗，不可以法。"这些话我深有同感，许多人看风水，并不是为孝道，而是为了自己能飞黄腾达。大办丧事，实际也就是为了敛些人情财礼。

吕才的思想，在当时风水迷信盛行的环境下，是十分可贵的。但他这样的观点并没有对风水术形成威胁。到宪宗年间，两京之地风水术之盛貌，连皇帝都感到惊讶。《旧唐书·李绛传》记载，唐宪宗问李绛："卜筮之事，习者罕精，或中或否，近日风尚，尤更崇尚，何也？"李绛也不知该怎么回答。可见当时的迷信气氛是何等浓厚，已经不仅是达官显贵和有钱人显摆，而是全民讲究，成了恶性循环。这自然是和隋唐两代崇道信佛的社会大气候密不可分的。

据传，隋文帝杨坚对风水术持怀疑态度。有些"天堂商人"在他面前兜售风水之术，他很机智地说："我家祖坟所占的地方，如果说不吉利，可我当了皇帝；如果说吉利，我的兄弟又是因打仗而死的。"急于扩大风水术影响的"天堂商人"面对隋文帝这样的回答，心肯定是拔凉拔凉的。隋文帝是笃信佛教的，而他这样去看待风水，至少可以说明，在隋朝，风水和佛教还是井水不犯河水的。

佛道两教为什么要插足风水术呢？首先是经济方面的考虑。宗教经济先于隋唐的发展是不遮不掩的事实，风水术无疑是丧葬消费中的首要一环。再者，风水之术虽然规定在丧礼中，但这些由术士们玩弄的手段还是和儒家的理念有些出入的。高居庙堂的儒家和这些术士们若即若离，并不融合。在进一步追求世俗化、中国化的过程中，佛教已经能够直接参与到丧葬的仪式中来。司马光说："世俗信浮屠狂诱，于始死及七七日、百日、期年、再期、除丧，饭僧，设道场，或作水陆大会，写经造像，修建塔庙。云为此者，减弥天罪恶，必生天堂，受种种快乐；不为者，必入地狱，剉烧舂磨，受无边波吒之苦。"佛道两教在儒家和风水术士的缝隙间插足一下，把自己"轮回转世"的丧葬观中加进风水术中，未尝不可以！

唐朝时期，有一个以看风水而闻名的高僧泓治大师，喜欢云游名山大川，并爱在大自然中寻龙布穴。一次，泓治大师从东都洛阳的北邙云游回到长安，对当时的老宰相说："我这次在关门路左旁寻得一处吉穴，从气脉来讲，九峰连续曲曲而至，犹如大将军出阵，匹马单刀直入金盆，明堂宽阔能容马，小溪水之玄曲曲，经向上而消，最妙的是来龙峦顶，有一池清澈的养龙水。穴位左右砂峰山峦起伏，一层高过一层，而且是旗幡招展左拥右抱。案山一字横过，案后露出冲天文笔尖峰。此局乃左水倒右，水口位砂峦狮、象形紧锁两旁。在此地葬，后辈定能出宰相。"老宰相听后心感惊奇，问道："谁人有福得而居之？"泓治大师说："您称病告假三日，就能看到那位有福人出现，可将此地赠之。"老宰相便依法而施之。称病三天之中，众多官员闻信无不前来探望，泓治躲于帘后静观之，可见之人，不是无福消受，就是无德居之。泓治对宰相说："这些人葬于此地，不但无福消受，反而会带来祸患。"正叹息间，突然门外传通报说京尹源乾曜求见。原来源乾曜并不是前来看望老宰相的，而是前来请假的，其家中老父亲去世，要在"卜葬日"赶回去送葬。帘后的泓治小声提醒宰相说:"此人贵与尔平,不可怠慢,此地非他莫属。"宰相详细地询问了源乾曜家中情况,方知其祖坟正在洛阳关门一带,于是要其带泓治大师一同回去,助他得到风水宝地葬亲。不料源乾曜却推辞说:"家里贫穷,没有钱财买如此好的风水宝地,官职低微更不敢动用泓治大师葬亲。"在源乾曜的再三拒绝下,宰相只能叹而罢之。事过两年,泓治大师再度云游洛阳路经关门,见其看重的吉穴上已经有人埋葬,就向人打听是谁家的葬地。真是无奇不有,巧到毫巅,原来正是源乾曜之父于两年前葬在此处。泓治大师叹道:"真是上天之造化,福人自会居福地也。"后来,源乾曜果从京尹一直做到宰相,其发展速度之快,也不过是二十年内的工夫。

由此可见,当时的佛教已经跟风水之术结合起来了。唐代还有个叫司马头陀的高僧,其风水之说《水法》不但在当时影响极大,直到今天还属于风水之术的密典。

道教是中国本土宗教,早期道家只讲炼丹成仙,在民间并无多大影响。但在发展过程中,逐渐吸收了儒、佛教的许多观念,终于和儒、佛成鼎足之势。从道教对中国传统丧葬礼仪的影响中,亦可看到道教与儒教、佛教的关系。可以说,道教本身便是一种文化沟通和融合的产物。

道教与风水本就纠缠着。从本质上看,风水之术和道教文化是两码事,风水立足于世俗社会的生存需要,图的是后人的飞黄腾达;而道教追求的是自我超脱世俗进入的"仙界"和"仙境"。但毫无疑问,道教和风水之术属于棵树结出的果子,二者都是靠阴阳、五行、周易、八卦、九星、气论等思想养育的,谁也逃不出民族的思维公式。所以,即使他们把自己打扮得另色另样,血脉还是关联着。譬如,风水中左青龙、右白虎、前朱雀、后玄武的四灵兽理想环境模式与道教中四个方位的守护神就颇有渊源,道教中的符箓、斋醮、咒语等也同样使用于风水之术中。道教经典《道藏》中收录有如《宅经》这样的风水著作,道教的书中也有关于风水师"相地"的记载。在与佛教抗衡的隋唐，许多道士直接充当起了民间的风水师。

　　风水之术是独立的，但在自成体系的宗教面前它又是单薄的，就像一头无主的驴，宗教随时都可以把它拉过来赶脚。这其中原因就是，不论是儒教、佛教、道教，还是风水，都是唯心的，都是虚无的，彼此之间很容易沟通和融合。不论佛教、道教和风水在自己的理论体系上怎么说，在丧葬这一点上能或明或暗地走在一起，还有更大的原因，这个原因就是金钱。请一个很有名气的风水先生，选择一块上好的茔地，是需要一笔不菲的支出的，除了必需的用度，还要根据风水先生的名气递上相应的红包。因着私利的缘故，三家之间的沟通也变得容易，且这是华夏民族几千年所形成的复杂的信仰观，谁想一枝独秀也不容易。守着北邙这个传统的丧葬之地，佛、道、风水三家谁也不会丢弃了触手可得的肥肉！还不如"搁置争议、共同开发"。

　　讲一个有关风水的小故事。北邙上的一个小村子，有一个老头子八十多岁了，和一群老年人在一起聊天。他向别人炫耀说："已经让儿子请了风水先生看好了茔地，俺就等着咽气的那一天，把咱们村最好的风水给占下了！"言外之意当然是得意加显摆。说者无心，听话的人还真的都有些嫉妒。都是要面对死亡的人了，让人家占下好茔地，谁不眼红，谁不想继续为后代做些贡献呢！一时间，这些老人都开始暗中给儿孙们提要求，要花钱找风水先生给自己也看一处好茔地。其中有一个退休老教师，看着别人家都在暗中找风水先生，不仅不急，反倒很悠闲地摆出一副高深莫测的样子。小村子里有个风吹草动很容易被人察觉，这个老教师的儿子跟老教师说："爹，咱也看看？"老教师自负地说："爹读的书比风水先生少吗？"儿子不解地问："您读的书跟人家读的书不是一路，还得请先生。"老教师说："书不一样，见识还能不一样？爹不让你花一分钱，也给咱家看好了茔地！"儿子半信半疑。老教师交代儿子去镇子上买了一副棺材，夜里偷偷地运回来，他把写着自己姓名的一个木牌位用红布包裹起来，放进棺材里，就吩咐直接送到他看好的茔地上。儿子看着选好的茔地，由衷钦佩父亲的见识！老教师说："这才是占住了好风水！"父子俩都为自己家神不知鬼不觉地占住了全村最好的风水而暗自高兴！

如今的丧葬都是实行火葬，农村人接受不了这观念，谁家死了人都是装的跟没死人一样，夜里再偷着去下葬。那个声称已经看好全村最好茔地的老头子死了，家人也是如法炮制，谁知道当夜没有下成葬！

第二天大早，死者的儿子哭丧着脸进了老教师家，拉着老教师的手一连声叫"叔"，非要让老教师给他父亲再看个茔地。

你道如何？原来这家人花大价钱请风水先生看好的茔地，竟然被老教师抢先一步给占住了。老教师看着求上门的晚辈，心中好不得意——知识就是力量！他很爽快就答应下了年轻人的请求。

原来这个村子边上有一个大冢，早前被盗墓贼伐开了，里面被偷得干干净净，但结构没有破坏。老教师就看中了这座大冢，帝王家选中的风水宝地，哪是随便请个风水先生就能找到的？所以他就捷足先登了，让儿子把他预设的棺材放了进去。老头子家请来的风水先生也是个能人，相信帝王家的风水肯定是一等的好，便暗中给这家做了指点！只可惜"英雄"所见略同，让老教师家先下了手。

第十七章 隋唐大成——丧、葬、祭

在中国古代,丧葬是人们社会生活中的大事,随着历史的演进,逐渐形成了庄严隆重且具神秘色彩的丧葬礼仪及习俗。隋唐统治者从封建忠孝伦理观点出发,将丧葬之礼列为传统五礼中"凶礼"之首,制定出一套烦琐的丧葬礼制。《隋书·礼仪志》这样记录了丧葬等级规模:"其丧纪,上自王公,下逮庶人,著令皆为定制,无相差越。正一品薨,则鸿胪卿监护丧事,司仪令示礼制。二品已上,则鸿胪丞监护,司仪丞示礼制。五品已上薨、卒,及三品已上有期亲已上丧,并掌仪一人示礼制。官人在职丧,听敛以朝服,有封者,敛以冕服,未有官者,白帢单衣。妇人有官品者,亦以其服敛。棺内不得置金银珠玉。诸重,一品悬鬲六,五品已上四,六品已下二。䡓车,三品已上油幰,朱丝络网,施襈,两箱画龙,幰竿诸末垂六旒苏。七品已上油幰,施襈,两箱画云气,垂四旒苏。八品已下,达于庶人,鳖甲车,无幰襈旒苏画饰。执绋,一品五十人,三品已上四十人,四品三十人,并布帻深衣。三品已上四引、四披、六铎、六翣。五品已上二引、二披、四铎、四翣。九品已上二铎、二翣。四品已上用方相,七品已上用魌头。在京师葬者,去城七里外。三品已上立碑,螭首龟趺。趺上高不得过九尺。七品已上立碣,高四尺。圭首方趺。若隐沦道素,孝义著闻者,虽无爵,奏,听立碣。"

唐承隋制，但在隋的基础上又增加了新花样。为了使人能一目了然，想出了以坟墓的大小高低区分死者尊卑贵贱的主意，官爵越高，则墓地越大，坟头越高。一品官员的墓地方圆九十步，坟高一丈八尺；二品官员的墓地方圆八十步，坟高一丈六尺；三品官员的墓地方圆七十步，坟高一丈四尺；四品官员的墓地方圆六十步，坟高一丈二尺；五品官员的墓地方圆五十步，坟高一丈；六品以下官员的墓地方圆二十步，坟高八尺；庶民的墓地方圆无步数，坟高仅四尺。玄宗开元二十九年正月十五日，本着所谓"古之送终，所尚乎俭"的原则，针对这个规定作了些调整，"令于旧数内递减"，五品以上官员的墓地备减二十步，六品以下官员的墓地减五步，而规定庶民的墓地方圆七步。三品以上官员的坟高各减二尺，四品、五品及六品以下官员的坟高各减一尺。在玄宗开元以前，规定官员三品以上可用明器九十件，五品以上可用明器七十件，九品以上可用明器四十件，而庶民没有规定具体数目。至开元二十九年正月十五日敕令规定，在原来的数目内依次递减为七十件、四十件和二十件，并规定庶民限用十五件。

　　规定是规定，皇帝还是很愿意把违背规定当成奖励功臣的赏赐。据《旧唐书·郭子仪传》："旧令一品坟高丈八，而诏特加十尺。"郭子仪生前曾官居一品，功高盖世，死于德宗建中二年（781年）。皇帝允许他的墓在规定的"丈八"的基础上"特加十尺"黄土，一族人为此感激涕零。

　　除了上面规定的葬制，又规定了六十六道葬仪。隋唐是我国封建社会最为繁盛的时期，帝王们也要拿出些前无古人的范儿。唐代的葬仪内容基本都源于周时的《礼记》，但更加系统化和程序化，前代有规定的留着，没有规定的添上，不怕繁缛，就是图个讲究。唐朝的一些葬仪程序，包含在《大唐元陵仪注》和《大唐开元礼》里。这两部反映唐代礼制的书籍，现都保留在杜佑的《通典》里。看了你就知道，这六十六道葬仪还只是针对三品以下四品以上至庶人。事实上，宋朝、明朝各代都很佩服唐朝对丧礼的精雕细琢，都纷纷以唐代为标准。

六十六道丧葬程序内容包括：初终、复、设床、奠、沐浴、袭、饭含、赴阙、敕使吊、铭、重、陈小殓衣、奠、小殓、殓发、奠、陈大殓衣、奠、大殓、奠、庐次、成服、朝夕哭奠、客吊、亲故哭、州县官吏吊、刺史遣使吊、亲故遣使致赗、朔望殷奠、卜宅兆、卜葬日、启殡、赠谥、亲宾致奠、将葬陈车位、陈器用、进引、引輴、輴在庭位、祖奠、輴出升车、遣奠、遣车、器行序、诸孝从柩车序、郭门亲宾归、诸孝乘车、宿止、宿处哭位、行次奠、亲宾致奠、茔次、到墓、陈明器、下柩哭序、入墓、墓中祭器序、掩圹、祭后土、反哭、虞祭、卒哭祭、小祥祭、大祥祭、禫祭、祔庙。其实，这六十六道程序就是四项内容：自初终到大殓和奠，为后世俗称入殓的各项手续，包括初终刚刚咽气，设尸床，给死者净洗，用白布蒙面，给死者口中含饭和玉璧。如果是官员还要向朝廷报告，然后朝廷遣使致吊，再陈列死者小殓、大敛随葬的服饰，最后为入殓死者进棺。从庐次至亲宾致奠，为吊唁各项，首先准备好接待各色人的专门的庐屋，然后先是全家人的哭奠，后为来宾、亲故、州县刺史长官的吊唁。从将葬陈车位至反哭，可作为第三大程序，即安葬的程序，先陈列灵车、陈列随葬品，然后鼓乐引柩车，车行中沿途祭奠，到墓入土掩圹，最后亲人拜别。从虞祭到祔庙为最后一大项，也就是安排灵主牌位和进家庙等若干手续。

现在许多人因为一个火葬场和一个公墓就感叹"死不起"了，看看唐朝，就知道现在的"死不起"真不算什么。战乱年代死葬很容易，可谁也不愿意经历那样的年代。继续往下看，你就再也不会说现代人"死不起"了，人家唐代人才配说这话。繁荣盛世也许就是这样子，"死不起"是标志！

上面所有的葬制和葬仪、祭礼都是属于儒家礼教的东西，不能忘记了佛、道两教，隋唐盛世里这两教的丧葬礼仪也是极烦琐的，且无孔不入。那些具体而细致的规定，在中国历代王朝中都是不可或缺的，维护葬仪实际上是统治者维护社会秩序、严明礼制的有效手段。历朝历代为了保证丧礼制度的实施，还制定了严格的法律条文，并随时都会颁布诏令防范违背丧礼制度的情况发生。谁要是不遵守这些制度或者是僭越了制度规定，就等着受罚吧。但也不难看出，这些儒家礼制的规定，只在意官宦贵族，却忽视了巨贾富商，在很大程度上反而限制了富有家资而社会地位不高的人家在丧事上的铺陈，这个问题在富庶的隋唐时期尤为突出。有钱了就想要面子呀，你儒教有限制，佛、道两教在丧事上没有限制，只要丧家有钱，和尚、道士们很会在丧事上铺排。于是，盛大的佛教斋会、水陆道场等就成了富裕之家表白"孝心"、夸富斗富以及寻求精神慰藉的最好手段。这样的越制之事，同样有着严格礼制。但宽容开放的唐代，培育出了前所未有的丧葬奇观，而且竞相效仿。以儒家礼制为主体的葬制仪程按部就班，丝毫不少不乱；以佛、道两教超度的魂灵法会，你方唱罢我登场，大肆渲染，葬礼几乎成了一台别开生面的大戏！

这个时期，虽然佛、道都在生死观念上故作独树一帜的姿态，但在相互汲取、相互借鉴的发展中，已经形成了你中有我、我中有你的局面。佛教的"转世轮回""天堂地狱"观念与道教及世俗迷信中的神仙鬼怪说结合在一起，使整个社会沉陷在"诡渎乎鬼神，怵惕乎妖妄，听荧乎巫卜，拘拘乎青囊珞琭之书，屑屑乎姑布子卿之说"的氛围中。中国本土的传统迷信只设计了鬼魅世界，没有设计转世之说。佛教正好解决了这个问题，"积功德""资冥福"便可使死者在轮回中获得幸福的新生，而且方法简单，花些钱让僧人超度即可。道家的驱鬼祛邪、祈福禳灾也迎合了生者平安是福的心态。本就贪生怕死的人们在佛、道两教喋喋不休的生死宣传中，很容易就被左右了，形成了世俗化的如痴如醉的崇信。

虽然儒家确立了中国丧葬礼仪的大传统，但习俗则是民间约定俗成的，具有其自身的特殊性。考察中国传统习俗，约略可以看出两条途径，其一为由上而下，由礼而俗；另一条则是由下而上，由俗而礼。丧葬礼仪也是如此，既有浓厚世俗色彩的儒家所制定的礼，又有种种民间杂俗。前者将浓厚的伦理化当作招牌挂在那里，而后者则被道教和佛教浸淫其中。在三家杂糅的民间习俗的形成过程中，其观念并行不悖，并没有像学者那样将儒、佛、道截然分开。尤其是唐代，三教呈现出互相沟通、互相融合的趋势，体现在丧葬礼仪中，那便是以儒家传统丧礼为主体，融合了佛、道两教的丧葬形式的出现。基本程序是儒家的，如装殓、报丧、饭含、成服、大殓、出殡等；但其中又杂以众多佛、道习俗，如请阴阳生批书、置七星板、钉长命钉等是道教习俗中祈福禳灾、驱鬼降妖等成分；而诵经礼忏、设坛作斋、炼度超荐、念倒头经、做七七斋则是佛教习俗。更为有趣的是，做七七斋时，首七由和尚念经，二七由道士做法事，三七是和尚念经，五七又是道士做法事，七七又由女尼诵经。看似鱼龙混杂，但以孝道为主旨的人们并不在意这些程序所体现的信仰上的矛盾，该做到的不做被视为不孝，能做到的不做照样是不孝，所以，只要能做到的都要做到。如果真的有魂灵，魂灵在这些信仰的十字路口估计也会无所适从，但活着的人谁都愿意为魂灵多准备一种选择。

许多的丧家自始丧就延请僧道参加，法事贯穿丧事始终。法事活动长短不一，参加的僧人和道士人数也有多有少，少的请几个，多的成千上万，都根据丧家的财力而定，时间上有的七天，有的七七四十九天，有的甚至一百天。另外一周年、两周年、除丧和时节祭祀时，也有请佛、道追荐的。其中七七斋最为普遍，佛教认为人死后会转世投胎，自死开始算起，七天为一期，最迟四十九天就会降生。在此期间，死者要经历天堂地狱，为了让其进入天堂，早得生缘，家人要为其每七天设斋祭奠，延请僧尼诵经资福。有记载，虞世南去世后，唐太宗令"于其家为设五百僧斋，并为造天尊一区"；洛阳焦生葬妻后，仍"为之饭僧看经，造功德备至"。可见佛事上至朝廷下到平民都很普及。

做法事的开支浩大，是丧葬费用中的大项，唐宪宗时，"太皇后为昇平公主追福，奏置奉慈寺，赐钱二十万，绣帧三车，抽左街十寺僧四十人居之"。官僚士大夫们为世俗力量所驱动，也于丧祭之时花费巨资大兴佛道之事，动辄几万、几十万钱"修营佛像，造作经文，罄竭家资，望垂不朽"。许多低级官吏因俸禄低微，无力筹办，为了超度亡人，举债而为。更有些百姓，只好卖掉家中财物，为亡人请一二僧尼诵经作法。实在无力请僧道超度的穷人，就在别人家做斋谯时，为自己的亡亲附度。士庶之家为亡亲资冥福、修功德的虔诚之心，给寺僧提供了获得暴利的大好机会，"黄冠辈见僧获利"。许多寺院在做佛事前，和丧家讲条件，论财利，在满足要求后，才肯为亡人超度，故当时有"闽于天下，僧籍最富"之说。

儒家的孝道文化强调人对待自己的父母"生，事之以礼；死，葬之以礼，祭之以礼"，"事死如事生"，并提高到"慎终追远，民德归厚"的社会治理高度。可见孝道从孝生到孝死是一个连续完整的过程，仅仅知道孝生是迈不过社会评价的门槛的。如此，隆丧厚葬成了标榜孝死最后的夸耀，和宗教迷信结合在一起烘托丧葬的气氛，也成了孝道不可或缺的部分。明器制度到唐朝发展到一个新的时期。所谓明器，又称冥器或盟器，就是专供死者在阴间使用的墓中随葬品。"明器"一词出自《礼记·檀弓下》："其曰明器，神明之也。涂车刍灵，自古有之，明器之道也。"这一时期，封建社会文明达到了高峰，明器制度也已经完善和定型。上自天子、亲王、公卿将相，下至各级品官和庶民百姓，墓葬中的明器数量、规格、种类，都有明确的规定。

从众多出土的唐代墓葬中，可以看出盛行厚葬的盛唐和唐人是多么喜欢花钱。先说唐三彩。唐三彩俗称洛阳唐三彩，因为最早的发现地就在洛阳北邙上。当年修陇海铁路时，北邙山被挖的"体无完肤"，满山遍野的挖墓人都是为了金器、玉器，最不济也挖个青铜器，没有人拿陶器和瓷器当回事。墓葬里的东西本就被认为带着晦气，所以，挖出的陶器和瓷器当时就被一脚踢了，当时踢过陶器、瓷器的挖墓人可以说比比皆是。我在北邙上打听，有个老年人捧着自己的胡子说，他的爷爷和父亲踢碎的瓷器瓦罐比他的胡子都多。农业学大寨的时候去地里深翻土地，那些早年被打碎的陶片、瓷片遍地都是，不小心还会划烂脚。

我从资料上得知，最早发现唐三彩文化价值的是北京城里的两个读书人。当时，洛阳北邙的盗墓活动已经发展成了人海战役，形形色色的文物商人中还是有些人留心这些陶瓷器皿的，就顺手带了几件色彩艳丽的，运到了北京的古玩街琉璃厂，想看看市场的反应。很长时间内，都没有人对这些多彩釉陶器感兴趣。国学大师王国维习惯到琉璃厂去转悠着找稀罕看，就见到了这种气度非凡的物件。后来他又邀来

三彩仕女骑马俑

了另一个高人罗振玉先生，两个人一起审视着这些物件，又是查资料又是琢磨，最后断定，这些来自洛阳北邙的多彩釉陶器是唐代的一种特色随葬品。最后在登报发表这个结论的时候，给这些花花绿绿的多彩釉陶器取了个名字，叫"洛阳唐三彩"。后来，随着西安也挖出了这种陶器，就干脆叫唐三彩了。唐三彩在洛阳、西安两地都有出土，但还是洛阳的唐三彩最有名气。单从釉色上看，西安的三彩比较素雅，洛阳三彩比西

安的艳丽。其主要原因是由于洛阳三彩的胎质，使用高岭土制作，素烧后胎质变白，挂釉烧制后色彩愈发亮丽，且洛阳三彩的制作注重花纹装饰，细节上比较讲究。初唐的三彩器以褐赭黄色为主，间以白色或绿色釉，采用蘸釉法，施釉较草率，釉层偏厚，流釉或烛泪状，釉层没有完全烧开，色泽暗淡。盛唐时期，三彩工艺明显进步，在器型品种上，除了器皿以外，出现了大量生动的三彩人俑。这时的三彩釉色润莹，赋彩自然，采用混釉技法，器皿多为内外满釉，色彩有绿、黄、白、蓝、黑等；装饰手法除了刻花、印花外，还广泛使用堆贴和捏塑；装饰内容丰富多彩，花鸟走兽无所不包。

唐三彩作为随葬品，所表现的社会内容十分丰富，有人形容它是大唐帝国物化的写照。唐三彩可以分为俑类、器皿类和建筑材料三大类。俑类中可以分为人物俑和动物俑，还有动物和人物兼而有之的骑马俑和骑骆驼俑。

人物俑题材广泛，主要有仕女俑、文吏俑、武士俑与天王俑、镇墓兽等。这些俑形神兼备，刻画出不同的性格和特征。贵妇面部胖圆，肌肉丰满，梳各式发髻，着彩缬服装。文官彬彬有礼，武士勇猛英俊，胡俑高鼻深目，天王则怒目凶狠。

当时的贵族墓葬中随葬有大量的人俑，其中，仕女俑是必不可少的，有立俑、坐俑、乐舞俑、乐唱俑、骑马俑、对镜梳妆俑等，她们的形象就来源于唐朝现实生活中的女子。仕女俑都是丰满型的，跟杨贵妃的美反映的是同一种审美观，都是宽袍舒袖，酥胸半掩，罗髻高耸，体态丰腴，雍容华贵。这些鲜活的唐女形象不免让人想起唐代诗人周濆的《逢邻女》："日高邻女笑相逢，罗裙慢束半露胸。莫向秋池照绿水，参差羞杀白芙蓉。"

胡人骑驼陶俑，双峰骆驼昂首引颈，作嘶鸣状，四腿肌肉起伏，如有弹性，四足前后错落，似欲起步。驼背上坐一胡人，深目高鼻，络腮胡。头扎幞头，身着翻领、窄袖、开胯、过膝的胡服，下着袴子，脚蹬高靴。手扶骆驼前肉峰。肩上站立一猴，猴一爪扶俑头部，一爪托腮，一副顽皮之相。人、驼、猴刻画生动。表现了沿着"丝绸之路"而来的西域商人在我国经商之暇，戏猴、骑驼漫游之情趣。唐人的随葬品把胡人都纳进来，足可见时代的自信和大气。

三彩俑和镇墓兽

镇墓兽是人们创造出来，安放在墓中避邪的怪兽。这种兽的造型表狰狞凶残，用来吓退阴界的鬼怪，安定神位。打鬼驱邪在我国古代丧葬理念中长期以来占据非常重要的地位，所以唐代的镇墓兽是人们刻意塑造的艺术形象，可视为一种精美的艺术品。从形态可分为人面和兽面两种，往往一个墓中出土一对，分别为一个人面镇墓兽和一个兽面镇墓兽。镇墓兽整体形态是，为人面兽身或兽面兽身，头顶有角，肩有飞翼，足作牛蹄形或鹰爪形，前足直立，后足卷曲，蹲踞坐在山形器座或须弥台上，除头部外浑身饰三彩釉。

武士俑头戴圆形兜鍪，身着明光铠，胸部纵束甲带，并与横向革带相连接，腰系宽带。双臂微屈置于腹前，左手握拳，右手呈握器状。兜鍪施红彩，铠甲和台座施红、绿、白釉。凡武士脚下踩踏卧牛或小鬼的俑统称为天王俑，常见的造型是头戴兜鍪或束发冠，身着明光铠，腰间束带，腰下左右各垂膝裙，小腿部位缚扎着吊腿，足着靴。俑作瞪眼、张口、叉腰、握拳，脚踏小鬼或卧牛状。

文官俑有头戴束发高粱冠，身穿宽袖袍，覆脚宽口长裤，双手执笏

唐墓出土的天王俑

板于胸前，足蹬翅头云履的；也有头戴鸟冠，身穿竖领宽袖上衣，覆脚宽口长裤，双手执笏板于胸前，足蹬尖靴立于镂孔台座上的，品种很多。

三彩马是非常生动、俊逸的。比如有一匹非常著名的马叫"左勾头，右抬蹄"，向左勾着头，抬着前腿，仅看其造型的动态，竟能让人感觉到一种文雅和高贵。也有一种很少见的施黑釉的马俑，马背上放置鞍、鞯和障泥。全身施黑釉，头、鬃、尾、蹄部施白釉，鞍、鞯、障泥部分各施绿、红、白釉，革带施白釉。李白有一首诗写道："五花马，千金裘，呼儿将出换美酒，与尔同销万古愁。"也许描写的就是这样名贵的马。

三彩马还有一个现代版的传奇经历。1989年年底，欧洲苏富比拍卖行在伦敦要为一匹流失到海外的三彩马举行一场拍卖。前期运到香港进行的展览非常轰动，结果在从香港运回英国的船上被盗了。当时英国皇家警察重案组全部都出动，连夜侦破这案子。破案后，他们把这三彩马赶快运到伦敦，正赶上拍卖。因为三彩马丢失又被找到的经历，引起全世界的关注，当时拍出的成交价是374万英镑。创出了中国文物在世界文物市场上的天价。

　　三彩明器中，以名称分有牵夫俑、胡商俑、侍从俑、养鹰俑、骑马男俑、骑马女俑、骑驼俑、参军戏俑；器皿有壶（尊）、盘、杯、瓶、罐、三足罐、三足盘、水注、塔式罐、钵、脉枕、钱柜；还有山水池造型和建筑构件。武士天王俑、镇墓兽、十二生肖是属于辟邪类的，还有多种人物俑、动物俑和仪仗出行的组俑，每一类俑和器皿都是多种多样的不固定造型和釉色。三彩明器可谓色彩斑斓、琳琅满目，而唐人的墓葬里有了这些三彩器物，又是怎样的富丽堂皇！

　　就唐代墓葬来说，除了这些彩俑，还有家庭生活器皿类的陶瓷器、金银器、铜器和铁器。如果还原到墓葬当中，把这些随葬品和壁画、线画、墓志石刻等石葬具作为一个整体看，你就会发现，随葬品是活着的后人为死去先人的安排，也是死者想把生前的生活带到地下的具象，虽然历朝历代都不乏随葬品，但唐代将这些随葬品做得更细致、更壮观，也更与众不同。

　　2005年3月洛阳出土了唐代安国相王孺人唐氏、崔氏壁画墓，仅从两个墓中揭取的壁画就达150多平方米。分列墓道两侧的壁画是两幅出行队列的长卷，队列前面有两个人各牵着两匹马，后面跟着牵骆驼的胡人，最后面的是武士。有足踏祥云、神采飞扬的青龙、白虎，有场面壮观的人物、马匹、骆驼组成的出行队伍。青龙、白虎长度均在五米左右，人物、马匹、骆驼均接近真人、真畜大小。其中一座墓有近30个人物，场面蔚为壮观。这些壁画用笔流畅、挥洒自如，人物、马匹、骆驼、神兽造型逼真传神、栩栩如生，充分展示了画工的精湛技艺和大唐盛世的雄浑气象。壁画是当时社会场景和世俗的反映，作为丝绸之路的起点，当时洛阳与西域有着广泛的往来，大气的唐人不仅把胡人的形象弄成了彩俑，还把他们添加到壁画中带进坟墓来服侍自己的魂魄。

　　唐朝墓碑制度已经达到了碑文内容的程式化和完备化。从碑文的形式上,唐朝吸收了以往各代尤其是北朝柩铭、墓砖铭、墓阙铭等的影响,并加以充实、完善,形成一种专门的文体。同时,墓前的碑文和墓中的墓志在内容上也逐渐合而为一,一般分为以下三个方面:一为墓主姓名、籍贯、生卒年月、家族谱系和官职履历等;二为墓主生平重要政绩、事迹、品行评价等;三为在墓志中才出现的铭文,以有韵的四六文撰成。

北邙唐恭陵哀皇后墓出土的唐俑

墓碑制在唐朝的盛行,推动了书法艺术的发展。这些墓碑有两个特色,一是要邀请当时著名的文学大家来撰写碑文;二是要邀请当时著名的书法家执笔写成,再由刻工往碑石上刻。

除了墓碑,唐朝陵墓前还出现了石刻群,就是俗称的石人石马,包括石刻的动物和人物群像。唐朝陵墓前置石刻群的风气盛行,并且系统化和制度化,是以后此制度发展的基础。

唐朝墓前石刻群制度的特点之一是,其完备化。石刻群制在唐高宗的乾陵达到完备,而开先河的是唐高宗太子李弘的恭陵。李弘早于其父亲高宗而死，但受到父亲的宠爱，死后追封为"孝敬皇帝"，所以他的墓是按皇帝墓的规格设计建造的，也成了意外埋葬在北邙上的唐朝陵墓。据说，为他营建的恭陵，"功费钜亿，万姓厌役，呼嗟满道"，绝不逊色于其他唐陵。现留存于北邙上恭陵遗址很规则地排列着华表一对、飞马一对、石人三对、站狮一对和墓碑一通，自南而北于神道两旁整齐排列。先于恭陵的献陵和昭陵，则尚未有完备的石刻群制度。昭陵六骏，仅是为了表彰唐太宗政治上的成就，是陵制外的特例，和陵前石刻群的性质不同。完备的唐朝墓前石刻群制度究竟是怎样的呢？大体为：陵前自南而北，陈列华表一对、飞马一对、驼鸟一对、石马五对、握剑石人十对、石碑一对、少数民族首领像不等（乾陵为六十一人）、陵前立狮一对。这个体制基本成为唐朝陵前石像群的定格，即使某个皇帝想有变化，也只在个别鸟兽样式上作些调整，或是在民族首领数量上进行增减。

唐墓前石刻群制的特点之二，是具有严格的等级制。比如石兽的品种，臣下的墓只许以石羊、石虎为主，帝陵则不用石虎、石羊。在人臣中，等级界限也很严，比如皇族中身份地位最高的，墓前都有华表、石人、石狮各一对；而皇室中地位稍低一点的，则改为华表、石虎、石羊和石人各一对；再次之，就少一对石虎。非皇族的大臣比皇族规格又低，建国功臣李靖、李勣墓前都没有华表，仅有石人、石虎、石羊等。从以上可见，公主、王子、大臣、藩属的墓前石刻群都各有不同。

"生，事之以礼；死，葬之以礼，祭之以礼，可谓孝矣。"死者葬后，生者还会定期举行一些祭礼，以纪念死者，同时体现"念祖怀亲"的孝道观念。这些祭礼包括守孝、服丧、扫墓、祭祖等。

考古发现的墓葬只是内容繁杂的丧葬活动中"葬"的一部分，而"丧""祭"是考古发掘见不到的。隋唐的丧葬礼仪是最完善的，这里列举几个比较有影响的祭礼聊以代之！

虞祭

丧主安葬尸柩后，日中于丧家殡宫举行的祭祀之礼。唐代时，虞祭的祭品摆放等同于其他的大祭，在进行之前要先造虞主，并漆上黑色的漆。丧家沐浴来到灵座前，仪式开始。宾客入而拜哭，丧家哭而答拜。丧主斟好酒，由相者引领面朝西跪在灵座前，将酒敬奠在祭品前，然后退于一侧，祝者始跪进祝文。丧主哀哭，两拜，众亲宾皆哭两拜，祝者哭尽哀。最后掌事者将重木埋在丧家大门外道路的左边。虞祭一般进行三次，第二次称再虞，第三次称三虞。这三次虞祭仪式大抵相同，只是祝者再虞时云"哀荐虞事"，三虞时云"哀荐成事"。唐人是很注重虞祭的，不举行虞祭礼将被人所不齿。

七七追荐

又称七七斋、水陆道场、水陆大会、水陆会、水陆斋仪等，是一种超度死者亡灵的大法会，主要来源于佛教信仰。在佛教的轮回转世观念中，人死后在七七四十九日内，分七阶段随业力受生。七七追荐便是为了替死者消罪免祸、诵经修佛，以投入善良之家，因而延请和尚设斋念经，礼佛拜忏，追荐亡灵。

丁忧

唐朝以前丁忧多是个人行为，但唐朝起成为法定行为。所谓丁忧是指官员在父母去世后，必须去官守孝一定时间的制度，是孝的体现。斩衰之服的丧期是三年，但并非三个周年，只要经过两个周年外加第三个周年的头一个月，就算服满三年之丧，所以实际上是二十五个月而毕。也有一种意见认为，三年之丧应服二十七个月，唐代以后多从二十七月之说。开始服丧，叫成服、持服；服丧期满，叫释服、服阕。

扫墓

扫墓祭坟是寒食、清明节期间的重要活动。北邙上的"田野道路，士女遍满，皂隶佣丐，皆得上父母丘墓"。虽然这种扫墓风俗起源甚早，但在寒食、清明节时进行扫墓则始于唐代。据《旧唐书·玄宗纪》载：

开元二十年（732年）四月二十九日，唐玄宗鉴于当时"寒食上墓，礼经无文，近代相传，浸以成俗"的现状，下诏"士庶之家，宜许上墓，编入五礼，永为常式"。自此，寒食扫墓用诏令形式正式确定下来，并列入五礼中。值得注意的是，唐代的寒食节和清明节已逐渐合二为一，所以，在这两个节日都有扫墓的活动。

我们可以从唐代诗歌中看到北邙当时的情景，如张籍的《北邙行》"寒食家家送纸钱，鸱鸢作窠衔上树"，王建《寒食行》"三日无火烧纸钱，纸钱那得到黄泉"，白居易《寒食野望吟》"乌啼鹊噪昏乔木，清明寒食谁家哭。风吹旷野纸钱飞，古墓累累春草绿"等。中唐时期纸钱风俗已经风靡民间，盛极一时。冥钱就是阴间所用的钱，是给逝者在阴间生活备用的，实际上是商品经济意识在丧葬习俗方面的反映。烧纸钱起于魏晋南北朝时，到唐朝开始在民间广泛流行。由于印刷术的发展，纸钱上逐渐雕刻成文，在钱上印"泉台上宝"和"冥游亚宝"等字样。

第十八章　死者的志与活人的诗

隋唐的北邙是没有什么长风大歌可唱的,因为那些成龙成凤的人物都跑到长安去死了。就算有个霸气无比的则天女皇,恣意纵情在洛阳城里傲视天下地活了一把,但在西方极乐世界召唤的声音下,还是没敢留在她的神都。去掉"圣神皇帝"的招牌,改称"则天大圣皇后",重又装出一副小女人模样,回归到了高宗皇帝的身边。

但隋唐也给北邙留下了难得的文化遗产,这些文化遗产现在看来远比一两个帝陵要珍贵得多,直到今天还能鲜活地呈现在我们面前的就有两样:墓志和唐诗。

墓志铭是古代丧葬礼俗中重要的随葬品,墓志的性质与作用和墓碑相似,是记叙死者姓名、籍贯、生卒年月、生平事迹等内容的丧葬器具,文章末尾缀有称作"铭"的韵语颂词。不同的是,墓碑立于墓前而墓志则埋于墓中。墓志起源于东汉,魏晋以后开始流行,是当时人们生死观与丧葬文化的重要体现。隋唐时期是墓志发展的鼎盛阶段,墓志一般作方形,由志盖和志石相合而成。志盖多作盝顶形,一面刻有篆体的标题。志石上则刻有志文、志铭。其志文、书法不少出自名人之手,且大多有当时的史实记载并录有确切纪年,数量之多,铭文之长,内容之广,历来颇受学界瞩目。墓志以其所蕴含的考古学、历史学、文献学、文字学、书法史学、美术学、文学以及社会科学、自然科学等学科丰富可靠的内容，被当代学术界以第一手资料获之为至幸。

洛阳的千唐志斋博物馆收藏了 2000 余件唐代墓志，几乎尽是从北邙搜集得来。千唐志斋和洛阳其他收藏单位所收藏的唐代墓志，自武德、贞观起，经盛唐、中唐、晚唐，历代年号，无不尽备。志主身份纷繁驳杂，既有国之重臣、皇亲贵族，又有封疆大吏、刺史太守；既有处士名流、真观洞主，又有郡君夫人、宫娥才女。这些人的人生际遇，显示了唐三百年文治武功及社会百态，堪可证史、纠史、补史。这些墓志铭被称为是一部石刻唐书，对于研究唐史，具有弥足珍贵的价值。

千唐志斋一隅

碑刻是我国书法得以保存的一个主要方式。墓志上的铭文意在传世，所以多仰名家动笔，其书法艺术价值相当高。中国书法发展到魏晋南北朝时期，篆、草、行、隶各种书体已经具备。唐太宗、高宗喜欢"二王"书法，所以大力推崇，带动了整个唐代书法的发展，其中楷书的书艺成就尤其出类拔萃，逐渐成为当时社会上最为流行和通用的书体。

唐代的书法艺术日臻发展和完善，甚至成为士子晋身之阶。论书体，篆、隶、行、楷各体具备，名家精品尽出其中；观流派，唐初的虞世南、褚遂良、欧阳询，唐中晚期的颜真卿、柳公权、李邕、张旭，诸体风格皆可一览无余。如颇具虞风的唐代名相狄仁杰所书相州刺史袁公瑜墓志，神似褚体的李凑墓志，无名氏以楷体所书的田夫人墓志，无名氏以行草所书赵洁墓志等，各体书法都在这些唐墓志中得以保存。

当代有许多书法家和书法爱好者到洛阳搜罗这些墓志的拓片，花钱买学问，把拓片带回家里研习。我也时常会受到一些书界朋友的嘱托，说让我去玩，带上几幅拓片。我知道拓片值不了几个钱，可朋友就是不舍得买，非让我去找他吃喝，反而花更多的钱。时下人都很喜欢情分，我去蹭吃蹭喝自己不花钱，说是朋友请；人家要拓片不想买，说是朋友送的，有面子！这是双赢啊！对我来说，墓志铭除了传下来一千多年前的书法艺术，还留下了这点交际用途，可对于学者们墓志铭的意义远不止这些。

我有个研究墓志铭的朋友，该称老师，叫赵振华，老先生在这方面研究颇深，知道的很多，专门研究墓志铭的书都出版了几本，是个真正的权威人士。从他那里得到的资料让我知道了，墓志铭还有许多的价值，不信都不行。北邙上的墓志有两大作用：一个是观书，一个是纠史、补史。观书就是我说的弄拓片的用途。纠史、补史就了不得了，那是挑历史记载的错，给历史记载补漏洞！

大业十四年（618年），隋炀帝死，王世充于洛阳拥杨侗为帝，次年又废杨侗自称皇帝，国号"郑"；李密率领的瓦岗军占领洛阳金墉城，称"魏公"，年号"永平"，洛阳出现了"二十五里双皇帝"的局面。李渊建唐称帝，定都长安。620年，唐高祖李渊命秦王李世民东征洛阳，统一中原。于是，洛阳城北的邙山便成了唐军与王世充、李密等割据势力征战的主战场。当时，有一对堂兄弟也出现在同一战场的对立面，就是李世民营中的长孙无忌和王世充帐前的长孙仁。长孙无忌是帮亲妹夫打天下，长孙仁是帮助王世充和堂妹夫争天下。后来长孙仁帮着的王世充失败了，作为堂妹夫的李世民也没有饶过他，给他个面子让他在家自尽了。他的墓志上就记录了由于隋炀帝统治残暴及不断发生对外战争，致使国力透支、民不聊生，激起各地起兵反隋的情况。其中有隋的上层官僚杨玄感顺应事变举兵的记述，说杨玄感在黎阳（今河南浚县）督运国粮时起兵反隋，率众十余万进逼洛阳，以及后来转战三崤（今河南洛宁县西北）地区活动的情况。而另一出土的陈察墓志也对此起彼伏的反隋情况有记载："薛举称兵，县人杨洛翻城相应。"这两块墓志中的记述都说明了隋末不但是群雄并举，连那些吃着朝廷俸禄的官员们，也是审时度势，竞相造反。这些记载弥补了两唐书之阙。

屈突通墓志记载了唐太宗与屈突通征讨王世充一事。大家知道，屈突通是历仕北周、隋、唐三朝的人物。正是这个屈突通，在隋朝末年，反戈一击，辅佐李渊、李世民父子，为建立大唐江山立下了汗马功劳，成了大唐开国功臣，后来被"图形凌烟阁"，即画像于凌烟阁中，与其他二十多位李唐功勋大臣一起被载入史册。屈突通墓志为我们了解这段历史提供了详细的记录。

武则天执政期间，曾用周兴、来俊臣等酷吏，滥杀无辜。他们罗织罪名，借以打击士族地主及不满武则天的唐朝宗室旧臣，以致许多人蒙冤受屈，死于非命。程思义墓志及贺兰务温墓志中，都记载有当时酷吏严刑逼供、株连无辜的骇人听闻事件。墓志上的文字记述是这样的："当时杨豫作逆，妖氛未殄，王侯将相，连头下狱，伤痍诛斩，不可胜数。周兴荣贯廷尉、业擅生杀……公卿倒足，行路掩首。时有吴王子琨作牧江右，来俊臣密树朋党，远加组织，令君推问，冀陷诛死……"这段内容说的是，当时任大理寺正，即最高法院主审法官的程思义接到来俊臣的密令，让他捏造罪名，置李琨于死地。可是程思义"宁失不经，志重平反",招致了来俊臣的不满,以莫须有的罪名,被贬为兖州龚业县令,后来又遭诽谤诬陷,"久陷囹圄,横加拷察,死于非命"。

崔泰之墓志则记载了宰相张柬之等人发动政变,迫使武则天传位中宗的经过。董怀义、钟绍京妻许氏、王崇礼、白知礼、李怀等人的墓志又记载了韦后与其女安乐公主合谋鸩毒中宗、立李重茂为帝,以及后来李隆基带兵入宫、杀韦后、拥李旦为帝等一连串宫廷政变。如董怀义墓志曰:"逆贼马秦客,潜行鸩毒,中宗暴崩,韦氏称制,奸人掌营卫,凶戚居要津,公翊戴皇帝,斩关通禁,数刻之间,尽殪凶丑。"该墓志还向我们描述了他挺枪跃马、斩关通禁、杀入宫中、

北邙出土的武则天大周时期墓志

铲除逆党的战斗经过。这些墓志使历史上的风云变幻从遥远的古代一下子迫近眼前,犹若人喊马嘶、刀光血色就在眼前,让人顿生"一步走入历史,转眼即成古人"的感慨!

关于安史之乱,墓志亦不乏记载。洛阳圣武观女道士马凌虚墓志,则使我们看到这个"光彩可鉴、芬芳若兰"的女道士是如何"未盈一旬,不疾而殁",死于安禄山幕僚之手的。圣武观原名开元观,安禄山暴兵入洛,建元"圣武",观亦被迫改名。马凌虚"禀于天与,度于师资,鲜肤秀质,环意蕙心。挥弦而鹤舞,有七盘长袖之能;吹竹而龙吟,有三日遗音之妙",被誉为绝色佳人,声名遐迩。也许正是应了"红颜薄命"之说,她被安禄山幕僚独孤问俗抢去,因不堪凌辱,死于非命,黄冠淑女,香消玉殒。安禄山另一高级幕僚李史鱼出于不可告人的目的,为马凌虚

撰写了这方墓志铭，闪烁其词，吞吐遮掩，说马凌虚"不知其所之，将欲问苍"，醉翁之意，昭然若揭。

史书记载的都是国事、大事，也都是泛泛而论。即使具体到人，也是只写地位显赫的，而且属于写谁不像谁的笔法。如果把史书比作是竖向的、粗略的，那墓志铭就是横向的、细微的。这些石书中，不但可以看到官场起伏，也可以看到民间的儿女情长，更能看到商贾农桑、宗教信仰、门阀兴衰、姓氏渊源、地名变迁、水陆交通、水旱灾情……可以说是应有尽有！

20世纪90年代，洛阳北邙上的孟津平乐镇上屯村出土了唐代翰林学士令狐绹撰文的狄兼谟墓志。狄兼谟是一代名相狄仁杰的从曾孙，为官亦以忠耿出名，颇具先祖家风。墓志青石质，边长94厘米、厚18厘米，楷书43行，满行45字，表面局部风化，残缺约200字，仍存1400余字。比起《唐书》中狄兼谟十分简短的传记，墓志详细地记述了其生平事迹，虽然有夸赞之嫌，但透出的信息还是对某些史实的出入颇有旁证作用。譬如有关家族世系的记载，言明其曾叔祖是对则天女皇都敢犯颜直谏的唐代名相狄仁杰，这与《新唐书·宰相世系表》所记是相同的。墓志记朝廷拜狄兼谟为东都留守，又职太子少保，检校尚书右仆射，分司洛阳。皇帝不来洛阳的时候分司洛阳，这分明就是闲官，不过也远离了天子脚下朋僚之间的党派争斗。当时的白居易退休后闲居洛阳，狄兼谟曾与之共同为朝廷效力，且又同住在履道坊内，来往走动方便，经常凑在一起玩。白居易74岁时与高朋雅士宴饮聚会，名"七老会"，在场众人各赋诗章，流誉于今。当时这件事就有狄兼谟在场。白氏《七老会诗》云："会昌五年三月二十一日，于白家履道宅同宴。宴罢赋诗。时秘书监狄兼谟、河南尹卢真，以年未七十，虽与会而不及列。"《新唐书》则记白居易"尝与胡杲、吉旼、郑据、刘真、卢真、张浑、狄兼谟、卢贞燕集，皆高年不事者，人慕之，绘为《九老图》"。此记载与白居易《九老图诗》所记的人物就有出入，证明史实也有失误的时候。

墓志上说狄兼谟"葬于河南府洛阳县金庸乡双洛村，祔梁公之茔"。而墓志是在上屯村西一处被称为双碑凹的田间出土的，由此可知狄仁杰墓亦应葬于此，则双碑凹是狄氏大家族的兆域。唐代所说的金庸乡因汉魏洛阳故城西北角的"金镛城"而得名，据民国时期出土的唐代单信、陈秀、崔光嗣、张滂墓志，可大概推知金庸乡的范围就在汉魏洛阳故城附近。而由狄兼谟的墓志可知，今天的平乐镇上屯村双碑凹也是唐代"金庸乡双洛村"的地域。

这就证明了历史上以讹传讹的狄仁杰墓的准确位置。洛阳白马寺山门外东侧、齐云塔院西南处现存的小坟丘，一直被认为是狄仁杰墓，相传宋代此处还建有狄梁公祠。后人便在此建亭子以纪念，还刻

白马寺里的狄仁杰墓

碑勒石颂扬狄仁杰。明代万历二十一年（1693年），还重立了一座2.5米高的大碑，上刻"有唐忠臣狄梁公墓"。殊不知这是张冠李戴了，此梁公非彼梁公，这是唐代武周时期被封为梁国公的白马寺住持薛怀义墓。历史记载，薛怀义死于洛阳城内，"以辇车载尸送白马寺"。宋代以来，有人误把梁国公薛怀义的墓，当成了跟武则天在朝廷之上论曲直的梁国公狄仁杰的墓。这也怪武则天荒唐，她自己的面首和帮自己维护权力的男人都封为梁国公，可能是为了夸耀这两个男人在不同的领域，都堪称"擎天白玉柱，架海紫金梁"，却混淆了黑白，让景仰狄仁杰一身正气的后人也跟着荒唐了近千年。

世风民俗在墓志上的体现也十分有特色。

儒家礼仪对丧葬有一套严格的礼仪规定,认为子孙把逝者葬在家乡是孝道的表现,所谓"礼也"。安土重迁的农耕文化也强调叶落归根,"生于斯,死于斯"。无论死者在什么地方,其家人都要不惜代价千辛万苦把遗体运往家乡安葬。有的在异地死亡,暂时不具备条件,就在当地"权葬",若干年后,再以"二次葬"的方式迁葬于故里。在出土的唐代墓志中,出现了大量的迁葬或返葬现象,可统称为归葬。

这种现象背后除了农耕传统与儒家文化的因素外,还隐藏着更深层的文化现象。古代没有明晰的国土边界,国家形式更多是靠民族血统、文化思想和传统理念维系着,疆域的大小往往与中央政府的强盛与否相一致,对王朝的忠诚体现着对国家政权与文化的认同。古代"中国"含义中强调地理和文化概念,当家族认同和文化地域认同与"中国"的政治认同达到某种契合时,官僚知识分子阶层日益向王朝中央聚拢,就成为了一种"中央化"趋势。这种趋势不仅表现在生,也表现在对待丧葬的观念上。唐代的"归葬"现象说明自东汉形成的家族认同和文化地域认同观,与传统的"家国同构""家国一体"观念已经融合起来了。

隋唐时期,虽然有西京长安,但洛阳依然是国家的政治中心,从文化、经济上说,洛阳的地位显得更重要一些。北邙作为形成已久的归葬地,成了家国意识具体在丧葬观上的直接反映。

试举例以证。

刘政,籍贯瀛洲河间(今青海化隆县),大业十三年(617年)七月十五日亡于化隆县任内之官邸,于唐贞观十六年(642年)迁葬于洛阳北邙。

孝敏,籍贯平原平昌,贞观七年(633年)正月十七日亡于广州海南县,于贞观八年(634年)迁葬北邙。

樊玄记,籍贯南阳,总章二年(669年)五月九日亡于交州(今越南河内）馆舍，于咸亨元年（670年）十月四日迁葬北邙。

衡义整，籍贯齐州全节，永昌元年（689年）四月二十一日亡于伊州（今新疆哈密）官舍，于天授二年（691年）二月十八日迁葬北邙。

王思讷，籍贯太原，证圣五年（695年）五月二十日亡于桂州（今广西桂林），于天册万岁二年（696年）正月十一日迁葬北邙。

屈突伯起，籍贯昌黎，永昌元年（689年）九月二十一日亡于辰州（今湖南沅陵），于天授二年（691年）迁葬北邙。

王齐丘，籍贯太原，景龙三年（709年）二月十三日亡于凉府（今甘肃武威），于景龙三年十月迁葬北邙。

许义诚，籍贯河间高阳，开元二年（714年）七月六日亡于桂府（广西桂林）之官舍，于开元三年（715年）迁葬北邙。

杜忠良，籍贯京兆杜陵，先天二年（713年）九月一日亡于安南府（今越南河内）官舍，于开元三年（715年）迁葬北邙。

董守贞，籍贯陇西狄道，开元十年（722年）八月七日亡于漳州塘田（今福建漳州）驿舍，于开元十一年（723年）迁葬北邙。

邓宾，籍贯京兆长安，开元十年（722年）闰五月十三日亡于建州唐兴县（今福建南平）旅馆，于开元十二年（724年）迁葬北邙。

北邙出土的隋唐墓志是一个十分独特的系统性单元，作为研究隋唐社会历史的第一手文献，可称为"石刻唐书"。当时不仅贵族墓葬会出现在北邙，许多士族及社会主流群体成员墓葬目的地也是北邙。墓主以普通官僚阶层为主，也有部分僧道及平民、工商阶层，墓志内容主要记录墓主的家世、仕途、婚姻、死亡及安葬等信息，真实反映了当时整个历史时代的文化思想主基调和社会形态。

在这种迁葬和归葬风气中，也让我们看到了许多习俗。

《大唐陇州吴山县丞王君墓志铭并序》中有这样的内容："粤以显庆二年六月戊午朔三日庚申招魂合葬于邙山之阳翟村西二里，礼也。"

《大唐故金紫光禄大夫右屯卫司骑赵君墓志铭》也有类似内容："粤以永徽三年，岁次壬子十月十三日，乃招魂与夫人王氏同葬于河南县平乐乡之里。"

《唐故隰州大宁县令王君墓志铭》也有同样的记述："以乾封二年十月二十二招魂与君合葬于邙山之阳，礼也。"

唐墓志铭

这些人大部分是因为战乱或者异地任职而死于异乡，一时间无法归葬故里，其家庭成员出于合葬或者归葬的目的，为其招魂安葬。这类例子不胜枚举，仅周绍良先生所编的《唐代墓志汇编》中所举实行招魂葬法的例子就有几十个之多。而在《安禄山事迹卷下》中也记载，安禄山死后，没有得到尸首，其妻康氏为其招魂而葬。由此可见，招魂法在当时十分流行，以至于那些刚入中原的少数民族中也开始遵循此种礼仪。

招魂安葬的流行主要是由于当时归葬和合葬的风气。亡于他乡，率归葬，就是后来所说的落叶归根，此乃我们国家之古老葬俗。合葬大多是指夫妻合葬。归葬一般指死亡后归祔祖先茔地，因为葬于异乡，受不到后代的供奉，往往被视为孤魂野鬼，为此，后代往往会想尽办法将客死异乡的长辈骸骨寻找回来安葬。由于不断的战乱，使许多人颠沛流离，客死他乡、甚至是横尸遍野、尸骨不存，从一般的兵士到安禄山那样的统帅都可能难以幸免，这也是招魂葬盛行的原因。唐代诗人张籍有诗云："九月匈奴杀边将，汉军全没辽水乡。万里无人收白骨，家家城下招魂葬。"

有关此时招魂葬的记载较为详细的是《唐故宋州单父县尉李公招葬墓志铭并序》"（李）为贼刃所加，时元和十四年八月十九日也。即时诏诛，凶党疑惧，遂愈弃僵尸浑乱波尘，暨王命克通，吾长兄绛茹毒之前，达于海部，哭恸沧波……悉复归东洛，丧礼有差。以长庆元年十一月九日次葬仲魂于北邙故原，礼也。"

谶语墓志作为文谶的一种，也是很奇特的习俗之一。其形制虽然也是石刻，但内容却与墓志大相径庭，文化内涵也难以与其相提并论。谶语要么刻于志盖上，要么刻在志文里。其内容大凡是预示千百年后谁会打开这个墓葬，有云"千百年后由谁所得"，或云"开吾墓者，改葬之，大富贵"，或云"如违，招致祸殃，绝灭"，不一而足，对盗墓者的心理造成震撼是主要目的。不外乎对若干年后的盗墓者，要么说些吉祥话，不至于被挫骨扬灰；要么说些诅咒的话，给盗墓者以恐吓！至今，考古发现的墓志中的谶语，还没有发现一例与所述内容相符合。2001年6月，洛阳市伊川县出土了《柳山涛墓志》，从入葬的666年算起，其时间相距1335年，与其卜《易》所占而预言的1300年也有差距。作为一种墓葬文化，谶语的出现并不是孤立的，是随厚葬风气引发的盗墓之风所带来的。

另一习俗是十二生肖墓志。到中唐天宝年间，生肖墓志已经蔚为大观。其含义是代表天地间的时间概念，象征墓主在阴间也能知道自己生前的生肖时辰。十二种生肖被视为十二种神灵，暗示着墓主将得到其保佑。还有冥婚等习俗都在墓志中有鲜明的反映。

外来风情出现在北邙的唐代墓志上。

20世纪初，洛阳出土的唐《阿罗憾墓志》是研究唐代中西交流的重要资料。墓志记述："大唐故波斯国大酋长、右屯卫将军、上柱国、金城郡开国公、波斯君丘之铭。君讳阿罗憾，族望，波斯国人也。显庆年中，高宗天皇大帝以功绩有称，名闻（西域），出使召至来此，即授将军北门（右）领使，侍卫驱驰。又充拂林国诸蕃招慰大使，并于拂林西界立碑，峨峨尚在。宣传圣教，实称蕃心。诸国肃清，于今无事。岂不由将军善导者，为功之大矣。又为则天大圣皇后召诸蕃王，建造天枢，及诸军立功，非其一也。此则永题麟阁，其于识终。方画云台，没而须录。以景云元年四月一日，暴憎过隙。春秋九十有五，终于东都之私第也……卜君宅屯，葬于建春门外，造丘安之，礼也。"

从铭文得知，这个波斯人阿罗憾在唐代是受到朝廷优厚礼遇的一个外国人，在武则天建造天枢的过程中，发挥过重要作用。武则天废掉唐中宗，临朝称制，改国号为周。这受到儒家正统观念的强烈抵制，虽然没有发展到造反的地步，但臣民在思想上非常抵触的。武则天深知"防民之口甚于防川"的道理，为了打消那些被儒家礼教浸淫了魂灵的臣民对她的质疑，

唐墓出土的胡人俑

使出了"外来和尚会念经"的计策。她指使身边的佛门高僧曲解《大云经》，为其称帝制造舆论，杜撰自己为弥勒佛转世。武则天的侄儿武三思暗中游说当时已经受封于唐朝的外国酋长，煽动他们凑份子钱，联合奏请新皇建造天枢，铭记功德，黜唐颂周，题曰"大周万国述德天枢"。而阿罗憾在这些外国酋长中地位最为显赫，自然要被推举为带头人。为了自身的利益，他也肯定愿意成为这台戏的主角。

阿罗憾究竟是何许人？他实际就是古代基督教东方教派之一的景教（在中国史书中又称波斯教或波斯经教）的主教。由此可知，景教传入中国境内乃至中原地区的时间，可以推知至少在武则天称帝前。景教教派主张将耶稣基督的神性和人性分开，反对将耶稣的母亲尊为圣母，在西方被斥为异端邪说。在受到残酷迫害后，景教遂向东方发展，教徒沿丝

绸之路到达中国。进入中原的景教徒不仅传教,还展开积极的文化交流活动,将不同于华夏文化的希腊—拜占庭医学、建筑、机械制造、天文学和景教等技术引入了中国,在中国典籍中留下了许多异域文化元素的记述。

关于阿罗憾的死因,有说法是景教受到佛、道教教徒的排挤和围攻,使阿罗憾受到很大打击,抱憾而亡。也有学者对此说法还有不同意见。我觉得这些说法都多余,阿罗憾在"人过七十古来稀"的中国,已经活到了九十五岁,都成老妖怪了,纯粹就是老死的!

1984年在洛阳发掘了一座唐代墓穴,根据墓志确定,是定远将军安菩夫妇的合葬墓。安菩的墓志铭字数很少,只有区区三百多个字,他的祖国——安国就位于今天的哈萨克斯坦。他的父亲归降唐朝后,被封为五品京官。安菩六十四岁时病死于西安,其妻死后,由其儿子将他两人合葬于洛阳。唐墓绝大多数都是坐北朝南,即墓道在墓室南边,而安菩墓的墓道在墓室北边,和唐代风俗大相径庭,这是非常少见的现象。这是不是和安菩的外族身份有关,不得而知。更奇怪的是,他的手中握着一枚金币。这枚金币的正面是一头戴王冠、留长须的半身男像,两侧有十字架;背面是长有双翅的胜利女神像。经鉴定,这是欧洲东罗马帝国皇帝福卡斯时代的金币。

一位来自安国的粟特人,死去的时候让他手握一枚来自罗马的金币,又葬在洛阳。这究竟有着什么样的寄托和寓意呢?恐怕只有他们自己才知道吧!

唐代来华的粟特人,尤其是与北方突厥有联系的一部分粟特人,许多人精通武艺,具有尚武的风气,因此许多人归顺唐朝后担任武职,或为侍卫宫禁,或为府兵征战四方。北邙上还出土了许多粟特人的墓志,如康威、康庭兰、康智、康元敬、康武通、康坎、安孝臣、康达、罗甄生、康延等。归葬北邙之记载在发现的粟特人墓志中非常普遍。由此可见,"归葬北邙"这一观念已经被粟特人所接受,也是唐代入华的粟特人汉化的一种具体表现。

北邙上葬的朝鲜半岛的人是比较多的。根据史书记载,大致可以分为这样几拨:归附唐朝的高句丽大莫离支泉男生和随他而来的高句丽贵族;被唐朝俘获的降者,如百济国王和随他投降的百济贵族;还有高句丽、新罗、百济来唐朝学习的学子。

周朝时候,周武王灭商后,准许商朝遗臣箕子带着商代的礼仪和制度,率五千商朝遗民东迁至朝鲜半岛,并联合土著居民建立"箕氏侯国",史称"箕子朝鲜"。我想当时周公肯定也是千叮咛万嘱咐的,要他教育好后人,不能和中原生分,所以说自周代始,经汉到唐,半岛人就没有断过到中原来走动。不过这种走动大多属于学习和交流,政治上的交往好像并不融洽。特别是隋朝,隋炀帝把大隋朝折腾成短命王朝,在很大程度上就是因为多次讨伐朝鲜半岛上的政权,耗尽了国力。朝鲜半岛当时有高句丽、百济、新罗三个小国家。这三个国家中,有认唐朝为宗主国的,也有的是若即若离,譬如高句丽。为此,颇有雄心的唐太宗很想找个机会消灭高句丽。这个机会终于来了。

642年,高句丽荣留王打算处死暴力且凶残的臣下渊盖苏文,谁知道走漏了风声,渊盖苏文闻讯后,便设计先杀死了荣留王,立其侄子高宝藏为王。渊盖苏文自封为"大莫离支",类似摄政王的角色,实际上控制了高句丽的军政大权。唐太宗在得到消息后,虽然准备攻打高句丽,但还是采取了先安抚的政策,册封高句丽宝藏王为辽东郡王、高句丽王,授予"上柱国"的称号。高句丽的大莫离支也知道最终免不了一战,仗着高句丽花费巨大人力物力、沿着唐边境修筑起的千余里的高丽长城,对与唐王朝开始了正面对抗十分抵触。

643年,新罗国善德女王传书说百济联合高句丽攻打新罗,并请求唐王朝援助。唐太宗派出使臣去阻止,渊盖苏文根本不买账。644年,唐太宗做出决定,要带兵亲征高句丽。645年,唐军冲破高句丽的防线准备攻打平壤,似乎大功在即,但还是由于高句丽的有效防卫无功而返。

唐高宗乾封元年(666年),渊盖苏文病死,其子渊男生继任执掌国事,可另外两个儿子渊男建、渊男产伺机发难,要抢位夺权。兄弟相残,落败的渊男生只好投靠唐朝,请求唐朝发兵相助。唐高宗看到了机会,认为为自己父亲弥补遗憾的时候到了,即刻任命李绩为辽东道行军大总管,率军征高丽。668年,李绩带领军队在新罗国的配合下消灭了高句丽,也把跟在高句丽后面的百济国给好好教训了一番。

这次战争的利弊不提,只说朝鲜半岛。高句丽的灭亡,为泉男生(唐太祖名李渊,渊男生为了避讳改姓泉)出了恶气。泉男生带着投降的末代高句丽王高宝藏和大批移民迁入内地。据《旧唐书·高宗记》载,总章二年(669年)五月庚子,"移高丽户二万八千二百……将于内地"。二万八千户是什么概念,那是十万人啊!这十万人的领头人泉男生、泉献诚、泉毖、泉男产、高玄、高慈、高震的墓志在北邙相继出土,确定了北邙上高句丽遗民家族的墓地,也说明这批高句丽贵族可能皆葬于洛阳附近。末代王高宝藏没有被留在洛阳,而是被安置在长安。

百济国的扶余王也是这次战争后,被李绩带回的。据史书记载,扶余王被安置在洛阳,后来死在洛阳,也葬在北邙了。

唐朝的外来留学生中,绝大部分来自新罗。因为新罗与大唐接壤,受汉文化影响也较早,所以赴唐留学成风。严耕望在《唐史研究丛稿》中称:"新罗常年居住在唐朝的留学生可达一二百人之多。"新罗留学生的留学期限一般为10年。由此可以推算,新罗来唐的留学生平均每年大约一二十人,整个唐朝时期新罗的留学生可能有几千人。这个数字看似很小,但稍微一留意,就会惊讶,一个小国家的读书人才有多少,读书人中的精英学子更是凤毛麟角,这样看来,几千人是一个相当庞大的规模啊!唐朝统治者以博大的胸怀对待这些来自世界各地的留学生,专门设立了"宾贡科",准许各国留学生参加科举考试,及第者同样可以授予官职。由于新罗留学生人数众多,在唐朝科举考试中,及第人数在各国留学生中也最多。吴玉贵先生在《唐代文化》中称:"自唐文宗长庆初至后梁、后唐之际一百年间,新罗宾贡及第者90人,其中姓名可考者26人。"参加唐朝进士科举考试,能够考取进士及第的,几乎都会像唐代诗人崔致远那样,在唐朝做官入仕。据记载,仅开成五年(840年),学成归国的新罗学生一次就达百余人。但也有为了求学而客死异乡的,新罗学子合葬北邙的"韩园",成了韩国人直至今天还刻骨铭心的纪念地!根据北邙上存在的"韩园"和韩国人对洛阳那种魂牵梦绕的向往来推断,当时新罗国的留学生大部分该是在东都洛阳国子监完成学习的。

在唐朝与新罗的文化交流中,遣唐留学生还真起到了学以致用的作用。他们归国后,利用所掌握的先进的唐文化使他们的国家走向成熟,不仅获得了较高的社会声望,社会地位也有很大提高。许多人成为官吏,或者是官方学者。赴唐留学在很长一个时期内,是新罗文人出人头地的重要途径。

唐朝文化对新罗的影响是多方面且巨大的。675年,新罗开始采用唐朝的历法;639～749年,新罗相继设立了医学、天文和漏刻博士,研究唐朝的医学、天文和历法;788年,新罗也采用科举制来选拔官吏;朝鲜原来没有文字,7世纪末,新罗学者薛聪创造了"吏读"法,用汉字作为音符来标记朝鲜语的助词、助动词等,帮助阅读汉文;新罗使臣把茶种带回国,从此朝鲜开始种茶;8世纪中叶,新罗仿效唐朝的政治制度改建其行政组织;唐末五代时,雕版印刷术也传到了朝鲜;唐朝的科举制度也深刻影响了新罗的教育制度;唐朝的文学艺术、服装审美、饮食文化、丧葬制度、商业产业等也都深深影响了朝鲜。我们也就不难理解韩国人对洛阳的怀念了!

韩国人对洛阳的怀念一直延伸着,到20世纪,他们不遮不掩地把这种怀念之情洒向世界，向着整个地球尽情地渲染。作为洛阳人，甚至中国人，到现在也许都很少知道，在20世纪的世界，弥漫着一首至美至善、让人灵魂纯净的乐曲，这首乐曲的名字就叫《洛阳》，使用的是纯正的汉语读音——LUOYANG。当时，我们的国门还在谨慎关闭着，西洋人和我们都在陌生和挑剔中相互观望。西洋人在指责声中知道了红色北京，但觉得它很神秘、很恐怖，就是听了这首曲子，才知道有一个如天堂般五彩斑斓、美轮美奂的城市，她的名字叫"洛阳"。这首曲子的创作者被誉为20世纪世界最著名的亚裔作曲家、欧洲最著名的五大作曲家之一、在韩国家喻户晓的音乐家——尹伊桑。尹伊桑于1964年在德国哈诺堡发表了管弦乐组曲《洛阳》，主题表现了中古时代的洛阳，那是一个没有战争、没有暴力、没有饥饿、没有压迫，洋溢着和平气氛，象征着亚洲乃至世界的和平与繁荣的一座城市。这首由亚洲弦乐和非洲打击乐器共同演奏出的曲子，是尹伊桑用音乐描绘出来的自己心中理想的故乡！他也是以此组曲为整个世界祈愿，让音乐将人们带入一个温馨而祥和的梦乡。

　　创作者尹伊桑，为什么坚持要按照汉语原有的读音为组曲命名，让那些西洋人去读一座拗口的古城的名字——"洛阳"，其中肯定用心良苦。我似乎是有点明白，不知道对不对，窃以为，除了朝鲜民族本身对洛阳的迷恋，还有他们自古至今对这个城市的理解——是个活也天堂死亦天堂的地方！

　　每一个洛阳人，都该记住尹伊桑，是他把洛阳这个城市的名字，用美妙的音符种植在现代西洋人的脑子里！用洛阳话说：人家尹伊桑夸咱了，把咱夸得像一朵花，咱咋说也得请人家吃顿饭，认下这个朋友！不知道尹伊桑现在咋样了，要是活着，请他吃洛阳水席；要是不在了，就演奏着他的《洛阳》组曲，把他迎埋在北邙上，坟墓周围种上牡丹。

　　我也就是这样一说，不知道洛阳人是不是真能聪明成这样。如果真的聪明，就该让这个享誉世界的音乐大师活着为洛阳做广告，不在了继续为洛阳做广告；洛阳赚了名声又赚钱，尹伊桑赚了尊重又安魂。广告词都想好了：一个世界名人送给一座千年帝都的秋波！

隋唐是个符号众多的时代，大运河、隋唐城、唐诗、唐装、唐人、仕女、留学生、藩客、昆仑奴……在洛阳，一朵牡丹、一个女皇、一座北邙的概念更是深入人心，这是繁荣、开放、胸怀博大所该具备的特征。作为现代人，去回味隋唐这个时代，实际上就是在这些符号的丛林中穿行！

北邙的概念是全书的核心。当我写完北邙的志书后，不能不说一下另一个让我更感性地去体会北邙的概念——唐诗。

你想知道唐代北邙的情景吗？请读读唐代诗人王建的诗歌《北邙行》：

> 北邙山头少闲土，尽是洛阳人旧墓。
> 旧墓人家归葬多，堆著黄金无买处。
> 天涯悠悠葬日促，冈坂崎岖不停毂。
> 高张素幕绕铭旌，夜唱挽歌山下宿。
> 洛阳城北复城东，魂车祖马长相逢。
> 车辙广若长安路，蒿草少于松柏树。
> 涧底盘陀石渐稀，尽向坟前作羊虎。
> 谁家石碑文字灭，后人重取书年月。
> 朝朝车马送葬回，还起大宅与高台。

王建在诗歌中描述北邙是没有闲土，都被洛阳人的墓给挤满了。有些祖茔在北邙的人家，族人在外地死了，归葬回来却没有地方下葬，即使有成堆的黄金，可再无从去买北邙的地了！时光无限，但下葬的时间却很紧促，崎岖的山冈小路上丧车不停。从洛阳城北到城东，去往北邙的很多条路上，上山的丧车和下山的丧车排着长长的队伍相遇。每一条路都被丧车的车辙碾压的像是洛阳通往长安的官道那么宽阔,北邙上的蒿草很少,还没有各家坟头的松柏树多。山涧里的磐陀石日渐少了,都被丧家弄到墓地上,雕刻成了陪葬的石羊、石虎。以前无主坟上的石碑,也被有新丧的人家拿走,凿下旧铭文,刻上新丧者的名字。每天都有送葬的车马在下山,但山上却还有造墓修坟的在忙碌着,准备迎接明天的新丧。

不知道你看懂与否,看不懂也不怪你,只能怪这里的学问深。我感觉看懂了,觉得这不像是说丧葬,倒是犹如在描述隋唐时期最大的商贸市场——洛阳城里的丰都城。在王建的眼中,北邙就是一个扎堆埋人的市场,而且生意兴隆。

唐代诗人张籍也写了一首诗歌叫《北邙行》,是这样描述北邙的繁忙的:

洛阳北门北邙道,丧车辚辚入秋草。
车前齐唱薤露歌,高坟新起白峨峨。
朝朝暮暮人送葬,洛阳城中人更多。
千金立碑高百尺,终作谁家柱下石。
山头松柏半无主,地下白骨多于土。
寒食家家送纸钱,乌鸢作窠衔上树。
人居朝市未解愁,请君暂向北邙游。

张籍这首诗歌和王建所写的北邙情景,有着异曲同工之妙。只是这首诗歌中"人居朝市未解愁,请君暂向北邙游"一句,让我有了意外之感,原来张籍是带着一腔的郁闷去北邙释然的。城里的人为什么会愁呢?

当隋唐的盛世繁华让士人们陶醉地徜徉在洛阳城的时候,随随便便搭腔递话的都可能是口音各异、肤色不同的万国来客,眼前晃动的是满街巷的华彩,心中升腾的是"五花马,千金裘,呼儿将出换美酒"的豪气和自信。如果说惬意,相伴而行的是"鬓垂香颈云遮藕,粉着兰胸雪压梅"的妇人;或者擦肩走过的是浓艳、大胆、奢华且标新立异、仪态万方的娇艳女子;也许能看见临街的窗子高高挑起的珠帘后面,粉脸娥眉面带微笑的贵妇;还可能是出门遇到的邻家少女,"日高邻女笑相逢,罗裙慢束半露胸,莫向秋池照绿水,参差羞杀白芙蓉"。只要够洒脱,等待你的就是醉生梦死的生活啊!

士人贵族能看到牡丹花在洛阳盛开,生活在这一座熙熙攘攘、似锦叠翠的国际大都会,与此映衬的却是一座园林苍苍、曲径通幽、坟丘遍山、香烟袅袅的魂灵集市。抬头仰脸就能看见死气沉沉的北邙,那是个什么滋味!

人还是很难慰藉自己的心灵的!

我们可以从唐诗中看到,当时的士人面对北邙时那种五味杂陈的复杂心理,恐惧、无奈、愁闷,即使有释然,也是无法排解的自欺欺人。刘希夷在他的《洛川怀古》中写道:

北邙上的陵丘

> 北邙是吾宅,东岳为吾乡。
> 君看北邙道,骷髅紫蔓草。

刘希夷是山东人,但知道北邙是他生命最后的栖居地,对家乡的留恋和对北邙的向往都浸淫在凄凉的哀伤中,因为他似乎看到了自己变作成为丢弃在草丛中的骷髅的情景!

欧阳詹在《观送葬》中所流露的心境比刘希夷更为惨然：

> 何事悲酸泪满襟，浮生共是北邙尘。
> 他时不见北邙路，死者还曾哭送人。

他没有想象自己骷髅的样子，却直接想象自己的生命成为尘土。他回忆曾经哭送别人上北邙的情景，假使将来自己也成了尘土，还可以去另一个世界看望曾经哭送的人吗？

再看孟郊一脸苦楚地爬上北邙，站在好友卢殷的墓前所作的哀鸿之鸣，"……邙风噫孟郊，蒿秋葬卢殷，北邙前后客，相吊为埃尘……"。这首诗写得不好，但不短，长达64句，光逗号、句号就用了128个。以孟郊的才气，不禁让人想到，这是名动京华的一代才子，匍匐在好友的墓碑前泣不成声，哭得稀里哗啦写成的！此时孟郊看似是在吊卢殷，可谁都看得出内心其实际上是在吊自己。在别人的死亡中看自己死葬时的彩排，欣赏自己的末路，这是多么残忍啊！敏感的诗人在此时此刻不会痛哭才不正常，因为一场丧礼让他看透了，生命就是为了死才生的。卢殷已经被北邙的黄土埋没了，逝去的岁月也在一天一天的埋葬着他孟郊，将他也埋在黄土中！果不其然啊，唐代文学家韩愈在《赠贾岛》的诗中已经写道："孟郊死葬北邙山，从此风云得暂闲"。多快的时光啊！在一个天堂般的人间都市里，何止一个人怀揣着如孟郊一样的心情，又何止一个人在无奈地等待着与孟郊同样的结局！人在格外的惊悚和痛楚中，看着天上的日出日落就像一把铲黄土的铲子，一铲一铲地将黄土撒在自己的头顶。炼丹吧，万一会有永生呢！吃斋念佛吧，希望有轮回转世！醉生梦死吧，生是来死是去呀——

白居易就是这样的想法，一生活到八十多岁的白老先生，在四十七岁时就开始这样的活法了。他把自己的生命抒怀称之为《浩歌行》，看看人家面对生死的态度，看看人家的北邙情怀，就知道层次不一般。

> 天长地久无终毕，昨夜今朝又明日。
> 鬓发苍浪牙齿疏，不觉身年四十七。
> 前去五十有几年？把镜照面心茫然。
> 既无长绳系白日，又无大药驻朱颜。
> 朱颜日渐不如故，青史功名在何处？
> 欲留年少待富贵，富贵不来年少去。
> 去复去今如长河，东流赴海无回波。
> 贤愚贵贱同归尽，北邙冢墓高嵯峨。
> 古来如此非独我，未死有酒且高歌。
> 颜回短命伯夷饿，我今所得亦已多。
> 功名富贵须待命，命若不来知奈何。

白老先生也是面对着天上的日头无可奈何！他想把日头拴住，可没有那样长的绳子，所以干脆就想开了，"古来如此非独我，未死有酒且高歌"。且行且珍惜吧！

唐初有个喜欢写大白话诗歌的诗僧王梵志，他创作了一首关于北邙的无题诗，后人把诗歌的首句加注为题，叫《城外土馒头》。这首五言小诗通篇白话，语言风趣又实在，但也就是在这些大白话中，玩了一把禅意，我感觉比王建和张籍看北邙的眼光更独到，更让"孟郊们"泣不成声，也让"白居易们"淡然一笑。诗中写道：

> 城外土馒头，馅草在城里。
> 一人吃一个，莫嫌没滋味。

他这首诗歌肯定是化缘回来,坐在洛阳城里的寺庙门口写的。他说城外北邙上的土馒头,那里面的肉馅都是这城里的人。每个人都有一个,任是不想吃土的人也必须有,嫌弃没有滋味也要吃下去。

也可能这是王梵志化缘的时候,盯着那些富贵人的钱袋子,吟诵给他们听的。告诫那些贵主们,城外的土馒头任谁都要吃的,别霸着钱财不愿意施舍,生不带来死不带去,把钱袋子给和尚还能结个善缘,比什么都强啊!如果他真能在化缘时候把这首诗唱给施主听,那绝对是个高明的主意,很好的杀手锏。

还有个化缘的老和尚叫文偃,也叫法泉,人都称他佛慧禅师。他在诗歌《北邙行》中说得更干脆:"前山后山高峨峨,丧车辚辚日日过……洛阳城里千万人,终为北邙山下尘……"实话说得叫人心凉!

历代文人的诗歌中关注北邙的不少,说明北邙真是一个让人生发感慨的地方。现在的读书人喜欢写博客,动不动就写几句,抒发些自己的感触和思考。唐诗实际上就是唐代读书人的博客。据说,唐代的读书人写诗歌就如我们今天的人写博客,你要是不会写诗歌,都不好意思说自己读过书。他们在每天的交往中都会用诗歌去表达自己的情绪,送别、唱和、独处、出行、拜访、聚会饮酒、闺中之乐,甚至是狎妓寻欢,没有不写诗的。所以,想寻找唐代的风土人情、都会盛况、历史事件、风景名胜、名人的人生轨迹,一切的一切,都尽可去唐诗中寻寻觅觅,找出一些痕迹。虽然不像历史记载那样翔实,至少也能知道个大概。所以,有关于唐代的北邙是个什么样子,历史记载中很少,除了那些出土的墓志,唐诗提供给了我们更加明了的答案。

唐代诗人郑世翼在其诗歌《登北邙还望京洛》中这样写道:

> 步登北邙坂,踟蹰聊写望。
> 宛洛盛皇居,规模穷大壮。

>三河分设险，两崤资巨防。
>飞观紫烟中，层台碧云上。
>青槐夹驰道，迢迢修且旷。
>左右多第宅，参差居将相。
>清晨谒帝返，车马相追访。
>胥徒各异流，文物纷殊状。
>嚣尘暗天起，箫管从风飏。
>伊余孤且直，生平独沦丧。
>山幽有桂丛，何为坐惆怅。

一个叫沈佺期的诗人写了一首《北邙山》的诗歌：

>北邙山上列坟茔，万古千秋对洛城。
>城中日夕歌钟起，山上惟闻松柏声。

而另一个叫孟云卿的诗人所作的《相和歌辞·挽歌》里，更是细腻地描述了扶棺送葬上北邙的心境：

>草草门巷喧，涂车俨成位。
>冥寞何所须，尽我生人意。
>北邙路非远，此别终天地。
>临穴频抚棺，至哀反无泪。
>尔形未衰老，尔息犹童稚。
>骨肉不可离，皇天若容易。
>房帷即虚张，庭宇为哀次。
>薤露歌若斯，人生尽如寄。

挽歌是送葬的歌辞，是唱诵着给死人听的。唐代的挽歌被丧家认为是烘托丧葬气氛的最佳道具，有许多著名的文人经常被丧家花重金请去写挽歌。白居易也写挽歌，在他的《相和歌辞·挽歌》中是这样描摹丧葬场面的：

> 丹旐何飞扬，素骖亦悲鸣。
> 晨光照闾巷，輀车俨欲行。
> 萧条九月天，哀挽出重城。
> 借问送者谁，妻子与弟兄。
> 苍苍上古原，峨峨开新茔。
> 含酸一恸哭，异口同哀声。
> 旧垄转芜绝，新坟日罗列。
> 春风草绿北邙山，此地年年生死别。

写到这里，我不能不说说挽歌。挽歌是有词曲的，除了善写挽歌的唐代诗人，还有已经固定的曲子和职业的挽歌郎。挽歌的形式在隋唐之前就有，隋唐时期喜欢大办丧事，讲究排场，所以挽歌就突破前代只在贵族间流行的状况，进入寻常百姓家。当时的洛阳城里，谁家要是死了人，没有挽歌唱和，那是很让人看不起的。有钱人家都要去请名气大的诗人来新写歌辞，据说一首歌辞要十匹绸缎都不算过，收上百金也很正常。著名文学家韩愈当时分司东都，家里就堆积了整匹整匹小山似的绸缎，装起来的银子就更多了，都是丧家请写墓志铭和挽歌赚下的。诗人身份地位越高，名气越大，丧家越有面子。撰写的挽歌首先要刻到墓志上，然后请挽歌郎专门来唱。请不起人专门写新辞的人家也有办法，就请挽歌郎来，只管把肚子里已经滚瓜烂熟的词唱出来就行。

当时的洛阳城里有很多凶肆,凶肆里不但出售丧葬用品,还能专门承办丧事,比较职业化。丧家只需到凶肆里请个班子,确定一下丧事的规模大小,一切都有人操办了,挽歌郎就是由这些丧葬班子根据丧家要求请来助兴的。

挽歌郎就像现代的流行歌手,但只是专门为丧事提供唱挽歌服务。他们大多是有文化的读书人,科举不第,家道中落,不事农商,又无气力干得了粗活,只好靠着嗓子和白净的面子混口饭吃,沦凶肆里当了挽歌郎。在上百万人口的东、西二京,挽歌郎是一个人数不少的职业。挽歌郎中也有明星,嗓子亮不亮,唱功好不好,悲哀悲痛的煽情手段高不高,还包括脸盘子周正不周正,都成为决定挽歌郎身价的因素,但更主要的决定因素是对歌。

在上百万人口的都市里,每天死几十个人是很平常的事,如果遇到国家有战事,一天葬上几百人也是稀松平常,头碰头一起办丧事、落葬北邙的人家也是天天有。当丧葬的硬件都准备到位后,唱挽歌就成了两丧家比拼软件的重头戏。虽然请来了佛、道两班做法事,但也没有挽歌郎的嗓子吸引人,各家都竞相出大价钱请明星级的挽歌郎。

挽歌郎从出殡的前夜就开始唱挽歌。好的挽歌郎一张口,就能让围观的人提着气,他那一声起调的哀号能让所有人的毛发都竖起来!这哭丧的号歌一唱起来,起腔、压腔、拖腔、转腔,悲切切,伤凄凄,时而抑扬婉转,时而撕心裂肺,虽说不是自家的亲人,挽歌郎凭着一腔哭技,能唱得看热闹的闲人也跟着酸楚不堪,潸然泪下!如有两个丧家相距不远,那两台丧戏肯定会较上劲。你只看街道上忽而向东、忽而向西的人流,就知道两家的挽歌郎是怎样卖力。评判这两个挽歌郎水平高低的也正是这街上的人流。当人群归往一处的时候,丧家会主动给获胜的挽歌郎端上整托盘的封赏。

出殡的路上还要唱,挽歌郎的唱腔一路带动着亲人们送葬的哭号,一直送到坟墓上。亡人下葬后,挽歌郎可以休息一下,身边专门侍奉他润喉养腔的人,便会奉上上好的蜂蜜水或秘制清音茶,让挽歌郎畅饮一番。出殡的人群并不能回到城里去,还要在北邙山下再号哭一夜,这一夜才是挽歌郎真正的战场。

这夜,所有北邙上的新丧家都要汇聚在山下和死者道别号哭,挽歌郎们此起彼伏的歌声纷纷登场,犹如打擂,也犹如如今电视上的歌唱大赛。别说,今天的歌唱演员和那时候的挽歌郎有绝对的传承关系。挽歌郎是我国最早的有曲会牌、会填词的歌者,只不过是专为丧事而唱的挽歌,如今的实力派歌手也要会作曲、会填词、会演唱。挽歌郎演唱的时候也有很多陪衬,譬如在他周边要布置许多伴演、伴唱的人,这些人举着丧葬的招魂幡、哭丧棒等辇舆威仪之道具,还要穿着丧服,甚至要化装成黄泉路和奈何桥上的许多角色,随着挽歌郎的歌声而哭,如泣如诉、歌功颂德的一波波演唱,营造出一幕一幕北邙的特有气氛。因为天天夜里有新丧之家的挽歌对唱,北邙山下甚是热闹,不但洛阳城里的人都会出城去看,远离洛阳数百里的人,也会专为看挽歌对唱这一景跋涉而来的。这种盛况,比之今天的明星演唱会,有过之而无不及!

你说这是挽歌郎的演唱会呢,还是那些隋唐士族的魂灵招摇呢!这其中包括韩擒虎、尉迟恭、罗士信、裴仁基、狄仁杰、杜甫、玄奘、白居易、王之涣、颜真卿、杜审言等等,难以计数的隋唐风流!

第十九章　大隋的悲和大唐的惨

大凡是皇帝，在登基坐上皇帝的龙椅开始，也就开始着手给自己找兆域。隋炀帝既然迁都洛阳，断不会再想回到长安去安葬，他生前也许就有臣下在北邙为他的陵寝做打算。但这都是闲话，因为隋炀帝最后是在了扬州，而且是被杀的，不可能会有归葬北邙的机会。可自隋朝开始，直至唐朝亡国，隋唐两代的帝王们都是在洛阳威风八面，却没有一个像样的帝王在洛阳北邙上选陵堆冢，这是为何呢？这不是给洛阳这个东都留下了遗憾吗？我看也不是，因为北邙早已被死人茔地给占满了，不是"堆著黄金无买处"嘛，皇帝怎能跟平民争坟头。能够聊以慰藉的是，好像是上苍安排好的，倒是把两个朝代的亡国之君都留在了洛阳。

隋朝的亡国之君叫杨侗，史称隋皇泰帝。

隋朝在历史上算是个伟大的朝代，干下的几件大事是历史上前所未有的。但干大事也是有利弊的，有人把大事干好了，锦上添花；有人却把大事干坏了，弄得一塌糊涂、覆水难收。隋朝就是属于把大事干坏了。修大运河使天下百姓民不聊生，建洛阳宫和西苑又弄得二百万劳役怨声载道，一连三次征高丽屡战屡败、耗尽国力，三次下江都奢靡无度、劳民伤财，这几件事加起来，任你隋朝再伟大也经不起折腾呀！

据说，隋炀帝杨广曾公然宣称："我性不喜人谏。"在大业十二年

（616年）七月，隋炀帝杨广最后一次下江都的时候，信奉郎崔民象和王爱仁两位大臣，都忘记了杨广的这句旨意，劝他勿幸江都，而被先割下巴后斩首。这些忠贞的大臣为了阻止隋炀帝劳民伤财而宁愿自己冒险找死，也没有打动他那颗自以为是的心！

史家有论，称割据叛乱为"土崩"，农民起义为"瓦解"。此时的大隋王朝中，已经有了"土崩"。大业七年（611年），山东邹平县铁匠王薄领导贫苦农民举起了反隋的第一面大旗。王薄的发难，形成犹如星火燎原之势，全国各地立即蜂起响应。短短两年时间，全国各地起义军发展到百余支，人数几百万。后来，农民起义军汇成三支强大的反隋主力：一支是河南的瓦岗军，一支是河北的窦建德军，一支是江淮地区的杜伏威军。大业九年（613年）六月，关陇集团的头面人物杨素之子、礼部尚书杨玄感在黎阳起兵，进逼东都，虽然很快被平息，但"瓦解"的因素也已经出现。唐代朱敬则在《隋炀帝论》中对此评论道："岂不是色醉其心，天夺其鉴，窜吴越以避其地，虚宫阙以候圣人，盖为大唐之驱除也。"我看也是如此！

大业十三年（617年），就在隋炀帝沉醉于江都的温柔乡里流连忘返时，太原留守李渊起兵反隋。为了动摇隋炀帝的正统地位，李渊用了一招偷梁换柱的把戏，将俘获的隋炀帝孙子代王杨侑拥立为皇帝，遥尊隋炀帝为太上皇。拿现在的话说，这是明显的"被太上皇"了。李渊这一招让天下人心大乱，无所适从。攻心为上，你不能不服李渊的高明！风起云涌的农民起义军虽然是隋炀帝的心病，但还未能扰乱大隋朝的阵脚，而李渊出手，却一下子将隋炀帝推进了万劫不复的深渊。

我们看看有多少人想把隋炀帝赶下台。鹰扬郎将梁师都在陕西朔方起兵建立梁朝，并自称皇帝，依附突厥为"大度毗伽可汗"；鹰扬校尉刘武周在山西马邑杀太守起事，自称皇帝，依附突厥为"定扬可汗"。校尉薛举、薛仁杲父子在金城府兰州起事，称西秦霸王，据陇西称秦帝；王世充据守京都洛阳,拥兵自重;瓦岗军大首领李密纵横河南、河北,自封魏公;窦建德在乐寿建国,自称长乐王;杜伏威盘踞于江、淮间,势力坐大……天下的草头王更是多如牛毛。天下人都在等隋炀帝死。

大业十四年(618年)三月十日,宇文化及在江都兵变,处死隋炀帝,将与隋炀帝伴驾游玩的侄子秦王杨浩立为皇帝。九月,宇文化及废黜杨浩,并将杨浩毒死,自立为皇帝。

隋炀帝死于江都兵变的消息传到长安,机敏的李渊见宇文化及也立了一个假皇帝,索性朝前走了一步,于这年五月,将自己手中的假皇帝杨侑抛开,自行称帝。后传杨侑病死。

驻守在京都洛阳的王世充众人见纷纷出手,生怕慢了跟不上节奏,随将隋炀帝之孙越王杨侗拥立为隋朝皇帝,史称皇泰帝。619年4月,王世充又废杨侗,自称大郑皇帝。王世充担心留着杨侗是个后患,就派自己的侄子带着毒酒去见被禁锢的前皇帝。他侄子告诉杨侗,奉大郑皇帝旨意,赐杨侗美酒解闷。杨侗知道来者不善,请求先见母亲一面再饮,但被拒绝。他只好跪拜于佛前,祈求佛祖,"但愿来生不要转世在帝王家",留下这句话后饮下毒酒。可能是毒酒的毒性小,杨侗一时难以断气,来人干脆将他勒死了事。这个皇泰帝肯定是葬在洛阳了,但葬处没有记载,我也不敢妄断,只能说洛阳又多了个死皇帝。

大隋的可悲之处在于"英年早逝",一个貌似强大的帝国王朝跟人一样,都可循"病来如山倒"的理。大隋就是病了,一下子竟弄出三个版本的傀儡皇帝,这是要命的大病,五脏六腑都病入膏肓,不死才怪!

这里有个问题,三个版本的隋朝末帝,扬州版的、长安版的、洛阳版的,哪个算是正统的末代帝王呢?我觉得最不正统的,也是首先要否定的,该是长安版的杨侑。李渊立杨侑为皇帝的时候,隋炀帝还在江都活蹦乱跳的,根本没有继承性,而是属于另立中央、另起炉灶。江都版的杨浩也有让人不能接受的地方,有宇文化及的兵变在先,一个兵变反隋的人怎么能再为大隋朝立一个皇帝？明显是"挂羊头卖狗肉"！只有洛阳版的杨侗作为大隋朝正宗的末代皇帝还是有道理的。隋炀帝被杀后，留守京都的越王杨侗被王世充等大臣拥立为皇帝，最初的拥立者被称之为"七贵"，这时杨侗至少在形式上还不完全是一个傀儡。即使王世充排除异己、独揽朝纲，此时此刻的王世充在名义上还是忠于隋王朝的，而且是配合杨侗保卫首都基业的大臣。从习惯的传统认知上，杨侗属于顺理成章延续隋王朝的国脉。

大唐的末代帝王是唐昭帝的儿子唐哀帝，实际上从唐昭帝被朱温杀死的904年，唐朝就算是灭亡了。所以我把唐昭宗和唐哀帝都当成了末帝。

大唐比起如阵风吹过的隋朝，倒是气势汹汹地过了几百年好日子，那日子好的到现在有人提起还会流露钦羡之色。但最后的灭亡只能用"惨"来表达。"有生有灭，是有为法，不生不灭，是无为法"，也是循着生生灭灭亘古不变的自然规律。

唐朝的病，就是一句话："内受制于家奴，外受制于藩镇。"国家要强盛，主强臣弱是必需的；到了主弱臣强的时候，那就麻烦大了！

中唐以后，朝廷内由宦官专权。宦官凭借手中掌握的兵权，生杀废立皇帝有如儿戏，顺宗、宪宗、敬宗皆死于宦官之手，穆宗、敬宗、文宗、武宗、宣宗、懿宗和僖宗都是由宦官扶立的。昭宗也不例外是由宦官杨复恭扶立。

藩镇也出现在唐朝中期，当时主要是为了保卫唐朝边疆的安全。安史之乱后，安禄山等人的党羽纷纷投降唐朝，朝廷无力彻底消灭这些势力，便以赏功为名，授以节度使称号。除著名的"河北三镇"外，当时唐朝内地的许多节度使也各占一方，对抗朝廷，成为割据势力。他们在辖区内任意扩充军队、委派官吏、征收赋税。节度使的职位常常父业子继，或由其部将承袭。这些割据势力利用手中的兵权、财权，威胁朝廷，甚至起兵反叛。

杨复恭扶立昭宗后，自以为立下了汗马功劳，在公开场合说自己是定策国老，视昭宗为门生。昭宗即位时二十二岁，已颇具帝王之相，但杨复恭还是颐使气指、专横跋扈，不把皇帝当皇帝看。杨复恭为了专权，广植党羽，将依附自己的文武官员认为干儿子，派任各地刺史，把持地方政权，号称"外宅郎君"。他还收了六百多个宦官干儿子，派往各地做监军，牢牢控制军队。

昭宗对杨复恭专权十分不满，表面上对他毕恭毕敬，尽量不与其产生摩擦，暗中却经常与大臣们钳制宦官势力。杨复恭有个干儿子叫杨守立，本名叫胡弘立，官为天威军使，勇武过人，许多官员都惧怕他。为了除掉杨复恭，昭宗选择他作为突破口，实施计策。一次，昭宗对杨复恭说："我想让你那个叫守立的儿子进宫担任守卫，如何？"杨复恭不知是计，点头称善。昭宗当即封其统领六军，并赐李姓，赐名顺节，并对其宠信有加，格外施恩。李顺节果然上了钩，有了皇帝的赏识，渐渐开始同义父杨复恭争夺大权，双方矛盾激烈起来。

唐昭宗笼络住李顺节以后，对杨复恭便不再那么察言观色了。一天，昭宗和宰相们正在延英殿商量藩镇叛乱的事情，恰好杨复恭有事面见昭宗，让轿夫一直把自己抬到大殿上，直到昭宗跟前才下轿。宰相孔纬十分气愤，便对昭宗说："陛下身边就有反叛之人，何况那些鞭长莫及的藩镇！"昭宗假装吃惊，追问是谁。孔纬挥手一指说："就是杨复恭！"杨复恭连忙对昭宗解释说："臣岂是背叛陛下之人！"孔纬说："杨复恭不过是一个奴才，竟敢乘着轿子上殿。他还广结党羽，到处认干儿子，这不是明显地要造反吗？"杨复恭辩解道："我认干儿子是为了广收人心，更好地辅佐皇帝。"这时候昭宗做才恍然大悟状，质问道："那为什么不让他们姓李而姓杨呢？"问得杨复恭面红耳赤，一时语塞。

杨复恭意识到昭宗对自己的防范后，暗中指使各地的干儿子开始对抗朝廷。为了消除杨复恭在朝廷的影响，昭宗派他去凤翔做监军。他拒不上任，还以要辞官告老还乡来要挟昭宗。昭宗顺水推舟接受了他辞官的要求，却给他留了个上将军的虚职将他拴在了京师。杨复恭看到要挟不成，反而失了兵权，恼羞成怒，竟将宣布皇帝旨意的使臣杀死。犯下抗旨不尊大罪的杨复恭只有逃亡了，不甘心的他四处潜行，煽风点火，联络干儿子准备与朝廷抗衡。

　　昭宗，一会儿都没有闲地关注着杨复恭的一举一动，掌握其证据并确定行踪后，马上派李顺节带兵前去逮捕他。毕竟还有些干儿子是效忠于杨复恭的，一时间，他的前干儿子和现干儿子就打在了一起，从白天一直打到深夜。杨复恭自料难以继续对抗下去，于是带领全家出逃。这时候杨复恭是真心想造反了，可他毕竟是一个失势的宦官，在世人的眼光中又有几斤几两？最终还是没有逃过被捉杀的下场。

　　这样看昭宗，他似乎又不像是个末代帝王了，反倒很像是中兴的角色。殊不知还有一个更大的难题摆在他面前，这就是越来越庞大的藩镇势力。宦官揽权，充其量就是纸钞票；藩镇割据的强大实力，那可算是真金白银——硬通货！

　　昭宗时，藩镇势力已成尾大不掉之势。昭宗认识到皇室微弱的主要原因是没有一支足以震慑诸侯的武装力量，可惜的是，从他爹懿宗到他哥哥僖宗，中央禁军被彻底摧毁了，所以，上任后不久，他就着手招兵买马，得十万之众，"欲以武功胜天下"。当时藩镇之间矛盾重重，昭宗决意从此下手，以中央禁军为基础，纠合藩镇打藩镇，起到"重点消弱"各个击破的效果。数年间，他先后进行了西川之役与河东之役。但事与愿违，结果与想象的大相径庭。削弱的藩镇是更弱了，坐大的藩镇却坐得更大。西川之役丢掉了西川，河东之役也养虎为患，养成了朱温这个中原霸主！

　　昭宗的威望损失殆尽，逐渐沦落为诸侯随意侮辱的对象，而朝廷已经成了一摊烂泥。不安分守己的宦官势力重新抬头，配合着居心不良的藩镇进入京都，想挟天子以令诸侯。宦官出身的枢密使韩全海勾结割据陇右的陇西郡王李茂贞，将昭宗挟持到他的老巢凤翔，拉开了唐王朝走向灭亡的最后一幕大戏。

实力强大的朱温见此状况，怎能容忍，遂率领大军西进，企图夺回昭宗。李茂贞联合另一藩镇李克用对抗朱温，但均不敌朱温攻势，被围得铁桶般困在了凤翔城内，与外界完全隔绝，粮食及各种物资彻底断绝。能当上割据一方的军阀，毕竟都是有些政治头脑的。李茂贞这时候明白，如果投降认输，交出昭宗，肯定会被斩尽杀绝，只能做困兽犹斗，拒不投降，以拖延战术的计谋对付朱温的劳师远征、军队疲惫，以求换来转机。朱温是绝不会善罢甘休的，怎么可能放弃这千载难逢的机会，也是铁了心跟李茂贞打消耗战，一直围困了一年多。从冬到春，粮草用尽，数九寒天，城内冻饿而死的人不计其数。李茂贞不能让昭宗这颗棋子饿死，但也只有少量的食物可以给他吃，而那些皇子、公主和大臣们，时常连碗热粥都喝不上。昭宗实在不忍心尚年幼的皇子们挨饿，万般无奈中放下皇帝的架子，像小贩一样将自己遮挡严寒的御衣卖掉，买些豆、麦，"于宫中设小磨，遣宫人自屑豆麦以供御"。后来境况越来越糟糕，昭宗身边的宫人每天都会有几个被饿死。其他人处境更难，城内竟出现了人吃人的现象。"人肉每斤值百钱，犬肉值五百钱，每日进奉御膳，就把此肉充当"。昭宗知道是人肉，也只有闭着眼下咽。直到天复三年（903年）正月，实在守不下去的李茂贞终于等来了与朱温议和的机会，他将韩全海等二十多名宦官斩杀，将首级从城墙上传到城外，同时将昭宗及随行人员也交给了朱温。朱温带着到手的昭宗撤兵东去。

朱温先将昭宗安置到长安，然后不顾朝中官员反对，宣布迁都洛阳。他也恨宦官，不乐意把他们带到洛阳去，留着又怕生祸患，干脆全部杀掉，足足杀了五千多人。这还嫌不足，竟假传圣旨将在全国各个部队监军的宦官也就地诛杀！

天复四年（904年）正月，朱温不顾长安城一片哭声，令长安居民按户籍迁居，随昭宗和百官一起前往洛阳。拆除长安宫室、百司衙署及民间庐舍，光扔进渭河的木材都差点把河道塞满，长安自此遂成废墟。长安士民老幼相瞩，号哭满路，月余不绝。车驾行至华州，看热闹的百姓夹道高呼万岁，昭宗哭泣着给路边的百姓打招呼说："勿呼万岁，朕不复为汝主矣！"又不无担忧地对身边侍臣哀叹："朕今漂泊，不知竟落何所！"二月，车驾行至陕州，因洛阳宫室缮修未成，暂作驻留，期间皇后生下皇子。到了四月，洛阳宫城修好，朱温催行，昭宗以皇后刚生产不适宜劳顿为由，请求到十月再动身。朱温疑为昭宗是在等其他藩镇兵马赶来救驾，当即以莫须有借口杀了几个大臣、医官和嫔妃，逼迫昭宗。昭宗被朱温胁迫着，内心十分惶恐，也不知前路还有多少危机，便在途中暗自将褓褓中的皇子托付给歙州婺源人胡清抚养，以求孩子活命。可怜一代帝王，已经沦落到连自己的孩子都无能力保护的地步！

朱温把昭宗抓在手里，本想挟天子以令诸侯，没想到事与愿违，引得天下勤王之声一片，自己成了众矢之的！朱温面对着天下的藩镇还是有些担心的——终日与皇后、嫔妃"沉饮自宽"的昭宗毕竟不是个能玩弄于股掌的小孩子。随着声讨的声浪越来越高，朱温终于坐不住了，决定撕了手中的皇帝招牌。他事先离开洛阳，安排部下将官于天复四年（904年）八月十一日壬寅夜，带兵闯入东都皇宫内门，先至椒殿院，斩杀河东夫人裴贞一,. 昭仪李渐荣对着如狼似虎的兵士高喊："莫伤官家，宁杀我辈。"昭宗闻声知道有变，身着睡衣就奔了出来，绕着殿内的柱子躲避追杀的兵士。李渐荣奋力保护昭宗，虽然柔弱，却敢挺身为丈夫挡刀，虽然没有救下昭宗性命，但凛然之气可敬可佩！

假惺惺的朱温直到十月才返回洛阳，故作震惊状，伏于棺材上号啕大哭，说："奴辈负我，令我受恶名于万代！"当下将参与弑君的将佐兵士斩杀，以示清白。昭宗在位十六年，被杀时年三十七岁，葬于洛阳

在唐恭陵上遥望到的和陵遗址

北邙的和陵。昭宗死后，朱温为了掩人耳目，扶他的第九子李柷在灵柩前即位，是为唐哀帝，改元天佑元年。这一天，宫中一派恐怖气象，皇亲国戚、宫女嫔妃和大臣们为唐昭宗的惨死悲伤，但没有人敢哭出声来。唐哀帝才登位半年，朱温派枢密史蒋玄晖邀请唐哀帝的几个兄弟德王李裕、棣王李祤、虔王李禊、琼王李祥、沂王李禋、遂王李祎、景王李秘、祁王李祺、雅王李禛等，到洛苑九曲池赴宴。宴会当中，忽然进来一群兵士，手持粗绳利刃，将他们抓住，全部活活勒死，尸体投入九曲池。天佑四年春正月，朱温逼迫唐哀帝下诏于二月行传禅之礼，将帝位禅让给自己。朱温改国号为梁，史称后梁。朱温转封唐哀帝为济阴王，迁居曹州。朱温命人在哀帝居住的四周围上荆棘，第二年又派人将唐哀帝杀死。

唐昭宗和陵在曲家寨村南景山上，和唐恭陵相伴。《唐书·地理志》有云，河南府河南郡，本洛州，辖县二十，有缑氏，"贞观十八年省，上元二年复置。有恭陵，有和陵，在太平山。本懊来山，天佑元年更名。东南有轩辕故关"。明弘治《偃师县志》上说："唐昭宗陵在县南缑氏镇。"和陵占地面积 3500 多平方米，冢高约 30 米。它和邻近恭陵的形状极其相似，下部略呈四方形，上部为圆形的大土丘。陵墓前的石刻群早已被毁弃，墓冢也在平地造田中被夷平作为耕地，但全冢旧址尚依稀可辨。

第二十章　想葬北邙

北邙犹如一块庄稼地，只是种下的不是玉米、小麦，而是魂灵。东汉算是个好年成，而隋唐是丰收的季节，到了五代，就有些青黄不接了。

五代十国本质上是唐朝藩镇割据和后期政治的延续。一地鸡毛的时期，活人都不能安生了，谁还能为魂灵考虑得那么远。

唐朝灭亡后，各地藩镇纷纷自立为国，位于华北地区、军力强盛的藩镇国家交替占据中原核心地域、形成统治，即五代。这五代实力强大，但尚无力控制整个中国本土，而其他割据一方的藩镇，有些效仿五代自立为帝，有些奉五代为宗主国。其中有十个统治时间较长、国力和规模相对较强的统称为十国。这一时期时常发生地方实力派叛变夺位的情况，使得战乱不止，统治者多重武轻文。内乱必有大伤，北方的少数民族契丹趁机南侵，建立了辽国；交趾（越南）地区逐渐离心，最终脱离中国独立。

五代是指北方相继出现的后梁、后唐、后晋、后汉与后周五个朝代。907年，朱温篡唐建立后梁，标志着五代十国的开端；而李克用之子李存勖灭后梁，建国后唐，历经后唐明宗的扩张与整顿，国力强盛，但发生内乱后，被石敬瑭引契丹军攻灭，后晋建立；不久契丹和后晋关系恶化，契丹军南下灭后晋，建立少数民族政权辽国；同时刘知远在太原建立后汉政权，收复中原；之后，郭威篡后汉建后周，后周世宗柴荣苦心经营，使后周一度有一统天下的希望，但柴荣在北伐燕云十六州时不幸病亡；后周随后被赵匡胤陈桥兵变所篡，五代结束，宋朝建立，国家再次进入大一统时代。

五代十国总历53年。

后梁建国后，朱温当上了皇帝，但他酷爱女色，淫乱如禽兽，连儿媳们都得入宫陪伺他，儿子们也伺机谋取继承权。912年五月，朱温在病中应允伺候他的儿媳王氏的要求，将皇位传于其丈夫（朱温养子朱友文）。三子朱友珪和妻张氏听到后，十分妒恨，杀掉朱温，夺取皇位，自立为帝。朱温在位六年，终年61岁，葬于宣陵（今洛阳）。

朱友珪史称梁郢王。他在位仅八个月，被其弟攻败后，命部将杀死自己，葬处不明。

朱温四子朱友贞，朱友珪弟。他讨杀朱友珪后继位，在位11年，被后唐围困而自杀，终年36岁，葬于宣陵附近（今洛阳市东南）。

后唐自诩是唐朝后裔，李存勖是李克用长子。其父病死，他袭晋王位。经过十多年激战，于923年攻灭后梁，统一北方。四月己巳日称帝，国号为唐。不久迁都洛阳，建年号为同光，史称后唐。李存勖在战场上是位冒死冲杀的猛将，在政治上却是个昏庸无知的蠢人。称帝后，他自以为中原已定，就不图进取，开始享乐。他自幼喜欢看戏、演戏，便在宫里养起名伶，一个个粉墨登场，陪自己玩个尽兴，朝政被荒废一边。他自取艺名为"李天下"。有一次演戏，他自己呼叫了两声"李天下"，一个伶人上去打了他几下耳光，周围的人都吓出一身冷汗，李存勖也被打得莫名其妙。那伶人乖巧地奉承说："理（李）天下的只有皇帝一人，你叫了两声，还有一人是谁呢？"李存勖听了恍然大悟，命令厚赏这个伶人。比伶人受到宠幸，可以在宫中自由出入，和皇帝打打闹闹，甚至侮辱戏弄朝臣，群臣敢怒不敢言。有的朝官和藩镇为了求这些伶人在皇帝

面前为自己说句好话，争着向他们送礼。李存勖还用伶人作耳目，去打探群臣的言行。最受宠幸的是伶人景进，只要景进说谁的不是，谁就会遭殃。所以，群臣见了景进格外害怕。李存勖又封两个伶人去当刺史。许多将士见自己身经百战而做不到大官，对国家毫无建树的伶人却轻易获得，都怨愤难忍。

后来，李嗣源在将士们的拥戴下，率军造反，准备自立为帝。这时候，李存勖身边蓄养并提拔做官的伶人、亲军指挥使郭从谦指挥着兵变的兵士杀入宫内，将他一箭射死。李存勖在位四年，终年42岁，葬于雍陵（今洛阳新安县境内）。

李嗣源是李克用的养子，按辈分说，还是庄宗李存勖的哥哥，在唐庄宗后继位，在位八年，帝号明宗。他是遭遇兵变受惊吓而死，终年67岁，葬于徽陵（洛阳北邙山）。

愍帝，名李从厚，明宗第五子，明宗病死后继位，在位仅两月余，被明宗养子李从珂废黜后毒死，终年21岁，葬于徽陵。

末帝李从珂，明宗养子，他废愍帝后继位。李从珂和后唐大将石敬瑭长期不和，称帝后，派几万大军去攻打石敬瑭所在的晋阳城。石敬瑭抵御不住，便投靠契丹，在契丹军的帮助下，打败了围城的后唐军，并转而进攻洛阳。这时，李从珂的兵力还很强，但是他志气消沉，不敢亲自领兵去抵挡契丹军，只是成天地喝酒哭泣，坐待灭亡。将领们见他如此，只好纷纷投降。李从珂仰天长叹说："我到了绝路了！"他带着太后、皇后、皇子等一家老小在玄武门下堆积柴草，点火自焚，后唐亡。在位三年，终年51岁，也葬于徽陵。

晋高祖石敬瑭是沙陀族人，后唐节度使，被契丹扶立为帝，建立后晋政权，是历史上著名的"儿皇帝"。其在位七年，因屡受契丹羞辱，忧郁而死，终年51岁，葬于显陵（今洛阳西）。

后晋出帝，名石重贵，石敬瑭养子。石敬瑭病死后继位，在位四年，国破被俘后病死，终年51岁，葬于今辽宁省开原市。石重贵即位后，向辽帝自称孙儿，却不称臣而主张抗辽。在军民支持下，他几次击退来犯辽军。后大将杜重威一心想投靠辽朝，自立为帝，在前线主动向辽军投降，并引辽军来攻。石重贵闻报大惊，又无可奈何，只好奉表出降，至此后晋亡。

后汉、后周也是如出一辙，帝位不稳，臣子中有狼子野心者不绝，你方唱罢我登场！而建立大宋政权的赵匡胤，也属于这些臣子中的一员，只是他有自己的想法，成就了大宋朝。

赵匡胤是洛阳人，927年三月二十一日出生于洛阳夹马营火烧街一个军人家庭。相传，其出生时"赤光绕室，异香经宿不散，体有金色，三月不变"。这倒是很可能的，现代医学上有新生儿黄疸之说，也许赵匡胤长得黑，黄疸也重，难以退去就弄成了"三月不变"的样子。后来当上了皇帝，被人添油加醋神话一番，当作一种不同于凡人的特征。人们历来认为都是"龙生龙、凤生凤"，赵匡胤的父亲赵宏殷，曾是后唐、后晋、后汉、后周四代王朝的武王，所以，《宋史》记述少年时的赵匡胤"既长，容貌雄伟，器度豁如，识者知其非常人"。

赵匡胤出生时，威赫数百年的大唐帝国已经整整消失二十年了。在动乱长久不息的社会背景下，深受家庭环境影响的他，自幼爱好骑射和练武，并练出一身的好武艺，青年时期就开始寻求投身于军事生涯。他遍游了华北、中原、西北不少地方，都未能如愿，直到949年，他终于遇到了机会。当时担任后汉枢密使的郭威，正在今河北大名县招兵买马，身强力壮、精通武艺的赵匡胤就投到了郭威的旗下。郭威就是后来篡后汉即帝位的后周皇帝，史称后周太祖。郭威的夺权在五代时期很正常，都是"枪杆子里面出政权"，一朝一代都是靠着"你推翻我、他推翻你"这样过来的。当时任禁卫军长的赵匡胤跟郭威照样学样，并深得启发，深谙其道。柴荣是皇后的亲侄子，被郭威认作养子，也是郭威选定的接班人。赵匡胤在和当时任开封府尹的柴荣交往中,得到其赏识,并想办法成了部属和义弟。郭威死后,柴荣即位称后周世宗。赵匡胤作为世宗的心腹之人、要臣,升任禁卫军司令。世宗在位五年去世,由他年仅七岁的儿子继位,称宗训。作为世宗义弟的赵匡胤实际上掌握了整个后周的军事权力利,这样的地位和身份又怎会安心于给一个七岁的孩子当牛做马?所以,第二年赵匡胤就发动了陈桥兵变,很婉转地让属下为他黄袍加身,自己扭捏不从却又拗不过属下的执着。为了保宗训小命,终还是从了属下,让宗训退位,自己建立宋朝。

当时后周的首都是汴京,刚得了帝位的赵匡胤很看不上汴京,但也不好意思直接迁都,就暂时还坐着宗训的龙廷。其实他不是看不上汴京的繁华,繁华不过是人造的景致,帝都在哪里,哪里就繁华,他看不上的是汴京的地势。从登上帝位那一刻起,他就要以帝王的眼光看天下大势,虽然开国之日已经宣布汴京为东京,洛阳为西京,但要把朝廷真正搬到洛阳才是目的。当时黄河以北的北汉政权和辽国,国势强劲,对大宋虎视眈眈,是摆在大宋朝面前回避不了的心腹之患。汴京城池处在一片平原之上,没有山川屏障,黄河如果还算作天险,到这里也成了平静温和的浅滩,摆明了是易攻难守的局面。因此赵匡胤一直想迁都洛阳,不仅因为洛阳是繁华之地,也是他的出生之地,更主要的是因为洛阳地形复杂多变,难攻易守。洛阳北依邙山,南望洛水,西有秦岭潼关之险,东有虎牢黑石之固。两个京城相比,哪儿更适宜做帝都不言而喻,况且洛阳千年帝都的地位也说明了历代帝王的共识。

如果赵匡胤是马上打天下的皇帝,我想他是不会在汴京就帝位的。就因为他不是打出来的天下,顾忌被质疑身份的合法性,才隐忍着没有大刀阔斧地执行自己的新政,只是将自己的想法委婉地表达出来。

赵匡胤第一次表达很含蓄,他告诉自己身边的朝臣,说夜里梦到了洛阳的金镛城,绘声绘色地描述了梦中的情景,表达了自己的留恋和不舍。听话听音,按说朝臣们应该心领神会了,要做的就是一呼即应,上一道奏折请皇上迁都即可皆大欢喜了。可赵匡胤太高估这些朝臣了,他们没有用大聪明去领会帝王的心思,倒

宋陵

是耍小聪明去讨好巴结他,竟将一座完好的洛阳金镛城,整体搬迁到了汴京,让赵匡胤哭笑不得!

赵匡胤再次表达了自己的想法,这次只好搬出了父亲赵弘殷。赵弘殷在其儿子当皇帝前就已经死去,被追封为宣祖,葬在开封东南永安陵。乾德二年(964年),赵匡胤要为父亲迁陵,迁往河南府(洛阳)巩义,也就是北邙山的东段。不言而喻,这是他在为自己的陵寝兆域定位置,也是更明白地提醒臣下们,自己把父亲不葬在东京要葬在西京北邙的用意!纵观历代王朝,所有的皇家陵苑都选择在都城周围,只有北宋例外。因此,赵匡胤如此选址,毫无疑问是在为迁都洛阳做准备!

但赵匡胤又失望了。满朝文武,没有人意识到他的远见卓识,也没有人愿意用帝王的眼光去审时度势。数十年战乱不断、社会动荡,使朝臣们更乐于享受汴京城里当下的繁花似锦、人物风流,得过且过,安于守成。或许他们看透了赵匡胤的用意,但都装聋作哑,故作不解。当赵匡胤真的要有实际行动的时候,反对意见马上就形成了一道严密的防线,而且带头的就是他弟弟——开封府尹赵光义。

历史记载关于迁都的辩论中,赵匡胤的理由非常充分:"吾将西迁者,非它,欲据山河之险而去冗兵,循周、汉故事以安天下也。"周、汉和历朝历代的经验摆在那儿,西迁洛阳是必要的选择,不仅能据山河之

险，还能大大减少护卫汴京所需要的"八十万禁军"。赵光义辩驳道："安天下在德而不在险，秦据关中，苛政虐民，不二世而亡。"赵光义说秦朝不是据险而建都长安吗，但其政策祸害百姓，只执政了两代就灭亡了，安天下凭借的主要是德而非天险。这是偷换概念啊，秦朝是因为苛政，导致了内乱，而宋朝所面临的却是外患。再者，以道德论调去否决政治军事上的策略，也很不适宜。可惜赵匡胤的学问并不能让他区分其中的细微差别，即使心中有疑问，也只能暂时放下。他有自己很现实的担忧："晋王之言固善，然不出百年，天下民力殚矣！"

果不其然，赵匡胤的担忧在他预见的时间内真成了现实。这座"当天下之要，总舟车之繁，控河朔之咽喉，通荆湖之运漕"的四通八达的都城，在占尽天下繁华的时候，它所昭示的政权却没有像大唐那样宗主雄踞、万邦来潮，而是承受了"澶渊之盟"的蒙羞、"靖康之耻"的受辱，直至皇室南迁偏安一隅，世人讽刺性地称其为"攒宫"的历尽磨难。

宋太祖灭后蜀，霸占了后蜀后主孟昶的花蕊夫人，而宋太宗赵光义灭南唐，霸占了南唐后主李煜的小周后，可大宋朝被大辽国掳走的是两代皇帝！

宋朝的陵地选在北邙是很尴尬的，历代王朝中还没有把陵地选在这么远地方的先例。在满朝文武的反对声中，赵匡胤把自己父亲的陵墓迁到了两百里之外，却也没有煽起迁都的火。无奈之余，只好不间断地巡视西京。赵匡胤在位的十六年间，除了四处征战，几乎都要抽时间到西京驻跸。甚至在位的最后一年，还在从西京回往东京的途中，拐到父亲的陵园祭拜陵墓，"号恸陨绝者久之"，其伤痛之切，足见其为迁都之事所承受的压抑。赵匡胤给自己选定的兆域就是在这一次决定的。关于他自选陵墓，还有这样一个传说：当时他非常担忧开封的地理环境，在离开洛阳的路上更加忧心忡忡。于是，他登上父亲陵园内的阕台，面向西方，要来弯弓，对着伴驾的大臣说："我生不能居西京，死当葬此地！"说罢，弯弓搭箭一用力，响箭向西北飞驰而去，箭落的地方就被确定为死后的葬地，就是后来的永昌陵。

赵匡胤这一箭是三月射的，四月回到东京，到了十月二十日夜里，能弯弓射箭、身强力壮的赵匡胤竟然毫无征兆地死在宫里的万岁殿。《宋史·太祖本纪》是这样记述赵匡胤之死的："癸丑夕，帝崩于万岁殿，年五十。"很简练的一句话，多了不写。不知道是不敢写，还是不合适写，就这么寥寥的一句话，把一个开国皇帝惊天动地的死弄得稀疏平常。又不是让你个史官去埋赵皇帝，你怕花不起那么多钱，只是多写几句话，你又怕啥！

看看别的资料，关于赵匡胤的死和将帝位传于兄弟赵光义，有几种说法。

其中之一就是"烛光斧影"说。这种说法出自北宋高僧文莹的笔记《湘山野录》。书中说：开宝九年赵匡胤巡幸洛阳，遇到了自己即大位前就结交的道士真无。赵匡胤曾经为当皇帝的事找真无掐算过，说得很准，所以赵匡胤对他格外迷信。此次见面，赵匡胤又求他掐算："我寿还得几年？"真无答道："今年十月二十日夜晴，则可延一纪，不尔，则当速措置。"说的是，今年十月二十日的夜里如果是个晴天，你还可以掌管天下二十年；如果当夜阴天，就该抓紧时间准备后事了。到了十月十二日夜，忐忑不安的赵匡胤来到太清湖畔，看水面繁星点点，天上星光灿烂，满腹心事顿时烟消云散。只是天气突然之间大变，雪雹骤降。于是赵匡胤邀兄弟赵光义前来对饮。"酌酒对饮，宦官宫妾悉屏之。但遥见烛影下，太宗时或避席，有不胜之状。饮讫，禁漏三鼓，殿雪已数寸。帝引柱斧戳雪，谓太宗曰：'好做，好做！'遂解带就寝，鼻息如雷霆。是夕太宗留宿禁内。将五鼓，周庐者，寂无所闻，帝已崩矣。太宗受遗诏，于柩前即位。"

第二种说法出自司马光的笔记《涑水纪闻》。司马光说：赵匡胤死时是夜四鼓，当时皇后宋氏就守候在赵匡胤身边，见赵匡胤已经晏驾，连忙命大太监王继恩去宣赵匡胤的儿子赵德芳。王继恩认为杜太后已有遗命，让赵光义继承皇位，所以没有去叫赵德芳，而是急急忙忙跑到开封府，把赵光义叫进了寝殿。宋皇后见到赵光义，"愕然，遽呼官家，曰：'吾母子之命，皆托于官家！'王泣曰：'共保富贵，勿忧也！'"

第三种说法是"金匮之盟"，兄终弟及，是太后命赵匡胤把皇位传给弟弟赵光义。赵匡胤的母亲杜太后临终时，问赵匡胤知道不知道自己是怎么得到的皇位。杜太后说："你之所以能够得到天下，是因为后周的皇帝年龄太小，不懂得笼络人心的缘故。如果后周是年龄大一些的皇帝即位的话，你怎么能够得到天下？你将来'兄终弟及'，把皇位传给弟弟，国有长君才是社稷之福啊！"然后命宰相赵普当面写成誓词，封存在一个金匣子里，永久地保存了起来。这就是"金匮之盟"。

不论赵匡胤和赵光义兄弟是怎么完成交接班的，总是违背了人们平常的认识。人们的正统思想总怀疑其中不为人知的原因！所以，还有两种单纯是怀疑赵匡胤死因的说法，对赵光义弑君谋位的质疑更是直接。

第一种说法来自徐大焯《烬余录》的记载。乾德三年（965年），赵匡胤伐后蜀，后蜀皇帝孟昶修降表投降，孟昶的宠妃、著名的花蕊夫人也被赵匡胤占有。谁知赵光义也喜欢上了花蕊夫人，开宝九年（976年），赵光义趁着哥哥卧病在床，在床前趁机调戏伺候赵匡胤的花蕊夫人。赵匡胤惊觉，用玉斧砍他，赵光义逃跑，赵匡胤因此气绝身亡。

第二种说法是赵光义是个好色之徒，因赵匡胤发现他和皇后宋氏的私情，用玉斧砍他，赵光义逃跑，赵匡胤因此气绝身亡。花蕊夫人、小周后的死，都和赵光义有着直接的关系。赵匡胤的皇后宋氏也是个极其美貌的女子，赵光义对她垂涎，也不是多么意外的事。史书上虽然没有这方面的明确记载，但赵匡胤死后，赵光义立即封宋氏为"开宝皇后"，不允许她出后宫，自己也不立皇后，这种做法与常情大相违背，其中猫腻，极有可能是半遮半掩下，为行苟且之事行方便。《宋史·太宗纪》明确记载：宋氏死后，赵光义坚持不准将宋氏与赵匡胤合葬，直到赵光义驾崩之前，宋氏一直没有下葬。赵匡胤的皇后死了不能随赵匡胤安葬，而当兄弟的赵光义难为一具尸首有何用意？史官说："宋后之不成葬，则后世不能无讥焉。"兄弟不让兄嫂合葬，这样的事情是不能不被后人讥笑的！作为正史，已经表达得够露骨了，其中三昧不言自明！

不管是传位之说，还是被气死之说，都是和赵匡胤的死联系在一起的，自然也就和赵匡胤射出的那一箭有关系。那一箭好像带着赵匡胤帝王的尊严，实际也暴露出了他的草率和东征南伐的艰难。历数秦、汉以后各代王朝，哪一个不是皇帝还活着，陵就开始造了，帝王更在意"事死如生"的理念！赵匡胤肯定没有想背离这个习惯，他射出的一箭也许就是要告诉臣下，该建陵了！只是没有料到几个月后自己就死了！这就给大宋留下了一个有区别于前代的葬制——皇帝死后建陵。据史料记载，北宋皇帝下葬遵《周礼》，即从皇帝晏驾的一天算起，选址、建陵、下葬到封闭皇堂，时间限在7个月内完成。宋朝前代的帝陵都是规模巨大的，许多的帝陵需要动用天下的能工巧匠，建设许多年。但宋太祖赵匡胤的陵墓与前代的帝陵相比，显然是属于薄葬。我们现在知道，宋朝的陵墓形制上是仿隋唐的，可是因为时间要求太紧，规模比起隋唐大大缩水。这就不免让人不解了，既然采用了隋唐的陵墓形制，就该留足建造陵墓的时间，为什么在丧葬时间上却要遵循周礼，让人产生十分仓促的感觉呢？就像看着一只老虎却画出一只猫来！我毫不怀疑，这样紧凑的时间安排与人们对赵匡胤猝死原因的猜疑，可能会有直接的因果关系，但赵光义就把它当成大宋朝独树一帜的葬制确定了，谁又能如何！

这也就决定了宋朝的陵墓不能称为山陵，因为没有足够的时间去建设陵墓，更没有时间去堆起一座巨大的陵山。地面修复最为完整的仁宗赵祯永昭陵，让我们可以一眼看出，宋陵与其他朝代陵墓的大不同处。

被称为鹊台的第一道山门是整个陵区的最高点，拜谒者走进这道山门不需要习惯上的仰视，而是要俯视台阶层层低落的趋势，一点一点走近第二座山门乳台，然后再继续向下，是第三道山门南神门，

宋陵

直到陵区的最低处，才是宋仁宗的陵墓。站在陵前，你会产生疑问，看不到印象中帝王陵高丘大冢的恢宏大气，倒是一派内敛、审慎，甚至是恭顺和挣扎的气象。这不免让人陡升出对宋徽宗和宋钦宗的想象。徽、钦二帝去往大金国的时候，是不是就是这个样子呢？这是不是体现了大宋朝的人文精神呢？北宋皇陵的反常做法，彻底颠覆了我国传统的建筑理念，被古建筑专家称为建筑史上的"孤例"。

赵家的陵墓为什么会是这样的呢？这里面应该是有讲究的。历朝历代的研究者也认为，作为皇家的陵园不可能随随便便，虽然没有历史记载说这是为什么，用"五音利姓说"来解释倒是能够得出一番道理：古代定五音，分为宫、商、角、徵、羽，把姓氏分属五音中，赵姓属于"角"音。五音与五行对应，"角"可对应五行中的木，木生东方，阳气在东（赵宋定都开封），而死后必须安葬在西方，且陵地需要东高西下，即堪舆学上所谓"东高西下谓之'角'地；南高北下谓之'徵'地，'角'姓亦可居之。宋陵的地理位置正好符合堪舆学推演出的这一结论：东南，中岳嵩山的太室山主峰峻极峰海拔1440米；西北，邙山海拔272米，正所谓"东高西下，南高北下"。况且西有洛河北流，注入黄河；南山北水，山高水来，被堪舆学认为是"富贵不断"的最佳范例。赵宋在

这里建陵，那是上好的选择！

不过，《旧唐书·吕才传》记载，唐朝初年，吕才奉唐太宗的命令，对世传的风水术书加以刊正，"削其浅俗，存其可用者"。这个吕才将各类风水术书"多以典故质正"，对其中讹伪、穿凿及无稽拘忌者，每每痛加批判。其叙《宅经》云："至于近代巫师，更加五姓之说。言五姓者，宫、商、角、徵、羽等，天下万物，悉配属之，行事吉凶，依此为法。（然而）验于经籍，本无斯说；阴阳诸书，亦无此语；直是野俗口传，竟无所出之处；唯按《堪舆经》黄帝对于天老，乃有五姓之说。"他引例论证，认为五姓之说"事不稽古，义理乘僻"。

呵呵，看来唯心主义全靠一颗聪明的脑袋，只要敢把脑袋里随意想象的说成是真的，而且能自圆其说，一切就妥妥了，管他什么唯心主义，依然可以去做什么了！

到了宋陵，你还会发现宋朝的后妃采用的是祔葬制，均埋在皇帝陵外，不与皇帝同穴。皇后的建制与帝陵相似，只是规模较小，其他嫔妃均埋在帝陵后侧。赵匡胤的宋皇后是大宋第一个皇后，如果真像传

宋陵上的"石像生"

说的那样，因为她赵匡胤气死了，那我们就该毫不怀疑地相信，帝后不同穴的葬制也是从她而起的。这样安排的用意赵光义知道——赵匡胤肯定厌恶和她同穴，她也不好意思去和赵匡胤同穴；赵光义倒是想和她同穴，又想要脸面而不敢和她同穴，后代们为了给他们的先皇遮丑，干脆都不再同穴！

宋朝的皇帝在墓葬上虽然受到太祖葬制的限制，不能大肆张扬，但都很追求生前的精神享受。北宋九位皇帝中，有六位在孕育或出生时有异象，就是说这六位皇帝的出生都是有传说的，当皇帝都是有天启征兆的。

太祖出生的时候，赤光缭绕室内，异香一夜都没有散，太祖身体呈金色，三天金色都没有消退。

太宗的母亲梦见神人捧着太阳授给她，因此受孕。太宗出生的时候，赤光像火一样升腾，异香充满了街巷。

真宗的母亲梦见自己用裙裾承接太阳，因而有孕。真宗出生的时候，赤光照彻室内，真宗的左足脚趾天然地纹有一个"天"字。

英宗是仁宗的养子，他的亲生父亲濮安懿王有一次梦见两条龙和太阳一起堕下来，自己用衣服承接。英宗出生的时候，赤光满室，间或能看见黄龙在赤光中游走。

神宗出生的时候，祥光照彻室内，成群的老鼠吐出五色气，聚集成了云彩。

哲宗出生的时候，赤光照室。

宋朝的皇帝好像都是上天早就安排好的，排着队轮流上位。在《二十四史》中，从来没有任何一个王朝的皇帝，这样集中地呈现如此大规模的异象。现在我们懂得唯物主义了，如果有那么一个两个这样忽悠人，我们可能心里还存有一些怀疑的相信，一下子出现这么多，就明白是遇见了组团忽悠人的。赵家人好标榜自己，所以说，他家人是一个好吹牛的团队！一个一个地跟着赵匡胤当皇帝，一个一个地跟着赵匡胤忽悠，貌似亦步亦趋，可就是没有人真正和赵匡胤心心相通，那就是让首都尽快摆脱在军事上十分被动的局面！宋代王陵出现在北邙东段的巩义，就是赵匡胤为迁都和满朝文武做斗争的结果，可他的接班人把他的理想停滞了，不会前进一步！

宋朝从丧葬期到陵墓后来的管理，均设有专门的职能机构，有常设的，也有临时的办事班子。常设的如太常寺，系宋朝中央专设的机构，负责掌管礼乐、宗庙、封赠、陵寝等事务。国葬期间，还有专设机构，如丧葬期组成的"五使"，规格就非常高。宋代皇帝在死后开始营陵，葬前均先殡于汴京宫中。皇陵建成后，皇帝棺柩由东京起灵，途经中牟、郑州、荥阳、巩义、偃师等地，绕道陵区之西北，上北邙后再东折进入陵区。送葬队伍选择这样一条平坦而无险阻的路线，大约是因为仪卫队伍过于庞大，柩舆又极重的缘故。从东京到陵区一般约走十数天方可到达，遇特殊情况，则需要更久的时间，实在是艰辛！埋葬哲宗赵煦时，路上因遇大雨，久久不停，而灵车深陷泥泽之中，送葬队伍只得停车露宿荒野数天，待天晴才能行动。唉，赵匡胤是图个什么呢？

从这一点上说，赵匡胤不如北魏孝文帝，孝文帝以极端的手段迁都洛阳，直接在北邙划出一个兆域，限令所有的鲜卑人都不能归葬代北。赵匡胤只能用舒缓的姿态，一次一次地表达自己的想法。孝文帝为迁都洛阳可以杀掉阻挠他的太子和那些反对者，而赵匡胤因为出头反对迁都的是一个皇弟就束手无策！这里面能看出赵匡胤对当时天下不稳的担忧，也能看出他"仁治"的治国理念。他尽量以稳求变，殊不知当断不断，必留后患！

宋朝自建国之初就承受着来自辽国的军事压力，后来，东北出现了少数民族政权金国，形成暂时的三足鼎立之势。金国灭辽后，又把矛头对准了宋朝。北宋宣和七年（1125年），金军分东、西两路南下攻宋。东路攻燕京，西路直扑太原。东路金兵攻破燕京，渡过黄河，南下进逼汴京。正坐在皇位上纸醉金迷的宋徽宗，大难当头时分本该仗剑而起，可他却下旨要禅位于太子赵桓，逼着儿子在情势危机之时替他力挽狂澜。赵桓当个安逸的太子还可以，于危难之时能奋起吗？可不行也得行，徽宗容不得他抗命不尊，逼着他在哭哭啼啼中登上皇位，是为宋钦宗。靖康元年（1126年）正月，金兵东路军杀到了汴京城下，逼着富庶的宋朝割地赔款后议和撤军。大宋朝满以为和平共处的原则订立了，正想暗自松口气，谁知道就在这年八月，尝到甜头的金军又两路攻宋，杀将过来，攻城略地，气势汹汹。到闰十一月，金国的两路大军像两股铁流，一下子把都城汴京给淹没了，连老皇帝和小皇帝都没有来得及逃跑，一起当了金兵的俘虏。当时被掳走的除徽宗和钦宗以及随行的皇后、嫔妃、皇子、公主、驸马、大臣外，还有工匠、宫人、内侍、倡优以及男女人口不下十万人。

当月三十日黎明，胆战心惊的钦宗在众大臣的陪同下，按照金军的要求前往金营献降表。金人对降表却不满意，命令须用四六对偶句的诗歌写降表。钦宗都吓迷了，哪里还能写出诗歌，只能由大臣代劳。写诗的大臣反复斟酌，修改了四遍，方才令金人满意。真佩服金人戏弄北宋的馊主意！降表是向金俯首称臣、乞求宽恕的表态。呈上降表后，金人在斋宫里向北设下香案，令宋朝君臣面北而拜，以尽臣礼，宣读降表，实际上就是让宋钦宗亲自朗诵那极尽奴颜婢膝味道的诗歌！

钦宗在金营扣留三日后被放回皇宫，一路哭着走回来的他恍如隔世。刚回朝廷屁股还没有坐热，金人就传令索要金一千万锭、银二千万锭、帛一千万匹。金人敢漫天要价，宋钦宗可不敢坐地还价。吓破了胆的他只有唯唯诺诺，把府库扫净还凑不足，就将权贵、富室、商民家的财帛搜罗一空，连皇后娘家也未幸免。负责搜刮财帛的大臣完不成任务，被杖责、处死的比比皆是。财帛还没有凑齐，金人又索要七千匹骡马，开封府用重典恐吓，鼓励揭发，才勉强凑足。马没有了，上朝的官僚都开始步行了。金人又逼要少女一千五百人，钦宗对金人这些畜生连摇头都不敢，按户籍挨家挨户去找，实在凑不够了，只好让自己的妃嫔和宫女抵数。送去金国的时候满城尽是哭号声，送走后还犹闻少女们在金营凄惨声。少女们不甘受辱，死者甚众，这点倒比宋钦宗强上万倍！

马匹和少女凑齐了，可财帛实在难以凑全。金人以商谈之名将钦宗拘留在金营，声言金、银、布帛数一日不齐，便一日不放还。寒冬腊月就让钦宗铺一条毛毡，锦衣玉食的皇帝转瞬间就如一个街头的乞丐。金兵举行球赛，钦宗受命去陪看。球赛结束后，钦宗哀求放自己回国，结果遭到厉声呵斥，吓得他毛骨悚然，遂不敢再提此事。

到第二年正月下旬，开封府才搜集到金十六万两、银二百万两、衣缎一百万匹，距离金人索要的数目还相差甚远。当时的汴京百姓已经无以为食，将城中树叶、猫狗吃尽后，开始吃死人肉，景况之惨难以描述，再加上疫病流行，饿死、病死者不计其数。可金人仍不罢休，要求以其他有价的物件以抵金银。朝廷的祭天礼器、天子法驾、各种图书典籍、大成乐器甚至百戏所用服装道具，均在搜刮之列。诸科医生、教坊乐工、各种工匠也被劫掠。妇女也被当作了能抵金银的对象，只要稍有姿色，即被开封府捕去。吏部尚书王时雍掠夺妇女最为卖力，被人称为"金人外公"；开封府尹徐秉哲也不甘落后，为讨好金人，将蓬头垢面、一副羸病之状的女子涂脂抹粉，收拾齐整，整车整车地送入金营。

灭宋是金人的方针，无论钦宗怎样俯首帖耳，金人还是决意废黜钦宗。靖康二年（1127年）二月丙寅日（3月20日），金太宗下诏废宋徽宗、宋钦宗二帝的帝号，贬为庶人，强行脱去二帝龙袍。

金兵进攻开封是一路直取，其他地方尚还有许多宋军。这时候金兵担心兵力不足，不能对中原广大地区实行有效统治，被河北的地方军队断了北归退路，因此，他们在撤军前建立了傀儡政权，以分解宋朝残余势力。

在撤退的时候，金军也很了解汉人的迷信，废了宋朝皇帝还嫌不足，竟然分出一路金兵押解着钦宗一行，绕道巩义的黄河渡口渡河北撤，目的是顺路毁陵平丘，挖断大宋朝的风脉。金兵进入宋陵后，发现宋陵有七帝八陵，每一座陵园都是一个宫殿区，加上祔葬的后妃墓园，规模十分巨大。这是金兵没有料到的。每一座陵园内，上宫建筑金碧辉煌，下宫祭器耀眼夺目，抢掠之祸成为必然。金军把地上的东西哄抢一空后，转而挖坟掘墓——小墓揭顶，大墓挖洞后缒绳而下，一时间掘墓开棺如入无人之境。肃穆的陵区成了疯狂的发财之地，尸骨遍地，烟火弥漫，可谓是一片狼藉的喧闹。

金兵这毁灭性的盗掘可都是在钦宗废帝眼前发生的啊！看着自己的祖陵被如此糟践，他内心的感触肯定不少！像钦宗这样的人物，宋

北邙出土的金代壁画墓的雕砖

陵本是有他一席之地的，但如今也只能在巩义的黄河渡口上，匆匆瞥一眼被毁的祖宗陵园里的狼烟。想葬在北邙，难了！至此，北宋亡国。

北宋的灭亡除了首都的地理位置所背负的军事包袱外，一贯实行重文轻武的国策和以文官为主的统治方式也起到了加速的作用这样的结果出现。北宋采取武将带兵不得超过一年就调换的制度，造成"兵不识将，将不识兵"的状况，大兵压境的时候，没有能带兵打仗的将领。其实北宋还是可以抵抗金军的，各地起义军和自发组织起来抗金的农民在国破家亡的时候，还是积极向政府靠拢的，但北宋政府怕引起暴动，不敢加以引导和利用，以致关键时候无兵可用。北宋皇帝主事昏庸，而大臣们在危亡之时不懂求大同存小异的道理，只知窝里斗等，也是亡国的原因之一！

宋建炎元年（1127年）五月初一日，北宋大将宗泽等拥护康王赵构在应天府（今商丘南）称帝继位。康王赵构就成了宋高宗，年号建炎，

史称南宋。不久，南宋迁都临安（今杭州）。

宋皇室听到祖坟被劫掠的消息，悲痛万分，但也毫无办法，谁敢去打金兵呀！待偏居临安后，宋高宗赵构才饬令河南镇抚使翟兴父子及岳飞等大将，带兵赶往北邙陵园。南宋皇室在风雨飘摇中还是尽力拨出经费派人修葺陵寝，但当时蒙羞忍辱的宋军和金兵的拉锯战残酷而又血腥，宋军一撤，刚刚修好的宋陵又被金兵摧毁。当时的三京淮北宣谕使方庭硕奉旨到北邙谒陵，他亲眼看到往昔威严肃穆的皇陵禁地，如今是乱草丛中野兽出没，狐鸣狼叫甚是凄凉。他沉痛地写道："永昌陵以下皆惊犯，泰陵至暴露，庭硕解衣覆之。"方庭硕看到永泰陵哲宗的尸骨竟然暴露在光天化日之下，也只能脱下自己的衣服把尸骨包裹起来放回去。回到临安，他将目睹的惨状如实向高宗做了汇报。高宗愤懑至极，凄然泪下，却也只能拧自己大腿上的肉自残，捶胸顿足亦无可奈何！

这还不是宋陵遭到的最后洗劫。1130年，金人在大名府封宋朝的投降官员刘豫为大齐皇帝。有一天，刘豫发现一个士兵拿了个水晶碗，感觉非常精美，经询问得知是从宋永裕陵盗来的，当即就夺去了。随即他让儿子组织一个专门的挖墓队伍，声称去洛阳淘沙，其实是奔赴宋陵，过筛子一样把宋陵又盗掘了一遍，陪葬的大臣墓葬也未能幸免。他们甚至连老百姓的墓也不放过。史书上称其为"淘沙队"。"淘沙队"是继东汉末年的曹操之后，中国历史上第二个有记载的官盗机构。

刘豫的毁灭性盗掘，使那些生活在陵区的僧尼、柏子户等无存身之处，只好流落他乡。从此，民盗相继光顾宋陵再无专人管理，盗墓更加猖獗。

1278年，南宋灭亡，元朝建立。蒙古人怕宋代遗民怀念先朝的皇帝，也开始学着金人，要断了宋朝的风脉。蒙古人不但把南宋的皇陵给捣毁，还将已经被洗劫一空的北宋皇陵上的残余建筑也全部烧毁，并将废墟犁地为田。"七帝八陵"，再加上后妃和宗室亲王、王孙及高怀德、蔡齐、寇准、包拯、杨六郎、赵普等功臣名将的近千座墓葬，几乎全被夷为平地。这也是北宋陵区只有孤零零的石雕的原因。

写到这里，才终于把"生在苏杭，葬在北邙"句话中的两个地名联系在一起，我感觉南宋朝代才是产生这句话的时期。因为南宋的的身份说这句话最合适，也只有南宋才可能说出这句话！"生在苏杭"是偏安一隅的南宋在受到死里逃生的惊吓后，得以喘息偷安的侥幸心理；而"葬在北邙"是这个小朝廷遥望祖陵，骨子里难以消散的疼，难以停止的挣扎！虽然没有找到真实的历史依据，但我感觉"生在苏杭，葬在北邙"在南宋时期说出来显得最有意义，所以权且这样下论断了。

究竟是不是南宋时候才有这句俗语呢？还是在南宋之前这句俗语就已经在流传着？在没有历史明确记载的情况下，我觉得还真的要考究一下！"生在苏杭，葬在北邙"，从南宋人口中说出来，可以说是天衣无缝，十分契合，但毕竟政治色彩太浓厚了，总感觉哪里不对。我咨询了不少生活在洛阳，也见证着洛阳历史的文史专家，还看了他们写的书，但他们针对这句话的回答也很模棱两可。难道这句话是街巷中某一个老百姓灵光一现的顺口胡诌，而且胡诌的如此有道理，以致让人都认同下来而流传开来！可我并不相信有这样的凑巧。飞行的飞机跟鸟可以碰撞，飞行的鸟也有可能和行驶的汽车碰撞，但你说飞行的飞机和行驶的汽车碰撞，那是笑话！在古代，没有几个老百姓会在一生中可以体验这两地的生活，即使有可能，也不会体会出这句话又正好流传下来！

第二十一章 "葬在北邙"的疑团和答案

前面说过,"生在苏杭,葬在北邙"这句俗语,原话应该是"生在洛阳,葬在北邙"才对。因为按照普通人的习惯,自己在哪儿生活,就在哪儿埋葬自己,这才符合实际情况。可现在没有听到"生在洛阳,葬在北邙"这句话,倒是经常听到"生在苏杭,葬在北邙"。难道人们喜欢如此的浪漫,希望自己死了以后,让自己的后人们跋山涉水,将自己葬到一个遥远的地方?我看不是,实际大家也都明白,这两句话都是一种对向往的表达,只是后一句话的由来超出了人们的一般的理解。前一句话肯定是有道理,而后一句既然能让普天之下的人皆能相传,那肯定也是有道理的!

不论是想"生在洛阳"还是想"生在苏杭",目的都很明了,人活着谁不想生活在繁华富饶之地!可"葬在北邙"的道理是为什么呢?难道只是人们把北邙想象成了阴间的天堂吗?我看不见得这么单纯,其中绝对有其约定俗成的成分。

我在电视上看过洛阳当地籍贯的专家在接受访谈时,谈及这个问题,解释得很委婉。说:北邙山属于低山丘陵地带,黄土层深厚,黏结性好,坚固致密,适于营建墓茔。自周代开始,洛阳作为首都的时间太长,历代在洛阳生活的人太多,没有地方埋葬死人,都习惯在北邙上安葬亲人,慢慢也就真成了习惯！专家老师说的话是真实的，北邙的土层还真是那样子，一层黄土下还夹着一层白土，据说那白土能防水渗透。后来查看报刊杂志上的文章，涉及这个问题的解释也是如此一种说法。对此我没有疑问，这种说法绝对符合北邙的现实情况，只是觉得这样说未免太浅薄，那么著名的一句话，竟然是这样一个因地制宜的由来，太随意！

有一天，我从北邙上下来，带采摘的葡萄。粉紫色的葡萄密密麻麻挤在一起，似乎比我对北邙的疑问还多。我带葡萄是有缘由的，北邙上的葡萄新鲜还便宜，找专家扒扒捡捡地讨学问。送上一兜，显得富有诚意。可惜把葡萄送完了，也没有从专家老师那里了解个所以然！关于"生在苏杭，葬在北邙"的解释，有众口一词的说法，也有含糊其辞的说法。我估计再问谁也不会有确切的答案。这个问题太偏了，没有人能说出真正原因，其实也没有人愿意对这样的小问题较真。有那么一两个跟我一样好奇的史学界人士倒是研究了，甚至还写出了"葬在北邙之解"的文章，说这只是中国文化一个形而上的概念，因为女娲在北邙上捏泥造人，才使人希望将魂灵归于来处。

我也想求助于风水，中国人的丧葬很多都是和风水联系在一起的。

顾祖禹是明末清初著名地理学家、堪舆大师，特别精于中国的山川形势研究。他点评洛阳的地理形态为："河山控戴，形势甲于天下。"他虽然是很懂得阴阳义理的，算是风水先生，可他对洛阳这样的评价有没有阴阳的说法呢？

我看了一下，他所代表的风水学理论不外乎是这样一种解释：洛阳城做为帝都，借助邙山主脉之气为来龙而北依，前面以伊水以南的龙门山为朝案；左右所借的是瀍水和涧水，将东、西流水视为青龙、白虎，北边的邙山当作玄武，南边的伊水看成朱雀，加上有龙门山做朝山，洛阳城的格局才达到了自然天成的境地。伊、洛、瀍、涧四条支流汇于洛河，并在城中心川流过，一来形成了交汇的水口，二来将邙山的脉气关在了洛阳城中，成就了一方吉地。是"四神相应"的模式。虽然洛阳城在历朝历代都有城址的变迁，但水在城中川流的形势基本没变。汉魏时，洛阳城南北九里，东西六里，所取轴线也为东西向。尤其是隋唐时把帝都置于洛水两岸，把城郭一分为二，以水为天河，也将洛阳拟为了紫微宫。九六代表了皇帝的地位和尊贵，所以堪舆家们把洛阳称为"九六城"。

东汉以后，关于北邙乃至洛阳的风水如何优秀的记载，开始大量出现在风水文献之中，说法也更是细腻和纷繁。在北宋道士李思聪的《堪舆杂著》中，洛阳被描述为"四山紧拱，河洛悠扬"的"大聚会"之所，顾祖禹对洛阳的评价也许就是从李思聪这里演化而来的。

风水真的是北邙山帝陵扎堆、葬者云集的唯一原因吗？恐怕很难下此结论。风水毕竟只是一种难以实证的观念体系，况且历史上并未埋骨邙山，而是葬在洛阳周围的帝王也为数不少。拿风水来解释"葬在北邙"的习惯，还是不能让人信服的！

想想也很奇特，一座繁花似锦的千年帝都洛阳，依偎着一座墓冢遍山的魂灵都市北邙，生的极致和死的极致边缘清晰，却又相融相合。我不由想到了"阴阳太极鱼"。阴阳鱼的蕴意依古人是这样做解释的："太极包含万象，以为有而未见，以为无而固存……天地之象已具乎

北邙之巅

浑沦之中，太极之全体也。"古代学者们把阴阳太极鱼的义理称之为河洛遗学，把阴阳太极鱼图称为河图，可见，人们生成阴阳太极的思想和思

路与洛阳这片土地是不无关系的。"河出图洛出书",被龙马负图而出的黄河和神龟背书以献的洛水环绕着的洛阳城和北邙,不正像是一个由生命之水流淌而成的浑圆中,所包含之生与死、阴与阳、灵与性的生命圆满吗!洛水之阳孕育了中国最早的城市洛阳,在黄河之阴成就了魂灵天堂北邙,河洛之地的这座城市和这座北邙山不就像是一对白鱼与黑鱼!城市是生命团簇的汇集,是纯阳的;而魂灵云聚的北邙,是纯阴的,一片死气却被人们想象成一地鲜活、恣意的天堂。既然阴离不开阳,阳离不开阴,人们就想,既然能造出洛阳城,也要埋出个北邙来对应!如果你也像我这样去想,认同我这样的说法,那河洛之地也就是太极之全体,葬在北邙的理由也全活了!

但这在很大程度上是我的揣测。我要是古人,说出这样的话还能拿到现代来当个依据,可我是现代人,没有历史证据说阴阳太极鱼的义理就是按照洛阳的地理形态构思出来的,也没有古人认为北邙就是为洛阳城配出的"阴"。一种绵延了一千多年的习惯和讲究,是不需要这么复杂的思路去贯穿的,文化形态的形成在很大程度上就是一个简单的认知或者是一个规定。

我想,既然洛阳的专家们没有可以让人信服的说法,那就在其他地方找,找与洛阳性质相近的城市去类比,看能否发现可靠的说法,至少是说出来像模像样的。我先想到了西安,这个古称长安的古都,是中国历史上唯一一个可以与洛阳比肩媲美的历史名城。还真的很幸运,在西安文史专家的文字里,我很快就发现了十分所需要的东西。

西安的专家说长安位于渭水之南,而皇陵区选择在渭北,主要是受到传统的"葬者宜在国都之北"思想的影响。根据这句话,我找到了能够佐证"葬在北邙"的证据。《礼记·檀弓下》称,"葬于北方,北首,三代之达礼也,之幽之故也。"郑玄注:"北方,国北也。"孔颖达疏:"言葬于国北及北首者,鬼神尚幽闇,往诣幽冥故也。"意思是说,三代乃是指最早在洛阳北邙下奋发图强的夏、商、周代。也就是说，帝王们一般是面南而傲视天下的，死了才埋在北首，这个规矩是夏、商、周的最高礼仪规定。如此说来，"葬者宜在国都之北"的老习惯和老规矩还是在洛阳形成的，而且是从最初的夏代，经商代历周代，形成了传统，之后的王朝都是循着这个传统一路走来的！孔子曾为这个传统作证，《孔子家语·问礼》云：坐者南向，死者北首，皆从其初也。

洛阳城作为中国最早的城市和首都，起于上古，那时候还没有风水什么事，但地理优势肯定已经被当时的精英所发现。中国第一个朝代夏的都城就是在洛阳，夏代的洛阳城叫"斟寻"。商代在洛阳经营天下的时候，洛阳叫"西亳"。到了周代，《史记·周本纪》记载，武王曾亲临洛水之滨。他站在北邙上，向南可以看到伊阙、木谷、轩辕，向北望见太行，认为此地是极佳的建都位置。于是命周公亲自勘测其地，绘制了详细的城市规划图，营建洛邑成周城，准备迁都。周武王消灭殷商后，将象征着天下权力的九鼎直接放到了洛阳。到周平王时则正式迁都洛阳。

夏代建都洛阳的时候，为中华民族造就了一个"华夏"的族称；周代对洛阳的认知是"天下之中"，"中国"这个名字就起源于洛阳；而周公也是在洛阳制礼作乐，使中国在世界赢得了"礼仪之邦"的称谓。

秦朝没有到洛阳来。秦始皇虽然胸怀博大，气势如虹，统一了中国，可这个如日中天的朝代只经历了两代皇帝、几十年光景，就轰然倒塌了！如果秦朝的江山延续上百年，洛阳是不会被秦人忽视的。

汉高祖五年（前202年），西汉定都洛阳，刘邦已经登基坐殿几个月，著名的谋士娄敬向刘邦建言：洛阳虽居天下之中，然"大战七十，小战四十"，经济残破，民怨沸腾，定都于此，利小弊大；而关中一带地腴民富，且被山带河，地势险要，易守难攻。娄敬的建议得到张良的支持，刘邦最终决定移都长安。

此后洛阳有东汉、曹魏、西晋、北魏、隋、唐、武周、后梁、后唐各朝先后为都，宋朝时候，洛阳作为陪都称西京。"九"是极数，表示"多"的意思，洛阳史称"九朝故都"，是历史上建都最早、都城历史最长的城市，历时长达1500多年！

洛阳的确是掌控天下所必需的战略要地。东面的虎牢关外是一望无际的华北平原，西靠崤山、函谷关这一进入关中平原的咽喉要塞，北依黄河天险及太行、王屋二山，可以西挟关陇，东压江淮，北通幽燕，南达荆楚。正如清代顾祖禹在《读史方舆纪要》所言，"河山拱戴，形势甲于天下"，是兵家必争之要地。

东汉时期，洛阳的规模已经极其宏大，班固在《两都赋》中写道：东汉"增周旧，修洛邑，扇巍巍，显翼翼。光汉京于诸夏，总八方而为之极"。北魏时期，从北方迁洛的鲜卑人更将洛阳营建为当时世界上最大的都城。隋炀帝杨广对洛阳地形称赞有加，他登上北邙，向南眺望伊阙而感叹："此非龙门邪？自古何因不建都于此。"（李吉甫《元和郡县图志》）除军事、地理的考量外，洛阳也是一个宜居之地。"河出图洛出书"，这里是华夏文明的发祥地之一。洛、伊、瀍、涧四水流贯洛阳平原，气候温和，利于农业、手工业及商业的发展。从考古发掘看，自夏时起洛阳就有人居住，到西汉时已发展为全国性的大都市，隋唐之际更成为"人口百万，四方纳贡，百国来朝，盛极一时"的国际大都市。

洛阳历经一千多年繁盛，形成海纳百川之势，汇聚了天下的人文精神。而那一千多年间的人才精英，在洛阳一一登场，也在洛阳黯然谢幕，他们眷恋着出世的荣华富贵，即使死，也是魂牵梦萦，身后事自然也不会远离洛阳。"葬者宜在国都之北"，那就安葬在洛阳城北、黄河南岸的北邙之上吧。邙山有数百里长，但具体到洛阳相对应的北邙一段，也只有数十里长、二十里宽。试想，在1500多年间，有多少皇亲国戚、达官显贵、富商巨贾在这一段邙山上汇集，有多少皇帝要在这里扎堆，可见这片黄土是多么珍贵，多么抢手啊！

"北邙山头少闲土，尽是洛阳人旧墓。旧墓人家归葬多，堆著黄金无买处。"王建此说一点也不假。从三代至西汉，北邙上尚还宽松，东汉以来，陵墓就漫山遍野了。经西晋、北魏，到隋唐、北宋，邙山上出现"坟丘累累，青冢相继"的景观。老百姓说是"坟擦坟，墓压墓"。

我不知道这样去解释"葬在北邙"的现象能不能得到专家们的认可，在此实实在在地写出来，愿意接受各种眼光的审视！

关于"生在苏杭，葬在北邙"这句话，我又把注意力直接放到了"苏杭"上，希望能带给我启示或者答案。

"生在苏杭，葬在北邙"和"上有天堂，下有苏杭"这句话很像是姊妹，两句话有着共同的基因。"上有天堂，下有苏杭"这个说法显然已经有很长时间了，但人们一般只能举出较晚的书证，大多较为熟悉的是出自明代的《七修类稿》和《古今小说》。另外，姑苏民歌也唱到"上有天堂，下有苏杭"；而另一首更为著名且流传很广的南宋民歌《月儿弯弯照九州》也同样道出了苏杭美景！

如果按照意会的方法去寻找蛛丝马迹，"上有天堂，下有苏杭"这句话最早可追溯到唐代。唐代诗人任华曾在《怀素上人草书歌》中吟道："人谓尔从江南来，我谓尔从天上来。"这便应该是将江南比作天堂的意思。而在此前，南京曾因在南朝时期的繁华，被称作江南"佳丽地"，但未见将南京比作天堂的先例。

唐代是个诗歌兴盛的朝代，那么多的诗人中难道就找不出写苏杭的词句吗？巧合的是，现代苏杭文人的笔带着我找到了白居易这个洛阳人。作为唐代最为著名的诗人之一，白居易诗歌的影响力是可想而知的。白居易曾担任过苏、杭二州刺史，任职期间写过不少赞美苏、杭的诗歌，而且写得十分具体。在任杭州刺史时，他对身为越州刺史的好友元稹夸口，"知君暗数江南郡，除却余杭尽不知"。转任苏州刺史后，又称苏州"甲郡标天下，环封极海滨"。称颂苏杭，"杭州丽而康，苏州富而庶"，还着意将苏、杭并称,并以"苏杭两州主"为自豪。"上有天堂,下有苏杭"是不是白居易说的,不得而知,至少他是最早称苏杭并为其美言称颂的!

白居易晚年回洛阳定居,对苏、杭二州还念念不忘。他在给友人殷尧藩的一首诗中写道:"江南名郡数苏杭,写在殷家三十章。君是旅人尤苦忆,我是刺史更难忘。境牵吟咏真诗国,兴人笙歌好醉乡。为念旧游终一去,扁舟直拟到沧浪。"从诗中可以看到白居易在暮年对苏杭无尽的眷恋之情。也正是他的经历和对苏杭这份浓浓的怀念,让我突然意识到,对苏杭和洛阳都十分熟稔的白居易,是说出"生在苏杭,葬在北邙"的最佳人选。虽然我们在诗人留下的诗作中并没有直接的发现,但诗人信口开河都有韵,谁能否认这不会是其遗落的诗句,或者是其垂垂暮年回忆时的感慨呢!其情、其景、其经历、其身份,换作谁都有些牵强,只有白居易才是丝丝入扣,恰如其分!

试想,白居易和友人一起坐在洛阳履道里的家中,花间品茗饮酒时,遥想当年往事,感叹人生苦短,慨然而发一句"生在苏杭,葬在北邙"之叹,是十分可能呀!

结语

　　想在最后写写北邙墓葬在中国文化史上的地位，可也真不知道什么样的地位才能去匹配这座黄土山。北邙上生活的农民要靠着这些黄土种庄稼、种果树，以前还经常用这里的黄土垒墙盖房子、垫院子。你说这片黄土是文化的栖息地吧，这里却有那么多目不识丁的老百姓，总感觉是抬高了这片黄土，也抬高了这里的百姓，有点辱没文化的意味！可又一想，我们的农耕文化是什么，不就是一群庄稼人春种秋收、吃喝拉撒、婚丧嫁娶，世世代代，周而复始地生息繁衍吗！所以，不仅在北邙上的老百姓是生活在文化上，任何一个地方的老百姓，也都是生活在文化上。生活在北邙的老百姓除了和其他地方的老百姓一样是生活在华夏农耕文化的深厚意蕴里，还生活在历代文化的标本上，文化底蕴可谓更深厚！这样想，北邙又变得稀松平常了。可又总觉得不妥，毕竟北邙和其他地方是真的不一样！能找一个和北邙一样的地方吗？你找不来。

　　这也许就是文化本身，有看得见摸得着的，也有看不见也摸不着的，各有独特！

　　北邙是独特的，在洛阳人眼里，它就是一个大坟场，在全中华和全世界人民眼里，它依然是个大坟场，是个死人呆的地方。可你在全中国的其他地方，或者全世界其他地方看看，有这样绵延千年的大坟场吗？

怕是没有。如果再好好品味一下"事死如生"这个习俗，你会感觉到，站在北邙就是站在链接古今的传送带上，你可以接触到一个一个很真实的历史事件、历史人物，仿佛离他们很近。若不站在北邙，任你去遥想历史，你会觉得就很缥渺很遥远，像是站在大雾中看远方，总也看不清。

北邙上的一个个坟丘跟一本本历史书似的，只不过是黄土制作的书。这样的感受是考古工作者告诉我的，说他上北邙，总感觉历朝历代的现实生活扑面而来。我细细斟酌这句话，也真就有了这种感觉。

据洛阳现在收藏的五千多块墓志推断，仅仅唐朝，葬在北邙的达官显贵就多达数万人，那么历朝历代又该有多少呢！已经确定的是，北邙共安葬了二十四个皇帝，而洛阳周围的皇陵就多达百余座。可想而知，自周至宋有多少写在历史上的人物，就安葬在北邙上。而这些连续不断出现在北邙的坟丘墓冢，就是在把当时的社会生活、政治现状、经济文化发展情况一点一点地镶嵌在北邙上。在我们今天看来，这样的行为就是在一代一代续写着历史，只不过写史的不是纸笔，而是真实的实物。过去没有照相机，北邙就像是一幕幕历史影像，直接展现给后人看。这跟纸笔写出的史书放在一起，有点像演双簧，一个画成花脸在前台，一个藏在后面，不论谁当花脸，反正是合伙演了一件事——叙述过去。

我们翻开这本黄土书，看看每一个章节，葬制、墓志铭、石刻、壁画、陶器、瓷器、玉器、金属器等，这本黄土书虽然没有志书官方、权威，但远比志书翔实、耐读。譬如说，距今二千五百多年的周灵王陵墓，是中国有史可考的第一个帝王级别的陵墓，就在洛阳。志书也许只写了一句话，但当你真正站在周灵王陵前的时候，得到的感受和接受的知识信息要远远地超出志书一句话所包含的容量。如果陵墓是打开的，你还能看到些什么，这比用一行干巴巴的文字让你去想象，不知道要真实多少倍，其所蕴藏的信息更是文字难以尽述的！

"罄竹难书"这个词很好，以前好像是写给罪恶的，留给大家的印象是如此。写北邙，我才体会，这个词是写给历史的。今人写历史，写得再多，于当时真实的历史而言，也是沧海一粟。没有一本史志可以记录最完整的历史，就算写得已经很详细，也都是只鳞片爪。北邙作为中国第一个，也是世界第一个历史实物标本，于那些浩如烟海的志书，无疑是个很好的补充。因为北邙上的魂灵，生前几乎都是每个时代左右甚至创造历史的人物，直到今天，他们依然鲜活地存在于那里。如果建立一个北邙学，研究北邙，我相信写出的东西也是如汗牛充栋的！

附录

一、葬在北邙的历代帝王：

舜帝墓（偃师市区西北杏园村）

（夏代无考）

商汤陵（偃师山化乡蔺窑村北一公里）

商沃丁陵（葬于狄泉，今洛阳市西南）

商太庚陵（葬于狄泉，今洛阳市西南）

商小甲陵（葬于狄泉，今洛阳市西南）

商雍己陵（葬于狄泉，今洛阳市西南）

商仲丁陵（葬于狄泉，今洛阳市西南）

商外壬陵（葬于狄泉，今洛阳市西南）

商祖乙陵（葬于狄泉，今洛阳市西南）

商祖辛陵（葬于狄泉，今洛阳市西南）

商沃甲陵（葬于狄泉，今洛阳市西南）

商祖丁陵（葬于狄泉，今洛阳市西南）

商南庚陵（葬于狄泉，今洛阳市西南）

商阳甲陵（葬于狄泉，今洛阳市西南）

周平王墓（墓址在洛阳东周王城遗址）

周桓王陵（孟津平乐凤凰山）

周庄王陵（洛阳北邙王村之北）

周僖王陵（洛阳中州路陵区）

周惠王陵（洛阳中州路陵区）

周襄王陵（洛阳东周王城陵区东北部）

周顷王陵（洛阳东周王城陵区）

周匡王陵（洛阳东周王城陵区）

周定王陵（洛阳东周王城陵区）

周简王陵（洛阳东周王城陵区）

周灵王陵（洛阳周山陵区）

周景王陵（洛阳周山陵区）

周悼王陵（洛阳周山陵区）

周敬王陵（洛阳成周城陵区）

周元王陵（洛阳成周城陵区）

周贞定王陵（洛阳成周城陵区）

周哀王陵（洛阳成周城陵区）

周思王陵（洛阳成周城陵区）

周考王陵（洛阳成周城陵区）

周威烈王陵（洛阳成周城陵区）

周安王陵（洛阳成周城陵区）

周烈王陵（洛阳成周城陵区）

周显王陵（洛阳成周城陵区）

周慎靓王陵（洛阳成周城陵区）

汉光武帝原陵（洛阳孟津白鹤乡）

汉明帝显节陵（洛阳北邙）

汉章帝敬陵（洛阳北邙）

汉和帝慎陵（洛阳北邙）

汉炀帝康陵（洛阳市区东南）

汉安帝恭陵（孟津送庄）

汉顺帝宪陵（孟津平乐）

汉桓帝宣陵（洛阳市区东南）

汉质帝静陵（洛阳市区东南）

汉灵帝文陵（北邙冢头村）

魏文帝首阳陵（北邙首阳山）

魏明帝高平陵（洛阳汝阳）

高贵乡公曹髦墓（北邙孟津麻屯）

蜀汉后主墓（孟津翟泉）

东吴孙浩墓（孟津送庄）

晋宣帝高原陵（北邙首阳山）

晋景帝峻平陵（北邙首阳山）

晋文帝崇阳陵（偃师杜楼）

晋武帝峻阳陵（偃师南蔡庄）

晋惠帝太阳陵（洛阳北邙）

北魏孝文帝长陵（孟津朝阳）

北魏宣武帝景陵（洛阳古墓博物馆西侧）

北魏孝明帝定陵（孟津后沟村）

北魏孝庄帝静陵（洛阳邙山乡上寨）

南朝陈后主墓（孟津送庄）

隋皇泰主陵（洛阳）

唐孝敬帝恭陵（偃师缑氏）

唐昭宗温陵（偃师顾县）

后唐庄宗雍陵（新安西沃）

后唐明宗徽陵（孟津送庄）

后唐闵帝陵（洛阳）

后唐末帝陵（洛阳）

后梁太祖宣陵（伊川常岭）

后梁末帝陵（洛阳北邙）

后晋高祖显陵（宜阳石陵）

后蜀后主墓（孟津平乐）

南唐后主墓（洛阳北邙）

宋太祖永昌陵（巩义宋陵区）

宋太宗永熙陵（巩义宋陵区）

宋真宗永定陵（巩义宋陵区）

宋仁宗永昭陵（巩义宋陵区）

宋英宗永厚陵（巩义宋陵区）

宋神宗永裕陵（巩义宋陵区）

宋哲宗永泰陵（巩义宋陵区）

南明弘光帝（孟津东山头村）

二、葬在北邙的历代部分名人

商伊尹墓（偃师城关新寨村）

商伯夷、叔齐墓（北邙首阳山塔庄）

周苌弘墓（偃师山化乡化村）

春秋冉伯牛墓（孟津白鹤牛庄村）

战国苏秦墓（洛阳郊区张苏寨）

战国吕不韦墓（偃师南蔡庄）

秦田横墓（偃师城关赫田寨）

西汉樊哙墓（孟津王良乡落驾沟）

西汉贾谊墓（孟津平乐）

西汉班超墓（孟津朝阳）

东汉祭彤墓（孟津朝阳）

东汉刘宽墓（孟津朝阳）

东汉邓禹墓（孟津白鹤雷弯村）

东汉董宣墓（偃师山化乡）

东汉邓晨墓（洛阳北邙）

东汉邓骘墓（洛阳北邙）

三国曹休墓（孟津送庄）

三国钟繇墓（偃师山化）

三国裴潜（孟津横水）

三国王弼（偃师山化）

西晋羊祜墓（偃师）

西晋杜预墓（偃师杜楼）

西晋石崇墓（孟津送庄）

北魏冯熙墓（北邙刘坡村）

北魏元怿墓（洛阳廛河区北窑）

北魏元祀墓（洛阳郊区蟠龙冢）

北魏元乂墓（洛阳北邙）

隋韩擒虎墓（新安铁门）

隋裴仁基墓（洛阳北邙）

唐尉迟恭墓（孟津送庄）

唐罗士信墓（洛阳北邙）

唐刘幽求墓（孟津送庄）

唐苗蕃墓（孟津朝阳）

唐僧（玄奘）墓（偃师缑氏）

唐狄仁杰墓（洛阳白马寺）

唐杜审言墓（洛阳北邙）

唐杜并墓（偃师城关）

唐张说墓（洛阳伊川）

唐裴遵庆墓（洛阳伊川）

唐姚彝墓（洛阳伊川）

唐王之涣墓（洛阳北邙北原）

唐许远墓（偃师城关）

唐颜真卿墓（偃师山化）

唐杜甫墓（偃师杜楼村）

唐孟郊墓（孟津送庄）

唐李虚中墓（孟津朝阳）

唐白居易墓（洛阳龙门香山）

北宋范仲淹墓（洛阳万安山南侧）

北宋文彦博墓（洛阳伊川）

北宋范纯祐墓（洛阳万安山南侧）

北宋范纯仁墓（洛阳万安山南侧）

北宋范纯礼墓（洛阳万安山南侧）

北宋范纯粹墓（洛阳万安山南侧）

北宋"二程"（程颐、程颢）墓（伊川城郊白虎山）

北宋石守信墓（孟津常袋）

北宋张咏墓（孟津平乐）

北宋魏威信墓（孟津平乐）

北宋富弼墓（洛阳史家屯）

南宋杨文墓（洛阳白马寺杨文村）

元伯颜墓（孟津平乐）

元察罕帖木儿（洛阳老城区苗沟村）

明伊王朱彝墓（新安磁涧）

明朱常洵墓（新安麻屯）

明王铎墓（孟津会盟镇）

明蔺完植墓（偃师山化）

高丽李承休墓（洛阳王良乡）

明李天宠墓（孟津县）